ⓒ장용민 2023

초판 인쇄 : 2023년 01월 19일
초판 발행 : 2023년 01월 31일

글 쓴 이 : 장용민

편   집 : 천강원, 임지나, 김도운
디 자 인 : 이종건, 신다님, 최은정

펴 낸 이 : 황남용
펴 낸 곳 : ㈜재담미디어
출판등록 : 제2014-000179호
주   소 : 04035 서울특별시 마포구 월드컵로 8길, 48
전자우편 : books@jaedam.com
홈 페 이 지 : www.jaedam.com

인쇄·제본 : ㈜코리아피앤피
유통·마케팅 : ㈜런닝북
전   화 : 031-943-1655~6 (구매 문의)
팩   스 : 031-943-1674 (구매 문의)

ISBN : 979-11-275-0859-3 04810
           979-11-275-0858-6 (세트)

마지막 사도

THE LAST APOSTLE

장용민 장편소설

차례

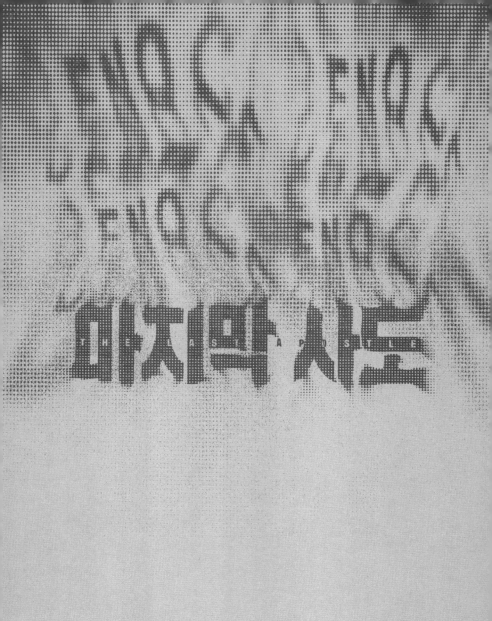

마지막 사도

THE LAST APOSTLE

물체

–

그곳은 지옥을 방불케 했다. 기온은 영하 오십 도를 넘었고 피부가 따가울 정도로 내리쬐는 태양 아래서 블리자드는 살을 에려는 듯 거세게 휘몰아쳤다. 이제는 모든 감각이 무뎌져 고통마저도 느낄 수 없었다.

로버트 F. 스콧은 지금 이곳이 여름이라는 게 믿기지 않았다. 그는 이전에도 남극을 방문한 적이 있었다. 1902년, 디스커버리 탐사선을 이용해 기후와 생태를 연구한 덕분에 이곳의 극한 날씨는 익히 알고 있었지만 로스섬 에번스곶 베이스캠프를 출발한 후 지난 석 달 동안 온몸으로 겪은 남극의 현실은 상상을 초월하고 있었다.

스콧은 사신처럼 어깨를 짓누르던 눈썰매를 잠시 내려놓고 뒤따르던 대원들을 돌아봤다. 대영제국 최고의 군인들로 이루어진 대원들은 이제 모든 의욕을 잃은 채 무의식적으로 걷고 있었다. 스콧은 불길하게도 그들의 모습에서 죽음의 그림자를 볼 수 있었다. 그들을 죽음으로 몰고 있는 정체는 혹한의 날씨도, 지겹게 이어진 빙벽도 아니었다. 그것은 보름 전 천신만고 끝에 도착한 남극점에서 이들을 기다리고 있던 로알 아문센의 노르웨이 깃발이었다. 스콧이 이끄는 영국 탐험대보다 한발 늦게 남극 대륙에 입성했던 아문센의 노르웨이 탐사팀은, 영국 탐험대보다 35일 빠른 1911년 12월 14일 세계 최초로 남극점에 도달했던 것이다. 스콧은 단 한 번도 아문센과 만난 적이 없었지만 누구보다도 그를 잘 알고 있었다. 그는 잔인할 정도로 주도면밀하고 현실적이었다. 남극 탐험에 앞서 일 년 넘게 에스키모와 생활하며 그들의 생활방식을 습득한 아문센은 단 네 명의 정예 대원만을 데리고 쉰두 마리의 개가 끄는 개썰매를 이용해 효과적으로 남극점에 도달했다.

스콧은 아문센의 서명이 선명한 노르웨이 깃발 옆에 유니언잭을 꽂는 모습을 바라보던 부하들의 표정을 잊을 수 없었다. 그들은 오직 대영제국의 영광을 위해 이 험난한 얼음길을 달려왔다. 그러나 불과 한 달 차로 이들은 영원한 이인자로 기억될 것이며 이들의 노력은 역사의 뒤편에 가려질 것이다.

엎친 데 덮친 격으로 이틀 전 이들의 사기를 더욱 떨어뜨린 사건이 발생했다. 동상에 걸려 고생하던 오츠 대원의 중상이 일행과 보조를 맞출 수 없을 만큼 심해진 것이다. 그러자 그는 "잠시 밖에 나갔다가 오겠습니다. 어쩌면 시간이 좀 걸릴지도 모르겠습니다."란 말과 함께 블리자드 속으로 홀연히 사라졌다. 스콧을 비롯한 일행은 오츠를 찾으려고 주변을 샅샅이 뒤졌지만 그의 흔적은 보이지 않았다. 애써 태연하려던 그의 마지막 모습이 스콧의 마음을 더더욱 아프게 만들고 있었다.

"대령님. 이쯤에서 캠프를 치는 게 어떻겠습니까? 다들 몹시 지쳤습니다."

장비를 담당하는 바워스 소위가 다가와 말했다. 그의 입가에는 처참하리만큼 푸른 동상의 상처가 훈장처럼 아로새겨 있었다. 스콧은 이제 자신을 비롯해 넷밖에 남지 않은 대원들을 바라보았다. 모두 기진맥진한 얼굴로 스콧의 명령을 기다리고 있었다.

"그렇게 하지. 오늘밤은 여기서 지낸다. 다들 텐트 칠 준비를 하도록."

시계는 이미 저녁 일곱 시를 지나고 있었지만 하늘에는 밤이라는 말이 무색할 정도로 태양빛이 환하게 내리쬐고 있었다. 대원들은 바닥의 얼음을 깎아 바람을 막을 얼음벽을 만들기 시작했다. 그것이 지난 석 달 동안 경험한 잔인한 현실로부터 도피할 수 있는 유일한 방법이었다. 썰매를 세워놓고 스콧은 끝없이 펼쳐진 지평선을 보며 앞서간 경쟁자를 떠올렸다.

"그 친구, 지금쯤 본국에 도착했겠지?"

대원들이 쌓는 얼음벽을 응시하며 스콧이 물었다.

"아마도 그럴 겁니다."

대원들을 도와 얼음을 깨던 바워스 소위가 대답했다. 바워스는 대영제국의 군인답게 극한 상황에서도 예의를 잃지 않았고, 스콧은 그런 바워스가 고마웠다.

"식량은 얼마나 남았나?"

스콧이 다른 대원에게 목소리가 들리지 않도록 조심스럽게 물었다. 그의 질문에 바워스 소위의 표정이 굳었다.

"군용식량 캔 스물여섯 개와 말고기 육포가 조금 남아 있습니다."

심각한 상황이었다. 체온을 유지하는 데 높은 열량의 식사는 필수적이었다. 보급품 수송을 하던 몽골산 조랑말이 동사하자 스콧 일행은 만약을 대비해 육포로 만들어 가져왔다. 그러나 그마저도 얼마 남지 않은 상황이었다. 보급품을 저장해둔 중간 캠프까지 아직 열흘은 더 가야 했다.

"오늘 저녁은 말고기 육포로 하지."

"알겠습니다."

스콧은 대원들과 함께 텐트를 치기 시작했다. 그때였다. 스콧이 박던 팩이 얼음 속에서 조금씩 떨리기 시작했다.

"지진이다! 모두 엎드려!"

스콧이 소리치자 대원들은 신속히 바닥에 엎드렸다. 남극은 의외로 지진이 잦았다. 극점으로 향하던 중에도 진도 2.5의 약진이 이들을 지나쳤었다. 하지만 이번엔 심상치 않았다. 진동은 점점 거세지더니 스콧이 박아놓은 팩을 튕겨내고 주위의 얼음벽을 무너뜨리고 말았다. 대원들은 훈련받은 대로 머리를 감싼 채 몸을 낮추고 지진이 지나가기를 기다렸다. 잠시 후 지진은 얼음 속에 서식하는 괴물처럼 이들의 밑을 지나 지평선 저편으로 사라졌다. 이윽고 진동이 멈추며 주위가 고요해졌다. 스콧은 다시 불기 시작한 블리자드 소리에 조심스럽게 고개를 들었다.

"다들 이상 없나?"

"예. 이상 없습니다."

다행히 피해는 없는 듯했다.

"장비를 챙겨라."

대원들은 생명줄과도 같은 장비에 이상이 없는지 살피기 시작했다. 스콧도 자신의 썰매에 다가가자 썰매 저편으로 갈라진 크랙이 보였다. 크랙은 깊지 않았지만 불안정했다. 여진이 온다면 이들의 텐트를 위협하기에 충분했다. 스콧은 급히 대원들을 대피시키려 했지만 얼음 속 괴물은 그에게 여유를 주지 않았다. 여진은 짧지만 강력했다. 바닥이 춤을 추듯 흔들리며 주변 얼음들을 마구 휘젓기 시작했다.

"크랙이야. 피해!"

스콧이 소리쳤지만 이미 때는 늦었다. 크랙이 갈라지며 굶주린 늑대처럼 이들을 덮쳤다. 몇 백만 년 동안 견고하게 눈바람을 견디던 얼음이 솜사탕처럼 무너지며 근처의 모든 것을 삼키고 있었다. 얼음 더미와 함께 스콧도 크랙 속으로 빨려 들어갔다.

얼마나 지났을까. 사방은 지나치게 고요했다. 지겹도록 그를 따라다니던 블리자드 소리도 들리지 않았다.

"대령님!"

바워스 소위의 목소리에 스콧은 겨우 눈을 떴다. 주변은 온통 푸른 빙벽으로 둘러싸여 있었다. 그는 크랙 한가운데 떨어져 있었다.

"대령님. 괜찮으십니까?"

저 위에서 바워스 소위의 목소리가 다시 들려왔다. 스콧은 자기 몸을 더듬어보았다. 두툼한 방한복 덕에 심한 상처를 입진 않은 것 같았다.

"그런 것 같네."

스콧이 얼음 더미를 치우며 말했다. 다행히도 그는 크랙 중간 부분에 떨어져 있었다. 그러나 지상까지 족히 15미터는 넘어 보였다.

"지금 로프를 내리겠습니다. 올라오실 수 있겠습니까?"

스콧은 손을 흔들어 가능하다는 신호를 보냈다. 잠시 후 로프가 빙벽을 따라 스콧에게 전해졌다. 스콧은 장갑을 다시 꽉 끼우고 로프를 잡았다. 빙벽이 미끄러워 팔힘만으로 올라야 했지만, 군 생활로 단련된 스콧에게 그다지 어려운 일은 아니었다. 이제 막 빙벽을 오르려던 순간이었다. 스콧의 시선에 뭔가가 들어왔다. 그것은 낭떠러지 저편 어두운 빙벽 속에 모습을 감추고 있었는데 크랙 사이로 파고든 햇살이 날카로운 눈(目)에 반사되고 있었다. 로프를 오르려던 스콧은 멈칫했다.

"대령님! 뭐하세요? 어서 올라오지 않고!"

대원들이 소리쳤다.

"저기…… 뭔가 있어."

스콧이 물체를 응시하며 말했다.

"뭐가 있다고요?"

"지금 확인하겠다."

스콧은 물체를 향해 다가갔다. 얼음 속에 가려 있던 물체가 서서히 모습을 드러내기 시작했다. 그것은 공룡만큼이나 거대한 몸집을 하고 있었는데 머리 위로 날개와도 같은 것이 펼쳐져 있었으며 앞다리는 주먹을 움켜쥔 채 오므리고 있었다. 물체는 얼음에 갇혀 이미 죽어 있는 듯했다. 하지만 얼음 위로 쌓인 눈더미 때문에 그 이상은 분간할 수 없었다. 스콧은 물체가 갇혀 있는 크랙 건너편으로 몸을 날렸다. 얼음에 미끄러지며 발을 헛디뎠지만 간신히 건널 수 있었다. 반대편에 도착한 스콧은 눈더미를 치우기 시작했다. 그러자 물체가 완전히 모습을 드러냈다.

"이런 세상에."

스콧을 응시하고 있던 물체는 생물이 아니었다. 그것은 태어나 처음 보는, 정체를 알 수 없는 거대한 금속 물체였다. 몸체는 마치 거대한 주전자와 같이 원형의 몸통 위에 뚜껑처럼 생긴 둥근 윗부분이 달려 있었고 그 크기가 마차보다 컸다. 정면에는 두 개의 원형 창이 있었고 몸통 뒷부분에는 잠자리를 연상시키는 긴 꼬리가 있었다. 앞발이라고 생각했던 자리에는 몸통과 연결된 둥그런 두 개의 바퀴가 붙어 있었으며 몸통 위에는 족히 4-5미터는 넘을 가늘고 긴 금속 날개가 우산살처럼 사방으로 뻗어 있었다. 중앙에 조종석으로 보이는 공간이 있었고 판독할 수 없는 기괴한 문자들로 수놓은 기계 뭉치가 붙어 있었다. 놀랍게도 이 모든 것이 눈부신 황금으로 이루어져 얼음 속에서 빛나고 있었다. 저 멀리 지상에서 대원들이 스콧을 부르고 있었지만 그의 귀에는 들리지 않았다. 스콧은 얼음 속에서 빛나고 있는 이것이 현재 인류가 만든 게 아니라는 것을 한눈에 알 수 있었다.

"설마……."

스콧은 언젠가 신문에서 외계 비행체에 관한 기사를 본 적이 있었다. 현실주의자이던 그에게 그 기사는 쓸모없는 가십에 불과했다. 하지만 지금 눈앞의 물체는 『사이언스』지 표지를 장식하기에 충분했다. 스콧은 믿을 수 없다는 표정으로 조종석을 유심히 살펴보았다. 예상대로 조종석에는 조종사로 보이는 한 명의 생명체가 죽어 있었다. 그 생명체는 낮은 온도와 밀폐된 환경 덕분에 부패하지 않고 보존되어 있었는데 놀랍게도 외계인이 아니었다. 조종사는 스콧과 달리 검은 피부를 갖고 있었고 아시아인처럼 각진 턱에 높은 광대뼈를 하고 있었지만 분명 인간이었다. 그리고 난생처음 보는 기괴한 복장을 하고 있었다. 아메리카 대륙의 인디언 복장처럼 깃털 장식이 여기저기 붙어 있었는데 바람이 들어 있는 듯 둥글게 부풀어 있었고 복장 전체에 알 수 없는 붉은 문자들이 부적처럼 빼곡히 적혀 있었다. 스콧은 혼란스러웠다. 그는 오랜 시간 동안 탐사선을 타고 지구 여러 곳을 누빈 대영제국의 해군 장교였다. 스스로 지구상의 모든 문명을 접했다고 자부하고 있었지만, 시야에 펼쳐진 물체는 그 어떤 문명에도 속하지 않는 전혀 새로운 것이었다. 게다가 남극의 얼음 15미터 아래에 묻혀 있다면 적어도 가까운 과거에 추락한 것은 아니겠지. 그렇다면 과거에 남극을 탐험할 정도로 진보한 문명이 존재했다는 것인가.

"대체 이들은 누구지?"

스콧이 넋을 잃은 채 황금 괴물을 바라보며 중얼댔다. 하지만 인류가 이들의 정체와 이것의 용도를 알아내는 데는 정확히 백 년이란 시간이 필요했다.

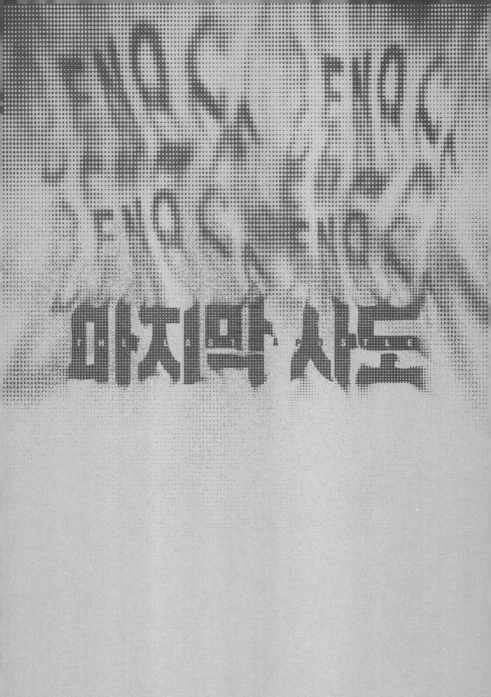

마지막 사도

THE LAST APOSTLE

의뢰인

-

　하워드 레이크는 문 앞에서 망설이고 있었다. 그가 있는 곳은 필라델피아 외곽 빈민가에 자리한 낡은 아파트 건물이었다. 하워드는 이 문 앞에 서기 위해 지난 한 달 반 동안 스무 명이 넘는 사람을 만났고 1,900킬로미터를 달려야만 했다. 이제 상대를 만나 의뢰인의 서류를 건네주고 잔금을 받으면 모든 일이 끝난다. 그런데 막상 사건을 마무리지으려는 순간, 자괴감이 밀려왔다.

　"내가 뭘 하는 거지?"

　하워드가 이 일을 시작하게 된 것은 칠 년 전 그의 인생을 송두리째 흔든 사건 때문이었다. 그 사건을 겪고 난 후 나방이 불을 향해 뛰어들 듯 이 일에 빠져들었다. 같은 불행이 다른 사람들에겐 일어나지 않도록 열심히 달려왔지만 현실은 맘대로 되지 않았다. 그가 칠 년간 겪은 현실은 그의 생각대로 돌아가지 않았다. 현재 그에게 남은 건 천이백 달러의 빚과 자신에 대한 실망뿐이었다. 그렇다고 지금 이대로 돌아갈 수도 없는 노릇이었다. 그는 석 달째 사무실 월세도 못 내고 있었다. 복도 저편에서 중절모를 쓴 흑인 노인이 초점 잃은 눈으로 하워드를 응시하고 있었다.

　"새삼스럽긴."

하워드는 맥없이 문을 두드렸다. 반응이 없었다. 주인이 없을 수도 있었다. 만약 그렇다면 돌아올 때까지 또 몇 갑의 담배를 축내야 할지 모르는 일이었다. 그건 그가 이 일 중 제일 싫어하는 부분이었다. 하워드는 주인이 있기를 빌며 다시 한번 문을 두드리려 했다. 그때 문이 열리며 속옷 차림의 히스패닉 여인이 나타났다.

"누구세요?"

술취 기운이 도는 목소리였다.

"빌리 젠킨슨이라는 사람을 찾고 있는데."

"그런 사람은 없고 피오나 공주는 있는데, 슈렉 아저씨."

하워드의 올리브색 트렌치코트가 맘에 들었는지 요염한 미소를 지으며 여인이 대답했다. 아마도 이 근처 술집을 전전하는 매춘부이리라. 이 친구랑은 대화가 안 되겠다고 생각하며 하워드는 문틈으로 집안을 살폈다. 예상대로 집안에는 또 다른 인기척이 있었다.

"실례해요, 피오나 공주."

하워드는 비틀거리는 여인을 지나 집으로 들어섰다. 집안은 어젯밤 벌어진 술 파티 때문에 엉망이었다. 여기저기 싸구려 위스키 병이 굴러다니고 배달된 중국 음식 용기는 바퀴벌레의 놀이터가 되고 있었다. 포커 치는 개 포스터가 깔린 유리 탁자 위에는 코카인 가루가 흩어져 있었다. 어디에도 도달하지 못한 부족한 영혼들이 벌인 그저 그런 파티. 고개를 설레설레 저으며 하워드는 집안을 살폈다.

거실에는 아무도 없었다. 하워드는 침실을 바라봤다. 침실 TV에서는 귀가 터져라 제이 레노의 목소리가 흘러나오고 있을 뿐이었다. 하워드는 조심스럽게 침실로 다가갔다. 아니나 다를까 침대 위에 알몸의 남자가 나초 부스러기를 뒤집어쓴 채 잠들어 있었다. 하워드는 남자를 깨울 만한 걸 찾다가 TV 위에 놓여 있던 온더록스 잔을 집어 들었다. 미지근했지만 남자를 깨우기에는 충분했다. 하워드가 얼굴에 물을 붓자 남자가 신경질적으로 일어났다.

"뭐하는 새끼야? 내 집에서 뭘 하는 거야!"

하워드를 발견한 남자가 당장이라도 주먹을 날릴 듯 소리쳤다. 하지만 하워드는 당황하지 않고 늘 하던 대로 차분히 주머니에서 탐정허가증을 꺼내 보여주며 말했다.

"나는 하워드 레이크요. 빌리 젠킨슨 씨죠?"

남자는 그제야 상황이 파악된 듯 침대에서 일어나 앉았다.

"레이첼이 보냈군. 어때? 잘 지내나?"

남자가 잃어버린 개의 안부를 묻듯 물었다. 하워드는 그 말투가 언짢았다.

"어떨 것 같소?"

하워드는 점잖지만 냉랭하게 되물었다. 남자는 부스스 일어나더니 냉장고에서 콜라 하나를 꺼내 게걸스럽게 마셨다.

"잘 지내면 당신 같은 인간을 고용할 리 없지. 안 그래?"

예상은 했지만 예의와는 거리가 먼 녀석이었다. 대체 이 딴 녀석의 어디가 좋았던 건지 이해할 수가 없었다. 하워드를 찾아왔던 의뢰인은 아이비리그를 졸업하고 유명 출판사에서 편집 일을 하던 젊고 아름다운 여인이었다. 마음만 먹으면 쓸 만한 놈을 주말마다 바꿔가며 만날 수도 있을 것이다. 그런데 기껏 고른다는 게 성매매나 하는 이따위 쓰레기였다. 하지만 하워드가 상관할 일이 아니었다. 하워드는 안주머니에서 서류 봉투 하나를 꺼내 들었다.

"레이첼 양이 여기에 당신 서명을 받으라고 했소."

하워드가 건넨 건 이혼동의 서류였다. 하지만 남자는 서류 따윈 관심 없다는 듯 TV 채널을 바꾸고 있었다.

"난 갈래요! 돈 줘요."

피오나 공주가 옷을 챙기며 소리쳤다.

"탁자 위에 지갑 있으니까 알아서 꺼내 가. 케이블을 달든가 해야지. 염병할."

남자는 여전히 일그러지는 제이 레노의 얼굴에만 관심이 있었다. 하워드가 인내심을 발휘해 한 번 더 말했다.

"레이첼 양은 당신과 이혼하기를 바라고 있소. 그러니……."

"팔십 달러밖에 없잖아. 이십 달러 더 줘요."

여인이 지갑을 던지며 말했다.

"네년이 어젯밤 처먹은 술값만 오십 달러가 넘어. 그러니 있는 거 가지고 꺼져."

"개새끼, 지옥에나 떨어져라."

여인이 이십 달러짜리 저주를 퍼부으며 요란하게 문을 닫고 사라졌다.

"쓰레기 같은 년. 제대로 떡도 못 치는 주제에."

남자는 머리가 아픈지 미간을 움켜쥐고 도로 침대에 몸을 던졌다. 하워드가 그런 남자를 조용히 바라보다가 다시 입을 열었다.

"레이첼 양은 당신과 이혼하기를 바라고 있소. 그러니 여기에 서명을……."

순간 남자가 달려들어 하워드의 멱살을 잡으며 소리쳤다.

"그년한테 가서 말해, 이 병신 같은 놈아! 내 빚 갚아주기 전까지 절대 이혼 못 한다고. 좆같은 년. 돈도 많이 버는 년이 그까짓 거 얼마나 된다고 지랄이야? 너도 꺼져. 귀찮게 굴지 말고!"

남자가 위협적으로 노려보며 소리쳤지만 하워드는 조금도 동요하지 않았다.

"이미 세 번이나 당신 빚을 갚아준 걸로 아는데."

하워드가 남자 때문에 구겨진 서류를 도로 펴며 말했다.

"미친년. 별소릴 다 하고 다니네. 이봐. 마누라가 서방 빚 갚아주는 건 당연한 도리야. 무슨 말인지 알지? 도리. 추우니까 문이나 닫고 나가."

남자는 도로 침대로 들어가려 했다. 하워드는 남자의 뒤통수를 조용히 응시하다가 입을 열었다.

"첫 번째 질문. 당신은 신을 믿나?"

엉뚱한 질문에 남자가 돌아봤다.

"무슨 개같은 소리야?"

"신을 믿느냐고 물었다."

하워드의 목소리는 낮고 차분하며 힘이 있었다. 그런 하워드의 기운에 눌린 남자가 움찔 물러서며 말했다.

"그만 건 왜 묻는데?"

"나는 한때 신을 믿는 사람이었다. 주일이면 하루도 교회를 빠진 적이 없었지. 식사 때면 감사 기도를 올렸고 매주 헌금도 했다. 어려운 사람을 보면 도왔고 십계명을 지키려 애쓰며 살았지. 하지만 이제는 성경 구절만 들어도 구역질이 나. 왜 그런지 알아? 그건 신이란 놈은 너 같은 인간이 멀쩡히 살아가는 걸 보고만 있기 때문이야."

하워드가 남자에게 바짝 다가가며 다시 물었다.

"두 번째 질문. 사랑을 믿나?"

"그, 글쎄……."

남자가 머뭇거렸다.

"다시 한번 묻겠다. 사랑을 믿나?"

하워드가 매섭게 노려보며 물었다. 그러자 남자가 얼떨결에 고개를 끄덕였다. 순간 하워드가 남자의 팔을 꺾으며 바닥에 쓰러뜨렸다.

"틀렸어. 이 세상에 사랑 따윈 없어. 특히 너 같은 인간 말종한테 베풀어줄 사랑은 더더욱."

팔이 꺾인 남자가 비명을 질렀지만 소용없었다. 하워드는 더욱 세게 팔을 비틀었다.

"그럼 마지막 질문. 인간의 몸에는 총 몇 개의 뼈가 있지?"

"몰라! 모른다고!"

남자가 침을 흘려가며 소리쳤다.

"모두 합해서 이백여섯 개다. 그런데 내 취미가 너 같은 놈 뼈 숫자를 늘려주는 거야. 마지막으로 말할 테니 잘 들어. 내 의뢰인 레이첼 양은 당신 빌리 젠킨슨과 이혼하고 싶어 한다. 이혼에 동의하면 여기 서류에 서명해주길 바란다."

"좆까지 마, 이 새끼야."

남자는 끝까지 발악했다. 하워드는 한숨을 쉬며 눈을 감았다.

"정 그렇다면 하는 수 없지. 이백일곱 개로 만들어주는 수밖에."

"안 돼⋯⋯."

남자가 애걸하듯 고함을 쳤지만 하워드를 멈추기에는 이미 늦었다. 하워드의 오른손에 힘이 들어가자 남자의 관절에서 으드득 소리가 나며 남자의 비명이 아파트 전체에 울려 퍼졌다.

하워드가 볼티모어의 사무실로 돌아온 건 아침이 되어서였다. 꼬박 네 시간 넘게 운전대를 잡았던 그의 머릿속에는 푹신한 침대 생각뿐이었다. 문을 열고 들어서자 친숙한 냄새가 그의 몸을 더욱 노곤하게 만들었다. 그런데 사무실에 들어선 하워드는 미소를 머금지 않을 수 없었다. 일주일이나 비운 낡고 좁은 사무실은 깨끗이 청소되어 있었다. 비서인 우르슬라였다. 하워드가 돌아오길 기다리며 청소를 한 것이었다. 체코에서 애아빠를 찾아 미국으로 온 서른세 살의 미혼모인 우르슬라는 하워드가 지구상에서 좋아하는 몇 안 되는 인간 중 한 명이었다. 비록 서투른 영어를 쓰고 가끔 말귀를 못 알아듣지만 그녀는 나이에 걸맞지 않게 때묻지 않고 착했다. 월급이 밀려도 군소리 한번 한 적 없었고 늘 굶고 다니는 하워드를 위해 손수 토마토수프를 싸오는 천사 같은 여자였다. 게다가 그녀의 토마토수프는 일품이었다.

"오늘은 수표를 써줄 수 있겠군."

하워드는 수표를 받고 기뻐하는 우르슬라의 모습을 상상하며 책상으로 갔다. 창밖 거리에는 때 이른 크리스마스 장식들이 상점 여기저기서 빛나고 있었다. 하워드는 책상에 앉으며 무심코 달력을 바라보았다. 달력은 이제 마지막한 장만을 남겨놓고 있었다. 하워드는 시간의 무덤 속으로 등을 돌리려는 노쇠한 올해 숫자가 낯설게 느껴졌다.

"올해가 2012년이었나?"

하워드는 언제부턴가 시간 개념을 잃은 채 살고 있었다. 어차피 하루살이처럼 살아가기에 날짜 따윈 아무래도 상관없었다.

"이제 곧 있으면 나도 마흔이군."

무일푼으로 40대를 맞을 생각을 하니 자연스레 한숨이 흘러나왔다. 책상에는 우르슬라가 정리해놓은 독촉장 몇 장과 편지 한 장이 있었다. 하워드는 편지를 집어 들었다.

집주인이 이번 달에도 집세를 내지 않으면 내보내겠다고 했어요. 전기료는 28일까지 꼭 내셔야 하고 브루노 씨는 연락이 안 돼요. 잔금을 받으시려면 직접 만나셔야 할 것 같아요. 의뢰인 전화가 몇 통 왔지만 보고드릴 만한 건 없어요. 모두 당신이 없다고 하니까 끊어버렸거든요. 하워드, 저는 오늘부로 그만둬요. 미리 말 못 해서 미안해요. 더는 당신에게 부담이 되고 싶진 않아요. 언젠가 당신이 성공하면 다시 불러주세요. 당신은 분명 잘될 거예요. 좋은 사람이니까. 그동안 정말 고마웠어요. 그리고 떠나기 전 마지막으로 부탁이 있어요. 제발 당신이 하느님과 화해했으면 좋겠어요. 당신이 그분에게 욕을 하면서도 괴로워하는 모습을 보면 마음이 아파요. 당신은 아직도 마음 깊은 곳에서 그분을 찾고 있어요. 다시 한번 말하지만 당신은 잘될 거예요. 신의 가호가 당신과 함께하길.

편지를 내려놓으며 하워드는 의자 깊숙이 몸을 묻었다. 우르슬라마저도 그의 곁을 떠나갔다. 익숙한 자괴감이 밀물처럼 밀려와 온몸의 힘을 빼놓았다. 하워드는 자신이 불길한 부적처럼 느껴졌다. 어쩐 일인지 그가 사랑한 사람들은 모두 그의 곁을 떠났다. 사랑하는 아내 헬렌도, 친절한 우르슬라도, 심지어 목숨처럼 아끼던 딸 제이미마저도. 책상 스탠드로 눈을 돌리니 우르슬라가 선물로 남겨놓은 묵주 십자가가 매달려 있었다.

"화해라."

과연 자신과 신 사이에 화해의 여지가 남아 있기나 한 걸까. 하워드는 무의식적으로 한숨을 내쉬었다. 하워드가 신으로부터 등을 돌린 건 칠 년 전 사건 때문이었다.

당시 하워드는 촉망받는 역사학 교수이자 단란한 한 집안의 가장이었다. 열일곱 살 때 발표한 논문으로 미역사학회 사상 최연소 정회원으로 선출되는가 하면 뉴욕대 재학 시절 출간한 『종교의 근원과 문명의 고리』는 미국뿐 아니라 세계 서른일곱 개 대학의 역사학과에서 교재로 채택되는 등 일찍부터 학계의 주목을 받았다. 대학 졸업 후에는 독일 뮌헨대학으로 유학, 유럽의 지성들과 자웅을 겨루었고 귀국 후에는 매스컴의 자문역을 맡기도 했다. 잘생기지는 않았지만 하워드의 서글서글한 인상과 학자답지 않게 유쾌한 분위기는 사람들의 환심을 사기에 충분했다. 그렇게 언론에 얼굴을 내민 것이 학계 어르신들의 심기를 건드렸던 것인지, 아니면 종교계 비주류 단체에서 활동한 것이 문제가 된 것인지, 주류 학계에서 자리를 잡는 데는 생각보다 많은 시간이 걸렸다. 어쨌건 그가 미국 역사학계를 짊어지고 갈 젊은 피의 대표 주자라는 데는 의심의 여지가 없었다. 하지만 하워드 인생의 정점은 화려한 이력이 아니라, 십 년 간의 열애 끝에 결혼한 아내 헬렌과 너무도 사랑스러운 딸 제이미와 함께한 순간들이었다. 편모슬하에서 유년기를 보낸 하워드에게 가족은 인생의 목표이자 무엇과도 바꿀 수 없는 소중한 존재였다. 그는 좋은 가장이자 아버지가 되고자 최선을 다했다. 그러던 어느 날 그에게 청천벽력과도 같은 사건이 터져버렸다.

여느 때처럼 그날도 하워드는 대학에서 강의를 마치고 딸 제이미를 데리러 가기 위해 허드슨강을 건너고 있었다. 조지워싱턴다리로 들어선 하워드의 기분은 오랜만에 구름 한 점 없이 갠 하늘처럼 가벼웠다. 그토록 가고 싶어했던 모교로부터 정교수 제의를 받고 돌아오는 길이었다. 그가 얼마 전 작성했던 「튜턴기사단의 슈바벤 공작과 트란실바니아의 브란트 지방 식민화」라는 논문이 미국역사학회 정기모임에서 주제로 채택되자 여러 대학에서 관심을 가지긴 했지만 정식으로 제의가 온 적은 이번이 처음이었다. 비록 그가 원하던 중세 유럽사 강의는 아니었지만 그는 제안을 받아들일 생각이었다. 정교수가 되면 그동안 모자란 생활비 때문에 일용직 일을 해야 했던 헬렌도 그렇게 원하던 자신의 그림을 그릴 수 있을 것이고 제이미에게 그네가 달린 마당을 선물해줄 수 있을 것이었다. 하워드는 기뻐서

날뛰는 두 사람의 모습을 상상하며 액셀러레이터를 깊숙이 밟았다. 그런데 다리의 마지막 부분에서 갑자기 하워드의 차 위로 우박처럼 한 남자가 떨어졌다. 놀란 하워드는 급히 차를 세우고 남자를 살폈다. 남자는 술에 취한 노숙자로 윈드실드를 반쯤 부수고 보닛 위에 널브러져 있었는데 그의 손에는 염세적인 광신자들의 전형적인 종말론이 적힌 피켓이 들려 있었다. 그는 이 간절한 메시지를 세상에 전하기 위해 위험하게도 다리 위를 가로질러 설치된 표지판 철골 위에서 시위하고 있었던 것이다.

다행히 크게 다친 곳은 없어 보였다. 하지만 만약을 대비해 인사불성이 된 노숙자를 병원에 데려가야만 했다. 하워드는 헬렌에게 전화를 걸어 사정을 설명하며 대신 제이미를 데려와 달라고 부탁하려 했지만 어쩐 일인지 헬렌은 전화를 받지 않았다. 결국 하워드가 제이미의 학교에 도착한 건 그로부터 한 시간이 지난 후였다. 그리고 그 한 시간은 치명적이었다. 하워드가 전속력으로 달려 도착했건만 학교에 제이미의 모습은 보이지 않았다. 혹시나 하고 학교 주변을 돌아보았지만 소용없는 짓이었다. 하워드는 제이미가 친구 부모의 차를 얻어 타고 집에 갔을 것이라고 자위하며 집으로 향했다. 전에도 하워드가 늦을 경우 종종 그런 적이 있었기 때문이었다. 하지만 집에 도착한 하워드는 일이 심상치 않게 돌아가고 있다는 걸 느낄 수 있었다. 집 안 어디에도 제이미는 없었다. 초조해진 하워드는 제이미의 모든 친구에게 전화를 해보았지만 제이미의 행방을 아는 친구는 한 명도 없었다. 결국 밤이 늦도록 제이미가 돌아오지 않자 하워드는 경찰에 신고를 했다. 그때까지도 하워드는 희망을 버리지 않고 있었다. 그러나 며칠 후 경찰이 탐문조사를 한 결과, 30대 중반으로 보이는 남자가 제이미를 차에 태워 간 걸 본 목격자가 나타나자 희망은 점차 절망으로 바뀌었다. 경찰은 돈을 노린 유괴라고 잠정 결론을 내리고 범인이 접촉해오길 기다렸지만 며칠이 지나도록 범인은 나타나지 않았다. 그리고 열흘이 지나자 경찰은 자신들의 추리가 틀렸다는 걸 인정하지 않을 수 없었다. 범인의 목적은 돈이 아니었다. 경찰은 범인의 인상착의를 바탕으로 수사를 펼쳤지만 한 달이 지나도록 이렇다 할 성과가 없었다. 그렇게 지옥 같은 시간이 흘렀다. 그동안 하워드가 할 수 있는 건 신에게 기도하는 것뿐이었다. 하워드는 매일 새벽에 교회를 찾아가 기도를 드렸고, 우울증에 걸려 시도 때도 없이 눈물을 흘리는 헬렌에게 신께서 분명 제이미를 건강한 모습으로 돌려보내줄 거라며 위로했다. 하지만 두 달이 지나도 경찰이 아무런 단서를 못 잡자 하워드는 대답도 없는 신에게 의지하기를 그만뒀다. 그는 일단 경찰이 수사를 벌이고 있는 뉴저지와 뉴욕주 외의 지역에서 제이미의 사진을 들고 일일이 탐문수사를 벌이기 시작했다. 수사 경험이 전무한 하워드로서는 그야말로 짚더미에서 바늘 찾기였지만 그것이 그가 할 수 있는 유일한 방법이었다. 그런데 이 막연하고 무식한 방법이 짚더미에서 바늘을 찾게 해주리라고는 하워드 자신도 생각지 못했다.

펜실베이니아주 경찰은 몇 년 전부터 인근 주에서 벌어진 아동납치범의 용의자로 한 남자를 지목하고 있었는데 그 용의자가 제이미를 데리고 가는 것을 본 목격자를 하워드가 찾아낸 것이었다. 실타래의 끝을 찾자 하워드는 먹이를 문 도베르만처럼 집요하게 물고 늘어졌고, 석 달째가 되던 어느 날 결국 범인의 은신처를 알아냈다. 그리고 그는 초인 같은 의지로 범인을 직접 검거하기에 이르렀다. 놀랍게도 범인은 펜실베이니아주 해리스버그의 한 고등학교 수학 교사였는데 그런 끔찍한 범행을 저지르리라고는 상상도 못 할 정도로 선한 얼굴을 하고 있었으며 이웃의 평판도 훌륭했다. 검거 당시 범인의 은신처 지하실에는 열두 살 난 만삭의 여학생이 묶여 있었으며 인근 야산에서 여아들의 시체가 암매장된 채 발견되었다. 하워드는 야산에서 시체가 발견되었다는 소식을 듣자마자 경찰의 만류에도 불구하고 현장으로 달려갔다.

하워드가 폴리스 라인을 뚫고 도착한 범행 현장에는 다섯 구의 시신이 묻혀 있었다. 하워드는 이 모든 게 악몽이길 바라며 시신을 확인했다. 그러나 불행히도 그것은 악몽이 아니었다. 네 번째 시트를 걷어내자 흙투성이가 된 제이미가 숨진 채 누워 있었다.

묵주를 든 하워드의 손이 부르르 떨리고 있었다. 칠 년이 지났건만 그는 아직도 차가운 흙 속에 묻힌 채 죽어 있던 제이미의 얼굴을 생생히 기억하고 있었다.

"그놈을 내 손으로 죽였어야 했어!"

묵주를 집어던지며 하워드가 소리쳤다. 묵주가 벽에 부딪혀 산산조각이 나며 바닥을 뒹굴었다.

"대체 그 어린애가 무슨 죄를 지었다고……."

하워드는 가슴을 움켜쥐며 흐느꼈다. 제이미를 생각할 때마다 그의 심장은 칼로 도려내듯 심한 통증을 호소했다. 한번은 고통이 너무 심해 의식을 잃고 쓰러져 있는 것을 이웃이 발견해 응급실로 옮긴 적도 있었다. 검사실로 향하던 하워드는 차라리 치명적인 병이라도 걸려서 제이미의 뒤를 따르길 바랐지만 검사 결과는 외상 후 스트레스 장애였다. 그 후 몇 차례 정신과 상담을 받았지만 의사는 아무런 도움을 줄 수 없었다. 환자에게 병을 치료하려는 의지가 결여되어 있었기 때문이었다. 그리고 칠 년이 지난 지금 하워드는 오래된 친구처럼 고통을 익숙하게 받아들이고 있었다.

하워드는 떨리는 손으로 책상 서랍에서 술을 찾았다. 이제 그를 위로해줄 유일한 친구는 술뿐이었다. 맨 아래 서랍에 삼 분의 일 쯤 남은 잭다니엘이 있었다. 하워드는 잔에 따르지도 않고 병째 들이켰다. 하지만 그것만으로는 하워드의 고통을 잠재우기에 역부족이었다. 정신없이 사무실 곳곳에서 술을 찾았지만 어디에도 남은 술은 없었다. 하워드는 주머니에 있던 잔돈을 모두 챙겨 비틀비틀 사무실을 나서려 했다. 길 건너 편의점에는 하워드를 위로해줄 잭다니엘이 잔뜩 있을 게 분명했다. 문고리를 잡으려는 순간이었다. 똑똑. 누군가 노크했다. 하워드는 멈칫했다. 노크 소리가 저 멀리 다른 차원에서 들리는 것처럼 아득하게 느껴졌다. 그때 다시 똑똑. 차분하고 분명한 소리였다. 누군가 현실 속에서 문을 두드리고 있었다. 하워드는 시계를 확인했다. 시곗바늘은 오전 아홉 시를 가리켰다. 의뢰인이 찾아오기에는 너무 이른 시간이었다. 그렇다면 문을 두드릴 사람은 한 사람뿐이었다.

"빌어먹을 영감, 그까짓 집세 누가 떼먹기라도 한대!"

하워드는 인상을 찌푸리며 문을 열었다. 그러나 문 앞에서 하워드를 기다리고 있던 건 집주인이 아니라 처음 보는 30대 중반의 여인이었다. 깔끔한 갈색 단발머리에 화장기 없는 얼굴을 하고 검정 바바리코트를 입고 있었는데 얼핏 보기에도 상류층 부인처럼 기품 있는 인상이었다.

"이곳이 하워드 레이크 씨가 운영하는 탐정소인가요?"

인상만큼이나 부드러운 목소리였다. 하워드는 잠시 정신을 추슬렀다. 그는 아직 칠 년 전 제이미의 무덤에서 돌아오지 못하고 있었다.

"괜찮으세요?"

그런 하워드를 보고 여인이 걱정되는 듯 물었다.

"네. 괜찮아요. 그런데 무슨 일이시죠?"

그제야 정신이 돌아온 하워드가 물었다.

"하워드 씨인가요?"

"그렇습니다만."

"당신께 의뢰할 사건이 있어서 왔습니다."

하워드는 오랜만에 커피를 준비했다. 평상시 우르슬라
가 하던 일이었지만 이제 그녀는 떠나고 없었다.

"인스턴트커핀데 괜찮으시겠습니까?"

"네. 상관없습니다."

여인이 다소곳이 말했다. 여인은 하워드가 권한 의자에
앉아 물기 묻은 우산을 정리했다. 하워드는 머그잔에 담은
커피를 여인에게 건네주고 자리에 앉았다. 첫인상과는 달
리 여인은 상류층 사람이 아닌 듯했다. 일단 우산을 고쳐
매는 그녀의 손은 식당에서 허드렛일을 하는 종업원처럼
거칠었고 손톱 역시 그 흔한 매니큐어 하나 칠해져 있지 않
았다. 그녀에게서 풍겨오는 향기도 대서양을 건너온 향수
와는 거리가 멀었다. 하지만 블라인드 사이로 스며드는 어
슴푸레한 아침 햇살을 받으며 조용히 앉아 있는 그녀의 자
태에는 분명 상류층의 도도함과 위엄이 깃들어 있었다.

'몰락한 상류층 가문의 막차를 탄 둘째 며느리쯤 되겠군.'

그렇다면 그녀의 의뢰는 뻔했다. 또다시 이혼서류를 들고
바람난 남편 뒤를 쫓아다니거나 팔 하나를 부러뜨리고 못

받은 위자료를 받아오는 일이었다. 하지만 하워드는 이제 그런 일을 하고 싶지 않았다. 적당히 거절해야겠다고 생각하며 하워드가 물었다.

"비가 오나보죠?"

"눈이 오고 있어요."

하워드는 창밖을 바라보았다. 여인의 말대로 동이 튼 도시에는 함박눈이 내리고 있었다. 거리에는 사람들이 눈을 맞으며 여느 때처럼 일터로 향하고 있었다. 세상은 하워드의 고통 따위 관심 없다는 듯 정상적으로 굴러가고 있었다.

"제가 너무 일찍 왔나요?"

"상관없습니다. 그런데 어떤 사건을 의뢰하시려는 겁니까?"

하워드가 단도직입적으로 물었다. 그러자 그녀는 하워드가 가장 듣기 싫어하는 질문으로 이야기를 시작했다.

"당신은 신을 저주해본 적이 있나요?"

하워드는 당장이라도 대답할 수 있었지만 그녀를 당황스럽게 하고 싶지 않았다.

"대부분 그런 경험이 있으리라 생각합니다."

여인은 품에 뜨거운 주전자라도 안고 있는 듯 가슴을 한번 움켜쥐고는 말을 이었다.

"만약 신이 있다면 저는 아마 지옥에 갈 거예요. 왜냐면 지금까지 수백 번, 아니 수천 번도 넘게 신을 저주했거든요."

여인은 마치 앞으로 가게 될 지옥이라도 떠올리듯 멍하니 허공을 응시했다. 그러다 문득 입을 열었다.

"사람을 찾아주세요."

"어떤 사람이죠?"

여인은 잠시 머뭇거리다가 입을 열었다.

"사뮈엘 베케트라는 사람입니다."

"제가 보다가 처음으로 존 연극의 작가와 이름이 같군요. 이 사람에 대해 알고 계신 걸 말씀해보세요."

하워드가 수첩을 펼치며 말했다.

"그게…… 문제가 있어요."

하워드의 질문에 여인은 망설였다.

"사소한 거라도 상관없어요. 편하게 말해보세요."

"사실은 이름 외에는 아무것도 아는 게 없어요."

여인의 말에 하워드는 펜을 내려놓고 의자에 기대어 앉았다.

"저, 미스……?"

"위버입니다. 에밀리 위버."

"그래요. 미스 위버. 이런 경우 조사를 진행할 수 없습니다. 이런 이름을 가진 사람은 메릴랜드주에만 적어도……."

"네. 알고 있어요. 너무 막연하다는 거. 하지만 꼭 찾아야 합니다. 무슨 일이 있어도……."

하워드는 여인의 목소리에서 뿌리 깊은 절실함을 느낄

수 있었다.

"그럼 왜 이 사람을 찾으려는지 자초지종이나 들어보죠."

하워드가 인내심을 갖고 물었다. 그러자 안심이 된 듯 여인의 굳었던 표정이 풀렸다.

"저, 담배 한 대 피워도 될까요?"

여인이 하워드의 책상에 놓여 있던 체스터필드를 보며 물었다. 하워드가 한 개피를 권하고 불을 붙여주자 여인의 입에서 흰 연기가 흘러나와 어슴푸레한 아침 햇살에 일렁였다.

"저는 뉴욕 브롱크스에서 작은 이탈리안 식당을 운영하고 있습니다. 크진 않지만 저희 가게 파스타는 인기가 있는 편이어서 단골손님이 꽤 있답니다. 제가 직접 구운 머핀도 쏠 만하고요."

뉴욕이라는 말에 하워드는 고개를 갸웃했다.

"왜 뉴욕에서 여기까지 오셨죠? 탐정이라면 거기도 널렸을 텐데."

"제 얘기를 들으면 이유를 알게 될 거예요."

여인은 다시 깊이 한 모금을 빨았다.

"저에게는 엠마라는 딸이 하나 있습니다. 지금은 요양 중이지만 얼마 전까지만 해도 뉴욕에 있는 세인트버나드초등학교에 다녔어요. 제 유일한 삶의 낙이자 희망이죠."

여인은 핸드백에서 사진을 꺼내 하워드에게 건네줬다. 머리를 양 갈래로 딴 금발의 소녀가 비치볼을 들고 밝게 웃고 있는 모습이었다. 소녀를 보며 하워드는 문득 제이미가 살아 있으면 이 나이가 됐겠구나, 라고 생각했다.

"사랑스러운 아이로군요."

하워드가 사진을 돌려주며 말하자, 여인의 표정이 조금 어두워졌다.

"남편과는 삼 년 전에 헤어지고 지금은 둘이 살고 있답니다. 식당이 그럭저럭 돼서 사는 데 큰 어려움은 없었어요. 엠마도 저와 지내는 걸 좋아했고요. 나름대로 행복한 시간이었답니다. 그런데 일 년 전이었어요. 저희 모녀는 얼마 안 남은 크리스마스 준비를 위해 시내로 외출했어요. 식당 때문에 함께 있어주질 못한 게 맘에 걸려 오랜만에 블루밍데일에 갔지요. 아시겠지만 그곳 쇼윈도의 크리스마스 장식은 유명하니까요."

"거기만큼 연말 분위기를 만끽할 수 있는 곳도 없죠."

그곳은 하워드에게도 추억이 어린 곳이었지만 이제는 이름만 들어도 상처가 쑤시는 뼈아픈 장소로 변해 있었다.

"엠마도 무척 좋아했어요. 저흰 그곳에서 쇼핑하며 정말 즐거운 시간을 보냈답니다. 산타 무릎에 앉아 소원을 빌기도 하고 크리스마스트리에 매달 장식품을 고르기도 하면서요. 그런 다음 저녁 식사를 위해 소호의 차이나타운으로 향했지요. 유명한 조 상하이 식당의 새우 덤플링을 먹여주고 싶었거든요. 잔뜩 신이 난 엠마는 가는 내내 알고 있는 캐럴을 모두 불러댔죠. 거기까진 완벽한 하루였어요. 그런데 도착한 차이나타운은 그야말로 인산인해였어요. 중국인, 유태인, 인도인 할 것 없이 지구의 모든 사람이 전부 모여 있는 것처럼 혼잡했죠. 택시가 꼼짝을 못해서 내린 후 걷기 시작했는데 낯선 거리에 들어선 엠마가 갑자기 겁에 질려 울면서 돌아가자고 하는 거예요. 저는 엠마를 다독이며 계속 식당으로 향했고, 곧 식당에 도착하려는 무렵이었어요. 갑자기 한 남자가 달려오더니 저와 부딪히지 뭐예요? 덕분에 저는 들고 있던 선물꾸러미를 떨어뜨리고 말았죠. 그런데 그 순간 주위에 있던 사람들이 기다렸다는 듯이 몰려들더니 제 물건을 훔쳐 달아나기 시작하는 거예요. 저는 너무도 갑작스러운 일에 정신없이 도와달라고 소리를 질렀지만 아무도 듣지 않았어요. 경찰도 보이지 않았고요. 그렇게 어쩔 줄 몰라 우왕좌왕하던 저는 갑자기 온몸에 소름이 돋는 걸 느꼈어요."

여기까지 말을 마친 여인은 다시 깊이 한 모금을 빨았다. 잠시 후 그녀의 폐에서 나온 연기는 깊은 회한과 섞여 나지막이 사무실 안으로 퍼져갔다.

"잃어버린 게 물건만이 아니었군요."

하워드가 여인을 대신해 말을 이었다. 고개를 끄덕이는 그녀의 눈에 눈물이 고여 있었다.

"선물이고 뭐고 다 팽개치고 필사적으로 엠마를 찾기 시작했어요. 지나는 사람들마다 붙잡고 엠마를 못 봤냐고 물었죠. 심지어 말도 안 통하는 중국인에게도요."

여인의 눈에서 더는 말을 이을 수 없을 만큼 눈물이 흘러내렸다. 하워드는 티슈를 건네주고 여인이 진정하기를 기다렸다. 이윽고 여인이 떨리는 목소리로 말을 이었다.

"결국 엠마를 못 찾은 전 경찰을 찾아갈 수밖에 없었어요. 실종신고를 한 후 엠마가 나타나길 빌었죠. 그런데 며칠 후 담당 경찰이 놀라운 소식을 전해주더군요. 엠마가 실종된 게 아니라 납치됐다는 거예요. 차이나타운에서 정육점을 하던 중국인이 엠마와 인상착의가 비슷한 소녀가 한 중년 남자에게 끌려가는 걸 봤다고……. 최악의 상황이 벌어진 거죠. 그때부터 지옥 같은 수사가 지루하게 이어졌어요."

그녀는 얼마 남지 않은 체스터필드가 아깝기라도 한 듯 소중하게 빨아들였다.

"아무런 성과도 없이 석 달이 지났어요. 저는 가게 문도 닫은 채 정신병자처럼 경찰서에서 생활했죠. 며칠째 씻지도 못했던 저는 빨래도 할 겸 오랜만에 집으로 향했어요. 몸도 추스르고 정신을 차려야겠다고 생각했죠. 핸드백에서 열쇠를 꺼내 문을 열려는데 이미 문이 열려 있는 거예요. 저는 도둑이 들었나보다 생각하고 조심스럽게 집안으로 들어갔는데 놀랍게도 거실에 엠마가 앉아 있었어요. 처음엔 제 눈을 믿을 수 없었죠. 내가 지금 꿈을 꾸고 있는 건가, 아니면 이젠 미쳐버려 환상을 보는 건가. 그런데 그건 정말 엠마였어요. 제 딸이 거짓말처럼 돌아온 거예요. 너

무도 기뻐서 엠마를 붙들고 정신없이 입을 맞췄죠. 그 순
간 뭔가 잘못됐다는 걸 알았어요. 엠마는 저를 알아보지
못하고 넋을 잃고 허공만 응시하고 있었어요. 게다가 엠마
의 몸 여기저기에 채찍으로 맞은 것처럼 심한 상처들이 있
었고, 심지어 임신한 상태였어요. 열한 살짜리가 말이에
요. 그 짐승 같은 놈이 어린 제 딸한테…….”

여인은 분노에 차서 말을 잇지 못한 채 바르르 떨고 있었
다.

“소아 성애자였군요.”

하워드가 짐작하며 내뱉은 말에 여인이 동의하듯 끄덕이
며 말을 이었다.

“경찰은 엠마에게서 범인에 대한 단서를 찾으려 애썼지
만 소용없었어요. 엠마는 경찰이 다가오는 것조차 두려워
했거든요. 결국 포기하더군요. 집으로 돌아온 이후로도 엠
마의 닫힌 입은 열리지 않았어요. 마치 두 번 다시 세상과
얘기를 안 하겠다고 맘먹은 것처럼 말이에요. 저도 더는
엠마가 고통스러워하는 걸 보고 싶지 않아서 말을 시키지
않았어요. 그 후로 엠마는 조금씩 안정을 찾아갔지만 예전
의 엠마로 돌아갈 기미는 보이지 않았어요. 저는 식당을
닫고 엠마의 회복에만 매달렸죠. 엠마의 식사를 만들고 옷
을 갈아입히고 앨범을 보여주며 좋은 추억들을 얘기해주
면서요. 하지만 차도는 보이지 않았어요. 영원히 이런 고
통스러운 시간이 지속될 것만 같았죠. 그런데 며칠 전 아

침이었어요. 엠마에게 아침 식사를 가져다주고 방을 정리하려고 갔는데 갑자기 엠마가 입을 연 거예요. 마치 오랫동안 뱃속에 담고 있던 독을 뱉어내듯 말이죠. 그런데 처음이자 마지막으로 엠마의 입에서 튀어나온 말은 누군가의 이름이었어요."

"사뮈엘 베케트."

"맞아요. 그 이름을 말하며 엠마는 공포에 떨고 있었어요. 마치 지옥의 사자를 본 것처럼."

이 말을 하는 여인 역시 부르르 떨고 있었지만 그 동작은 분노를 못 참고 분출하는 몸부림이었다. 하워드에게도 아주 익숙했다.

"경찰에게 이야기하셨습니까?"

"경찰은 아무런 도움이 되지 않아요. 지금까지도 그랬고 앞으로도."

여인의 목소리는 확고했다. 탐정을 찾아오는 의뢰인 대부분은 경찰에 대한 깊은 불신이 있었다.

"그런데 왜 일부러 이 먼 길을 온 거죠? 이런 사건을 맡을 탐정은 뉴욕에도 많은데요."

하워드의 질문에 여인은 핸드백에서 한 장의 오래된 신문 기사 스크랩을 꺼내 들었다.

"얼마 전 오래된 신문 기사를 읽었어요. 칠 년 전 한 남자가 경찰이 못 잡은 자기 딸 납치범을 직접 잡았다고. 그리고 결국 딸을 잃은 아버지는 자신과 비슷한 처지에 놓인 사람을 돕기 위해 탐정이 되었다고."

여인은 하워드의 과거에 대해 잘 알고 있었다. 그 사건은 경찰의 무능함과 하워드의 인간적인 모습 때문에 여러 신문에 기사화되었다. 사건이 종결되자 하워드는 오랜 방황 끝에 자신과 같은 사람들이 또다시 생기지 않길 바라며 삼 년간의 탐정 수습 과정을 거쳐 오늘에 이르렀다.

"당신은 누구보다 제 심정을 잘 아실 거예요. 그러니 제 사건을 맡아주세요. 돈은 얼마든지 드리겠습니다."

여인이 수표책을 꺼내며 말했다. 하워드는 미간을 주물 렀다. 이 사건은 칠 년 전 하워드가 겪었던 일과 너무나도 흡사해서 하워드를 두렵게 만들고 있었다.

"만약 그 사람이 범인이고 제가 찾아낸다면 어쩔 건가 요?"

하워드는 잠시 망설이다가 마음에 담아뒀던 질문을 했 다.

"죽일 건가요?"

중요한 질문이었다. 이런 사건의 경우 원한에 사무친 의 뢰인이 직접 보복하려는 경우가 대부분이었기 때문에 또 다른 사건과 피해자가 생길 수도 있었다.

"당신은 그때 어떤 심정이었나요? 당신도 놈을 죽일 수 있었잖아요."

여인이 하워드의 정곡을 찔렀다. 여인은 예상보다 훨씬 많은 걸 알고 있었다. 하워드는 눈을 감았다. 범인을 잡던 순간이 아직도 눈에 선했다.

범인의 은신처를 찾아낸 하워드는 경찰에 전화한 후 그 순간을 위해 준비한 베레타 권총을 앞세우고 범인의 집으로 들어갔었다. 범인은 집안 거실에서 아이스크림을 먹으며 천연덕스럽게 TV를 보고 있었다. 하워드는 범인을 보는 순간 밑바닥부터 끓어오르는 분노를 참지 못하고 권총을 범인 뒤통수에 들이댔다. 그제야 인기척을 느낀 범인이 고개를 돌려 하워드를 바라보았다. 잠시 후 하워드의 권총 소리가 울려 퍼졌다. 탕!

하워드는 번쩍 눈을 떴다. 그리고 가슴을 움켜잡았다. 통증이 다시 시작되고 있었다. 하워드는 가쁜 숨을 몰아쉬면서 진정하려고 노력했다.

"왜 그때 범인을 쏘지 않았죠? 충분히 맞힐 수 있었잖아요."

방아쇠를 당기기 직전에 느꼈던 피스톨그립의 감촉이 하워드의 손끝에 생생히 느껴졌다. 치명적인 쇠뭉치를 잡고 있던 하워드의 손은 막상 고대하던 기회가 펼쳐지자 망설임에 떨었다. 그런데 그 순간 범인의 입가에 보일 듯 말 듯 한 미소가 떴다. 그 미소는 하워드의 마지막 분노를 일깨우며 방아쇠를 당기게 했다. 그렇지만 총알은 범인의 귀를 스치며 벽에 날아가 박혔다. 그리고 그때 경찰이 들이닥쳤다.

당시 총구에서 뿜어져 나오던 화약 냄새가 지금도 주위

에 머무는 듯했다.

"아까 신을 저주한 적이 있냐고 물었죠?"

범인의 집에서 간신히 현실로 돌아온 하워드가 여인을 보며 말했다.

"물론 있습니다. 그것도 당신 이상으로 처절하게. 왜 내가 신을 저주하는지 아십니까? 그건 바로 놈을 죽이려는 순간 그 빌어먹을 신이 내 손을 잡았기 때문이에요."

신이 떠난 사무실에는 상처받은 두 사람이 앉아 있었고 그 너머로 하얀 눈이 세상을 덮고 있었다.

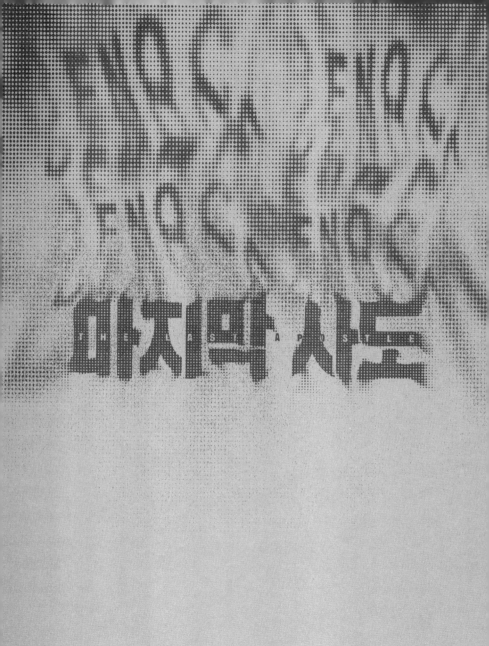

마지막 사도
THE LAST APOSTLE

다섯 번째 사뮈엘

–

하워드가 뉴욕을 다시 찾은 건 제이미를 잃은 후 처음이었다. 삶의 터전이던 이곳을 떠나 볼티모어로 이사한 건 골목골목 추억으로 넘쳐났기 때문이었다. 한때는 삶의 이유였던 추억들이 이제는 고통의 칼날이 되어 하워드의 심장을 후벼 파고 있었다.

브루클린다리를 건너 맨해튼으로 들어서던 하워드는 파크로우 입구에 있던 한 상점으로 고개를 돌렸다. 예전에 작지만 아늑한 일본식 국숫집이 있었다. 그곳은 하워드가 첫 월급을 탔을 때 헬렌과 함께 식사했던 곳이었다.

「슛파쓰에키」

그것이 식당 이름이었다. 헬렌이 뜻을 묻자 일본인 주인이 출발역을 뜻한다고 알려줬다. 헬렌은 그 이름을 좋아했다. 그곳이 두 사람의 출발역이기 때문이었다. 하지만 그 자리에는 샌드위치 체인점이 들어서 있었다.

"좋은 게 오래갈 리 없지."

하워드는 기억 저편의 식당을 뒤로한 채 브로드웨이가(街)로 들어서며 핸드폰을 꺼내 들었다. 그리고 주소록에서 뉴욕 경찰청을 찾아 단축버튼을 눌렀다.

"뉴욕 경찰서 강력반입니다. 뭘 도와드릴까요?"

분주한 외부 소음을 배경음으로 강인한 목소리의 여자가 전화를 받았다.

"해리 스탠턴 형사와 통화하고 싶은데요."

"누구라고 전해드릴까요?"

"볼티모어에서 온 옛 친구라고 하면 알 겁니다."

잠시 기다리라고 하는 여자의 대답에 이어 경찰 홍보 멘트가 이어졌다.

하워드는 사거리 신호를 기다리며 지갑 귀퉁이에 꼬깃꼬깃 숨겨져 있던 에이스 카드 한 장을 꺼내 들었다. 소중한 이의 목숨을 치르고 얻은 카드였다. 친구의 성의가 담긴 귀중한 카드이기도 했다. 칠 년 전 해리에게 이 카드를 건네받은 후 지금껏 한 번도 이 카드를 꺼낸 적이 없었다. 하지만 이번에 이 카드를 쓸 작정이었다.

"하워드, 자넨가?"

그때 전화 저편에서 익숙한 목소리가 들려왔다.

"오랜만이군, 해리."

"칠 년 만인가? 벌써 시간이 그렇게 됐군."

해리의 목소리 한 귀퉁이가 녹슨 것처럼 그르렁거렸다.

"그래, 이 지긋지긋한 도시에는 어인 행차신가. 이쪽으론 오줌도 안 눌 것처럼 떠나더니."

하워드는 카드를 바라봤다.

"그때 줬던 카드는 아직 유효한가?"

그 말에 해리가 잠시 침묵을 지켰다.

"물론이지."

"출발하기 전에 자네에게 이메일을 보냈어. 확인하고 전화 줘. 오랜만에 제이슨 바에서 한잔하자고. 설마 없어지진 않았겠지?"

뉴욕의 칠 년은 다른 도시의 백 년과도 같았다.

"다행히 아직 살아 있어. 거기서 일곱 시에 보자고."

"좋아."

용건이 끝났지만 두 사람은 아직도 전화기를 들고 있었다.

"…별일 없는 거지? 하워드."

친근한 침묵 뒤에 해리가 물었다.

"응. 아무 일 없어."

"이따 보자고, 친구."

이 말을 끝으로 해리는 전화를 끊었다.

"친구……."

오랜만에 들어보는 푸근한 단어였다. 이 지긋지긋한 곳에도 좋은 게 하나쯤 있다고 생각하며 하워드는 소중한 카드를 도로 지갑에 넣었다. 그때 뒤에서 택시 운전사의 욕지거리와 함께 출발을 재촉하는 경적 소리가 들려왔다.

"빌어먹을 뉴욕."

하워드는 깊은 한숨을 쉬며 공룡의 몸속으로 차를 몰았다.

바는 그대로였지만 주인은 제이슨이 아니었다. 내부 장

식도 변한 건 없었다. 하지만 주인이 바뀌자 어딘지 낯설어 보였다. 폭주족처럼 머리를 밀고 콧수염을 기른 바텐더가 다가와 하워드의 빈 잔을 채워주었다.

"제이슨은 삼 년 전 가게를 팔고 캐나다 금광에 투자했다가 홀랑 날렸다는군. 지금은 한국에서 영어 강사를 하고 있대."

해리가 얼마 남지 않은 맥주를 비우며 말했다.

"벌이가 나쁘지 않다던데. 나보고도 시시한 경찰 때려치우고 오라던걸."

하워드는 대꾸 없이 온더록스 잔을 돌리고 있었다. 하워드가 해리를 만난 건 칠 년 전이었다. 당시 해리는 경찰 내사과를 그만두고 강력계로 온 지 얼마 안 된 신참 형사였다. 덕분에 내사과라면 이를 갈던 강력계 동료들에게 혹독한 신고식을 치르던 중이었다. 그런 그에게 처음으로 맡겨진 사건이 제이미 사건이었다.

반장을 비롯한 동료 경찰들은 해리가 적당한 선에서 손을 들고 자빠질 거라 생각했다. 하지만 해리는 그들을 비웃기라도 하듯 능숙하게 사건을 처리해 나갔다. 심지어 동료 경찰들이 돈을 노린 범행이라고 단정 짓고 범인의 접촉을 기다리고 있을 때 유일하게 반대 의견을 제시하며 독자적인 논리를 펴나갔다. 끝내 해리의 추측이 맞았지만 동료 경찰들은 오히려 해리가 팀워크를 해친다며 수사에서 제외하려 해 해리는 좌절에 빠지고 말았다. 와중에 하워드만

이 해리의 진면목을 알아보았다. 하워드가 경찰과는 별도로 직접 사건을 조사하기 시작하면서 해리에게 도움을 요청하고 둘의 공조는 마침내 범인을 추리해내는 데 성공하여 범인을 검거하기에 이르렀다. 하워드가 범인의 집으로 잠입하기 직전에 전화를 건 경찰 역시 해리였다. 그 사건을 계기로 둘은 절친한 친구가 됐다.

"헬렌은 어떻게 지내? 연락은 해?"

해리가 조심스럽게 말을 꺼냈다.

"아마도 잘 지낼 거라고 생각해."

하워드가 무거운 목소리로 대답했다.

"대체 언제까지 그렇게 지낼 거야? 이제 서로를 용서할 때도 되지 않았어?"

하워드는 아무 말없이 잔을 비웠다. 그리고 화제를 돌리려는 듯 지갑에서 에이스 카드를 꺼내 테이블 위에 놓았다. 해리는 오래된 카드를 집어 들며 미소를 지었다. 그것은 칠 년 전 둘이 함께 사건을 조사하면서 한 내기 중 일부였다.

"사실 난 그때 자네가 놈을 죽이지 않을 거라고 예상했어."

해리의 말에 하워드가 의아한 얼굴로 바라보았다.

"그런데 왜 내가 범인을 죽일 거라는 데 걸었지?"

"그래야 자네가 놈을 안 죽이는 데 걸 테니까."

해리가 준비해온 서류 봉투를 탁자 위에 올려놓으며 말

했다.

"그래서 내가 마지막 순간에 놈을 안 죽였다고 생각하는
건 아니겠지?"

하워드가 진지하게 물었다.

"그야 신밖에 모르겠지."

일부러 신을 운운하는 해리를 향해 인상을 쓰며 하워드
는 서류 봉투를 집어 들었다. 봉투 안에는 해리가 경찰 데
이터베이스에서 뽑아온 전국에 거주하는 사뮈엘 베케트의
신상명세서가 들어 있었다.

"오십 개 주 통틀어 총 백일흔네 명이야. 이미 사망한 사
람들은 제외했어. 그런데 정말 이름으로 시작할 셈인가?"

하워드가 고개를 끄덕였다.

"몇 달이 아니라 몇 년이 걸릴지 모르는데도?"

하워드의 고개가 다시 한번 끄덕였다.

"그놈의 고집은 여전하군. 이건 도로 넣어둬. 이 정도에
쓰긴 아깝잖아."

해리가 카드를 다시 내밀면서 말했다.

"낙장불입이야. 지나간 버스는 다시 오지 않는다고."

"고지식하긴. 그냥 술이나 한잔 사라고. 선수금도 받았
을 텐데."

해리가 억지로 하워드의 손에 카드를 쥐여주며 말했다.
하워드는 마지못해 카드를 받아 주머니에 넣었다.

"하워드. 존 콕스의 최종 판결이 다음달 중순인 건 알고

있지?"

하워드의 표정이 다시 어두워졌다.

"알고 있어."

존 콕스는 제이미를 죽인 범인의 이름이다. 그는 아직도 뉴욕 외곽의 정신병원에 멀쩡히 살아 있었다. 로슨 앤 크롬웰이라는 뉴욕에서도 가장 비싼 로펌의 수석 변호사들로 이루어진 콕스의 변호사들 덕분이었다. 그들은 주당 이만 달러라는 어마어마한 금액을 받는 대가로 들어보지도 못한 정신병명을 갖다 붙여 지금까지 범인의 목숨을 연장시켜주고 있었다. 재판이 시작된 초반에 이들의 등장은 하워드를 당황하게 만들기에 충분했다. 평범한 고등학교 교사에게 그런 돈이 있을 리 만무했기 때문이었다. 하지만 세상에 벌어지는 모든 일에는 보이지 않는 이면이 있다는 걸 하워드는 간과하고 있었다.

"놈의 뒤를 봐주는 인간들이 누군지 알아냈나?"

하워드는 잭다니엘을 병째로 주문했다. 바텐더가 술을 가져오자 그는 스트레이트 잔을 연거푸 비우고 입을 열었다.

"멘데스의 염소."

그 말에 산전수전 다 겪은 해리도 얼굴이 굳었다. 멘데스의 염소(Goat of Mendes)는 사탄을 신봉하는 지하종교단체로 미국 내에만 십만 명이 넘는 신도가 있었다. 사탄주의를 추종하는 종교단체 중에도 가장 극단적인 신봉자들이며, 사탄의 축제일로 알려진 그랜드 사바스(Grand Sabbath)에 인간을 산제물로 바치기도 한 것으로 알려져 FBI의 조사를 받기도 했다. 알고 보니 제이미를 죽인 범인이 바로 그 단체의 일원이었다.

"최악이군. 어떻게 알아냈나?"

해리도 답답한지 맥주를 내려놓고 위스키를 집어 들었다.

"로슨 앤 크롬웰 최고 경영자이자 놈의 변호를 맡은 밀트 로슨의 뒤를 밟다가 알게 됐지. 두 번째 항소장을 제출하기 전날 밤 몰래 사무실을 빠져나와 운전기사도 대동하지 않고 테네시주 멤피스로 향하더군. 그런데 멤피스에 도착해서 로슨이 들어간 곳이 바로 시내 건물 지하에 자리한 멘데스의 염소 신전이었어."

"빌어먹을 변호사 놈들. 어쩐지 너무 들이댄다 했더니 한패였구먼. 어찌 됐건 이번엔 결판이 나겠군. 자네 소원대로 전기의자에 앉히든지 사탄이 승리하든지."

해리가 하워드와 자신의 잔을 채웠다. 그리고 잔을 들며 소리쳤다.

"제이미를 위하여."

그러자 하워드가 잔을 부딪치며 소리쳤다.

"제이미를 위하여."

둘은 묵묵히 잔을 비웠다.

경험에 의하면 탐정조사는 구체적인 증거를 통해 인간의

이면을 추리해내는 게임과도 같은 것이었다. 그리고 그 과정을 통해 드러난 이면은 겉모습과는 판이하다는 걸 하워드는 잘 알고 있었다. 때로는 성실한 가장이 밤거리 게이 포르노 극장을 전전하는 변태성욕자로 변하기도 하고 평생을 함께한 부인이 보험금을 노리고 남편을 죽이기 위해 인터넷으로 청부살인을 사주하는 파렴치범으로 탈바꿈하기도 하는 것이다. 그래서 농담 반 진담 반으로 인간혐오증은 탐정의 직업병이라고들 했고 하워드 역시 마찬가지였다. 하지만 지난 보름 동안 해리의 자료를 조사한 하워드는 평범한 사람들의 일상적인 모습을 보게 되어 조금은 안도하고 있었다.

하워드는 일단 사건이 발생한 뉴욕에서부터 조사를 시작했는데 뉴욕에만 열두 명의 사뮈엘 베케트가 거주하고 있었다. 해리의 자료에는 사회보장번호와 이름, 그리고 거주지 주소만 적혀 있었기 때문에 나머지 항목은 하워드가 발품을 팔아서 채워야만 했다. 하워드는 지금까지 네 명의 사뮈엘을 뒷조사했지만 사건과 연관된 단서는 아무것도 발견할 수 없었다.

첫 번째 사뮈엘은 뉴욕 외곽의 양로원에 거주하고 있었는데 간병인의 도움 없이는 화장실도 못 가는 80대 노인이었다. 노인은 하워드가 찾아오자 초면임에도 한 시간 넘게 자신의 이야기를 하며 외로움을 달랬고 하워드가 떠나려 할 때는 점심에 간식으로 나온 초콜릿 머핀을 쥐여주며 아쉬워했다.

두 번째 사뮈엘은 열일곱 살짜리 고등학생이었다. 그는 뉴욕의 한 고등학교에서 문제를 일으켜 뉴저지주로 전학을 간 상태였는데 비록 마리화나를 피우고 잭나이프를 가방에 숨겨 다니는 게임 마니아였지만 여자아이를 유괴해 강간하는 일과는 거리가 먼 소심한 청소년에 불과했다. 처음으로 하워드의 관심을 끈 건 세 번째 사뮈엘이었다. 그는 30대 후반의 중년 남성이었으며 부인을 폭행해서 법원으로부터 접근금지 처분을 받고 있었다. 하워드는 이틀 동안 그의 집 앞에서 잠복하느라 밤을 새웠지만 결국 용의자 명단에서 지워야만 했는데, 해리가 보내준 그의 범죄기록 때문이었다. 그는 사건이 벌어진 작년 12월, 그가 수리공으로 일하던 카센터에서 부품을 몰래 빼돌린 혐의로 체포되어 웨스트체스터 교도소에서 크리스마스를 보내야 했다.

하워드는 세 번째 사뮈엘 이름 위에 줄을 긋고 다음 사뮈엘을 찾아갔지만 그 역시 세 아들을 둔 평범한 샐러리맨에 불과했다. 게다가 현재 출장차 일본에 있었기 때문에 하워드는 일단 그가 돌아온 후 조사를 진행하기로 하고 다섯 번째 사뮈엘을 만나기 위해 차를 돌렸다.

하워드가 차를 세운 곳은 브루클린 북쪽 브라운스빌의 한 아파트 건물 앞이었다. 이곳은 브루클린에서도 범죄와 마약이 난무하는 것으로 유명한 지역이었다. 하워드가 이곳까지 오는 길에도 여러 번의 총성과 경찰 사이렌 소리가 거리를 메우고 있었다. 하워드는 차에서 내리며 주소를 확인했다.

"브루클린 58번가 미들체커스 빌딩 703호."

건물로 들어서려던 하워드는 뒤통수에서 느껴지는 따가운 시선에 걸음을 멈췄다. 저만치 서성이던 한 무리의 흑인들이 경계의 눈빛으로 하워드를 노려보고 있었다. 하워드의 차림새를 보고 경찰쯤으로 여기는 눈치였다. 범죄에 익숙한 이들에게 경찰은 아무리 포장해도 냄새가 진동하는 치즈처럼 구별되는 모양이다. 비록 경찰은 아니지만 사람들 구린내를 맡고 다녀야 하는 건 탐정도 마찬가지니까. 하워드는 차라리 잘됐다고 생각하며 그들 중 가장 덩치가 큰 흑인을 불렀다. 그러자 흑인이 잔뜩 인상을 쓰며 다가왔다.

"난 마욜에 대해 아무것도 몰라요."

아마도 마욜이라는 친구가 이 근처에서 문제를 일으킨 모양이었다. 이제 막 도착한 하워드가 그 친구를 알 턱이 없었다. 하워드는 포커페이스를 유지하며 주머니에서 십 달러짜리 지폐 한 장을 꺼냈다.

"돌아왔을 때 내 차가 멀쩡하면 십 달러 더 주지."

그러자 흑인의 두툼한 입술에 씩 미소가 떴다. 그는 하워드 손에 들려 있던 십 달러를 단번에 채갔다. 적어도 저 친구가 있는 한 얼마 전 새로 간 타이어는 멀쩡하겠지 싶었다. 하워드는 십 달러 지폐를 들고 시시덕대는 흑인들을 뒤로하고 건물 안으로 들어갔다.

지어진 지 백 년도 넘은 아파트는 입구에서부터 퀴퀴한 냄새가 진동했다. 건물 천장은 파이프에서 샌 물 때문에 여기저기 얼룩져 있었고 복도 구석에는 쥐들이 싸놓은 배설물들이 나뒹굴고 있었다.

하워드는 엘리베이터로 다가갔다. 엘리베이터 옆에는 한쪽 다리가 없는 흑인 노인이 이곳과 어울리지 않는 바로크식 의자에 앉아 있었는데, 하워드가 엘리베이터에 타려고 하자 지팡이로 계단을 가리켰다. 철창으로 된 구식 엘리베이터에는 커다랗게 '고장'이라고 적힌 딱지가 붙어 있었다. 글씨가 적힌 종이가 누렇게 변색된 걸 보니 고장난 지 꽤 된 모양이었다. 하워드는 노인에게 고맙다는 인사를 하고 계단으로 향했다.

칠 층에 도착한 하워드는 벽을 붙들고 잠시 숨을 골라야 했다.

"염병할. 마흔이 되려면 아직 한 달이나 남았는데."

하워드는 술과 담배에 지쳐버린 자신의 노쇠한 심장을 원망하며 복도로 들어섰다. 채광이 안 좋아 어두운 복도에는 양옆으로 문들이 늘어서 있었고 그 너머로 생활 소음이 들려왔다. 어떤 문에서는 부부가 서로를 죽일 듯 싸우는 소리가 여과 없이 들려왔고 또 다른 문에서는 귀가 터져라 랩이 흘러나오고 있었다. 반쯤 열린 문틈으로는 한 노파가 소파에 앉아 넋 나간 눈으로 거울을 응시하고 있었고 그 옆집 문 앞에는 팬티 차림의 꼬마가 오들오들 떨고 있었다. 복도 전체에서 밑바닥 인생들의 처절함이 배어나고 있었다. 이런 복도가 미국 전역에만 수백만 개는 있을 터였다. 하워드는 마켓에서 장을 보듯 무덤덤하게 방 번호를 확인하며 앞으로 나아갔다.

703호는 복도 거의 끝에 있었다. 그런데 703호는 다른 집과 사뭇 달랐다. 얼룩지고 칠이 벗겨진 채 방치된 다른 문들에 비해 703호의 문은 푸른색으로 깔끔하게 칠해져 있었고 문고리 역시 새것으로 바뀌어 있었다. 누군가 애정을 가지고 관리한 흔적이 입구에서부터 역력했다. 하워드는 어둠 속에도 반짝이고 있던 놋쇠 문고리를 잡으려다 멈칫했다. 문고리 중앙에는 수정이 박힌 작은 십자가가 부조로 조각되어 있었는데 그것이 하워드의 감정을 건드리고 있었다.

"젠장. 십자가는 질색인데."

하워드는 지저분한 배설물이라도 묻은 듯 마지못해 문고리를 잡았다. 그때였다.

"지금 뭐라고 했수?"

고개를 돌리자 앞치마를 두른 60대 부인이 서 있었다. 얇은 입술에 돋보기안경을 끼고 있었는데 척 보기에도 보통내기가 아니란 걸 알 수 있었다.

"십자가를 좋아하지 않는다고 했습니다만."

하워드는 초반부터 일이 꼬인다고 생각했다. 가끔은 신에 대한 적대감이 조사를 어렵게 만들 때가 있었다. 아마도 지금 앞에 서 있는 부인은 독실한 기독교 신자일 것이다. 아니나 다를까 부인은 못마땅한 얼굴로 하워드를 바라보고 있었다.

"그 집엔 무슨 일이슈?"

부인이 무뚝뚝하게 물었다.

"사뮈엘을 만나러 왔습니다. 지금 있습니까?"

"사뮈엘은 왜 찾는데?"

그녀는 마치 심문하듯 차갑게 몰아붙였다.

"저, 부인. 실례지만 누구신지 여쭤봐도 되겠습니까?"

하워드가 혹시 사뮈엘의 동거인일지도 모른다는 생각에 조심스럽게 물었다. 하지만 부인은 꿈쩍도 안 했다.

"내 질문에 먼저 대답해. 사뮈엘은 왜 찾느냐고?"

하워드는 당황스러웠다. 부인의 갑작스러운 등장도 그랬지만 추궁하듯 묻는 부인의 말투에는 경계의 기색이 역력했기 때문이었다. 결국 하워드는 준비한 대사 중 가장 궁색한 것을 끄집어내고 말았다.

"사뮈엘의 먼 친척입니다. 할머니께서 며칠 전 돌아가시면서 남긴 유언을 전해주려고 왔습니다."

그러자 부인은 흠집이라도 찾으려는 듯 하워드를 위아래로 훑어보았다. 멍청하긴. 하필이면 그 많은 대사 중 제일 진부한 걸 고를 게 뭐람. 하워드는 경솔한 자신을 질책했다. 하지만 부인의 반응은 예상과는 달랐다.

"그럼 진작 그렇게 말할 것이지. 우물쭈물하긴, 사내가."

부인은 의외로 소탈한 성품이었다. 하워드는 속으로 안도의 한숨을 내쉬었다.

"근데 어쩌나. 사뮈엘은 일주일 전 이사 갔어."

"이사요? 어디로요?"

"글쎄. 나도 아쉬워서 물어봤지만 웃기만 하던걸. 사뮈엘은 집세 한 번 안 밀린 최고의 세입자였는데 말이야."

부인은 건물 관리인인 모양이었다. 다시 발품을 팔아야 할 걸 생각하니 하워드는 한숨이 절로 나왔다.

"그런데 자네한테 남긴 게 있어."

부인의 말에 하워드는 의아했다.

"저한테요?"

"응. 여기 어디 뒀는데……. 여기 있네."

부인은 앞치마 주머니에서 편지 봉투 하나를 꺼내주었다. 하워드는 어리둥절해서 봉투를 살폈다. 봉투 겉면에는 아무것도 적혀 있지 않았다.

"뭐라면서 이걸 전해주라고 하던가요?"

"일주일 후에 십자가를 안 좋아하는 친구 한 명이 자기를 찾아올 거라고 했어. 그 친구가 오면 이걸 주라던데."

하워드는 뒤통수를 얻어맞은 기분이었다. 전혀 예상치 못했던 일이었다. 게다가 마치 자신이 찾아올 걸 기다리고 있었다는 듯한 말투였다. 하지만 그럴 가능성은 없었다.

아마도 하워드처럼 십자가를 싫어하는 누군가가 찾아오기로 했겠지. 하워드는 일단 봉투를 개봉하기로 했다. 안에는 한 장의 편지가 들어 있었다.

어느 날 우린 벙어리가 되고 어느 날 우린 장님이 된다. 어느 날 우린 귀머거리가 되고 어느 날 우린 태어나고 죽는다. 여자는 무덤 위에 걸터앉아 아기를 낳고 남자는 꿈속에서처럼 곡괭이로 천년보물을 숨긴다.

편지를 든 하워드의 손이 떨리고 있었다. 아일랜드 출신 극작가 사뮈엘 베케트의 대표작 『고도를 기다리며』에 나오는 대사였다. 하워드가 놀란 이유는 이 대사가 아내 헬렌이 가장 좋아하는 연극 대사였기 때문이었다. 그뿐만 아니라 두 사람을 가깝게 만들어준 대사이기도 했다.

첫 데이트에서 하워드는 연극을 좋아하던 헬렌을 위해 『고도를 기다리며』의 표를 샀다. 유명해서 고른 작품이었지만 등장인물 네 명이 전부인 연극은 만만치 않게 지루했고 버티다 못한 하워드는 잠에 곯아떨어지고 말았다. 연극이 끝날 무렵 간신히 잠에서 깬 하워드가 얼떨결에 박수를 쳤다. 슬쩍 옆을 보자 무대에 심취한 헬렌이 브라보를 외치며 힘차게 손뼉을 치고 있었다. 그것만으로도 하워드에겐 충분히 감동적인 연극이었다. 극장을 나선 두 사람은 근처 레스토랑으로 향했다. 그런데 식사 도중 그녀가 난처한 질문을 했다.

"가장 인상 깊었던 대사가 뭐예요?"

연극 내내 졸다 나온 하워드로선 당황하지 않을 수 없었다. 그런데 문득 잠이 깬 순간 주인공 블라디미르가 했던 대사가 기억이 났다. 바로 이 대사였다. 천만다행으로 헬렌 역시 그 대사를 가장 좋아했고 그것을 계기로 두 사람은 가까워지기 시작했다.

그런데 잊고 산 지 십여 년이 지난 지금 다섯 번째 사뮈엘의 편지 속에서 구세주 같은 대사가 다시 고개를 들고 있었다. 마치 오랜 겨울잠에서 깨어나기라도 하듯이.

'왜 이 구절을 적어놓은 것일까.'

하워드는 다섯 번째 사뮈엘이 지하철 노선도를 펼쳐보듯 자기 마음을 꿰뚫어 보고 있는 것처럼 느껴졌다. 다섯 번째 사뮈엘이 자신에게 메시지를 남겼다고 확신했다. 그렇다면 그가 엠마를 납치한 범인일 가능성이 컸다. 그가 엠마를 집으로 돌려보낸 후에도 계속 감시하고 있었고 여인이 하워드에게 의뢰한 사실을 알고 하워드의 뒤를 밟은 게 아닐까. 하지만 그렇다고 해도 여러 가지 풀리지 않는 의문점은 이 사건을 맡으면서 가졌던 의문과도 맞물려 있었다. 대부분 범인은 자신의 신분이 노출되는 것을 두려워해 피해자를 살해하는 것이 통상적인 예였다. 그런데 왜 순순히 엠마를 돌려보냈으며 자신을 추적하는 하워드를 정면에서 기다리고 있었던 걸까? 이것은 범죄심리학상 여러모로 모순을 안고 있었다. 그보다 하워드를 더욱 혼란스럽게 만든 점은 어떻게 하워드가 일주일 후에 나타날 것이며 십자가에 어떤 반응을 보일지 알고 있었냐는 것이다. 그것은 다섯 번째 사뮈엘에게 예지 능력이 있지 않고서야 불가능한 일이었다.

"방을 둘러볼 수 있을까요?"

하워드가 부인에게 물었다.

"들어가봐야 아무것도 없을 텐데."

부인이 문을 열어주며 말했다. 하워드는 조심스럽게 방 안으로 들어섰다. 부인의 말대로 방에는 침대와 옷장 등 기본적인 가구를 제외하고는 아무것도 남아 있지 않았다. 단서가 될 만한 것을 찾기 위해 서랍을 모두 뒤져보았지만 먼지뿐이었다.

"너무 깨끗해. 마치 아무도 살지 않았던 것처럼."

사실이었다. 방에는 사람이 거주했던 흔적이 전혀 남아 있지 않았다. 요리했던 흔적도 변기를 사용한 흔적도 없었다. 바닥은 얼룩 하나 없이 깨끗했으며 심지어 최소한의 체취조차 느낄 수 없었다. 하워드는 본능적으로 다섯 번째 사뮈엘이 지금까지 겪어본 사람들과는 근본적으로 다르다는 걸 직감했다. 꼬집어 설명할 수는 없었지만 지금까지 접했던 일반적인 인간과는 다른 그 무엇이 있었다. 그리고 그는 하워드가 자신을 찾기를 기다리고 있었다. 하워드는 오랫동안 잠들어 있던 탐정으로서의 열정이 끓어오르는 것을 느꼈다.

"그런데 당신, 친척 맞아?"

부인이 하워드의 행동을 보고 의심스럽다는 듯이 물었다. 하워드는 이제 우스꽝스러운 연극은 안 하기로 했다.

"부인, 저랑 얘기 좀 하시죠."

하워드가 탐정허가증을 보여주며 말했다. 부인에게 들어야 할 정보가 산더미처럼 쌓여 있었다.

브룩스 부인은 예상대로 건물 관리인이었다. 그녀는 일층 입구 바로 옆방에서 고양이 한 마리와 살고 있었는데 방안이 온통 자식과 손자들 사진으로 도배되어 있었다.

"미안하지만 탐정 양반. 그런 일 때문에 사뮈엘을 찾는 거라면 헛수고야."

부인이 이름 모를 중국차를 우려내며 말했다.

"왜죠?"

하워드가 사진을 둘러보며 물었다.

"그 친군 법 없이도 살 사람이거든."

건네준 차에서는 처음 맡아보는 이국적인 향기가 났다.

"마치 그 친구 머릿속에 들어가셨던 것처럼 말씀하시는군요."

부인이 흔들의자에 앉자 고양이가 기다렸다는 듯 부인의 무릎에 올라앉았다.

"자네가 사뮈엘을 직접 만나보면 내가 왜 이러는지 알

걸.”

부인의 말투에는 신뢰를 넘어선 일종의 확신이 담겨 있었다. 그것이 오히려 의구심을 불러일으키고 있었다. 사람의 이면은 무서우리만치 극단적일 수 있다는 걸 하워드는 잘 알고 있었다. 제이미를 죽였던 범인도 주변으로부터 지나친 신뢰를 받고 있었으니까. 방 한가운데 피워놓은 오래된 난로가 타닥타닥 기분 좋은 소리를 내며 타고 있었다.

“그 친구에 대해 아는 대로 말씀해주십시오.”

하워드가 수첩을 꺼내며 물었다.

“아는 대로라. 막상 그렇게 물으니 딱히 떠오르는 게 없네.”

난로 위의 주전자가 김을 내뿜기 시작했다.

“그럼 간단한 거부터 시작하죠. 나이는 몇 살이었습니까?”

“정확히는 모르지만 서른 초반 정도로 보였어.”

“인상착의는요?”

“키는 180센티미터 정도였고 마른 편이었어. 검고 긴 머리에 턱수염을 기르고 일 년 내내 낡은 군용 야상만 입었지. 가장 인상적인 건 언제나 맨발로 다녔다는 거야.”

하워드가 고개를 들어 부인을 바라봤다.

“맨발이요?”

“그래. 한겨울에도.”

부인이 쓰다듬어주자 고양이가 그르렁거리며 몸을 뒤척

였다.

"눈이 오나 비가 오나 언제나 맨발이었지. 지난 추수감사절에는 입주자들이 돈을 모아 운동화를 선물했는데 며칠 후에 보니 이 근처 쓰레기통을 뒤지는 노숙자가 신고 있더라니까."

"마치 거리의 방랑자 같군요."

"거리의 수도승이라고 하지."

부인이 정정했다. 그녀는 사뮈엘을 진심으로 좋아하는 모양이었다.

"결혼은 했나요?"

"이전에 했는지는 모르지만 적어도 여기선 혼자 살았어. 여자친구도 없었던 거 같아. 사뮈엘 방에서 여자가 나오는 걸 본 적이 없거든."

"직업은 뭐였나요?"

"목수라고 했어. 이 근처 가구 공장에서 일한다던데."

"어느 공장인진 아십니까?"

부인은 고개를 갸웃했다.

"몬티그인가 몬타나인가 하는 공장이었지, 아마."

하워드는 수첩에 내용을 적다 말고 부인을 바라봤다.

"그 친구와 둘이서 진지하게 이야기를 나눠보신 적 있으십니까?"

"글쎄? 없는 거 같은데."

"그런데 어떻게 그 친구가 제가 찾는 사뮈엘이 아니라고 확신하시죠?"

하워드는 그녀의 확고한 신뢰가 어디에서 비롯됐는지 궁금했다. 그러자 부인이 차 한 모금을 마시고 진지하게 물었다.

"탐정 양반. 자네는 사람을 살려본 경험이 있나?"

하워드는 잠시 머뭇거렸다. 부인의 질문은 하워드가 탐정이 된 궁극적인 이유였지만 지난 칠 년 동안 그가 한 일이라곤 이혼서류나 위자료 청구서를 들고 전국을 누빈 것뿐이기 때문이었다.

"그 친구는 사람을 구한 적이 있나보죠?"

하워드가 대답 대신 반문했다.

"그것도 여섯이나 구했지."

그녀는 손자에게 옛날이야기를 해주듯 느긋하게 흔들의자를 움직이며 입을 열었다.

"넉 달 전 일요일이었어. 지금도 그날을 떠올리면 등골이 오싹해. 그날도 여느 때처럼 나는 교회에 가기 위해 준비를 하고 있었지."

요란하게 문 두드리는 소리에 브룩스 부인은 하던 화장을 멈출 수밖에 없었다.

"대체 무슨 일인데 이 난리야? 화장실에 귀신이라도 나왔어?"

일요일 오전, 교회에 가기 위해 단장하는 건 그녀에게 신성한 의식과도 같은 거라서 부인은 짜증스럽게 소리쳤다.
문을 열자 칠 층에 세 들어 사는 조지가 있었다. 코끼리만
큼이나 육중한 몸집의 그는 잔뜩 겁에 질려 있었다.

"브룩스 부인. 큰일났어요. 제 딸 윌마가…… 윌마가 엘
리베이터에……."

그는 당황한 나머지 제대로 말도 잇지 못했다. 브룩스 부
인은 직감적으로 고물 엘리베이터가 문제를 일으켰다는
걸 알아차렸다.

"몇 층이야?"

부리나케 나서며 부인이 물었다. 조지가 앞장서서 뒤뚱
뒤뚱 달리기 시작했다. 그가 숨을 헐떡이며 도착한 곳은
칠 층이었다. 엘리베이터는 칠 층과 육 층 사이에 멈춰 있
었다. 안에는 조지의 딸 윌마뿐만 아니라 친구들도 함께
갇혀 있었다. 아이들의 울음소리가 엘리베이터 터널을 타
고 들려왔다.

"얘들아. 조금만 참고 기다려라. 아줌마가 금방 구해줄
게. 뭣들 하고 있는 거야, 어서 911에 전화하지 않고!"

그제야 정신을 차린 사람들이 서둘러 연락했다. 브룩스
부인은 겁먹은 아이들을 진정시키며 참을성 있게 구조대
를 기다렸다. 하지만 어쩐 일인지 삼십 분이 지나도 구조
대는 나타나지 않았다. 기다리다 지친 부인은 다시 전화를
걸기 위해 사무실로 향했다.

"염병할 것들. 부자 놈들이 전화하면 꽁무니에 불붙은 것

처럼 달려가면서 우린 죽든 말든 상관없다 이거야?"

브룩스 부인은 한바탕 욕을 해줄 심산으로 전화기를 들었다.

"실례……합니다."

누군가가 사무실로 들어서며 말했다.

"또 뭔데? 이번엔 지붕이라도 무너졌어?"

번호를 누르며 브룩스 부인이 소리쳤다. 문 앞에는 처음 보는 남자가 서 있었다. 그런데 남자를 본 부인의 얼굴이 취객이 토해놓은 내용물을 본 것처럼 일그러졌다.

그는 30대 초반의 남자였는데 길거리에서 주운 것처럼 꾀죄죄한 옷차림에 막 아마존에서 구조된 것처럼 온통 먼지를 뒤집어쓰고 있었고 가재도구를 전부 쑤셔 넣은 것처럼 큼지막한 여행용 캐리어를 들고 있었다. 가장 인상적이었던 건 신발도 신지 않은 그의 발이었는데 검고 단단한 굳은살이 신발 밑창처럼 발 전체를 둘러싸고 있었다. 한마디로 영락없는 걸인의 행색이었다.

"당신 뭐야? 당장 나가지 못해!"

가뜩이나 짜증이 나 있던 부인은 다짜고짜 남자를 내쫓았다.

"아니. 문이 열려 있어서요……."

"여긴 너 같은 놈들이 들락거리는 데가 아니야. 구걸하려거든 딴 데 가서 알아봐."

"그런 게 아니라요……."

부인은 듣기도 싫다는 듯 밀쳐냈다. 그런데 쫓겨나던 남자가 갑자기 주위를 둘러보기 시작했다. 그것은 마치 지진을 감지한 동물이 본능적으로 안전한 곳을 찾는 것처럼 직관적인 행동이었다.

"나가란 소리 안 들려! 한 대 얻어맞아야 정신 차리겠어?"

부인이 옆에 있던 빗자루를 집어 들며 소리쳤다. 하지만 남자는 부인의 호통에는 아랑곳없이 계단을 향해 달려가기 시작했다.

"점잖게 대해선 못 알아먹는 녀석이구먼."

브룩스 부인은 빗자루를 야구방망이로 바꾸어 들고 뒤쫓아갔다. 남자는 표범처럼 날렵하게 계단을 뛰어오르더니 칠 층에서 멈췄다. 그리고는 엘리베이터를 살폈다.

"말이 말 같지 않아? 당장 내 건물에서 안 나가면 태어난 걸 후회하게 해주겠어."

부인이 야구방망이로 위협했지만 남자는 관심이 없다는 듯 여전히 엘리베이터를 살피고 있었다.

"렌치를 가져와요. 어서."

남자가 뜬금없이 말했다.

"네가 상관할 일이 아니야. 이제 곧 구조대가 올 거라고. 넌 나가기만 하면 돼."

부인이 남자의 팔을 잡아끌며 말했다. 그때였다.

"당장 렌치 가져오지 못해!"

남자의 고함이 복도에 울려 퍼졌다. 갑작스러운 상황에 부인은 할말을 잃고 남자를 바라보았다. 그런데 어이없게도 남자는 울고 있었다. 촛농 같은 눈물이 뚝뚝 흘러내리던 그의 눈은 간절하게 도움을 요청하고 있었다. 부인은 이 흉흉한 동네에서도 안전하게 아파트를 지켜낼 만큼 냉정한 관리인이었지만 그의 눈빛에서 거부할 수 없는 진심을 느낄 수 있었다. 그녀는 들고 있던 방망이를 내려놓고 렌치를 가져다주었다. 남자는 렌치를 이용하여 능숙하게 엘리베이터 문을 열었다. 다행히 엘리베이터는 삼 분의 일가량이 칠 층에 걸쳐 있었다. 엘리베이터 안에는 모두 네 명의 아이들이 타고 있었다. 남자는 서둘러 아이들을 한명씩 엘리베이터에서 끌어 올렸다. 그리고 마지막 아이를 구조하려던 순간, 아이의 신발이 벗겨지며 엘리베이터 안으로 떨어졌다. 다급한 상황인데도 불구하고 아이는 신발을 주우려 했다.

"꼬마야, 신발은 나중에 다시 사고 어서 나와야지."

남자가 아이를 끌어당기며 말했다. 하지만 아이는 말을 듣지 않았다. 아이는 잡고 있던 손마저 뿌리치고 신발을 주우러 돌아가려 했다. 순간 팽팽하던 균형이 깨지며 엘리베이터가 중력의 손을 들어주는 듯한 날카로운 소리가 터널에 울려 퍼졌다. 그와 동시에 엘리베이터가 크게 흔들렸다. 남자는 엘리베이터가 닫히지 않도록 문틈에 렌치를 끼우곤 급히 엘리베이터 안으로 몸을 던졌다. 그리고 조금의 머뭇거림도 없이 아이를 밖으로 던지고는 구르듯 빠져나왔고 엘리베이터는 이때를 기다렸다는 듯이 굉음을 울리며 추락했다. 정말 간발의 차였다. 놀란 아이는 남자 품에 안겨 울음을 터트렸고 그 광경을 본 사람들은 가슴을 쓸어내렸다. 놀란 부인은 다리에 힘이 풀려 그 자리에 주저앉고 말았다.

"그런데 저 혹시……."

생명의 은인이 대가를 요구할 것처럼 진지하게 운을 뗐다. 그곳에 있던 모든 사람의 시선이 남자를 향했다.

"빈방 있나요?"

남자가 머쓱하게 미소를 지으며 물었다.

당시의 기억이 생생한지 부인의 얼굴은 상기되어 있었다.

"어이가 없었지. 전부 정신이 나가서 멍한데 빈방을 찾고 앉았으니. 그렇게 사뮈엘을 처음 만났어."

내용을 수첩에 옮겨 적던 하워드는 고개를 갸웃했다.

"어떻게 엘리베이터가 추락할지 알았을까요?"

"나도 궁금해서 물어봤는데 그냥 웃기만 하더라고. 나중에 구조대에게 물었더니 엘리베이터를 지탱하던 와이어가 끊어지는 소리를 들었을 거라더군."

"엘리베이터는 몇 층에 멈춰 있었나요?"

"칠 층이었어."

하워드는 입구에서부터 엘리베이터까지의 거리를 계산해보았다. 먼 거리는 아니었지만 입구는 대로와 맞닿아 있었기 때문에 외부 소음에 묻혀 와이어 끊어지는 소리가 들릴 가능성은 적었다. 게다가 엘리베이터는 칠 층에 멈춰 있었다. 사뮈엘은 다시 날개를 달고 안개 속으로 몸을 숨기려 하고 있었다.

"또 무슨 일이 있었습니까?"

하워드가 지금까지의 내용을 수첩에 적으며 물었다.

"그건 보름 전 일이었어. 보다시피 이 동네는 좀 험상궂어. 단돈 십 달러 때문에 사람을 죽이는 동네야. 경찰들도 밤에는 순찰하기 꺼릴 정도지. 사뮈엘이 처음 여길 왔을 때 나는 며칠 못 버티고 나가리라 생각했어. 이 동네와 어울릴 인간이 전혀 아니었거든. 몰골은 추레했지만 말하는 것도 그렇고 행동거지도 어딘지 고상했어. 뭐랄까, 일부러 고생을 사서 하는 시인 같다고나 할까. 어쨌건 난 한 달을 못 버틸 거라고 생각했어. 하지만 사뮈엘은 예상 외로 잘 지냈어. 오히려 사뮈엘이 온 후로 동네가 조용해졌지. 특히나 사뮈엘이 살던 칠 층은 이상하리만치 평온해졌어. 시도 때도 없이 싸워대던 콘수엘라 부부도 잠잠해지고 술만 마시면 애들을 때리던 조지도 약을 먹은 듯 순해지는 거야. 신기한 일이었지. 단지 한 사람이 이사 온 것뿐이었는데. 어쨌건 관리인인 내겐 좋은 일이었어. 그러던 어느 날 밤, 나는 잠자리에 들기 전에 다음날 운세를 보려고 카드

점을 치고 있었지."

매일 밤 하는 일이었지만 막상 카드를 펼칠 때면 묘한 긴장감이 돌았다. 브룩스 부인은 새로 산 잠옷으로 갈아입고 침대 위에 앉아 있었다. 푹신한 침대 시트에는 부인이 신중하게 뽑은 네 장의 카드가 나란히 놓여 있었다. 그녀에겐 낡은 종잇조각이 아니라 내일 운세를 거머쥔 예언자들이었다. 고양이는 어느새 난로 옆에서 곤히 잠들어 있었다. 부인은 행운을 빌며 조심스럽게 첫 번째 카드를 뒤집었다. 5 다이아몬드. 시작치곤 나쁘지 않았다.

"잘하면 내일 콘수엘라가 밀린 방세를 낼지도 모르겠구먼."

내친김에 부인은 곧바로 다음 카드를 집었다. 8 하트, 사랑의 결실을 암시하는 카드였다.

"젠장. 늘그막에 웬 사랑. 차라리 돈벼락이나 떨어지지."

비록 은밀히 흠모하던 남자는 없었지만 점괘가 맘에 들었는지 부인은 만면에 미소를 지었다.

"어디 이번에는 복권이라도 당첨되려나."

부인은 세 번째 카드를 뒤집었다. 그런데 카드를 확인한 부인의 표정이 굳었다. 조커였다. 변수나 함정 등 불길한 징조를 암시하는 카드였다. 그리고 부인에게는 징크스를 의미했다. 육 년 전 남편이 공사장에서 추락사 하던 날도 조커가 나왔다. 부인은 불편한 마음에 패를 덮어버렸다.

그리고 잠자리에 들려던 순간이었다.

탕!

천둥처럼 단발의 총성이 건물 전체에 울려 퍼졌다. 부인은 반사적으로 침대에서 일어났다. 늦은 시각이면 거리에선 여지없이 총소리가 울렸지만 브룩스 부인의 건물에서 총소리가 난 건 십 년 만에 처음이었다. 게다가 총소리는 가까운 층에서 들려왔다. 이 층과 삼 층에 사는 세입자 중 총을 가지고 있을 만한 사람은 한 사람뿐이었다. 카를로스. 그는 한때 갱단에 몸담았던 경력이 있는 세입자로 소문에 의하면 열일곱 어린 나이에 사람을 죽여 소년원 신세를 졌던 문제아였다. 인근 식당에서 웨이트리스로 일하는 마리아와 동거하고 있었는데 사랑하는 사이였지만 때때로 서로를 죽일 듯 심하게 다투곤 했다. 한번은 마리아가 술 취한 카를로스에게 맞아 뼈가 세 군데나 부러진 적도 있었다. 부인은 차라리 도둑이 들었기를 빌며 총소리가 들린 층으로 허겁지겁 올라갔다. 불행하게도 어두운 복도에서 유일하게 문이 열린 곳은 마리아와 카를로스의 방이었다. 게다가 방안은 지독히도 고요했다. 마리아의 비명도 카를로스의 고함도 들리지 않았다. 불길한 징조였다. 누군가 크게 다쳤거나 심지어 죽었을지도 모르는 일이었다. 부인은 조커의 예언이 틀리길 빌며 조심스럽게 방안을 살폈다.

그러나 불길한 예감은 여지없이 적중했다. 총소리의 임자는 카를로스였고 희생자는 마리아였다. 마리아는 바닥에 쓰러진 채 피를 흘리고 있었고 카를로스는 한 손에 총을 든 채 넋을 잃고 마리아를 바라보고 있었다. 그런데 방에는 두 사람 외에 또 한 명의 사람이 있었다. 부인은 눈을 가늘게 뜨고 세 번째 인물의 정체를 살폈다. 워낙 어두웠고 등을 돌리고 있었지만 그가 누군지 알 수 있었다. 그는 맨발에 낡은 군용 야상을 입고 있었다. 부인은 숨을 죽인 채 동태를 살폈다.

카를로스는 정신이 나간 사람처럼 총을 이리저리 휘두르며 어찌할 바를 모르고 있었다. 지금 그를 자칫 잘못 건드렸다가는 무슨 일이 벌어질지 모르는 일촉즉발의 상황이었다. 하지만 사뮈엘은 조금도 당황하거나 불안해하지 않았다. 봄날 오전에 저녁 찬거리를 위해 낚싯대를 메고 호수를 향하고 있는 것처럼 평온한 모습이었다. 그 모습은 국화 향기처럼 연하고 부드러웠지만 방안의 극단적인 긴장감을 서서히 장악하고 있었다. 사뮈엘이 식탁에서 빵을 권하듯 손을 내밀며 카를로스에게 다가갔다.

"카를로스. 이제 됐어요. 그 몹쓸 물건은 필요 없어요. 당신에게도 마리아에게도."

사뮈엘의 목소리는 격랑이 이는 카를로스의 감정을 보듬어주듯 차분했다. 카를로스는 머리를 움켜쥐며 침대에 걸터앉았다.

"오, 하느님. 내가 대체 무슨 짓을 저지른 거지? 내가 마리아를…… 사랑하는 마리아를……. 하지만 나도 더는 참

을 수가 없었어. 마리아는 나를 미치게 만든다고. 머리가
터질 것만 같아!"

그는 패닉 상태에 빠져 있었다. 장전된 권총을 자책감과
혼란 속에서 이리저리 휘두르며 횡설수설했다. 하지만 사
뮈엘은 전혀 동요하지 않았다. 그는 산책길을 걷듯 살며시
다시 한 발을 내디뎌 카를로스에게 다가갔다.

"당신이 왜 화가 났는지 알아요. 그걸 참기 위해 노력했
다는 것도. 종기가 터진 거요. 피할 수 있었는데 두 사람 모
두 무시했어요. 하지만 지금 중요한 건 마리아예요. 그녀
는 죽어가고 있어요. 지금도 늦지 않았어요. 그 몹쓸 도구
를 이리 줘요. 그리고 같이 마리아를 병원으로 옮겨요."

사뮈엘은 조심스럽게 총을 빼앗으려 했다. 카를로스는
마룻바닥을 흥건하게 적신 마리아의 피를 보며 괴로워하
고 있었다. 드디어 총을 건네받으려는 순간이었다.

"안 돼!"

갑자기 카를로스가 일어서며 사뮈엘에게 총을 겨누었
다.

"이제 돌이킬 수 없어. 여기가 끝이야. 나도 마리아도. 더
는 숨바꼭질 따위 안 해도 돼. 이렇게 될 거였어. 우린 행복
해질 수 없는 운명이었다고!"

눈물을 흘리며 카를로스는 차갑게 식어가는 마리아를 응
시했다.

"당신하곤 상관없는 일이야. 그러니 당장 나가. 아니면

너도 우리랑 같이 죽는 거야!"

카를로스가 위협적으로 노려보며 소리쳤다.

"셋을 세겠어. 하나……."

철컥. 총알이 장전됐다. 그러나 사뮈엘은 조금도 움직이지 않았다.

"둘……."

방아쇠를 쥔 검지에 힘이 들어갔다. 부인은 눈을 감았다. 그때였다. 사뮈엘이 스페인어로 뭔가를 이야기하는 것이었다. 짧은 문장이었다. 부인은 귀를 기울여 들으려 했지만 워낙 작은 목소리여서 알아들을 수가 없었다. 그런데 그 간단한 문장이 카를로스의 중심을 건드린 모양이었다. 카를로스의 얼굴이 백지장처럼 새하얘지며 사뮈엘을 향하던 총구가 부들부들 떨렸다. 그는 귀신을 만난 듯한 표정으로 사뮈엘을 바라보고 있었다. 긴장감이 맴돌던 방안에 어느새 무거운 정적이 자리잡았다.

"당신 정체가 뭐야? 어떻게 그걸 알고 있지?"

"내가 누군지는 중요치 않아요. 중요한 건 당신이 마리아를 사랑한다는 거예요. 그러니 그 총을 이리 줘요."

사뮈엘은 총을 건네받으려 했다. 카를로스도 포기하고 총을 주려는 순간이었다. 갑자기 카를로스가 사뮈엘을 밀치며 본인 머리에 총을 겨눴다. 너무나 순식간에 벌어진 일이라 사뮈엘도 손을 쓸 겨를이 없었다. 카를로스는 마지막으로 기도하듯 눈을 감고 방아쇠를 당기려 했다. 그때였다. 사뮈엘이 괴성을 질렀다. 그것은 단순한 고함이 아니었다. 뼛속까지 울려대는 슬픈 파동이었다. 분노와 환희, 두려움과 행복감, 수치심과 자만함 등 모든 감정을 불러일으키는 소리였다. 그러자 놀라운 일이 벌어졌다. 카를로스가 얼어붙은 듯 멈춰버린 것이었다. 그뿐만 아니라 시간이 정지한 것처럼 방안의 모든 것이 멈췄다. 부인도 넋을 잃은 채 그 광경을 바라보고 있었다. 시계의 초침을 움직인 건 사뮈엘이었다. 그는 자신의 물건을 찾아오듯 카를로스의 손에서 총을 빼앗았다. 그러고는 돌아서서 소리쳤다.

"당장 구급차를 불러요!"

부인이 움직일 때마다 흔들의자가 삐걱대는 소리를 냈다.

"그제야 난 정신을 차리고 전화기로 달려갔어. 잠시 후 경찰이 도착해서 카를로스를 연행해 갔지. 마리아는 곧장 응급실로 향했는데 다행히 급소를 빗나가서 목숨을 건졌어."

달궈진 난로 위에서 주전자가 삐이익 소리를 내며 기분 좋게 끓고 있었다.

"사뮈엘이 스페인어로 뭐라고 했는지 기억 안 나세요?"

"난 스페인어 몰라."

하워드는 적은 내용 중 사뮈엘이 스페인어를 했다는 문장 밑에 줄을 그었다.

"이제 내가 왜 사뮈엘은 자네가 찾는 사람이 아니라고 했는지 알겠지?"

하워드는 부정할 수 없었다. 적어도 지금까지 들은 바에 의하면 사뮈엘은 상처받은 사람들을 위기에서 구하는 천사의 모습을 하고 있었다. 하지만 그럴수록 사뮈엘이란 인물에 대한 불신도 커지고 있었다. 그것은 오랜 경험에서 오는 일종의 직감이었는데 사뮈엘의 행동에서 가공된 인조의 냄새가 풍겼다.

"그 사람은 종교가 있었나요? 제 말은 특정한 종교 말입니다. 몰몬교라든가 유대교 같은…….."

"글쎄. 교회도 안 가는 것 같던데."

"방에 특별한 건 없었나요? 벽에 붉은 십자가가 걸려 있거나 특이한 성경책이 보인다거나."

부인은 단호히 고개를 저었다.

"사뮈엘 방은 지나치게 깨끗했어. 마치 당장 내일이라도 떠날 사람처럼 말이야. 심지어 TV도 없었으니까."

하워드는 지금까지의 내용을 살펴보며 고개를 저었다. 아직은 다섯 번째 사뮈엘에게서 의심스러운 면을 찾을 수 없었다.

"그 외에 특이한 점은 없었나요? 늘 하는 버릇이나 습관 같은 거 말입니다."

부인은 찻잔을 기울이며 잠시 기억을 더듬었다.

"아, 그래. 콜라를 좋아했어."

"콜라요?"

"응, 콜라. 언제나 콜라를 마셨지. 마치 태어나 처음 먹어보는 것처럼 콜라를 좋아했어."

하워드는 수첩을 덮고 사뮈엘의 이미지를 떠올려보았다. 머릿속에 그려진 사뮈엘은 한 손에 콜라를 들고 어린아이처럼 해맑게 웃는 티베트 수도승의 모습을 하고 있었다. 하워드는 수첩을 주머니에 넣으며 한숨을 쉬었다. 더 많은 정보가 필요했다. 하워드는 방을 나서기 전 마지막으로 질문을 하려고 했지만 전화벨 소리가 가로막았다. 부인은 기다렸다는 듯이 수화기를 들었다.

"미안하지만 중요한 전화거든. 이만 가보지."

하워드는 마지막 질문을 삼키고 인사를 할 수밖에 없었다.

"감사했습니다. 또 찾아뵐지도 모르겠군요."

"사뮈엘을 만나거든 인사 전해줘. 언제든 다시 오라고. 방은 비어 있으니까."

전화는 브룩스 부인의 손자에게서 온 것이었다. 하워드는 오랜만에 회포를 푸는 부인을 뒤로한 채 방을 나섰다. 방문 앞에는 터널처럼 어둡고 긴 복도가 그를 기다리고 있었다. 그것은 저 멀리 입구에서 새 들어오고 있던 오후 햇살과 더불어 건물 전체를 비현실적인 공간으로 만들고 있었다. 그것이 하워드를 불편하게 만들었다. 아마도 조금전에 들었던 다섯 번째 사뮈엘의 기묘한 이야기 때문이리라.

하워드는 서둘러 건물을 빠져나갔다.

건물에서 나오자 하워드의 차 앞에 흑인이 기다리고 있었다. 하워드는 약속한 십 달러를 주고 차에 올랐다. 백미러로 우연히 생긴 공돈을 들고 어딘가로 가는 흑인들의 모습이 보였다. 오랜만에 싸구려 마리화나로 파티를 벌이려는 모양이었다. 그들의 모습에서 하워드는 현실로 돌아온데 위안을 얻고 있었다.

"젠장. 내가 어쩌다 이 지경이 됐지?"

하워드는 타락한 현실에서 위안을 얻는 자신을 질책하며 핸드폰을 꺼내 들었다. 그리고 해리의 번호를 눌렀다.

"조사는 잘 되십니까? 탐정 나리."

해리가 뭔가를 으적으적 씹으며 전화를 받았다. 아마도 때늦은 점심을 먹고 있는 모양이었다.

"덕분에."

"한잔하자고 전화한 건 아닐 테고."

"지금 내가 부르는 친구에 대해 자세히 알아봐줘. 가족사항, 학력, 군복무 경력 등등. 특히 정신병력이나 종교단체에 가입한 경력 같은 특이사항을 최대한 자세히 부탁해."

수화기 저편에서 메모지를 찾는 소리가 들렸다.

"사회보장번호 읊어봐."

"38564XXX. 사뮈엘 베케트. 나이는 30대 초반이야."

"알았어. 뽑는 대로 연락할게."

"고마워. 식사 맛있게 해."

해리는 바쁜 듯 이내 전화를 끊었다. 하워드도 시동을 걸고 출발하려는데 꾸르륵 소리가 났다. 그제야 하워드는 자신이 종일 굶었다는 걸 떠올렸다. 하워드는 칠리소스를 듬뿍 바른 큼지막한 핫도그를 떠올리며 차를 출발시켰다.

사뮈엘이 일했던 가구 공장 이름은 '몬티스'였다. 우선 인터넷으로 뉴욕에 있는 가구 회사를 모두 검색한 다음 방문해보았지만 사뮈엘이 근무했던 공장은 없었다. 게다가 인터넷에서 검색도 되지 않는 회사들은 전화번호부 등을 통해 일일이 물어서 찾는 수밖에 없었다. 잭슨가(街) 뒷골목에서 간신히 찾아낸 몬티스는 변변한 인터넷 사이트 하나 갖고 있지 않은, 직원 스무 명 정도의 영세한 가구 회사였다. 하지만 힘들게 찾은 것에 비해 수확은 미미했다. 하워드가 갔을 때 공장장은 오히려 사뮈엘의 행방을 물으며 공장을 그만둔 이유에 대해 궁금해했다. 그에게서 들은 정보는 사뮈엘이 상당히 솜씨 좋은 목수였으며 그가 만든 가구들이 좋은 가격으로 팔렸다는 것 정도였다. 하워드는 다른 직공들에게도 사뮈엘에 관해 물어보았지만 술을 전혀 마시지 않고 별명이 '맨발의 사뮈엘'이라는 것밖에는 건질 게 없었다. 사뮈엘은 일하는 동안 동료들과 거의 교류를 하지 않으며 지낸 모양이었다. 누구도 그의 행방에 대해 알고 있는 사람이 없었다.

하워드는 마지막으로 사뮈엘과 접촉했던 사람을 찾아 뉴

욕 외곽 25번 국도를 달리고 있었다. 카를로스였다. 그는 교도소에 수감 중이었다. 카를로스는 살인미수죄가 적용되어 무거운 형량이 내려질 수밖에 없었는데 피해자인 마리아가 간곡히 선처를 부탁해 상당 부분 감형이 예상된다고 했다. 그들은 서로 죽일 듯이 미워했지만 결국 사랑하고 있던 것이다. 하워드는 인간의 아이러니한 감정에 고개를 저으며 주차장에 차를 세우고 교도소로 들어섰다.

거대한 철문에 들어서자 검은 선글라스를 낀 무장 교도관이 신분을 확인하고 주의사항을 일러줬다. 하워드는 교도관의 안내를 받아 재소자들이 수감된 건물로 향했다.

건물은 사막에 세워진 거대한 요새를 방불케 했는데 이전에 하워드가 방문했던 어떤 교도소보다도 크고 삭막했다. 사방을 온통 회색 콘크리트 벽과 높은 철창이 둘러싸고 있을 뿐 그 흔한 잔디조차 찾아볼 수 없었다. 감시 망루의 교도관들이 건물로 향하는 하워드를 무표정한 얼굴로 응시하고 있었다. 하워드는 입구의 물품보관소에서 핸드폰을 비롯한 휴대가 금지된 소지품을 맡기고 면회실로 향했다. 면회실까지는 총 다섯 개의 철문을 통과해야 했는데 매 관문마다 중무장한 경비가 삼엄하게 지키고 있었다. 그렇게 관문을 통과하자 면회실이 나타났다. 면회실은 건물 크기에 비해 작고 초라했다. 방 중앙을 따라 방탄유리로 된 칸막이가 설치되어 있어 재소자와 면회자를 나누고 있었다. 하워드는 배정받은 면회 칸에 앉았다.

약 십 분을 기다리자 수갑을 찬 카를로스가 푸른 재소자 복을 입고 나타났다. 그는 165센티미터 정도의 작은 키에 다부진 몸집이었고 가슴과 팔뚝에 온통 타투를 하고 있었다. 그는 경찰이 수갑을 풀어주자 하워드에게 다가왔다. 두 사람은 방탄유리를 사이에 두고 마주앉았다. 하워드가 대화를 위해 설치된 전화기를 들자 카를로스도 따라 들었다. 카를로스는 처음 보는 하워드를 달가워하지 않는 눈치였다.

"마리아에 대해서는 더 할 얘기 없소. 그러니 쓸데없는 시간 낭비 안 하는 게 좋을 거요."

그는 하워드를 귀찮은 타블로이드 잡지사 기자쯤으로 여기는 모양이었다.

"그 일 때문에 온 게 아닙니다."

하워드가 신분증을 보여주며 말했다. 그러자 카를로스의 표정이 더욱 굳어갔다.

"그게 아니면 무슨 일이요?"

카를로스가 무뚝뚝하게 물었다.

"사뮈엘에 대해 물어볼 게 있어서 왔어요."

사뮈엘이라는 말에 카를로스의 눈썹이 치켜 올라갔다.

"그날 말이에요. 당신이 마리아를 쏜 날. 사뮈엘이 당신에게 스페인어로 뭔가를 말했다고 들었어요. 그게 무슨 말이었는지 알고 싶어요."

하워드가 묻자 카를로스가 경계의 눈초리로 노려봤다.

"그걸 왜 묻는 거지? 그게 당신과 무슨 상관이오?"

"나는 지금 어떤 사건을 조사하고 있어요. 한 어린 여자아이의 인생을 망가뜨린 몹쓸 인간을 찾고 있소. 나는 사뮈엘이 그 인간이라고 생각하고 있으니 질문에 대답해줬으면 좋겠소."

하워드가 말했다. 카를로스는 진심을 알아보려는 듯 하워드의 눈을 빤히 바라봤다.

"당신이 무슨 목적으로 그를 찾는지는 모르지만 조심하는 게 좋을 거요."

카를로스의 말에 하워드는 고개를 갸웃했다.

"왜냐면 그는 디아블로니까."

하워드는 그 말에 적잖게 놀랐다. 디아블로는 남미에서 악마를 지칭하는 말이었다. 관리인 부인과는 사뭇 다른 관점이었다.

"그날 무슨 일이 있었죠? 사뮈엘이 당신한테 무슨 말을 했나요?"

하워드가 물었다. 카를로스는 떠올리기 싫은 기억을 건져 올리듯 허공을 응시하다가 입을 열었다.

"나는 그날 정말로 마리아를 죽일 생각이었소. 그녀를 죽이고 나도 뒤따를 생각이었지. 더는 그녀와 숨바꼭질을 하고 싶지 않았소. 그래서 총을 장전하고 마리아가 오기를 기다리고 있었는데 아니나 다를까 그녀는 그날도 어떤 놈이랑 술을 진탕 먹고 돌아왔지. 온몸에서 다른 수컷 냄새가 진동을 했어."

아직도 감정의 찌꺼기가 남아 있는 듯 카를로스가 미간을 찌푸렸다.

"하지만 아무렇지도 않은 듯 침대에 들더군. 마치 내가 투명인간인 것처럼 거들떠보지도 않고. 나는 그녀에게 물었소. 나를 사랑하냐고. 그러자 그녀가 건성으로 대답했소. 그게 나를 더욱 비참하게 만들었지. 내가 다시 한번 나를 사랑하냐고 묻자 그녀가 왜 같은 말을 반복하게 하냐며 짜증을 내기 시작하더군. 그녀는 나의 그런 집요한 면이 이제는 지긋지긋하다며 갖은 욕을 퍼부어댔소. 나는 그녀가 불평을 끝내기를 말없이 기다렸고. 그런데 갑자기 옷을 챙겨 입더니 집을 나가려고 하더군. 나는 붙잡으며 사랑한다고 말했소. 그러자 그녀가 나를 벌레 보듯이 노려보며 소리쳤지. 그놈의 사랑 이젠 지겹다고. 나 같은 인간 더이상 꼴도 보기 싫다고. 말보다도 그녀의 경멸하는 듯한 눈빛이 날 미치게 만들었고, 순간 나는 참지 못하고 뒤춤에 있던 총을 꺼냈소."

카를로스는 담배가 필요한 듯 마른 입술을 오므렸다.

"마리아의 연약한 몸이 차가운 바닥에 뒹굴었소. 이제 모든 게 돌이킬 수 없게 된 거요. 그녀와 함께 죽는 길 밖에는 없었소. 그런데 그때, 누군가 달려들어 오며 소리쳤소. 멈추라고. 사뮈엘이었지. 우리는 안면은 있었지만 말 한마디 나눠본 적 없었소. 그런데 갑자기 나타나 내 앞을 가로막고 서는 거요. 나는 혼란스러웠고, 머릿속이 온통 뒤죽박죽이었지. 하지만 사뮈엘은 침착했소. 마치 강가에서 낚시하듯 차분했지. 그는 어린애를 타이르듯 조용히 총을 달라며 다가왔소. 하지만 나는 그대로 물러설 수 없었소. 그래서 당장 꺼지지 않으면 같이 죽는 수밖에 없다며 그에게 총을 겨눴지. 그런데 그때 그의 입에서 이상한 말이 튀어나왔어."

"뭐라고 했죠?"

하워드가 수화기를 바짝 당기며 물었다.

"Mi Dios, hazme perdonar a esa mujer, calma la furia que hay dentro de mí, y asi podré abrazar su dolor."

(신이시여. 그녀를 용서하게 해주소서. 제 분노를 잠재워주시고 그녀의 아픔을 감싸줄 수 있게 해주소서.)

하워드는 대학 시절에 스페인어를 수강한 적이 있어 알아들을 수 있었다. 그런데 이야기를 들은 하워드는 오히려 의아했다.

"그건 평범한 기도문이잖아요? 그게 뭐가 이상하다는 거요?"

하워드가 묻자 카를로스가 상기된 얼굴로 말했다.

"그래요. 당신 말대로 그건 평범한 기도문이오. 그런데 날 놀라게 한 건 그게 그날 오후에 내가 마음속으로 기도한 내용이었다는 거요."

카를로스의 말에 하워드는 온몸이 얼어붙은 듯 움직일

수가 없었다.

"말도 안 돼."

하워드가 신음하듯 중얼거렸다.

"나도 말이 안 된다고 생각하오. 하지만 틀림없는 사실이오. 당신이 믿든 말든."

면회 시간이 끝났다는 걸 알리며 교도관이 다가왔다. 하워드는 아직도 물어야 할 게 많았지만 멍하니 지켜볼 수밖에 없었다. 머릿속이 텅 빈 듯 아무것도 떠오르지 않았다. 수갑을 차고 다시 교도소로 돌아가던 카를로스가 하워드를 보며 마지막으로 한마디했다. 그 말은 방탄유리에 가로막혀 잘 들리지는 않았지만 하워드는 그의 입 모양을 보고 정확히 알 수 있었다.

'조심하시오. 그는 디아블로요.'

차로 돌아온 하워드는 담배를 한 대 물었다. 혼란스러운 머릿속을 정리해야만 했다. 하워드는 깊이 한 모금을 빨아들이며 지금까지 상황을 나열해보았다. 하지만 어느 것 하나 논리적인 부분이 없었다. 지금까지의 단서를 모아보면 사뮈엘은 다른 사람의 마음을 읽을 수 있고 미래를 내다볼 수 있는 마법사 멀린이었다. 하워드는 용납할 수가 없었다. 이성적인 그로서는 받아들일 수 없는 동화 속 인물이었다. 게다가 그는 일주일 전에 편지 한 장을 남겨놓은 채 도마뱀이 꼬리를 자르고 달아나듯 종적을 감춘 상태였다.

"어느 날 우린 벙어리가 되고 어느 날 우린 장님이 된다. 어느 날 우린 귀머거리가 되고 어느 날 우린 태어나고 죽는다. 여자는 무덤 위에 걸터앉아 아기를 낳고 남자는 꿈속에서처럼 곡괭이로 천년보물을 숨긴다."

친숙하지만 비밀을 내포한 수수께끼 같은 문구였다. 하워드는 다시 한 모금 깊이 담배를 빨아들였다. 차 안에 안개처럼 담배 연기가 퍼졌다. 이제 어디서 다시 시작해야 할지 감이 잡히질 않았다. 도움을 청할 수 있는 사람은 한 사람뿐이었다. 하워드는 핸드폰을 꺼내 들었다. 그런데 핸드폰에는 부재중 메시지 하나가 그를 기다리고 있었다.

메시지를 확인하는 대로 전화해줘. -해리

보관소에 핸드폰을 맡겨놓은 사이 해리가 전화한 모양이었다. 하워드는 곧바로 전화를 걸었다.

"하워드……."

해리가 조금은 긴장된 목소리로 전화를 받았다.

"미안해. 일이 있어서 전화를 못 받았어. 그런데 무슨 일이야?"

"조사해달라던 사뮈엘 말이야. 사회보장번호 정확한 거 맞아?"

해리가 미심쩍은 목소리로 물었다.

"응. 무슨 문제 있어?"

하워드의 질문에 해리는 잠시 침묵을 지켰다.

"만약 그 번호가 맞다면 그 사람은 죽은 사람이야."

"그게 무슨 말이야? 사망한 사람은 명단에서 뺐다고 네 입으로 말했잖아."

"그랬지. 분명히 사망신고는 접수되어 있지 않아. 나도 이상해서 조사해봤는데 올해 초 갱신된 경찰 데이터베이스에는 사회보장번호와 마지막 거주지 외에는 기록이 남아 있지 않아. 이상해서 차량국과 국세청(IRS)에 조회를 해봤더니 1935년 루스벨트 대통령이 시행한 사회보장법 제정 이전에 등록된 번호더라고. 그래서 수작업으로 문서를 찾아봤어. 그런데……."

해리는 숨을 고르듯 잠시 말을 멈췄다.

"그런데?"

하워드가 몸이 달아 물었다.

"이민국에서 그 친구 서류를 찾았는데, 1911년 영국 웨일즈에서 홀로 뉴욕주로 이민한 걸로 되어 있었어. 당시 나이가 서른셋. 만약 살아 있다면 현재 백서른세 살이야. 기네스북 최고령자보다도 무려 열 살이 많다고."

하워드는 전화기를 든 채 할 말을 잃고 말았다. 사건은 하워드의 상상을 뛰어넘어 한 번도 발을 디디지 않았던 미지의 세계로 이어지고 있었다.

마지막 사도

THE LAST APOSTLE

유언장

–

당장이라도 눈을 쏟아낼 듯 시커먼 먹구름이 몰려들었다. 오후 네 시가 지났는데 전조등을 켜야 할 정도로 주위는 어두웠다. 예사롭지 않은 날씨였다. 하워드는 라디오를 켜고 일기예보를 방송하는 채널을 찾아보았다.

"코네티컷과 뉴저지를 비롯한 동부지역에는 오늘밤 적설량 20에서 30센티미터에 이르는 폭설이 예상되니 이 지역을 운행 중인 차량은 대비를 하시는 게 좋겠습니다."

예상대로였다. 하지만 하워드의 차에는 간단한 겨울 장비조차 갖추어져 있지 않았다.

"가는 날이 장날이라더니. 젠장."

하워드는 라디오를 끄고 서둘러 차를 몰았다. 2004년형 토러스는 조금 전 뉴저지 턴파이크를 지나 뉴브런즈윅으로 들어서고 있었다. 하워드가 지금 향하는 곳은 프린스턴에 위치한 고등연구소(Institute for Advanced Study)였다.

해리와 통화를 마치자마자 하워드는 단숨에 이민국으로 달려갔다. 해리의 엽기적인 정보를 직접 눈으로 확인하지 않고는 믿을 수가 없어서였다. 하지만 그곳에서 하워드를 기다리고 있었던 건 해리의 말을 사실로 입증해주는 백 년 전 낡은 서류들이었다. 담당직원과 서류 위조 가능성에 대해 한 시간가량 실랑이를 벌였지만 서류에 찍힌 정부 인증은 모두 진품이었다. 덕분에 그는 거짓말 같은 사실이 적힌 서류를 들고 잠시 고민에 빠졌다. 지금까지 사뮈엘에 대한 정보는 무엇 하나 상식적인 것이 없었다. 그는 30대 초반의 외모를 지닌 백서른세 살의 노인이었으며 한 손에는 콜라병을 든 채 사람의 마음을 읽는 예언자였다. 어떤 이는 그를 생명을 구하는 천사라고 불렀고 또 다른 이는 디아블로라며 두려워하고 있었다.

그렇다면 가능성은 하나, 누군가가 사뮈엘의 이름과 사회보장번호를 도용하여 진짜 행세를 하는 것뿐이었다. 그것 외에는 논리적으로 설명할 수 있는 가설이 없었다. 하지만 그 가설에도 허점은 있었다. 만약 누군가 그의 행세를 하고 있다면 진짜 사뮈엘은 어디로 사라졌단 말인가. 가짜 사뮈엘이 진짜 사뮈엘을 죽인 후 깊은 산속에 파묻고 진짜 행세를 하고 있단 말인가. 하지만 도대체 왜? 서류 속의 사뮈엘은 실로 평범한 남자였다. 오히려 진짜 행세를 하는 사뮈엘 쪽이 예사롭지 않았다. 그의 독심술과 예지력은 어떻게 설명할 수 있을 것인가? 평범을 가장하기 위한 무작위적인 선택인가.

하워드는 차라리 그가 외계인이기를 바라며 국세청 개인 납세기록보관실로 향했다. 사뮈엘을 직접 만나 확인하는 것 외에 다른 도리가 없을 것 같았다. 그러기 위해선 그의 최근 행적을 알아야만 했는데 가장 좋은 방법은 그의 납세

기록을 조사하는 것이었다. 납세 기록에는 거주지뿐만 아니라 직장, 봉급, 소유 재산 등이 상세히 적혀 있었다. 한마디로 개인의 정부보관용 생활기록부이다. 하워드는 어수룩한 기록실 직원에게 백 달러를 찔러주고 간신히 사본을 손에 넣었다.

일단 외계인은 아닌 게 분명했다. 문제는 사뮈엘의 백 달러짜리 납세 기록이 조금 전 국경선을 넘어온 불법 체류자를 연상시킬 정도로 미미하다는 점이었다. 정식으로 세금을 낸 것은 단 두 번에 불과했다. 첫 번째는 종적을 감추기 직전 몬티스 가구 회사 직원으로 근무했을 때였고 두 번째는 뉴저지주 프린스턴의 고등연구소에서였다. 그는 그곳에서 관리직원으로 일 년 칠 개월간 재직했는데 가장 오래 머문 직장이었다. 그 외에는 아무런 기록도 남아 있지 않았다. 단 한 번도 차를 산 적이 없었고 자신의 명의로 된 어떠한 유가증권이나 부동산도 소유한 적이 없었다. 세상에 흔적을 남기지 않고 떠도는 유령 같은 존재였다.

하워드의 차는 이제 프린스턴 중심가에 있는 아인슈타인 드라이브로 들어서고 있었다. 양옆으로 고풍스럽게 늘어선 빅토리아풍 건물 아래로 수많은 학생이 거리를 메우고 있었다. 대부분 추운 날씨에도 불구하고 학교 이니셜이 새겨진 티셔츠만 걸치고 있었는데 한 손에 맥주를 든 채 몰려다니며 학교 응원 구호를 외치고 있었다. 아마도 방금 타 대학과 농구 시합이 벌어진 모양이었다.

"십 점차로 눌렀나보군."

하워드가 기세 좋은 젊음이 부러운 듯 중얼댔다. 그는 승리를 만끽하는 학생들을 뒤로한 채 아인슈타인 드라이브를 지나 고등연구소로 향했다.

고등연구소는 프린스턴 남쪽으로 시 외곽 숲에 자리하고 있었다. 면적은 총 삼백 에이커로, 이웃한 프린스턴대학보다도 두 배 이상 컸으며 이백여 명의 연구원을 거느리고 있었다. 하지만 이곳이 유명한 것은 천재 물리학자 알베르트 아인슈타인이 연구원으로 지냈기 때문이다. 그 외에도 핵폭탄을 제조해 태평양전쟁을 승리로 이끄는 데 공헌한 핵물리학자 로버트 오펜하이머와 수학 이론 '불완전성 정리'로 유명한 수학자 쿠르트 괴델 등이 연구를 했던, 명실공히 세계 최고의 순수 과학 연구소였다. 학자들 사이에서 이곳은 '지식인의 호텔'로 불렸는데 그것은 이곳이 생기는 데 가장 큰 공헌을 한 초대 소장 에이브러햄 플렉스너의 창립 이념 때문이었다.

플렉스너는 초빙된 학자들에게 최대한 지적인 자유를 주고 싶어 했으며 어떤 논문이나 결과물을 제출할 필요 없이 일상 잡무로부터 완전히 벗어나 연구할 수 있는 완벽한 환경을 제공하려 애썼다. 덕분에 아인슈타인은 평생 이곳에서 '통일장 이론'을 비롯한 수많은 연구를 할 수 있었고 폰노이만은 최초의 현대식 컴퓨터를 만들 수 있었다. 사뮈엘은 이들의 재직 기간과 겹치는 1954년부터 1955년까지 청소부로 근무했다고 기록되어 있었다. 하워드는 그의 근무 기록과 당시 함께 근무했던 직원 중 생존자를 만나 사뮈엘에 대해 물어볼 작정이었다.

막상 연구소에 들어서자 이곳이 세계의 석학들이 모이는 곳이라고는 생각되지 않을 만큼 소박하고 한가한 풍경이었다. 주위는 울창한 숲으로 둘러싸여 있었고 평범한 벽돌 건물들이 드문드문 들어서 있을 뿐 그 흔한 연구소 간판 하나 걸려 있지 않았다. 하워드는 행정실이 있는 주 건물인 풀드홀로 향했다.

풀드홀은 중앙에 아담한 시계탑이 있는 붉은 벽돌 건물이었다. 건물 안으로 들어서자 양옆으로 그동안 이곳을 거쳐 간 쟁쟁한 석학들의 사진과 역사적 기록들이 품위 있는 전시장 안에 진열되어 있었다. 노벨상을 비롯해 그들이 받은 수많은 상과 이곳에 재직할 당시 사용한 기자재 등이 자세한 설명과 함께 50여 미터에 달하는 복도 양옆을 가득 메웠다.

심지어 그들이 노벨상 시상식장에서 입고 사용했던 턱시도와 만년필까지 전시되어 있었다. 하워드는 이제야 비로소 이곳이 세계 순수 과학의 중심지라는 걸 실감할 수 있었다. 하워드는 포스터처럼 커다랗게 걸려 있던 아인슈타인과 오펜하이머의 사진을 지나 행정실로 향했다. 행정실은 일 층 복도 끝에 있었다. 방에 들어서자 금테 안경을 코끝에 건, 연구소만큼이나 고풍스러운 은발의 중년 부인이 하워드를 맞았다.

"안녕하세요. 뭘 도와드릴까요?"

부드럽고 친절한 목소리였다.

"안녕하십니까. 저는 하워드 레이크라고 합니다. 어떤 분의 의뢰를 받아 사뮈엘 베케트라는 남자를 찾고 있습니다. 그런데 조사하던 중 그분이 오래전 이곳에서 근무했다는 사실을 알게 됐습니다. 혹시 도움이 될까 해서 그러는데 그분 신상명세서와 근무 기록을 좀 볼 수 있을까요?"

하워드가 탐정허가증을 보여주며 물었다.

"죄송합니다만 직원 기록은 대외비라서 실무자 외에는 공개할 수가 없어요. 미안합니다."

부인은 정중하게 거절했다. 하지만 이대로 물러설 하워드가 아니었다.

"저도 충분히 이해합니다. 이런 훌륭한 연구소에서 직원의 개인 신상을 함부로 굴리다니 말도 안 되죠."

직원이 이해해줘서 고맙다는 듯 미소를 지었다.

"그렇지만 만약 한 아이의 목숨이 달린 문제라고 하면 얘기가 달라질 수 있지 않을까요?"

그 말에 부인이 안경을 치켜올리며 바라봤다. 일단 관심을 끄는 데는 성공했다. 하워드는 기다렸다는 듯 준비한 서류를 꺼냈다. 그것은 이런 상황이 벌어질 것을 대비해 미리 마련해둔 의사의 소견서와 의뢰인의 위임장이었다.

"제 의뢰인은 데이비드라는 다섯 살짜리 소년입니다. 정확히 말하면 그 아이 어머니죠. 그런데 지금 데이비드는 선천성 간부전증이라는 병에 걸려 있어요. 태어날 때부터 간이 기능을 못 해서 해로운 물질이 간에 쌓이는 병이죠. 배에 물이 차 매일 이 리터씩 빼내야 한답니다. 아실지 모르겠는데 그건 어른한테도 지독히 고통스러운 일이죠. 팔뚝만큼 커다란 주사기로 배에 구멍을 뚫고 복수를 뽑아야 하거든요. 엎친 데 덮친 격으로 얼마 전 급성 간부전증으로 악화되어 지금은 의식을 잃고 사경을 헤매고 있습니다. 이게 그 아이 사진이에요."

하워드는 인공호흡기를 달고 있는 한 아이의 사진을 보여주었다.

"어머. 딱하기도 해라. 이렇게 어린애가⋯⋯."

직원이 안타까워하던 사진은 얼마 전 하워드가 뉴욕의 자코비 메디컬센터 소아병동에서 임의로 찍은 것이었다. 물론 '데이비드' 역시 하워드가 붙인 이름이었다.

"앞으로 72시간 안에 간을 이식하지 못하면 목숨을 잃게 되는 위급한 상황이에요. 문제는 아이들의 간 이식 성공률이 어른에 비해 현저히 낮다는 겁니다. 그래서 유전적으로 가까운 혈육으로부터 간을 기증받는 게 필수죠. 그런데 어머니는 혈액형이 다르고 아버지는 삼 년 전 교통사고로 죽었어요. 남은 건 할아버지뿐인데 그가 바로 사뮈엘 씨입니다."

하워드가 부인의 표정을 살피며 말했다. 그는 부인 같은 부류의 사람에겐 감정에 호소하는 것이 가장 빠른 길이라는 걸 잘 알고 있었다. 아니나 다를까 부인은 애처로운 얼굴로 의사의 소견서와 위임장을 읽고 있었다. 위임장은 데이비드의 어머니가 작성한 것으로 도와달라는 애절한 문구가 빼곡하게 적혀 있었다. 물론 존재하지 않는 데이비드의 어머니를 대신해 하워드가 쓴 것이었다. 안경을 추켜올리며 위임장을 읽던 부인의 눈가가 촉촉해지고 있었다. 위임장에 눈물 자국까지 남겨가며 감동적이고 치밀하게 내용을 구성한 보람이 있었다. 두 장에 달하는 위임장을 모두 읽은 부인이 연민의 감정을 추스르며 입을 열었다.

"너무 안됐네요. 원래는 안 되는 일이지만 한번 알아볼테니 잠깐만 기다리세요. 찾는 분 성함이 뭐라고 하셨죠?"

"사뮈엘 베케트입니다. 이곳 관리실에서 청소부로 근무했어요."

"잠깐만 기다리세요."

부인은 위임장을 돌려주고는 사무실 안으로 사라졌다.

"난 지옥에 갈 거야."

부인의 모습이 보이지 않자 하워드가 중얼댔다.

부인이 다시 나타난 것은 그리 오래지 않아서였다. 하워드는 반갑게 그녀를 맞았지만 그녀의 표정은 그리 밝지 않았다. 하워드는 직감적으로 일이 잘못됐다는 걸 알 수 있었다. 그녀 옆에는 50대 중반의 한 남자가 동행하고 있었다. 남자는 머리가 정수리까지 벗겨져 있었고 갈색 트위드 재킷에 나비넥타이를 매고 있었는데 한눈에 부인의 상사라는 걸 알 수 있었다.

"하워드 씨. 이분은 저희 행정관이신 스튜어트 씹니다."

부인이 실수라도 한 것처럼 기죽은 목소리로 소개했다. 그러자 행정관이 악수를 청했다.

"안녕하십니까. 그런데 마가렛 부인 말씀이 사뮈엘 베케트 씨를 찾고 계신다고요. 그분은 왜 찾으시는지 물어도 될까요?"

영국식 악센트가 들어간 행정관의 말투는 정중했지만 경계심이 느껴졌다.

"아까 부인께 말씀드렸는데요. 제 의뢰인께서……."

그때 행정관이 말을 자르며 끼어들었다.

"하워드 씨. 행정이 뭘 하는 일인지 아십니까? 돈을 운용하는 일이에요. 연구비를 끌어모으고 그걸 적절한 곳에 배치하죠. 그런데 이 돈이라는 게 끼어들면 사람들은 치사해집니다. 심지어 순수한 학자들마저도요. 연구비를 더 타내기 위해 별짓을 다 한답니다. 그런데 그분들이 저를 뭐라고 부르는지 아십니까? 회색유령이라고 불러요. 제가 무슨 말하는지 잘 아시겠죠?"

행정관은 보통내기가 아니었다. 웬만한 거짓말에는 콧방귀도 끼지 않을 것 같았다. 그러나 하워드 역시 이 바닥에서 칠 년을 구른 회색유령이었다.

"제 말을 못 믿으시겠다면 이 서류들을 보시죠."

하워드는 의사 소견서와 위임장을 건네줬다. 행정관은 안경을 쓰고 꼼꼼히 서류를 훑어보기 시작했다. 그런데 행정관의 행동에는 석연찮은 점이 있었다. 경험에 비춰볼 때 일반적으로 이런 기관의 직원들은 공무원과 흡사했다. 그들은 자신에게 주어진 일 외에는 관심을 두지 않으며 하워드 같은 부류의 방문을 극도로 귀찮아했다. 그런 경향은 직급이 올라갈수록 더욱 심해졌다. 그러므로 행정관 같은 고위직이 하찮은 청소부의 근무 기록 따위에 관심을 가질 리 없었다. 그런데 이 행정관은 사뮈엘을 찾는 이유를 묻기 위해 몸소 이곳까지 내려온 것이었다.

"딱한 사정은 충분히 이해합니다만 도와드릴 수 없겠네요. 규정은 규정이니까요. 죄송합니다."

서류를 모두 읽은 행정관이 의례적인 미소를 지으며 말했다. 이미 예상한 대답이었다.

"그렇다면 할 수 없죠. 알겠습니다."

하워드가 서류를 챙기며 말했다.

"마지막으로 한 가지만 여쭤볼게요."

하워드가 방을 나서려다가 물었다.

"네. 말씀해보세요."

"서류를 열람하려면 어떤 절차를 밟아야 하나요? 예를 들어 누구의 서명을 받아와야 한다거나……."

"저희 소장님 서명이 있으면 가능합니다."

"그렇군요. 그런데 이건 혹시나 해서 묻는 건데 당시 기록도 보존되어 있을까요? 서명을 받아온다고 해도 서류가 없으면 소용이 없잖습니까."

하워드는 유도신문을 하고 있었다. 그는 사뮈엘이 몇 년도에 근무했는지 한 번도 언급한 적이 없었다.

"그런 걱정은 안 하셔도 됩니다. 그때 기록도 모두 보관되어 있으니까요."

행정관이 무의식적으로 대답했다. 하워드는 회심의 미소를 지었다.

"그렇군요. 그때 기록도 보관되어 있군요. 잘 알겠습니다. 그런데 대단하시네요. 1955년이면 행정관께서 태어나기도 전일 텐데 당시 근무했던 직원을 기억하고 계시다니."

순간 행정관의 얼굴이 미묘하게 일그러지며 붉게 변했다. 그는 들켜선 안 될 치부가 드러난 듯 당황하고 있었다.

"실례 많았습니다. 수고하십시오."

하워드는 조용히 행정실을 빠져나왔다. 방을 나서는 뒷모습을 행정관이 끝까지 응시하고 있었다.

복도를 지나는 하워드의 머릿속에는 여러 생각이 교차했다. 비록 사뮈엘의 근무 기록을 보진 못했지만 예상치 못한 수확이 있었다. 행정관의 태도를 볼 때 사뮈엘은 이곳에서도 특별한 존재로 여겨지는 듯했다. 그는 반세기 전 근무한 직원의 이름뿐만 아니라 근무했던 연도까지 정확히 알고 있었다. 그리고 그 존재가 외부에 노출되는 것을 꺼리는 눈치였다. 대체 무슨 일이 있었기에 반세기가 지난 지금까지 숨기려는 걸까. 사뮈엘은 파고들수록 점점 더 깊은 수심으로 하워드를 끌어당기고 있었다.

하워드는 서둘러 입구를 빠져나왔다. 정면 돌파는 힘들어졌으니 다른 방법을 강구해야 했다. 입구에는 두 명의 건장한 남자가 하워드를 기다리고 있었다. 행정관이 경비원을 부른 모양이었다. 그들은 하워드가 연구소를 빠져나갈 때까지 문 옆을 지키고 있었다. 하워드는 차를 출발시키며 행정실을 바라보았다. 행정관이 매운 고추를 먹은 것처럼 몸이 달아서 어딘가로 전화를 걸고 있었다.

"구린내가 풀풀 나는군."

연구소를 빠져나가는 하워드의 토러스 위로 눈송이가 떨어지고 있었다.

시내 모텔에 방을 잡자마자 하워드는 주인에게 가장 유명한 바를 물었다. 주인은 주저 없이 프랭클린가(街)에 있는 '상대성 이론 바'라고 대답했다. 하워드는 짐도 풀지 않고 곧장 바로 향했다. 그곳에서 퇴근길에 한잔 걸치러 오는 연구소 직원을 기다릴 작정이었다. 직원 중 사뮈엘에 대해 알 만한 사람을 찾아보려는 것이었다.

바는 프린스턴 중심 번화가에 있었다. 하지만 바에 들어서자마자 이곳은 자신이 찾는 바가 아니란 걸 한눈에 알 수 있었다. 그곳은 온통 농구 경기 승리를 자축하는 프린스턴

대학 유니폼으로 가득했고 사방에서 랩이 터져 나왔다. 퇴근 후 하루의 피로를 풀기 위해 직원들이 찾기에는 지나치게 에너지가 넘쳐나고 있었다. 하워드는 다시 직원들이 찾는 단골 술집을 찾아나섰다. 여러 번 시행착오 끝에 간신히 찾아낸 직원들의 단골집은 연구소에서 두 블록 떨어진 골목에 있었다. 애니메이션 〈심슨가족〉에 나오는 술집 모(Moe)와 같은 이름이었다. 술집에 도착한 것은 여섯 시가 조금 안 되어서였다. 아직 퇴근 시간 전이어서인지 바는 한가했다. 주인으로 보이는 바텐더가 잔을 닦고 있었는데 살집이 두둑하니 넉넉한 인상의 남자였다. 하워드가 바에 자리를 잡자 그가 다가왔다.

"하늘에 구멍이 뚫렸나보네요."

성악을 했는지 침중한 목소리였다. 조용히 내리던 함박눈은 어느새 눈보라로 바뀌었다.

"그러게요. 잭다니엘 스트레이트 한 잔 주세요."

바텐더가 능숙하게 잔을 들고 술을 따라줬다.

"여기가 고등연구소 관리 직원들 단골가게라던데……."

하워드가 스트레이트 잔을 단번에 들이켜며 물었다.

"누가 맡겨놓은 술이라도 먹으라고 했나보죠? 맞아요. 많이들 오는 편이죠."

바텐더가 기분 좋게 농담을 보태가며 대답했다.

"보통 몇 시쯤 오나요?"

"삼십 분 정도 있으면 들이닥칠 거요. 오늘 한판 하는 날

이거든."

　금요일마다 이곳에서 카드 게임을 하는 모양이었다. 하워드는 속으로 쾌재를 불렀다. 이런 부류의 사람들과 친해지는 데 게임만큼 좋은 자리는 없었다. 하워드는 다시 잭 다니엘 한 잔을 온더록스로 주문하고 그들이 나타나기를 기다렸다. 바텐더가 무료한 하워드를 위해 TV를 틀어주었다. 마침 프린스턴대학과 펜실베이니아대학의 농구 경기를 방영하고 있었다. 예상대로 프린스턴이 칠 점차로 리드하는 가운데 경기는 종반으로 치닫고 있었다. 하워드는 바텐더가 가져다준 땅콩을 씹으며 경기를 지켜보았다.

　"농구가 팀워크라고 하지만 역시 스타 한 명의 힘은 대단하죠?"

　바 끝에 앉아 있던 여인이 하워드에게 말을 걸었다. 20대 중반으로 검고 긴 생머리에 화장기 없는 얼굴을 하고 있었는데 허름한 술집과는 어울리지 않는 미인이었다.

　"그럴 수도 있죠."

　하워드가 대답했다.

　"레이 듀크는 NBA에서도 통할 거예요. 저 정도 스피드면 셀틱스 가드로도 손색이 없죠."

　아마도 프린스턴 쪽 가드를 말하는 모양이었다. 그녀의 말대로 프린스턴의 가드는 혼자서 코트를 휘젓고 다니고 있었다. 그는 다른 선수에 비해 신장은 작았지만 날렵한 몸놀림으로 경기를 장악했다.

"정말 그러네요."

"농구 좋아하시면 같이 보실래요? 친구가 오려면 시간이 좀 남았거든요."

여인이 마시던 커피를 들고 옆자리에 앉으며 말했다. 그녀가 다가오자 라일락 향기가 풍겼다. 그녀와 잘 어울리는 향기였다. 하워드는 잠시 망설였다. 이런 바에는 술 취한 손님을 상대하는 붙박이 매춘부들이 있었다. 그런 여자가 아니고는 이런 미녀가 한물간 중년 남자에게 먼저 말을 걸 리 없었다.

"걱정 마세요. 그런 여자 아니니까. 친구 기다리는 동안 추위를 피해서 잠깐 들른 것뿐이에요."

여인이 웃으며 말했다.

"그런 뜻은 아니었어요. 오랜만에 미인을 만나서 당황했을 뿐."

하워드가 변명하듯 대답했다.

"린지라고 해요."

여인이 호수처럼 파란 눈으로 바라보며 말했다.

"하워드 레이크요."

인사를 나누던 하워드는 멈칫했다. 여인의 손목에 나무로 만든 십자가 묵주가 매달려 있었다.

"전 가톨릭 신자예요. 테레사 성녀만큼 독실하진 않지만요. 혹시 종교 있으세요?"

그녀가 묵주를 들어 보이며 말했다.

"특별히 믿진 않습니다."

하워드가 시선을 피하며 대답했다.

"우리 가족 중 저만 신자죠. 나머진 평생 교회 근처도 가본 적 없어요."

"특별히 믿게 된 계기라도 있나요?"

하워드가 물었다.

"스스로 성당을 찾아가서 세례를 받는 사람들은 대부분 계기가 있어요. 저도 마찬가지고요. 혹시 신을 느껴본 적 있으세요?"

여인이 커피를 마시며 물었다.

"필요할 때 모습을 감추는 걸 본 적은 있습니다."

하워드가 굳은 표정으로 말했다.

"죄송해요. 제가 쓸데없는 걸 물었나보네요. 여기는 무슨 일로 오셨어요? 이 동네 분은 아닌 것 같은데."

그녀가 분위기를 바꾸며 물었다.

"사업상 볼일이 있어서요."

"연구소에 일이 있으신가봐요. 아까 직원들에 대해 물으시는 것 같던데."

"그렇다고 할 수 있죠."

하워드가 시계를 확인하며 대답했다. 아직 직원들이 오려면 이십 분 정도 기다려야 했다. TV로 시선을 옮기자 레이 듀크가 펜실베이니아 선수의 공을 가로채며 다시 득점을 올렸다.

"가끔 세상에는 논리로 설명할 수 없는 일들이 일어나는 것 같아요."

여인이 문득 떠오른 듯 말했다. 평범한 말이었지만 다섯 번째 사뮈엘과 기묘한 며칠을 보낸 하워드의 관심을 끌기에는 충분했다.

"무슨 말이죠?"

"레이 말이에요. 저렇게 작은 선수가 2미터도 넘는 선수들을 데리고 노는 걸 보면 신기할 때가 있어요. 어떻게 저렇게 잘할까. 신이 주신 재능이라고밖에는 설명할 길이 없거든요."

여인이 드리블하는 레이를 보며 말했다. 경기는 결국 프린스턴의 승리로 끝났다. 경기에 승리한 선수들이 레이에게 달려들어 헹가래를 치고 있었다.

"그럴 수도 있겠죠."

하워드가 무뚝뚝하게 대답했다. 그때 문이 열리며 왁자지껄하게 한 무리의 남자들이 바로 들어왔다. 그러고는 익숙하게 바텐더와 인사를 나누더니 구석 테이블에 자리를 잡고 카드를 꺼냈다. 그들이었다.

"볼일이 있어서 이만 실례해야겠네요."

하워드가 자리에서 일어나며 말했다.

"저도 가봐야겠어요. 약속 시간이 됐거든요. 얘기 나눠서 즐거웠어요, 하워드 씨."

여인이 정중히 인사를 하곤 술집을 나섰다. 그녀가 사라지자 라일락 향기도 함께 자취를 감췄다. 하워드는 바텐더에게 커티삭 한 병을 주문하고 백 달러를 잔돈으로 바꿨다. 남자들은 모두 네 명이었는데 맥주를 한 병씩 꿰차고는 패를 돌리고 있었다. 하워드는 첫판이 끝나기를 기다렸다가 술병을 들고 살그머니 다가갔다.

"포커는 다섯이 해야 제맛인데. 좀 껴도 되겠습니까?"

하워드가 능청맞게 의자를 끌어당기며 말했다. 직원들은 패를 돌리다 말고 하워드를 바라봤다.

"눈이 엄청나게 내리네요. 덕분에 꼼짝없이 갇혔어요. 술은 제가 사겠습니다."

하워드가 지폐를 두둑이 꺼내놓으며 너스레를 떨었다. 지폐를 본 직원들은 잠시 서로를 보며 망설였다.

"그럽시다. 까짓 것. 대신 술은 당신이 사는 거요."

그들 중 연장자로 보이는 남자가 말했다. 그러자 콧수염을 기른 직원이 패를 돌리기 시작했다.

"어디서 오셨소? 처음 보는 얼굴인데."

"뉴욕에서 왔습니다. 학생들에게 전문서적을 팔고 있죠. 농구 경기 덕분에 오늘은 재미가 별로였어요."

하워드가 패를 펼치며 대꾸했다. 9 스페이드와 1 에이스 스페이드, 그리고 킹 하트였다.

"당신한텐 미안한 얘기지만 우린 신났지. 오랜만에 펜실베이니아 놈들을 박살냈거든. 그것도 팔 점차로 말이야."

"레이가 날아다니더구먼. 공부도 잘한대요."

낚시 모자를 쓴 직원이 배팅하며 말했다.

"저도 봤습니다. 그 친구, 덩치는 작아도 대단하더군요. 조만간 NBA에서 볼 거 같던데요."

하워드가 오 달러를 걸며 맞장구를 쳤다.

"암. 가고말고. 셀틱스 드래프트 일 순위야. 못 받아도 천오백만 달러는 받을걸."

"좋구먼. 누군 공 잘 던진다고 천오백만 달러를 홀떡 먹고 어떤 놈은 맨날 구석에 처박혀 보일러나 고치고."

"궁상 좀 그만 떨어, 이 사람아. 다 지 팔자대로 사는 거야. 오 달러 걸고 오 달러 더."

"그럼요. 아프리카를 생각해보세요. 굶어 죽는 애들이 하루에 몇백 명이라잖아요. 저도 십 달러 받습니다."

패가 돌아가는 동안 직원들은 쉬지 않고 잡담을 늘어놓고 있었다.

하워드도 적당히 대화를 거들며 분위기를 맞췄다. 세 번째 판이 끝나갈 때쯤 직원들은 무능한 국무장관을 직위해제하고 새로 발매된 복권에 당첨되어 남태평양 피지에서 미녀들과 휴가를 즐기고 있었다. 세 판을 내리 져준 하워드는 기지개를 켜며 슬그머니 본론으로 들어갔다.

"근데 혹시 고등연구소에 근무하시는 분들이세요?"

"벌써 십이 년째 근무하고 있소이다."

낚시 모자를 쓴 직원이 시가를 물며 말했다.

"월급이 짜긴 해도 괜찮은 직업이지. 잘릴 염려가 없거든."

콧수염을 기른 직원은 패가 안 좋은지 포기했다.

"그럼 전에 근무하셨던 분 중에 사뮈엘 베케트라고 들어 보셨어요? 관리실에서 청소원으로 근무했었는데."

하워드가 눈치를 살피며 물었다.

"글쎄. 첨 들어본 이름인데. 자넨 들어봤나?"

"나도 처음 들어보는데. 연구소 청소원이면 모를 리가 없는데. 언제 근무했던 사람이요?"

딜러가 마지막 패를 돌렸다. 하워드는 10 카드만 들어오면 스트레이트였다.

"저희 삼촌인데 1955년도에 근무하셨거든요. 직원 중에 아실 만한 분 없을까요?"

하워드가 마지막 패를 펼치며 물었다.

"55년이면 오십칠 년 전인데 그 옛날 사람을 누가 알겠어."

"제이크 영감이면 알 수도 있을걸. 영감 아버지도 연구소에서 일했잖아. 아인슈타인 박사랑 숨바꼭질했다고 술만 먹으면 떠들던 거 기억 안 나?"

"맞아. 아인슈타인 박사가 친구라도 되는 양 자랑하곤 했지."

콧수염을 기른 직원이 술잔을 기울이며 말했다.

"제이크 영감님을 만나려면 어디로 가면 되죠?"

하워드가 바짝 다가서며 물었다.

"지금 보일러실에 있을걸. 오늘 당직이거든."

"그분이 어떤 술을 좋아하는지 아세요?"

하워드가 카드를 내려놓으며 물었다. 그는 이제 카드에는 관심이 없었다.

"술이라면 안 가리지. 가릴 처지가 되나. 없어서 못 먹는데. 난 십 달러 걸겠어. 당신은 죽었소?"

낚시 모자를 쓴 직원이 패가 잘 들어왔는지 한껏 배팅하며 물었다.

"술값은 냈으니 마음껏 드세요. 카드 재밌었어요."

하워드가 자리를 박차고 일어나며 말했다. 더는 이곳에는 볼일이 없었다. 하워드는 옷을 챙겨서 눈보라가 몰아치는 거리로 향했다. 하워드가 나가자 직원이 하워드의 패를 펼쳐봤다. 하워드의 마지막 패는 10 스페이드였다.

보일러실을 찾는 데 큰 어려움은 없었다. 입구에서부터 연기가 피어오르는 높은 굴뚝이 보였다. 정문에는 경비가 보초를 서고 있었기 때문에 하워드는 그들의 눈을 피해 담을 넘을 수밖에 없었다. 그의 손에는 고급 위스키 한 병과 피자 한 판이 들려 있었다.

보일러실은 연구소 북쪽 끝에 있었는데 붉은 벽돌로 지어진 단층 건물로 입구는 커다란 철문이었고 아무런 장식도 달려 있지 않았다. 하워드가 머리와 옷에 쌓인 눈을 털고 건물 안으로 들어가자 좁은 복도를 따라 묵직한 기계 소리가 울려왔다. 복도 끝에는 직원들이 상주하는 사무실이 있었는데 스탠드 불이 켜 있었지만 아무도 없고, 옷걸이에 제이크 영감의 것으로 보이는 코트가 걸려 있었다.

하워드는 사무실을 지나 지하로 이어진 보일러실로 향했다. '관계자 외 출입금지'라고 쓰인 철문을 열고 들어서자 커다랗게 보일러 작동음이 들려왔다. 보일러실은 하나로 이어진 넓은 공간이었다. 수많은 파이프가 복잡하게 건물 밖으로 이어져 있었고 보일러에서 흘러나온 온기가 후끈하게 방을 달궜다. 하워드는 제이크 영감을 찾기 시작했다. 굵직한 파이프를 여러 개 지나자 보일러 뒤편에서 TV 소리와 함께 누군가의 웃음소리가 들려왔다. 제이크 영감이었다. 그는 얼핏 보기에도 백삼십 킬로그램은 족히 나갈 거구에 덥수룩하게 수염을 기르고 있었다. 푹신한 소파에 앉아 감자칩과 맥주를 마시며 심야 코미디 프로를 보고 있었다.

"겨울나기에 이만한 곳도 없겠군요."

갑작스러운 하워드의 등장에 제이크 영감이 깜짝 놀라 돌아봤다.

"당신 누구요? 여긴 어떻게 들어왔소?"

제이크 영감은 급히 일어나다가 비대한 몸집을 가누지 못하고 하마터면 넘어질 뻔했다.

"놀라게 해드렸다면 죄송합니다. 같이 술 한잔할까 하고 찾아왔습니다."

하워드가 페퍼로니 피자와 위스키를 들어 보이며 말했다.

"여긴 관계자 외 출입금지 구역이오. 당장 안 나가면 경비를 부르겠소!"

제이크 영감이 전화기를 들며 소리쳤다.

"잠깐만요. 경비를 부르시기 전에 제 말 좀 들어보십시오."

하워드가 신분증을 보여주며 행정실에서 했던 데이비드 얘기를 그대로 들려주었다. 처음에는 경계의 눈빛으로 바라보던 제이크 영감도 의사 소견서와 위임장을 보더니 표정이 풀리며 수화기를 내려놓았다.

제이크 영감은 인정이 많고 감성이 풍부한 사람이었다. 그는 이야기를 다 듣자 얼마 전 자신도 같은 병으로 아내를 잃었다며 진심으로 데이비드를 걱정했다. 하워드는 가져온 피자와 위스키를 풀어놓으며 자리를 잡고 이야기를 시작했다.

"직원들 말로는 영감님은 사뮈엘에 대해 알고 있을 거라더군요. 영감님 아버님께서도 이곳에 근무하셨다고요. 그때 사뮈엘 베케트 씨를 만난 적 있나요?"

"사뮈엘 베케트라. 들어본 적이 있는 것 같기도 한데……."

제이크 영감이 피자를 먹으며 기억을 더듬었다.

"그 사람만의 독특한 특징이 있어요. 한겨울에도 맨발로 다녔습니다. 비가 오나 눈이 오나."

"아! 얼음발 사뮈엘. 기억나. 우리집에도 한 번 온 적이 있었지. 추수감사절 때였을 거야. 그때도 맨발이었어. 아버지가 동상에 안 걸리는 게 희한하다며 얼음발이라는 별명을 붙이셨지."

1955년 연구소에 근무했던 사뮈엘은 하워드가 찾는 사뮈엘과 같은 사람이었다. 한겨울에 맨발로 다니는 사뮈엘이 또 존재할 리 만무했다.

"당시 그분 나이가 몇 살 정도 됐는지 기억하십니까?"

"아마 서른 초반이었던 거 같아. 우리 아버지와 비슷한 연배였으니까."

제이크 영감의 말에 하워드는 무의식적으로 한숨을 쉬었다. 그의 말대로라면 사뮈엘은 영원히 30대 초반을 유지하는 불로장생의 인간이었다. 하워드는 이해할 수 없었다. 대체 어떤 인간이 오십 년이 넘는 세월 동안 젊은 육체를 유지하며 살 수 있단 말인가.

"그분에 대해 기억나는 대로 말씀해주십시오."

하워드가 수첩을 꺼내며 물었다.

"너무 오래전 일이라서 말이야. 내가 일곱 살 땐가 그랬거든."

"천천히 기억을 더듬어보세요. 아무거나 상관없습니다."

제이크 영감은 곰곰이 생각에 잠겼다.

"그러고 보니 아인슈타인 박사님이 돌아가시던 해의 일이 기억나는군."

제이크 영감이 먼지 쌓인 일기장을 펼치듯 조심스럽게 입을 열었다.

"핼러윈 데이였어. 전쟁도 끝나고 오랜만에 마을이 온통 축제 분위기였지. 사방에 호박 장식이 내걸리고 꼬마 유령들이 거리를 누비고 다니고 말이야. 나는 학교에서 돌아오자마자 아버지가 새로 사준 자전거를 타고 아인슈타인 박사님 댁으로 달려갔어. 아버지는 연구소 전기기사였는데 박사님이 계신 연구동을 관리해서 박사님을 잘 알았지. 댁에 있는 가전제품이나 전기배선에 문제가 생기면 아버지에게 부탁하곤 하셨어. 가끔 박사님은 자기 집을 못 찾아 길을 잃곤 하셨는데 그럴 때면 아버지에게 전화를 걸어 주소를 묻기도 하고 말이야. 아버지는 차를 몰고 가서 박사님을 댁에 모셔다 드리곤 했어. 덕분에 나는 박사님 댁을 자주 방문할 수 있었고 박사님은 아이들을 무척 좋아하셨지. 한가할 때면 체스를 가르쳐주시기도 하고 우주에 대해 설명해주시기도 하면서 말이야."

이야기하는 제이크 영감의 얼굴에 얼핏 어린 시절 모습이 스쳐 지나갔다.

"정말로 친하셨나보군요."

하워드가 흥을 돋우듯 추임새를 넣었다.

"두말하면 잔소리! 그날 나는 드라큘라 복장을 하고 박사님을 놀라게 해드릴 생각이었어. 박사님 댁에 도착하자마자 나는 문을 두드렸지. 박사님이 나오시면 '사탕 안 주면 장난칠 거예요!'라고 소리칠 준비를 하고 말이야. 하지만 아무리 기다려도 박사님은 나오지 않으셨어. 나는 기다리다 못해 살며시 문을 열고 들어갔지. 박사님 집에서는 언제나 구수한 책 냄새가 나. 책이라면 질색이었지만 그 냄새만은 참 좋아했지. 집에는 부인도 안 계시고 상주하던 간호사도 보이지 않았어. 나는 아쉬웠지만 어쩔 수 없이 돌아가려고 한 순간에 서재에서 박사님 목소리가 들려왔어. 누군가와 얘기를 하고 계셨지. 나는 호기심을 못 이기고 서재로 조용히 다가갔어. 그런데 박사님과 얘기를 하고 있던 사람은 다름 아닌 얼음발 사뮈엘이지 뭐가. 박사님은 노쇠한 몸을 소파에 기대어 계셨고 사뮈엘은 그 앞에 무릎을 꿇듯 앉아 있었지. 박사님은 지병인 동맥경화증이 심해져서 안색이 무척 안 좋으셨는데 사뮈엘과는 오래전부터 아는 사이처럼 친근해 보이더군."

"잠깐만요. 사뮈엘 씨가 아인슈타인 박사와 친분이 있었다는 말인가요?"

하워드가 수첩에 내용을 적다 말고 물었다.

"자세한 건 나도 몰라. 단지 그때 두 사람 모습이 가까운 사이처럼 보였다는 거야. 그런데 이상했던 건 박사님과 사뮈엘의 대화 모습이었어. 모양새가 뭐랄까……."

제이크 영감은 마땅한 말이 떠오르지 않는지 잠시 머뭇거렸다.

"마치 신부님한테 고해성사하는 모습이라고 할까."

"사뮈엘 씨가 박사님한테요?"

하워드가 의아하다는 듯 물었다.

"아니. 그 반대야. 박사님이 사뮈엘의 손을 잡고 눈물을 흘리시고 계셨지. 사뮈엘은 신부님처럼 박사님의 말을 조용히 듣고 있었고. 박사님의 그런 모습은 처음이었어. 언제나 인자하고 여유가 넘치셨거든. 그런데 그날은 지난 인생을 돌이켜보기라도 하듯 연신 눈물을 흘리면서 사뮈엘에게 뭔가를 말씀하시는 거야. 마치 죽기 직전에 평생 마음속에 담아뒀던 비밀을 쏟아내는 것 같았지. 어린 마음에도 그런 박사님이 애처로워 보이지 뭐야. 그런데 그때 사뮈엘이 나를 발견했어. 박사님도 그제야 내가 온 걸 아셨지. 두 사람은 비밀 모임이라도 들킨 것처럼 서둘러 대화를 마치더라고. 사뮈엘은 내 머리를 쓰다듬으며 아무에게도 말하지 말라는 듯 입에 손가락을 갔다 댔지. 사뮈엘이 돌아가자 박사님이 사탕을 가져오셨어. 그리고 말씀하셨지.

"제이크. 인생은 좋은 것만 보고 살기에도 짧단다. 넌 좋은 것만 보고 살아라."

만날 때마다 덕담을 해주시곤 했는데 그게 마지막 말씀이셨어. 얼마 후 돌아가셨지."

제이크 영감은 어린 시절 추억에 흠뻑 빠져 있었다. 그의 말을 듣자 하워드는 또다시 혼란에 빠질 수밖에 없었다. 제이크 영감 기억 속의 사뮈엘은 아인슈타인 박사와 깊이 있는 대화를 나눌 만큼 가까운 사이였다. 그중에도 가장 인상적인 부분은 아인슈타인 박사가 사뮈엘에게 고해성사 하는 것처럼 보였다는 대목이었다. 하워드가 알기로 아인 슈타인 박사는 무신론자였다. 그는 인간의 영역 밖에 어떤 의지나 목적이 있으리라 생각지 않는다고 여러 차례 언급 한 바 있었다. 그런데 죽음을 목전에 두고 만난 청소부에 게 눈물을 흘리며 고해성사를 했다는 것이다. 물론 그들이 나눈 대화가 정확히 어떤 내용이었는지 알 수 없었다. 신 이 배제된 다른 주제였을 수도 있다. 하지만 적어도 깊이 있는 내면을 이야기한 건 틀림없어 보였다. 그리고 그런 대화는 오랜 신뢰가 쌓이지 않고는 불가능했다.

'대체 네놈 정체가 뭐냐?'

하워드는 혼란스러운 머리를 움켜쥐며 생각했다.

"그런데 재밌는 건 박사님이 돌아가신 후 연구소에 떠돌 던 소문이야."

"소문이요?"

하워드가 고개를 들어 제이크 영감을 바라봤다.

"박사님이 돌아가시고 얼마 후 사뮈엘도 모습을 감췄는 데 그때부터 이상한 소문이 돌기 시작했어. 박사님이 돌아 가시면서 연구소 앞으로 유언장 한 장을 남기셨는데 거기 에 이상한 내용이 있었다는 거야."

"어떤 내용이었죠?"

하워드가 바짝 다가앉으며 물었다.

"연구소에서는 지금도 유언장을 부인하고 있지만 당시 우체국에 근무했던 로드니가 한 말에 의하면 분명히 아인슈타인 박사 이름으로 된 편지 한 장을 연구소장에게 전해 줬다는 거야. 그런데 그 편지에 박사님이 받았던 노벨상 원본과 상금 전액을 사뮈엘에게 남긴다는 내용이 적혀 있었다는군. 그래서 직원들 사이에는 별별 얘기가 다 돌았어. 박사님이 망명할 때 나치에게 살해당할 뻔한 걸 사뮈엘이 구해줬다는 둥 사뮈엘이 박사님의 배다른 손자라는 둥."

순간 하워드는 아인슈타인 박사의 첫 번째 부인 밀레바 마리치가 낳은 첫 번째 딸을 떠올렸다. 아직 미혼이었던 두 사람 사이에서 태어난 이 딸은 알려지지 않은 채 사라졌다가 최근에야 존재가 밝혀졌는데 아인슈타인은 밀레바에게 보낸 편지에서 그녀를 '리제를'이라 부르고 있었다. 세상에는 그녀가 태어난 직후 어딘가로 입양됐을 것이라는 추측만이 떠돌고 있었다.

"제가 알기로 아인슈타인 박사의 노벨상 원본은 연구소에 보관되어 있고 상금은 첫 번째 부인이었던 밀레바 마리치에게 전액을 준 걸로 아는데요."

하워드가 언젠가 읽은 두 사람에 관한 기사를 떠올리며 말했다.

"그러니까 소문이지. 지금 생각하면 말도 안 되는 얘기지만 당시에는 꽤 진지했어. 워낙 유명한 분이셨으니까."

제이크 영감이 위스키를 홀짝이며 말했다. 그는 어느새 위스키를 반병이나 비운 상태였다. 하워드는 지금까지 내용을 살펴보며 고개를 저었다. 사뮈엘의 과거를 파고들면 들수록 점점 더 실체가 모호해지고 있었다. 그는 신기루 같은 존재였다. 시간을 초월해 신출귀몰 나타나서는 사람들의 마음을 사로잡고 다니는 기묘한 존재였다. 머릿속이 복잡해지자 갑자기 피곤이 몰려왔다. 하워드는 며칠째 숙면하지 못하고 있었다. 시곗바늘은 열한 시를 지나 자정을 향해 가고 있었다.

"혹시 남아 있는 사뮈엘 씨 사진은 없나요?"

하워드가 물었다.

"사진이라. 가만. 어쩌면 있을지도 모르겠는걸. 따라와 봐."

뭔가 생각난 듯 제이크 영감이 앞장서서 보일러실을 나섰다. 제이크 영감이 간 곳은 입구에 있던 직원 사무실이었다. 그는 사무실 구석에 있던 오래된 캐비닛을 뒤지기 시작했다.

"여기 어디 있을지도 모르는데."

캐비닛에는 옛날 바자회 팸플릿이나 오래된 잡지 등이 마구잡이로 쌓여 있었다. 그는 서랍 안에 있던 물건들을 뒤집다시피 하며 사진을 찾았다.

"여기 있네."

제이크 영감이 찾아낸 빛바랜 옛날 사진 속에는 약 스무 명의 직원이 야구복을 입고 줄을 지어 서 있었다.

"이건 1955년 프린스턴대학 직원들하고 야구 시합을 하던 날 찍은 거야. 승전 기념일이었지. 우리 아버지는 이루수를 맡으셨어. 이게 우리 아버지고…… 여기 어디 있을 텐데……."

제이크 영감이 사진 속의 얼굴을 하나씩 짚어나갔다. 그러던 그의 손가락이 어느 남자의 얼굴에서 멈췄다.

"이 사람이 사뮈엘이야."

하워드는 제이크 영감이 가리킨 사람을 바라봤다. 워낙 작게 찍혀 정확한 인상착의를 파악할 수는 없었지만 대강의 윤곽은 알아볼 수 있었다. 의외의 큰 수확이었다. 사뮈엘은 그야말로 평범한 얼굴의 남자로 70년대 히피처럼 검고 긴 머리에 수염을 기르고 있었다. 눈썹은 짙었고 적당한 키에 마른 편이었다. 전체적으로 편안하고 좋은 인상이었지만 몽타주를 작성한다면 설명하기 애매할 정도로 특징이 없었다. 그는 야구 시합 중에도 역시 맨발이었다.

"이 사진을 제가 가져도 되겠습니까?"

"글쎄. 아버지 사진이 몇 장 남은 게 없어서 말이야……."

"오십 달러 드리겠습니다."

"그러지 뭐. 어차피 쓸데도 없는데."

제이크 영감이 능청맞게 돈을 받으며 말했다.

"더 떠오르는 건 없나요? 사뮈엘 씨가 연구소에서 근무할 때 누구를 구했다던가 친하게 지냈던 동료가 있었다던가."

"워낙 오래전이라서 말이야. 미안하이."

취기가 오른 제이크 영감이 더는 기억을 떠올리기 귀찮은 듯 건성으로 대답했다. 어쩔 수 없는 일이었다.

"별말씀을요. 많은 도움이 됐습니다. 혹시 기억나는 게 있으면 연락 주십시오."

하워드가 명함을 건네주며 말했다.

"그러지. 꼭 사뮈엘을 찾아서 데이비드가 완쾌될 수 있으면 좋겠군."

취기가 오른 제이크 영감이 얼큰한 미소를 지으며 말했다.

"저도 그랬으면 좋겠네요."

하워드가 자코비 메디컬센터의 소년을 떠올리며 대답했다. 제이크 영감은 큰 몸집을 이끌고 푹신한 소파로 돌아갔다. 하워드는 인사를 하고 건물을 빠져나왔다.

눈은 이미 그쳤다. 맑게 갠 하늘에는 쟁반만 한 보름달이 설국으로 변해버린 세상을 서치라이트처럼 비추고 있었다. 차로 돌아온 하워드는 제이크 영감에게 받은 사진을 꺼냈다. 야구 모자를 쓴 채 사뮈엘이 천진난만하게 웃고 있었다.

"백서른세 살이지만 언제나 젊은 육체…… 디아블로지만 사람의 목숨을 구하고 아인슈타인과 깊은 얘기를 나눌 정도로 친한 관계였다. 그가 엠마를 납치해 강간을 하고 폭

행했다……."

그것은 어느 모로 보나 접점이 없어 보였다. 사실 지금까지 그에 관한 정보는 어느 것 하나 일반적인 납치범들의 행동양식과 일치하는 부분이 없었다. 갑자기 하워드는 다섯 번째 사뮈엘의 괴상한 행적을 좇는 건 시간 낭비라는 생각이 들었다. 하워드는 명단을 꺼내 다섯 번째 사뮈엘의 이름 위에 줄을 그으려 했지만 멈출 수밖에 없었다. 다섯 번째 사뮈엘이 남긴 편지가 알 수 없는 힘으로 하워드를 강하게 끌어당기고 있었다. 그는 논리와 이성으로부터 거리를 두고 앉아 묘한 시선으로 지켜보며 하워드를 기다리고 있었다.

"나한테 원하는 게 뭐냐?"

하워드가 명단을 도로 넣으며 중얼댔다. 그는 일단 다섯 번째 사뮈엘을 찾아낼 때까지는 조사를 지속하기로 했다. 사뮈엘을 직접 만나지 않고는 다음 단계로 넘어갈 수 없을 것 같았다. 그러기 위해서는 고등연구소에서 사뮈엘을 숨기려는 이유를 밝혀내는 것이 첫 과제였다. 그리고 어쩌면 그것은 제이크 영감이 말했던 아인슈타인 박사의 유언장과 관련되어 있을지도 모를 일이었다. 하지만 어떻게 접근해야 할지 방법이 떠오르지 않았다.

"일단 좀 자고 생각하자."

하워드는 시동을 걸고 차를 출발시켰다.

자정이 가까운 시내는 한낮의 북새통을 모두 잊은 듯 고요했다. 인적이 없는 눈길 위를 조심스럽게 미끄러지며 모텔로 향했다. 머릿속에는 온통 푹신한 침대 생각뿐이었다. 이제 모퉁이만 돌면 간절히 바라던 침대가 그를 맞이할 것이다. 하워드는 천천히 운전대를 틀어 모퉁이를 돌았다. 그때 핸드폰이 울렸다. 발신자는 에밀리였다. 하워드는 지난 이 주 동안 한 번도 경과보고를 하지 않았던 것을 기억해냈다.

"여보세요."

"저예요, 에밀리. 너무 늦은 시간에 전화를 드린 건 아닌가요?"

"아니요. 그렇지 않아도 연락을 하려던 참이었어요."

"어떻게 되고 있나 궁금해서 전화 드렸어요. 조사는 잘되고 있나요?"

하워드는 차분히 그동안의 경과를 이야기했다. 에밀리는 한 번도 말을 끊지 않고 조용히 경청했다. 하워드의 토러스는 모텔 주차장에 도착했다.

"조사하신 게 사실이라면 정말 이상한 사람이군요. 마치 누군가 만들어낸 인물 같아요."

이야기를 모두 들은 에밀리가 못 믿겠다는 듯 말했다.

"저도 그렇게 생각해요. 하지만 분명한 건 그가 실존 인물이고 수상한 구석이 있다는 거예요. 찾아낼 때까지는 조사를 계속할 생각입니다."

"그렇군요. 그런데 연구소에서도 숨기려 드는 사뮈엘의

비밀을 어떻게 알아내시려고요?"

에밀리가 물었다.

"아직 정해진 계획은 없어요. 하지만 일단 소장을 만나볼 생각이에요. 어떻게든 방법을 찾아봐야죠."

에밀리는 방법을 고민하기라도 하듯 잠시 침묵을 지켰다.

"저도 도울 수 있는 방법을 찾아보겠어요. 그럼 앞으로도 잘 부탁드려요, 하워드 씨."

이 말을 끝으로 에밀리는 전화를 끊었다.

모텔로 돌아오자마자 하워드는 옷도 벗지 않은 채 침대로 들어갔다. 온몸이 무쇠처럼 무겁게 느껴졌다. 베개에 얼굴을 묻자마자 난파선이 심해로 침몰하듯 깊은 잠에 빠져들었다. 모텔의 천장 무늬가 다른 차원처럼 멀어지려는 순간이었다. 문자 메시지 착신음이 울렸다.

"빌어먹을. 이 시간에 누구지?"

하워드는 비몽사몽 중에 메시지를 확인했다. 그런데 메시지를 확인한 하워드는 자리에서 벌떡 일어날 수밖에 없었다.

결혼기념일 축하해요, 하워드. 어디에 있든 건강하기를.

헬렌이었다. 하워드는 달력을 확인했다. 11월 24일.
"맙소사."

하워드는 그제야 오늘이 결혼기념일이었다는 사실을 깨달았다.

제이미 사건 후로 두 사람은 칠 년째 별거 중이었다. 우울증에 걸린 헬렌은 결국 제이미가 주검으로 돌아오자 요양원에 입원해야 할 정도로 증세가 악화됐다. 하워드는 모든 강의를 그만두고 간호에 전념했지만 헬렌은 나아지지 않았다. 헬렌은 하워드에게서 죽은 제이미를 떠올렸고 급기야 하워드가 찾아가도 만나주지 않게 되었다. 결국 의사는 증세가 호전될 때까지 그녀와의 만남을 중단할 것을 권고했고 하워드는 그 후로 찾아가지 않았다. 그렇게 일 년이 지난 후 상태가 호전된 헬렌은 퇴원했지만 하워드 곁으로 돌아오지 않았다. 그녀는 버지니아주 햄프턴에 있는 부모님 집에서 지금까지 지내고 있었다. 하지만 제이미의 생일이나 결혼기념일 같은 특별한 날에는 서로 연락하고 있었다. 대부분 하워드가 먼저 연락했다. 그런데 오늘 처음으로 결혼기념일을 잊은 채 하루를 보냈다.

하워드는 망설이다가 수화기를 들었다. 한참 동안 신호가 갔지만 헬렌이 받을 기미가 보이지 않았다. 칠 년이 지났지만 그녀의 우울증은 완치된 상태가 아니었다. 하워드는 끝없이 이어지는 신호음을 듣다가 수화기를 내려놓으려 했다. 그때 헬렌이 전화기를 들었다. 하지만 그녀는 아무 말도 하지 않았다.

"미안해, 헬렌. 오늘 정신이 없었어. 하지만 잊고 있었던 건 아니야."

여전히 헬렌은 말이 없었다. 그녀의 여린 숨소리만이 수화기를 타고 전해졌다.

"잘 지내고 있는 거지? 부모님도 잘 지내시고."

하워드의 무거운 목소리만이 공허하게 울려 퍼지고 있었다.

"당신이 보고 싶어. 언젠가 이 모든 악몽을 떨쳐낼 때가 오면…… 그때가 오면 다시 당신과 살고 싶어. 헬렌, 내 말 듣고 있지?"

수화기 저편에서 흐느끼는 소리가 들려왔다.

"헬렌, 비록 지금은 떨어져 있지만 단 한순간도 당신을 잊은 적이 없어. 건강해야 해. 언젠가 내가 당신을 찾아가는 날까지……."

순간 뚝 하며 전화가 끊겨졌다. 뚜— 하는 신호음만이 무심하게 이어지고 있었다. 하워드는 착잡한 심정으로 수화기를 내려놓았다. 창밖 세상이 푸른 달빛 아래 새하얗게 빛나고 있었지만 하워드의 눈에는 온통 잿빛으로 보였다. 이제 잠도 오지 않았다. 하워드는 잿빛 세상을 바라보며 누군가 했던 말을 떠올렸다. 몸에 난 상처는 아물면 더욱 단단해지지만 가슴에 난 상처는 시간이 지날수록 깊어진다고. 하워드는 저 멀리 잠 못 이루며 눈물을 흘리고 있는 또 다른 상처를 생각하며 흐느껴 울었다.

전화벨이 울렸다. 하워드는 천금같이 무거운 눈꺼풀을 간신히 떴다. 피곤이 쌓였던 터라 자기도 모르는 새 잠이 든 모양이었다. 전화벨 소리가 이어졌고 무심코 모텔 전화기의 수화기를 든 하워드는 다시 핸드폰을 찾아야 했다.

"여보세요?"

아직도 잠에 취한 목소리로 말했다.

"하워드 씨. 저는 고등연구소 행정관 스튜어트 윌킨슨입니다. 어제 행정실에서 뵀죠."

행정관이란 말에 하워드는 벌떡 일어나 목소리를 가다듬었다.

"기억하다마다요. 그런데 무슨 일이시죠? 이른 아침에."

커튼을 젖히자 햇살이 쏟아져 들어왔다. 시계는 어느새 열 시 반을 가리키고 있었다.

"요청하신 소장님과의 면담이 오늘 오후 한 시에 잡혔다는 걸 알려드리려고 전화 드렸습니다. 소장님 일정에 맞췄는데 시간 괜찮으십니까?"

"요청한 면담이요?"

하워드는 그런 요청을 한 적이 없었다.

"소장님께서 직접 잡으신 시간입니다. 괜찮으십니까?"

"네, 괜찮습니다."

하워드가 영문도 모른 채 대답했다.

"그럼 그때 뵙겠습니다."

행정관은 의례적인 인사를 한 후 전화를 끊었다.

"에밀리로군."

하워드가 핸드폰을 내려놓으며 중얼댔다. 그녀 외에 이런 일을 대신해줄 사람은 없었다. 그녀가 전화를 끊기 전에 도움이 될 방법을 찾아보겠다고 한 건 허튼소리가 아니었다. 대단한 일이었다. 통화를 한 지 열두 시간도 채 안 돼서 그녀는 소장과의 면담을 주선한 것이다.

"정말 대단한 가문의 며느리 아니야?"

어쨌건 골치 아픈 일이 수월하게 해결되어 짐을 던 기분이었다. 하워드는 침대에서 나와 소장을 만나러 갈 준비를 했다.

소장실은 행정실이 있던 풀드홀 삼 층에 있었다. 행정관이 입구에서 기다리다가 하워드가 차에서 내리자 앞장서서 소장실로 안내했다. 가는 내내 행정관은 못마땅한 표정을 지었다. 그는 하워드라는 존재 자체가 마음에 안 드는 눈치였다. 소장실에 도착하자 행정관이 문을 열어주며 한마디했다.

"대단한 의뢰인을 두고 계시더군요, 하워드 씨."

정중한 말투 속에 뼈가 들어 있었다.

"그건 제 잘못이 아닙니다, 스튜어트 씨."

받아치긴 했지만 하워드 역시 상황이 어떻게 돌아가고 있는지 아직 파악 못 하고 있었다. 대체 에밀리가 무슨 짓을 했기에 그 콧대 높던 행정관이 문까지 열어주는 것일까. 의뢰인마저도 하워드의 머릿속을 복잡하게 만들고 있었다. 하워드는 옷매무새를 가다듬고 소장실로 들어갔다.

소장실은 소박했지만 기품이 있었다. 바닥에는 세월의 때를 적당히 탄 고급 카펫이 깔려 있었고 시간의 이끼가 긴 엔틱 가구들이 푸근한 느낌을 주며 배치되어 있었다.

"어서 오십시오, 하워드 씨. 제가 여기 소장인 제프리 하인즈입니다."

창가에서 논문을 읽고 있던 소장이 다가와 악수를 청했다. 소장은 분위기 있는 은발의 노인으로 태어날 때부터 쓴 것처럼 잘 어울리는 동그란 뿔테 안경을 끼고 있었다. 어느 모로 보나 평생을 학문 연구에만 몰두한 학자였다.

"만나주셔서 감사합니다."

하워드가 악수에 응하며 말했다.

"앉으세요. 커피 드시겠어요?"

소장은 행정관과는 달리 친밀감이 느껴지는 사람이었다.

"블랙으로 부탁합니다."

"어제 저희 행정관이 결례를 범했다고 들었는데 제가 대신 사과드립니다."

소장이 커피를 따르며 말했다.

"별말씀을요. 사실 저 같은 사람을 좋아하는 사람은 드물죠."

"그런데 의뢰인이 어떤 분이신데 윌러비 재단을 알고 계시나요?"

아마도 윌러비 재단이라는 곳에서 연구소에 재정지원을 하는 모양이었다. 에밀리는 그곳을 통해서 이 자리를 마련한 듯했다. 하워드는 그녀의 배경이 궁금해졌다. 대체 어떤 세력을 등에 업고 있기에 거대 재단을 움직일 수 있는 걸까.

"그건 말씀드릴 수 없습니다. 직업상 대외비거든요. 하지만 상당한 영향력이 있는 건 틀림없는 사실입니다."

하워드가 적당히 허풍을 쳤다. 소장은 진지하게 받아들이는 눈치였다. 그런데 커피잔을 건네주는 소장의 손가락에 특이한 문양의 반지가 있었다. 그것은 원형의 금반지였는데 'JHS'라는 글자가 양각으로 새겨져 있었고 중앙의 H자가 십자가 형상을 띄고 있었다. 그 아래로 초승달과 두 개의 별이 조그맣게 자리잡고 있었다.

"오늘 아침에 전화를 받고 사실 당황했습니다. 재단 이사장인 홀스타인 씨가 직접 전화하셨더군요. 하워드 씨 질문에 성의껏 임해달라는 요청이었어요. 의뢰인이 굉장한 분이신가봅니다."

"저도 놀라고 있습니다. 대단하단 건 알았지만 이 정도일 줄은 몰랐거든요."

하워드가 농담을 가장한 진심을 이야기했다.

"그런데 하워드 씨. 먼저 짚고 넘어갔으면 하는 게 있어요."

소장이 커피잔을 내려놓으며 말했다.

"사뮈엘 씨를 찾는 진짜 이유를 알고 싶습니다."

소장이 진지하게 물었다.

"어제 행정관께도 말씀드렸지만 저희 의뢰인에게는 다섯 살 된……."

"저, 하워드 씨. 말을 끊어서 죄송합니다만 그 얘기는 저도 들었습니다. 서류까지 준비하셨다고요. 그런데 다음에 거짓말하실 때는 조금 더 치밀하셔야 할 것 같더군요. 우선 선천성 간부전증이라는 설정은 그럴듯했습니다. 하지만 말씀하신 것처럼 급성 간부전으로 발전할 가능성은 적어요. 급성은 말 그대로 갑자기 발병하는 거니까요. 그리고 간 이식은 어린아이일수록 성공률이 높습니다. 유전적 친화력도 아이들이 훨씬 높고요. 게다가 제가 알기로 사뮈엘 씨는 가족이 없는 걸로 알고 있어요. 자, 이제 그를 찾는 진짜 이유를 말씀해주시죠."

첫인상과는 달리 소장은 만만한 사람이 아니었다. 그는 행정관과는 차원이 달랐다.

"다음에는 말씀하신 부분을 보강하도록 하겠습니다. 소장님은 못 당하겠군요."

하워드는 사뮈엘을 찾는 진짜 이유를 설명했다. 소장의 얼굴이 차츰 굳어갔다. 이윽고 설명이 모두 끝나자 소장은 믿을 수 없다는 표정으로 입을 열었다.

"정말 비극적인 일이군요. 어린아이한테 그런 짓을 하다니. 그런데 저로선 이해가 안 가네요. 사뮈엘 씨는 이제 힘 없는 노인에 불과할 텐데요."

"세상에는 소장님의 상상을 초월하는 일들이 비일비재합 니다."

하워드가 지난 경험을 떠올리며 말했다.

"알겠습니다. 그럼 질문을 시작하기 전에 한 가지 약속해 주세요. 이 자리에서 나눴던 대화는 절대 외부에 새 나가 서는 안 됩니다. 만약 그런 일이 벌어진다면 전 모든 걸 부 인할 겁니다."

연구소 대표답게 사전에 포석을 확실히 깔고 있었다.

"제 이름을 걸고 약속하겠습니다."

"좋아요. 그럼 시작하시죠. 다음 약속이 있어서 삼십 분 밖에 못 드리겠네요."

소장이 시간을 확인하며 말했다.

"그럼 먼저 행정관께도 말씀드렸다시피 사뮈엘 씨의 근 무 기록과 신상 명세서를 봤으면 합니다. 이곳에서의 행적 을 알 필요가 있어서요."

"미안하지만 그건 공개할 수 없어요. 아무리 재단의 요청 이 있다고 해도 반세기나 된 규칙을 어길 순 없습니다."

소장은 단호했다.

"좋습니다. 그럼 그분과 함께 근무했던 직원들 이름이라 도 알고 싶어요. 그건 가능하겠죠?"

하워드의 질문에 소장은 난처한 듯 미소를 지었다.

"그건 더더욱 안 되겠는데요. 직원들의 신상은 대외비일 뿐만 아니라 사생활도 연관되어 있기에 함부로 공개할 순 없어요. 제가 답변할 수 있는 건 제 권한 내의 질문이에요."

하워드는 수첩을 덮고 소장을 바라봤다.

"소장님 권한 내의 질문이란 어떤 겁니까?"

"그거야 하워드 씨한테 달렸죠. 그런 것까지 제가 알려드릴 순 없잖아요?"

소장은 애초에 질문에 답할 생각이 없었다. 재단의 압력으로 일단 자리는 마련했지만 연구소에서 숨기는 사뮈엘의 비밀을 밝힐 뜻은 전혀 없었다. 우두머리답게 그는 정치를 알고 있었다. 어차피 그런 자세라면 이대로 질문을 하는 건 시간 낭비였다. 하지만 하워드 역시 산전수전 다 겪은 칠 년산 능구렁이였다. 그는 질문을 그만두고 소장실을 둘러보기 시작했다.

"방이 훌륭하네요. 물건들 하나하나에 연구소처럼 연륜이 묻어나요. 저 도자기는 중국 당나라 삼채 용이병이로군요. 유약 색깔로 보아 7세기 물건이네요. 선물 받으신 건가요?"

하워드가 장식장에 진열된 도자기를 보며 물었다.

"그건 폰 노이만 교수가 아이젠하워 장군으로부터 선물 받으신 겁니다. 대통령이 되시기 전에요."

하워드의 뜬금없는 행동에 소장이 의아하게 바라보며 대답했다.

"이 태피스트리도 범상치 않은데요. 기하학적인 문양이 사용된 걸 보니 17세기 중부 독일에서 생산된 거군요. 독일은 바로크 양식 중에도 가장 고전적인 미학에 충실했죠. 사실 말이 좋아서 충실이지 융통성 없고 투박하다는 뜻이에요. 아 참. 그거 아세요? 바로크라는 말이 포르투갈어로 '찌그러진 진주'라는 말에서 유래했다는 걸."

하워드가 벽에 걸려 있던 태피스트리를 살피며 말했다.

"미술사에도 일가견이 있으신 줄은 몰랐네요."

소장이 짜증 섞인 목소리로 말했다.

"저도 한때 역사를 공부한 적이 있었죠. 미술사는 그중에도 가장 관심 있던 분야고요. 인간이 만들어 낸 것 중 최고는 예술이에요. 어떤 폭력도 없으면서 아름다움과 모든 사상이 함축되어 있죠. 핵폭탄 따위와는 비교도 안 되고요."

하워드가 비난이라도 하듯 소장을 바라보며 말했다.

"이것도 유명한 분이 기증한 건가요?"

하워드가 태피스트리를 쓰다듬으며 물었다.

"괴델 선생이 오스트리아에서 미국으로 망명 오시면서 가져온 겁니다. 그다지 값비싼 건 아니에요."

하워드는 치기 어린 악동처럼 물건들을 이리저리 만지며 돌아다니고 있었다. 소장은 못내 불안한 얼굴로 하워드를 따라다니고 있었다.

"예전에 괴델 선생 전기를 읽은 적 있어요. 가장 기억에 남는 부분은 괴델 선생이 오랫동안 기다렸던 미국 망명을 위해 법원에 국적을 취득하러 가던 장면이에요. 문 앞에 기다리고 있던 아인슈타인 박사에게 괴델 선생이 이렇게 말씀하셨답니다. '이보게. 알베르트. 내가 며칠간 미국 헌법을 연구했는데 아주 중대한 결함을 발견했다네. 그런데도 가야 할까?' 정말 재밌는 분 아닙니까? 사실 저는 아인슈타인 박사보다도 괴델 선생이 훨씬 더 천재적이라고 생각해요. 물론 그분 이론인 '불확실성 정리'는 아직도 이해 못 하지만요."

하워드는 프린스턴 동문 골프 대회 트로피를 덤벨이라도 되는 양 들어올렸다.

"실례지만 하워드 씨. 지금 한가하게 방을 둘러보실 때가 아닌 것 같은데요. 시간이 얼마 남지 않았어요."

소장이 불편한 심기를 드러내며 말했다. 하지만 하워드는 아랑곳하지 않고 계속 방을 둘러보고 있었다. 그러던 하워드의 발길이 소장의 책상 뒤에서 멈췄다. 뭔가 발견한 듯 자신이 서 있던 바닥을 두서너 번 굴러보았다. 다른 곳과 울림이 달랐다. 바닥 아래 공간이 느껴졌다. 순간 소장의 얼굴이 얼음처럼 굳었다. 예리한 하워드가 그 표정을 놓칠 리 없었다.

"이곳이군요. 아인슈타인 박사의 유언장이 보관된 곳이."

소장은 애써 태연한 척했다. 하지만 한번 먹이를 문 하워드를 떨치기에는 이미 늦었다.

"소장님. 제가 왜 이 일을 하게 된 줄 아십니까? 그건 바로 제 딸 때문입니다. 제 딸은 칠 년 전 소아 성애자에 의해 처참하게 살해됐어요. 그때 나이가 아홉 살이었습니다. 천사처럼 착한 아이였죠. 그 범인을 누가 잡았는지 아십니까? 바로 제 손으로 잡았습니다. 이제 몇 주 후면 전기의자에 앉게 될 겁니다. 저는 그놈이 숯덩이가 되는 모습을 처음부터 끝까지 지켜볼 생각입니다. 한순간도 빠짐없이요."

하워드는 책상 위에 놓인 성모 마리아 상을 바라보고 있었다.

"저도 한때는 독실한 기독교 신자였습니다. 주일이면 하루도 빠지지 않고 교회를 갔죠. 하지만 이젠 성경 구절만 들어도 구역질이 나요. 신이란 놈은 몇천 년 동안 어마어마한 제물을 받아먹고도 팔짱만 낀 채 보고만 있거든요. 착한 사람들이 고통을 받건 죽어나가건 관심도 없어요. 어쩌면 구름 의자에 앉아 나초를 씹으며 즐기고 있는지도 모르죠. 저는 사뮈엘을 꼭 잡을 겁니다. 빌어먹을 신을 대신해서. 아이를 잃고 죽음을 생각하는 제 의뢰인을 위해서. 자, 소장님. 이런 저를 도와주시겠습니까? 아니면 게으른 신과 나란히 앉아서 지켜만 보시겠습니까?"

하워드가 소장을 똑바로 응시하며 물었다. 소장도 그런 하워드의 눈을 피하지 않고 마주보고 있었다.

"저는 당신이 무슨 말을 하는지 알아들을 수가 없군요. 아인슈타인 박사의 유언장이라니. 어디서 무슨 얘기를 들었는지 모르겠지만 그런 건 없어요. 다 헛소문이라고요."

소장이 시치미를 떼며 남은 커피를 마셨다.

"그렇군요. 유언장 따윈 없군요. 알겠습니다. 그럼 더는 여쭤볼 것도 없네요."

하워드가 자신의 수첩을 챙기며 말했다.

"그런데 소장님. 제가 이 일을 하면서 한 가지 깨달은 게 있습니다. 제 일은 대부분 드러나지 않은 이면을 밝혀내는 거예요. 그리고 대부분 사람은 남들이 모르는 이면을 갖고 있죠. 숨기길 원하는 비밀 말이에요. 그런데 때로는 그 비밀이 종기처럼 안에서 곪아 문제를 일으킵니다. 하지만 사람들은 덮어두길 바라죠. 상처를 치료하려면 고통을 감수해야 하거든요. 그러면 상처는 더 점점 더 썩어가 나중에는 치유할 수 없는 상태가 됩니다. 그땐 모든 게 끝장나버려요. 세상에 비밀 따윈 없습니다. 진실을 밝히려는 노력이 있으면 반드시 밝혀집니다."

이 말을 마치고 하워드는 방을 나섰다. 문 앞에는 행정관이 기다리고 있었다. 그는 하워드가 나오자 말없이 차까지 배웅해주었다. 말이 배웅이지 하워드가 연구소를 빠져나가는 걸 지켜보기 위해 따라온 거나 다름없었다. 연구소 정문을 통과하며 하워드는 어쩔 수 없이 가장 싫어하는 방법을 사용해야겠다고 생각하고 있었다. 바로 불법침입 말이다.

눈이 온 후 기온은 올해 최저치를 기록하고 있었다. 만반의 준비를 하고 나왔지만 면도날처럼 차가운 바람을 막기에는 역부족이었다. 하워드는 해가 지자마자 차를 몰고 소장실이 위치한 풀드홀 건너편 산등성이로 올라갔다. 거기서 소장실이 잘 보이는 곳에 자리를 잡고 망원경으로 살피며 때를 기다리고 있었다. 시계는 어느새 열 시를 넘기고 있었다. 몸을 녹이기 위해 휴대용 술병에 담아온 위스키를 마셨지만 아무런 소용이 없었다. 영하 십 도를 훌쩍 밑도는 날씨는 술기운마저 얼려버렸다.

"소장도 아무나 하는 게 아니군."

건물 내에 남아 있는 사람은 소장뿐이었다. 그는 벌써 세 시간째 꼼짝하지 않고 누군가가 쓴 논문을 읽고 있었다. 아마도 다음해에 뽑을 연구원 자격심사를 하는 모양이었다. 하워드는 꽁꽁 얼어버린 발을 녹이기 위해 차로 돌아왔다. 시동을 걸고 히터를 틀자 안도의 한숨이 새 나왔다.

"설마 밤을 새우는 건 아니겠지."

하워드는 발을 녹이며 기억을 더듬어 그린 소장실 내부 청사진을 펼쳤다.

"분명 감시카메라는 없었어. 창문은 여닫이 홑 창문이었고. 빗물 배수용 파이프를 타고 올라가서 철사 하나면 충분히 열 수 있을 거야. 문제는 금고인데."

하워드는 유사시를 대비해 열쇠 없이 금고 여는 법을 배워뒀지만 여태껏 사용해본 적은 없었다. 게다가 요즘 금고는 디지털 방식으로 지문인식이나 각막인식 같은 첨단 기능이 장착된 것도 많았다. 번호식까지는 해결할 수 있었지만 디지털은 문외한이었다. 만약 잠입에 성공한다 하더라도 기계식이나 번호식이 아니면 빈손으로 돌아올 수밖에 없었다.

"이럴 줄 알았으면 로날도 녀석한테 제대로 배워놓는 건데."

하워드는 이십 달러만 더 내면 어떤 금고든 열게 해주겠다던 텍사스 출신 금고털이범을 떠올리며 푸념을 했지만 소용없는 일이었다. 금고가 소장실의 다른 물건들처럼 골동품이기를 바랄 뿐이었다. 얼마 안 남은 위스키를 들이켜고 다시 언덕으로 돌아가 소장실을 살폈다. 그때 방안에 움직임이 포착됐다. 하워드는 서둘러 망원경을 집어 들었다. 논문심사가 끝났는지 소장은 스탠드 불을 끄고 나갈 채비를 하고 있었다.

"조심히 들어가쇼, 소장. 날씨가 추워요."

소장은 코트와 머플러를 챙겨 입고 가방을 들었다. 그는 편집중 환자처럼 컴퓨터와 난로 등을 여러 번 확인하고서야 방을 나섰는데 마지막 순간에 뭔가를 잊었는지 다시 돌아와 책상 서랍을 뒤졌다. 소장이 찾은 것은 수표만 한 크기의 작은 종이였다. 그는 종이를 어디에 보관할지 잠시 고민하다가 책장에 놓여 있던 뭔가의 뚜껑을 열고 소중히 넣었다. 소장의 등이 시야를 가로막아 정확한 장소는 알 수 없었다. 소장은 버릇처럼 다시 한번 보관 장소를 확인

한 후 방을 나섰다. 조명을 끄고 문고리를 잡으려는 순간
이었다. 느닷없이 문이 열리며 일개 무리의 남자들이 나타
났다. 검은 코트에 볼러해트를 쓴 중년 남자와 허름한 점
퍼를 입고 힘 깨나 쓰게 생긴 덩치 둘이었다. 소장의 표정
으로 보아 초면인 것 같았다. 소장이 정체를 물었지만 남
자들은 대꾸도 안 하고 소장을 강제로 소파에 앉혔다. 분
위기가 심상치 않았다.

"저것들은 뭐야?"

하워드는 망원경의 배율을 높였다. 볼러해트는 다리를
꼬고 앉아 여유 있게 담배를 물었다. 당황한 소장이 전화
기로 경비원을 부르려고 하자 덩치 하나가 전화선을 뽑아
버렸다.

소장실에 예기치 않은 긴장감이 흘렀다. 하워드도 망원
경에서 눈을 떼지 않고 동태를 살폈다. 이윽고 담배 한 대
를 모두 피우고 나자 볼러해트의 남자가 용건을 말하기 시
작했다. 그런데 그의 말을 들은 소장의 얼굴이 점점 사색
이 되어갔다. 소장은 다급하게 뭔가를 설명했지만 볼러해
트는 안 믿는 눈치였다. 분위기는 점점 험악해지고 있었
다.

"소장, 달아나요. 거기 있어봐야 득 될 게 없다니까."

볼러해트가 짜증스러운 얼굴로 다시 물었지만 소장은 연
신 고개를 저으며 부정하고 있었다. 그러자 볼러해트의 얼
굴이 차갑게 굳었다. 볼러해트가 손짓하자 옆에 있던 덩치

가 뒤춤에서 뭔가를 꺼냈다. 소음기가 달린 총이었다. 상황은 극단으로 치닫고 있었다. 소장은 겁에 질려 어쩔 줄 몰라하고 있었다. 볼러해트가 마지막 기회를 주듯 손가락을 들어 수를 세기 시작했다.

"이런 제기랄. 달아나라니까!"

하워드가 초조한 듯 소리쳤다. 소장은 애걸하듯 연신 뭔가를 설명했지만 볼러해트의 표정은 굳어만 갔다. 이윽고 볼러해트의 손가락은 마지막 한 개만이 남았고 총구는 소장의 머리를 겨냥하고 있었다. 소장은 벼랑 끝에 선 얼굴로 간절히 애원하고 있었다. 망원경을 잡은 하워드의 손에 땀이 흘렀다. 일촉즉발의 순간이었다. 그런데 갑자기 볼러해트가 큰소리로 웃기 시작했다. 그러자 옆에 있던 덩치들도 그를 따라 웃었다. 소장은 분위기 파악도 못 하고 어색한 미소를 짓고 있었다. 하지만 그것은 화해의 웃음이 아니라는 걸 하워드는 잘 알고 있었다. 안 좋은 징조였다. 아니나 다를까 갑자기 웃음을 멈추며 볼러해트가 마지막 손가락을 접었다. 그와 함께 총구에서 불이 뿜어져 나왔다.

"염병할!"

하워드는 망원경을 내던지고 달리기 시작했다. 언덕을 구르듯 내려가 풀드홀로 달려갔다. 입구는 잠겨 있지 않았다. 뒤춤에 있던 베레타를 꺼내 들고 건물 안으로 들어갔다. 복도는 불이 모두 꺼져 있었다. 어둠 속에서 바라보니 역대 과학자들의 유품을 전시한 진열장이 기괴하게 느껴졌다. 앞에 펼쳐진 어둠을 향해 총을 겨누며 계단으로 다가갔다. 거의 계단에 도달하려는 순간, 계단에서 빠르게 내려오는 여러 발소리가 들렸다. 발자국은 하워드가 있는 곳으로 다가오고 있었다. 하워드는 반사적으로 진열장 뒤에 몸을 숨겼다. 잠시 후 세 명의 남자가 진열장 앞을 스쳐 지나갔다. 하워드는 몸을 숨긴 채 남자들의 인상착의를 살폈다. 워낙 짧은 시간이었고 칠흑 같은 어둠 속이라 그들의 얼굴을 정확히 구분할 수는 없었지만 마지막으로 지나간 볼러해트의 얼굴에서 기억에 남을 특징을 발견할 수 있었다. 그의 왼쪽 눈가를 가로질러 깊은 칼자국이 선명하게 나 있었고 그의 손에는 낡은 시가 상자 하나가 들려 있었다. 그들은 하워드의 존재를 알아채지 못한 채 서둘러 건물을 빠져나갔다. 사내들이 사라지자 하워드는 소장실로 달려갔다.

불 꺼진 소장실에는 제프리 소장이 피를 흘리며 바닥에 쓰러져 있었다.

"이런 세상에."

총알이 관통한 뒤통수에서 분수처럼 피가 솟구쳐 나와 카펫을 적시고 있었다. 맥박을 확인했지만 이미 숨을 거둔 후였다. 하워드는 바닥에 앉아 숨을 골랐다. 그의 머릿속에는 수만 가지 생각이 교차했다.

"대체 뭐하는 놈들이지?"

누구든 간에 그들은 소장이 가진 뭔가를 찾고 있는 듯했다.

"아인슈타인의 유언장."

하워드는 책상 뒤쪽 바닥에 숨겨져 있던 금고로 달려갔다. 아니나 다를까 카펫이 벗겨진 바닥에는 문이 열린 금고가 내부를 드러내고 있었다. 하워드는 조금 전 볼러해트의 남자가 들고 있던 시가 상자를 떠올렸다.

"젠장. 한발 늦었군."

금고 안에 든 것이 무엇이든 간에 하워드 외에도 찾는 이가 있었다. 그리고 그것은 사람을 죽이면서까지 차지할 정도로 가치가 있는 것이었다. 사건이 점점 생각지 못한 방향으로 치닫고 있었다.

일단 경찰에 알려야 했다. 하워드는 어지럽게 흩어진 소장의 책상 위에서 전화기를 찾았다.

그때였다. 한 가지 의문점이 떠올랐다. 과연 소장이 하워드에게 금고의 위치가 탄로 났는데도 유언장을 그대로 두었을까. 답은 '아니다'였다. 다른 곳으로 옮겼을 가능성이 컸다. 그때 창밖에서 손전등 불빛과 함께 인기척이 들렸다. 경비원이었다. 순찰 시간인 모양이었다. 만약 경비원이 들이닥친다면 변명할 새도 없이 현행범으로 연행될 수밖에 없었다. 하워드는 초조하게 머리를 쥐어짰다.

"만약 내가 당신이라면 어디로 옮겼을까?"

하워드가 죽은 소장을 보며 중얼댔다. 그 순간 소장이 방을 나서기 직전에 서랍에서 꺼낸 작은 종이가 떠올랐다.

하워드는 책장을 뒤지기 시작했다.

"분명 세 번째 칸이었는데······."

책장을 정신없이 뒤지던 하워드의 시선이 책장 구석에 있던 낯익은 물건에서 멈췄다. 마트료시카였다. 달걀 모양 인형 속에 작은 인형들이 연이어 들어 있는 특이한 형태로, 작은 종이를 숨기기에 적당한 장소였다. 하워드는 서둘러 인형을 안을 살폈다. 아니나 다를까 인형 네 개를 모두 열자 그 안에서 종이 한 장이 나타났다. 하워드는 서둘러 종이를 펼쳤다. 그것은 택배 송장이었다. 페덱스 회사 로고가 찍힌 송장에는 오늘 날짜가 찍혀 있었고 발신자와 수신자 이름이 적혀 있었다. 발신자는 '제프리 하인즈'였고 수신자는 '테레사 길버트'였다. 하워드는 보낸 시간을 살펴봤다. 오후 세 시 오십 분. 하워드가 다녀가고 두 시간 후였다. 가능성은 충분했다. 수신자가 믿을 만한 사람이라면 가장 안전한 방법이었다. 복도 저편에서 경비원들이 다가오는 소리가 들렸다. 하워드는 송장을 챙겨서 창문을 통해 방을 빠져나갔다.

송장에 적힌 주소는 뉴욕 브루클린 뒷골목에 있는 어느 서점이었다. 하워드는 소장실을 빠져나오자마자 곧바로 짐을 챙겨 뉴욕으로 향했다. 그는 소포를 중간에서 가로챌 심산이었다. 그러기 위해선 택배 회사보다 먼저 도착해야만 했다. 하워드가 주소의 서점에 도착한 것은 오전 여섯

시 경이었다. 그곳은 'BOOK STORE'라고만 적힌 간판이 걸려 있는 낡은 서점이었는데 주로 종교서적을 취급하는 곳이었다. 쇼윈도에는 '중고책 매입'이라고 쓰여 있었고 크지 않은 내부에는 책장뿐 아니라 바닥까지 여러 종류의 서적들이 잔뜩 쌓여 있었다. 수취인 란에 적힌 테레사 길버트는 이 서점의 주인인 모양이었다. 아직 영업 시작 전이라 셔터가 내려진 상태였다. 하워드는 서점이 잘 보이는 곳에 주차하고 택배 직원이 나타나기를 기다릴 작정이었다. 시간이 남았기 때문에 하워드는 잠시 눈을 붙이기로 했다. 하워드는 핸드폰의 알람을 맞추고 시트에 몸을 묻었다. 대체 숨기려던 비밀이 뭐였을까? 추측대로 유언장이라면 무슨 내용이 적혀 있는 걸까. 그것이 무엇이건 간에 이제 몇 시간 후면 밝혀질 것이었다. 하워드는 저 멀리 맨해튼 마천루 너머로 해가 뜨는 모습을 보며 잠 속으로 빠져들었다.

하워드를 깨운 건 알람이 아니라 차 안의 수상한 인기척이었다. 누군가의 손길이 뱀처럼 소리 없이 하워드의 몸을 더듬고 있었다. 하워드는 반사적으로 그 손을 잡았다. 눈을 떠보니 열 살 정도 된 소년이었다. 소년은 하워드가 잠든 사이에 주머니 속 지갑을 노리고 있었다. 소년은 하워드와 눈이 마주치자 손을 뿌리치며 잽싸게 달아났다.

"여기가 뉴욕이라는 걸 깜빡했군."

하워드는 잠을 떨쳐내듯 몸을 일으키며 시계를 바라봤

다. 열 시 삼십 분이었다.

"빌어먹을!"

하워드는 핸드폰을 살펴봤다. 알람은 제대로 맞춰져 있었다. 알람이 울리는 것도 모르고 곯아떨어졌던 것이다.

"멍청한 놈. 어쩌자고 중요한 순간에 늦잠을 자냐."

하워드는 부리나케 서점으로 달려갔다. 이미 택배 기사가 다녀갔을 수도 있었다. 서점은 이미 문을 열고 영업하고 있었다. 아직 이른 시간이었지만 몇 명의 손님이 책을 뒤적이고 있었고 종업원이 책을 정리하고 있었다. 하워드는 서점으로 들어가려다가 마음을 바꿔 건너편 가판대로 달려갔다.

"뭣 좀 여쭤보겠습니다."

나이가 지긋한 주인이 타블로이드 잡지를 읽다 말고 하워드를 바라봤다.

"혹시 서점에 택배 기사가 다녀갔나요?"

하워드가 초조하게 물었다. 그러자 노인이 미소를 지으며 대답했다.

"저걸 말하는 거요?"

노인이 가리키는 방향을 보자 트럭 한 대가 서점 앞에 멈춰 있었다. 페덱스 로고가 커다랗게 박힌 택배 차량이었다.

"복 받으세요, 영감님."

하워드는 단숨에 택배 차량으로 달려갔다. 택배 회사 직원은 작은 소포 꾸러미를 들고 차에서 내렸다. 그는 주소를 확인하곤 서점으로 들어가려는데 하워드가 앞을 막아 섰다. 갑작스러운 하워드의 등장에 직원은 움찔 멈춰 섰다.

"그건 내 소포요."

하워드가 다짜고짜 송장을 보여주며 말했다. 송장을 본 택배 직원이 머뭇거렸다.

"죄송합니다만 발신인이라는 걸 증명할……."

직원은 규칙을 말하려 했다.

"잘못 보낸 거라 다시 돌려받으려는 것뿐이에요."

하워드는 송장을 쥐여주곤 빼앗듯 소포를 건네받았다. 직원이 송장을 살피는 사이 하워드는 차로 돌아왔다. 발신자가 소장인 것을 확인하자마자 하워드는 어린아이가 크리스마스 선물을 풀듯 허겁지겁 소포를 뜯었다. 그런데 소포의 내용물은 유언장이 아니었다. 그것은 독일어로 된 오래된 책이었다. 특별한 장식도 없이 제목만이 적힌 표지에는 'Annalen der Physik'이라고 쓰여 있었고 그 아래 'Veröffentlicht 7. 1916.'이라고 인쇄되어 있었다.

"물리학 연보…… 1916년 7월 발행……."

하워드가 기억을 더듬어 해석한 책 제목이었다. 1916년 발간된 『물리학 연보』라는 독일의 저명한 월간 학술지였다. 전혀 예상치 못한 내용물이었다. 하워드는 대충 내용을 살펴보았지만 난해한 그래프와 읽기에도 부담스러운 독일어만이 빼곡히 적혀 있을 뿐이었다. 낭패였다. 하워드의 추측이 틀린 것이다. 소포는 중고서점에 보낸 단순한 고서적이었다. 하워드는 미간을 주무르며 시트에 기댔다. 사건은 또 다른 국면을 맞이했다. 새로운 인물의 등장과 더불어 살인사건이 일어났다. 그들이 누군지, 찾는 게 뭔지 감도 잡히지 않았다. 하지만 한 가지, 연구소의 비밀이 연관되어 있다는 것만은 분명했다. 그리고 불행히도 그 비밀은 정체불명의 남자들 수중에 있었다.

"대체 뭐하는 놈들일까? 그 모자 쓴 놈은 보통이 아니던데."

하워드는 볼러해트의 남자를 떠올리며 다시 책을 펼쳤다. 그는 단서가 나타나면 언제나 시차를 두고 두 번씩 확인하는 습관이 있었다. 놓친 단서가 있을지도 모르기 때문이었다. 하워드는 다시 한번 꼼꼼히 책을 살폈다. 먼저 목차를 펼쳤다. 목차에는 당시에 발표되었던 물리학 이론들이 차례대로 적혀 있었다. 목차를 살피던 하워드는 네 번째 논문 제목에서 시선을 멈췄다.

Die Grundlagen der Allgemeinen Relativitätstheorie

제목을 더듬더듬 해석하던 하워드는 서둘러 논문 작성자를 살펴보았다.

"알베르트 아인슈타인!"

그것은 바로 아인슈타인 박사를 오늘에 있게 한 역사적

인 이론의 논문, 「일반상대성 이론의 기초」였다. 하워드는 그제야 아인슈타인 박사가 1916년에 '일반상대성 이론'을 발표했다는 걸 기억해냈다. 목차 밑에는 '1 ausgabe'라고 쓰여 있었다. 초판본이었다.

"연결되어 있어……."

막연하지만 손에 들린 오래된 논문 책이 비밀과 맞닿아 있다는 걸 느끼며 본격적으로 논문을 살펴보기 시작했다. 논문 자체에 특별히 이상한 점은 없었다. 그렇다면 뭘까. 하워드는 책을 이리저리 살폈다. 겉표지를 꼼꼼히 만져보고 논문의 문체를 유심히 관찰했다. 한 장 한 장 종이의 재질을 살폈고 그래프의 용도를 확인했다. 하지만 특별한 점은 발견할 수 없었다.

"분명 뭔가 있을 텐데."

하워드는 답답한 마음에 담배 한 대를 물었다. 불을 붙이려는 순간이었다. 책등과 표지 사이에 틈이 보였다. 그곳에는 표지와 책등을 연결하기 위해 아교가 발라져 있었는데 백 년이나 된 책치고는 지나치게 깨끗했다. 하워드는 책등과 표지 사이를 유심히 살펴보았다. 역시 아교는 새로 발린 것이었다. 누군가 그 사이를 떼었다가 다시 붙인 게 틀림없었다. 하워드는 주저 없이 책등의 표지를 뜯었다. 그러자 한 장의 오래된 편지 봉투가 나타났다. 봉투에는 밀랍을 녹여 밀봉한 흔적이 있었는데 봉인은 이미 깨져 있었다. 신중하게 봉투를 열고 내용물을 꺼냈다.

안에는 석 장의 편지와 냅킨처럼 보이는 허름한 종이 한 장이 들어 있었다. 하워드는 조심스럽게 종이를 꺼내 들었다. 그것은 실제 냅킨이었는데 요즘 사용되는 것과는 달리 신문지처럼 거칠었고 'Landbrauerei'라는 상호가 인쇄되어 있었다. 냅킨을 펼치자 낙서처럼 보이는 그림이 나타났다. 얼핏 보기에 일종의 그래프처럼 보였지만 무엇을 의미하는지 알 수 없었다. 하워드는 냅킨을 내려놓고 편지를 살폈다. 편지는 유려한 필기체로 빼곡히 적혀 있었고 모두 독일어였다. 하워드는 편지 마지막 장에 적힌 서명을 살펴보았다. 알베르트 아인슈타인. 그것은 분명 아인슈타인 박사의 편지였다. 하워드는 편지를 읽기 시작했다. 워낙 독특한 필체였기 때문에 가끔 앞뒤 문맥을 살펴야했지만 전체 내용을 파악하는 데 큰 문제는 없었다. 내용을 읽어나가던 하워드의 얼굴이 점점 백지장처럼 변해갔다. 편지 내용은 하워드가 상상했던 것 이상으로 충격적이었다.

친애하는 로버트.

내가 이 연구소에 몸담은 지 벌써 이십 년이 넘었군요. 나라는 인간이 우주라 부르는 천체의 한 부분으로 태어나 지난 오십 년간 시간적으로나 공간적으로 한정된 세계를 조금이나마 이해할 수 있기를 바랐지만 결국 실패한 것 같소. 그것은 물리의 범위를 벗어난 부분도 마찬가지. 나는 아직도 사랑이 무엇이며 감정이 무엇인지 알지 못하오. 한 가지 분명한 건 이곳 연구소의 생활은 내 인생의 축복과도 같은 시간이었다는 것이오. 평생 신을 믿지 않았지만 이곳의 봄 풍경을 보고 있노라면 신이 있을지도 모른다는 생각이 들더군. 서문이 길었구려. 내가 노쇠한 몸을 이끌고 펜을 들게 된 것은 소장에게 마지막 부탁이 있기 때문이오. 이것은 내가 평생을 마음속에 담아뒀던 이야기요. 누구에게도 말한 적 없는 얘기라오.

결론부터 말하자면 1905년 물리학 연보에 내 이름으로 발표한 '특수상대성 이론'은 내가 발견한 것이 아니오. 그것은 나 이전에 이미 누군가에 의해서 발견된 것이었소.

그를 만난 건 1905년 스위스 베른에 있는 특허청에서 일할 때였소. 나는 당시 1887년 마이컬슨과 몰리에 의해 에테르의 존재가 부정된 상황에서 과연 무엇으로 시간과 공간, 에너지와 질량의 상관관계를 설명할 것인가에 대해 고민하고 있었지. 그것은 네모난 지구에 살고 있다고 생각하는 사람에게 지구가 둥근 모양일 수도 있다는 걸 깨닫게 하는 것과 비슷한 일이었기에 사고의 전환이 필요했소. 기존의 고정관념을 탈피해야만 했던 것이오.

그러던 어느 날 밤, 나는 머리도 식힐 겸 연구소를 빠져나와 어느 술집에 갔소. 혼자 바에 앉아 맥주를 마시며 빛과 시간이라는 괴상한 친구들을 떨쳐버리려 애쓰고 있었지. 그런데 그때 한 남자가 다가왔소. 그는 이제 갓 서른을 넘긴 듯한 젊은이였는데 얼핏 보기에 공장에서 일하는 노동자처럼 보였소. 그는 내가 세상 짐을 모두 짊어진 사람처럼 보인다며 뭘 고민하냐고 묻더군. 나는 말해도 당신은 이해 못할 거라며 무시했소. 그러자 그 친구는 털어놓고 나면 마음이 한결 편해질 거라며 말해보라고 하더이다. 나는 술김에 고민을 이야기하기 시작했소. 빛의 속도와 물체의 이동, 에테르의 실체 등에 대해서 말이오. 그런데 이야기를 다 들은 그 친구 입에서 놀라운 말이 튀어나왔소. 그 친구의 논리는 간단하더군.

"당신이 좋아하는 사람과 함께하는 시간은 실제보다 훨씬 짧게 느껴질 것이다. 하지만 당신이 난로 위에 손을 올려놓고 있다면 그 시간은 실제보다 훨씬 길게 느껴질 것이다."

(이 이야기는 언젠가 강의 때 내가 인용했던 말이오.)

그의 논리는 계속됐지. 그는 냅킨 한 장을 가져다가 그림을 그리기 시작했소. 한 사람이 있다. 그 사람이 사랑하는 어떤 사람을 만나러 같은 거리를 달려간다면 그 거리는 지독히 멀게 느껴질 것이다. 하지만 만약 사형장에 죽으러 간다면 그 거리는 지독히 짧게 느껴질 것이다. 세상의 모든 것은 상대적이며 그것은 시간과 공간에도 적용된다. 나는 그의 말을 듣는 순간 벼락을 맞은 듯 머리가 쭈뼛 섰소. 온몸이 감전된 것처럼 경련이 일었지. 그것은 이전까지 생각지도 못한 획기적인 아이디어였소. 상황에 따라 시간이 수축하고 공간이 변형된다는 건 마치 코페르니쿠스가 지동설을 발견한 것과 같은 놀라운 발견이었소. 그런데 더욱 놀라운 건 그가 자리를 뜨기 전에 마지막으로 한 말이었지. 그는 심지어 절대적이라고 생각하는 빛조차도 상대적일 수 있다고 했소. 그것은 후에 블랙홀이 발견되며 실제로 증명된 사실이오. 그는 넋을 잃고 있는 내게 이름도 남기지 않은 채 홀연히 사라졌고 나는 그의 생각을 수학적으로 정리하여 물리학 연보에 발표했소. 그것이 1905년 발표한 '특수상대성 이론'이요. 그 후 나는 그의 존재를 잊고 살았지. 그의 논리로부터 시작된 나의 이론은 '일반상대성 이론'으로 발전됐고 노벨상까지 타게 되었지만 그 청년의 기억은 완전히 사라졌소이다.

세월이 흘러 전쟁이 발발하고 나는 미국으로 오게 되었소. 그러던 어느 가을, 연구소를 거닐던 나는 낙엽을 치우는 청소부 한 명을 보게 되었는데 그의 얼굴을 보고 나는 심장이 멎는 줄 알았지. 바로 베른의 술집에서 만난 청년이었던 거요. 그는 어쩐 일인지 전혀 모습이 변하지 않았소. 나는 백발이 성성한 할아버지가 되었지만 그는 아직도 30대 초반처럼 젊음을 유지하고 있더군. 나는 내 눈을 의심했소. 그런데 나를 알아본 그가 다가와 오랜만이라며 유창한 영어로 인사를 청해오더이다. 가까이서 보자 그 청년이라는 걸 분명히 알 수 있었소. 수십 년의 시간과 공간이 순간 사라진 것 같았지. 잠시 후 그는 논문을 잘 읽었다고 말하곤 아무일 없었다는 듯 청소를 하는 것이었소. 그때부터 나의 고뇌가 시작되었소. 잊혔던 양심이 고개를 든 것이오. 연구소에 있을 때면 언제나 그가 있는지 둘러보게 되었소. 왕왕 그와 마주칠 때면 온몸이 얼어붙는 것 같았지만 그는 태연히 인사를 할 뿐이었지. 나는 고민 끝에 결국 그를 불러 자초지종을 설명하고 사과했지만 그는 오히려 자기 생각을 훌륭히 이론으로 발전시켜줘서 감사하다고 했소. 그는 아무런 사심이 없었던 거요. 그 후 우리는 마음을 털어놓는 좋은 친구가 되었소. 하지만 이제 죽음을 눈앞에 둔 시점에서 나는 중대한 결정을 내려야 했지.

내 마지막 유언은 이것이오. 내 이름으로 발표된 '특수상대성 이론'의 저자에 그 사람의 이름을 함께 넣어 다시 발표해주길 바라오. 그의 이름은 사뮈엘 베케트. 당신도 누군지 알 테지. 물론 힘든 부탁이라는 건 잘 알고 있소. 하지만 진리가 언제나 세상을 밝히듯이 진실 역시 세상에 빛을 봐야하오. 알아서 처리해줄 거라 믿고 이만 줄이겠소이다. 그동안 여러모로 도와준 것에 대해 감사하게 생각하고 있소. 건강하시길.

추신 : 그가 베른의 술집에서 그렸던 그림을 함께 동봉하오.

알베르트 아인슈타인

그것은 아인슈타인 박사가 당시 연구소 소장이던 로버트

오펜하이머에게 보낸 편지였다. 하워드는 이제야 냅킨에 그려진 그래프를 이해할 수 있었다. 그것은 시간과 공간, 그리고 빛의 상관관계를 간단한 그림을 통해 설명한 것으로, 그 유명한 시간 지연 방정식(Time dilation equation)이었다. 만약 이 내용이 발표된다면 엄청난 여파를 몰고 올 것이 분명했다. 너무나 충격을 받은 나머지 손가락 하나 까딱할 수 없었고 머릿속이 텅 빈 듯 아무것도 떠오르지 않았다.

과거에서 온 남자

-

하워드는 지금껏 자신이 결정적인 문제를 간과하고 있었음을 떠올렸다. 예기치 않게 휘말린 사건의 중심에는 사뮈엘 외에 한 명의 주인공이 더 있었다. 바로 의뢰인 에밀리위버였다. 하워드는 문득 자신이 에밀리에 관해 거의 아무것도 모르고 있다는 걸 깨달았다. 그는 에밀리가 겪은 상황이 자신과 흡사하다는 까닭에 감정적으로 사건에 뛰어들고 말았다. 그가 알고 있는 건 그녀의 이름과 레스토랑주소, 그리고 전화번호가 전부였다. 의문을 품는 데는 지난번 소장과의 면담도 한몫했다. 그녀는 정체불명의 배경을 이용해 하워드를 돕고 있었다. 게다가 다섯 번째 사뮈엘은 아인슈타인과 함께 역사 속으로 사라졌고 소장은 눈앞에서 괴한들에게 목숨을 잃었다.

그녀와 상의가 필요한 시점이었다. 하워드는 지체하지않고 에밀리에게 전화를 했다. 그러나 어쩐 일인지 에밀리는 전화를 받지 않았다. 다시 버튼을 눌렀지만 끝내 전화를 받지 않았다. 하워드는 유언장을 바라봤다. 역사의 비밀을 품은 채 반세기 전에 작성된 인류 최고 학자의 자필유언장. 갑자기 하워드는 자신이 거대한 풍랑 속에 휩싸인작은 나룻배처럼 느껴졌다. 그는 방향타마저 잃어버리고 밀려오는 파도에 정신없이 떠다니고 있었다. 정리가 필요했다. 이대로 휩쓸려가다가는 두 번 다시 제자리로 돌아올 수 없을 것만 같았다.

하워드는 시동을 걸었다. 에밀리의 레스토랑이 있는 브롱크스까지는 채 십 분도 안 걸리는 거리였다. 전화가 안 되면 직접 찾아가면 된다. 하워드는 출발하기 전, 유언장을 보관할 적당한 장소를 찾았다. 만약의 사태에 대비해 자신만이 아는 장소가 좋을 듯했다. 하워드는 차 안을 살피다가 문득 자신의 고물차가 말썽을 일으키던 장소를 떠올렸다. 팔 년이 넘은 하워드의 토러스는 비가 새면서 천장이 불룩하게 벌어져 있었다. 하워드는 여러 번에 걸쳐 수리했지만 비가 올 때면 기다렸다는 듯이 다시 틈이 벌어지곤 했다. 하워드는 그 틈으로 아인슈타인의 유언장을 밀어 넣었다.

"개똥도 약에 쓸 데가 있다더니."

차를 출발시키려는데 누군가 차창을 두드렸다. 검은 선글라스를 끼고 검은 양복을 입은 한 남자가 평생 한 번도 웃어본 적이 없는 듯한 얼굴로 하워드는 바라보고 있었다.

"무슨 일이죠?"

남자는 대꾸도 없이 손에 들고 있던 사진과 하워드를 비교하고 있었다.

"하워드 레이크 씨?"

"그렇소만."

"FBI입니다. 저희와 같이 가주셔야겠습니다."

남자가 신분증을 보여주며 말했다. 하워드는 그제서야 경찰에서 자신을 찾아올 거라는 사실을 떠올렸다. 그는 소장이 살해당한 날 만났던 방문객 중 한 명이었다. 용의선상에 있는 건 당연했다. 하워드는 차에서 내리기 전에 잠시 망설였다. 경찰에게 할 진술을 준비하지 못했던 것이다. 하워드는 일단 상황을 파악해야겠다고 생각했다.

"FBI에서 저한테 무슨 용건이시죠?"

하워드가 시치미를 떼며 물었다.

"일단 가보시면 압니다. 어서 내리시지요."

남자가 문을 열어주며 대답했다. 하워드는 순순히 차에서 내렸다. 남자는 뒤에 주차되어 있던 검은 밴으로 하워드를 안내했다. 차창을 온통 검게 코팅한 밴에는 운전사와 또 다른 요원이 타고 있었다. 그 역시 유니폼처럼 검은 선글라스에 검은 양복을 입고 있었다.

"타시죠."

하워드가 망설이자 남자가 차 안으로 밀어 넣었다. 하워드는 두 요원 사이에 검거된 범인처럼 앉았다. 요원이 문을 닫자 밴은 곧바로 출발했다. 가는 내내 그들은 아무것도 묻지 않았다. 농담을 주고받지도 않았고 담배도 피우지 않았다. 그들은 마네킹처럼 정면을 응시하며 침묵을 지켰다. 하워드는 그들의 눈치를 보며 진술할 내용을 정리하고 있었다. 밴은 매디슨애비뉴다리를 지나 이스트할렘으로 들어섰다.

"무슨 일인지 귀띔이나 해주면 안 되겠소?"

하워드가 물었지만 요원들은 눈 하나 깜빡이지 않았다.

'벽창호가 따로 없군. 누가 공무원 아니랄까봐.'

하워드는 포기하고 지루하게 지나치는 뉴욕의 겨울 풍경을 감상했다. 맨해튼으로 몰던 밴은 이스트할렘가(街)를 지나 센트럴파크로 향했다. FBI 뉴욕 본부가 있는 곳이었다. 밴은 116번 도로 사거리에 멈춰 신호를 기다리고 있었다. 그런데 직진 신호를 받아야 할 밴이 센트럴할렘가로 우회전하는 것이었다.

"이봐요. 어딜 가는 거요? 센트럴파크는 저쪽이요."

하워드가 물었다. 하지만 요원들은 여전히 침묵을 지켰다. 밴은 아랑곳하지 않고 센트럴할렘으로 들어서고 있었고 주변은 점점 허름하고 삭막한 풍경으로 변해가고 있었다. 낌새가 수상했다.

"당신들 FBI 맞아? 신분증 좀 다시 봅시다."

순간 왼쪽에 있던 남자가 다짜고짜 팔꿈치로 하워드의 얼굴을 가격했다. 갑작스러운 공격에 하워드가 휘청하자 이어서 머리를 잡고 앞좌석 시트에 내리쳤다. 순간 오른쪽에 있던 남자가 덕트 테이프로 하워드의 손을 묶고 입을 막았다. 하워드는 벗어나려고 발버둥쳤지만 소용없었다. 이제 꼼짝없이 끌려가는 수밖에 없었다.

밴은 센트럴할렘가 중심의 아폴로극장을 지나 으슥한 뒷

골목으로 들어갔다. 이제 주변은 본격적인 할렘이 시작되고 있었다.

노숙자들이 쓰레기통을 뒤지고 불량배들은 뒷골목을 서성이며 한 건 할 대상을 찾고 있었다. 밴은 미로처럼 뻗은 뒷골목으로 깊숙이 들어가더니 어느 막다른 골목에서 멈췄다. 그곳은 햇빛도 닿지 않는 도시의 시궁창이었다. 밴이 멈추자 남자들이 하워드를 끌어내렸다. 밴이 도착한 곳에는 또 다른 괴한들이 기다리고 있었다. 그런데 괴한들의 얼굴을 보고 하워드는 놀라지 않을 수 없었다. 그들은 바로 볼러해트와 덩치들이었다. 덩치들이 하워드를 볼러해트 앞으로 끌고 가 무릎을 꿇렸다.

볼러해트는 뭔가를 집중해서 읽고 있었다. 그것은 몇 장의 서류였는데 방금 도착한 하워드에게는 신경도 쓰지 않고 계속 읽고 있었다. 산전수전 다 겪은 하워드의 등줄기에서 식은땀이 흘러내리고 있었다. 서류를 다 읽자 볼러해트는 성가신 일이 생겼다는 듯 미간을 찌푸리며 하워드를 바라봤다. 밝은 빛 아래서 보자 그의 얼굴이 선명하게 드러났는데 그는 여러 인종이 섞인 기묘한 얼굴을 하고 있었다. 얼핏 보기엔 백인 같았지만 피부는 중남미의 메스티소처럼 갈색이었고 머리카락은 흑인처럼 검었다. 얼굴에는 여기저기 얽은 자국이 있었고 눈가에는 트레이드마크인 흉터가 훈장처럼 새겨져 있었다. 그런 이국적인 외모에 어울리지 않게 눈동자만은 북유럽인처럼 에메랄드빛을 띠고 있었다. 그가 푸른 눈으로 하워드를 노려보았다.

"방금 당신의 이력서를 읽었어. 흥미롭더군. 역사학자에서 탐정으로. 독실한 신자에서 안티 크리스천으로. 그중에서도 가장 인상적인 건 당신 딸에게 일어난 사건이야. 가슴에 칼을 품은 채 살고 계시더군."

하워드는 대꾸하고 싶었지만 테이프로 입이 틀어 막혀 있어 아무 말도 할 수 없었다. 볼러해트는 담배 한 대를 꺼내 불을 붙였다. 하워드는 앞으로 무슨 일이 벌어질지 상상도 가지 않았다. 등줄기에선 연신 식은땀이 흘러내리고 있었다. 볼러해트는 자기 집 정원에 있는 것처럼 여유롭게 담배를 피우며 빈민가 골목 저편으로 보이는 맨해튼의 빌딩 숲을 감상하고 있었다.

"자네를 어디로 초대할까 고민하다가 여기를 선택했는데 맘에 드는지 모르겠군. 사람들은 이곳을 자본주의의 시궁창이라고 부르지. 자본주의가 생산해낸 최악의 밑바닥들이 사는 곳이기 때문이야. 매춘부, 마약판매상, 강간범. 그런 인간들이 전부 이곳에 몰려들어 하루 사십 달러를 내고 쥐들과 같이 생활하고 있지. 그런데 여기서 몇 블록만 가면 자본주의의 꽃이라 불리는 월스트리트가 있어. 돈이 돈을 만드는 곳이지. 돈이 돈을 먹고 몸집이 커지면 더 큰돈을 집어삼켜. 그 덩치가 이제는 커질 대로 커져 웬만한 나라 몇 개는 사고도 남을 크기가 되어버렸지. 이곳 사람들은 상상도 못 할 돈놀이가 벌어지는 거야. 그들은 캐비아를 먹고 모엣&샹동을 물 마시듯 들이켜지만 이곳에서 단 돈 몇 달러 때문에 사람이 죽어도 눈 하나 깜빡 안 해. 그저 베이글과 함께 식탁 위에 놓이는 진부한 기사에 불과하지. 똑같은 사람인데도 말이야."

입에서 연기가 흘러나오는 볼러해트의 모습은 거대한 푸른 도마뱀을 연상시켰다.

"어때? 신에게 등을 돌린 당신한테 잘 어울리는 곳 아닌가? 하워드."

볼러해트가 눈짓하자 옆에 있던 덩치가 하워드의 입에 붙어 있던 테이프를 떼었다.

"내가 어떻게 그런 것까지 알고 있는지 궁금하겠지만 지금 그걸 따질 때가 아니야. 이제 잠시 후면 당신 인생에 중대한 결정이 내려질 거거든. 이곳에서 생을 마감하느냐 살아서 나가느냐. 지금부터 내가 하는 질문에 정직하게 대답해야 해. 그렇지 않으면 이 골목에 당신의 피가 흘러넘치게 될 거야."

볼러해트가 담배를 비벼 끄더니 하워드에게 바짝 다가섰다.

"내가 당신을 초대한 이유는 당신이 찾는 누군가가 우리가 찾는 사람과 동일인이기 때문이야. 그런데 그 사람은 우리에게 아주 중요한 인물이거든. 우리의 미래를 쥐고 있지. 바로 사뮈엘 베케트야. 대답해봐. 당신의 의뢰인이 누구고 왜 그 사람을 찾지?"

볼러해트가 날카롭게 노려보며 물었다.

"그 말에 답하기 전에 자네가 누군지 말해주면 안 될까? 19세기 냄비는 왜 뒤집어쓰고 다니는지도 궁금하고 말이야."

그 말에 볼러해트가 큰 소리로 웃었다. 그가 웃자 앞니에 박혀 있던 금니가 반짝였다.

"이 친구 맘에 드는군. 유머는 현대인이 갖춰야 할 필수 덕목이지."

볼러해트가 옆에 있던 덩치에게 눈짓했다. 그러자 덩치가 하워드의 얼굴에 주먹을 날렸다. 하워드의 입술에서 피가 터져 나왔다.

"아직도 내 소개가 더 필요한가?"

볼러해트가 손수건으로 피를 닦아주며 말했다.

"이 정도면 충분해. 그런데 어쩌지? 탐정은 탐정들만의 규칙이 있어. 그 첫 번째가 '의뢰인의 신상은 절대 공개하지 않는다.'야."

그러자 볼러해트가 다시 덩치에게 눈짓했다.

"잠깐만. 성질도 급하긴. 어차피 규칙이란 건 깨려고 있는 거잖아."

하워드가 움찔 물러서며 너스레를 떨었다.

"내 의뢰인의 이름은 제시카 알바. 상당한 미인이지. 특히 눈이 아름다워. 사뮈엘 베케트는 그녀의 옛 애인이야. 옛사랑을 찾고 있는 셈이지."

하워드의 말이 끝나기가 무섭게 주먹이 날아들었다. 이번에는 한 대로 끝나지 않았다. 덩치는 하워드가 기진맥진할 때까지 두들겼다. 하워드는 덩치에게 두들겨 맞으면서도 손에 묶인 테이프를 풀고 있었다. 이윽고 주먹이 멈추자 만신창이가 된 하워드가 바닥에 피를 토했다.

"이봐. 난 인내심이 없는 사람이야. 그리고 자네가 상상하는 것보다 훨씬 무시무시하지. 어차피 우린 누가 당신한테 의뢰를 했는지 왜 찾고 있는지 이미 알고 있어. 그러니 본론으로 들어가지. 나는 네가 얼마 전 다녀갔던 연구소에 보관된 어떤 물건을 찾고 있다. 반세기 전 아주 유명한 사람이 보낸 거지. 난 그걸 자네가 갖고 있다고 생각하고 있어. 어디 있나?"

"무슨 말을 하는지 전혀 못 알아듣겠군. 이게 영어는 맞아?"

볼러해트의 얼굴이 일그러졌다. 그가 눈짓을 주자 이번에는 덩치가 큼지막한 칼을 꺼냈다. 하워드는 어느새 묶였던 테이프를 거의 풀어낸 참이었다. 그때 하워드의 눈에 바닥에서 뒹굴고 있던 깨진 유리 조각이 들어왔다.

"마지막으로 묻겠다. 이번에도 날 엿 먹이면 네 심장을 도려내겠어. 이건 농담이 아니야. 자, 아인슈타인의 유언장을 어디다 숨겼지?"

볼러해트가 하워드의 멱살을 잡고 소리쳤다.

"좋아. 말해주지. 유언장을 숨긴 곳은 바로……."

하워드가 좀전에 봐둔 유리 조각을 볼러해트 몰래 살며시 움켜쥐었다.

"네 거시기 속이다!"

순간 하워드가 테이프를 풀며 유리 조각으로 볼러해트의 얼굴을 찍었다. 선혈이 뿜어져 나오며 볼러해트의 비명이 암울한 골목에 울려 퍼졌다. 하워드는 때를 놓치지 않고 냅다 달리기 시작했다. 덩치들이 앞을 가로막았지만 하워드는 능숙하게 그들을 피하며 빠져나갔다. 볼러해트가 괴성을 지르며 하워드를 쫓기 시작했다. 그와 함께 덩치들이 쏜 총알이 하워드를 향해 날아들었다. 하워드는 이리저리 몸을 숙여 총알을 피하며 미로 같은 골목을 달렸다. 얼마쯤 달리자 골목이 끝나며 도로가 보였다. 하워드는 죽을힘을 다해 도로로 향했다. 이제 거의 도로에 다다르려는 순간이었다.

그때 어디선가 날아온 주먹이 하워드의 얼굴에 명중했다. 하워드는 몸을 가누지 못하고 바닥에 나가떨어졌다. 지름길로 가로질러 온 놈의 일당이었다. 이윽고 뒤쫓아온 볼러해트와 덩치들이 하워드에게 달려들었다. 볼러해트가 온통 피로 범벅이 된 채 하워드의 멱살을 움켜쥐었다. 그는 잔뜩 독이 올라 있었다.

"네놈이 죽고 싶어 환장한 모양인데 소원대로 해주지."

볼러해트가 정신이 몽롱한 하워드에게 칼을 들이대며 소리쳤다. 주위에는 노숙자들이 있었지만 아무도 관심을 주지 않았다. 볼러해트는 하워드의 웃옷을 벗기더니 심장을 향해 칼을 겨눴다.

"기원전 마야인이 했던 의식에 대해 들어봤나? 그들은 살아 있는 인간의 심장을 꺼내 신에게 바쳤다. 얼마나 능숙했는지 당하는 사람이 고통조차 느끼지 못했을 정도였다지. 지금 그걸 네게 보여주겠다. 네 심장으로 말이야."

볼러해트가 칼을 치켜올리며 말했다. 하워드는 반항하려 했지만 힘이 남아 있지 않았다. 이제 꼼짝없이 당하는 수밖에 없었다. 하워드는 눈을 감았다. 곧이어 하워드의 심장을 향해 칼이 날아들려는 순간이었다. 그때 골목 저편에서 요란한 엔진 소리와 함께 머스탱 한 대가 달려 들어왔다. 머스탱은 무서운 속도로 하워드와 볼러해트 정면으로 돌진해왔다. 순간 하워드는 볼러해트를 밀치고 몸을 굴렸다. 미처 피하지 못한 볼러해트가 달려드는 머스탱에 치여 저만치 날아갔다. 그와 함께 옆에 있던 덩치들도 바닥에 뒹굴었다. 머스탱은 더 달려가지 않고 하워드 앞에 멈춰 섰다.

"살고 싶으면 어서 타요!"

조수석 문이 열리며 누군가 소리쳤다. 너무 갑작스러운 일에 하워드는 넋을 잃고 운전자를 바라보았다. 운전석에는 낯익은 얼굴의 여인이 타고 있었다.

"어서 타라니까요!"

정신을 차린 하워드가 서둘러 차에 올랐다. 그러자 머스탱이 타이어 마찰음을 요란하게 내며 빠르게 후진했다. 뒤늦게 정신이 든 덩치들이 쫓아오며 총을 쏘아댔지만 맹렬한 속도로 도로를 달리는 머스탱을 쫓기에는 이미 늦은 후였다. 머스탱은 인적 없는 할렘의 뒷골목을 벗어나 차량으로 붐비는 대로로 달렸다. 수많은 차 속으로 뛰어들자 쫓아오던 덩치들도 추격을 포기했다.

여인은 백미러로 동태를 확인한 후 속도를 늦추었다. 그리고 자기 얼굴에서 시선을 떼지 못하는 하워드를 향해 보일 듯 말 듯한 미소를 지어 보였다. 그러자 익숙한 향기가 미소를 타고 차 안으로 퍼져갔다.

"당신은 그때 바에서 만났던……."

그녀는 프린스턴의 술집에서 만났던 여인이었다.

"이름을 잊었다니 섭섭하네요, 하워드 씨."

여인이 뾰루퉁하게 말했다.

"린지……."

"이제야 기억이 나나보군요. 그런데 레이 듀크의 농구 경기보다 드라마틱한 인생을 사시는 것 같던데요."

"잠깐 차 좀 세워줘요."

그러자 여인이 갓길에 차를 댔다.

"대체 뭐가 어떻게 된 거요? 당신은 누구고 여긴 어떻게 알고 온 거죠?"

하워드가 혼란스러운 머리를 움켜쥐며 묻자 여인이 미소를 지으며 입을 열었다.

"내 이름은 린지 길버트. 세례명은 테레사예요. 교황청 예수회 소속 수도사죠. 당신을 쭉 지켜보고 있었어요."

순간 하워드는 할 말을 잃었다. 그녀는 다름 아닌 소포의 주인이었다.

린지는 스파게티를 두 그릇째 해치우고 있었다. 그녀는 조금 전 무인도에서 돌아온 것처럼 게걸스럽게 먹어댔다.

"그거 드실 거예요?"

그릇을 모두 비운 린지는 하워드가 손도 안 댄 햄버거를 보며 물었다.

"아니요. 드세요."

린지는 말이 끝나기도 전에 햄버거를 집어 갔다. 사지에 서 간신히 살아 돌아온 하워드가 있던 곳은 브루클린의 한 식당이었다.

"그런데 수도사라면 수녀를 말씀하는 건가요?"

햄버거를 잔뜩 문 채 린지가 고개를 끄덕였다.

"저희끼리는 여자건 남자건 전부 수도사예요."

린지가 입가에 묻은 소스를 닦으며 말했다. 그녀는 털털 한 성격에다 대식가였다. 하워드는 묻고 싶은 게 산더미 같았지만 그녀가 배를 채울 때까지 기다릴 수밖에 없었다.

"제가 저혈당이라 자주 먹어줘야 하거든요. 근데 오늘 아 침을 못 먹었더니 신경이 날카로워져서요."

린지가 변명하듯 말했다.

"괜찮습니다. 천천히 들어요."

"저 같은 여자 처음 보시죠? 처음 만난 남자 앞에서 스파게티를 두 그릇이나 비우다니."

린지가 물을 들이켜며 말했다.

"식사량에 비해 체중 조절을 잘하시나봐요."

"칭찬으로 들을게요."

린지가 미소를 지으며 말했다. 그런데 냅킨을 든 그녀의 손에 낯익은 반지가 껴 있었다. 중앙에 'JHS'라고 새겨진 금반지였다. 제프리 소장이 끼고 있던 것과 같은 것이었다.

"소장도 예수회 소속이었나보죠?"

하워드가 반지를 보며 물었다. 그 말에 린지의 얼굴에서 미소가 사라졌다.

"예수회가 교황청의 정보부라던데 사실인가보군요. 수녀님이 탐정 뒤를 쫓으시고."

"덕분에 목숨을 구했잖아요."

린지가 대답했다.

"계산은 제가 하겠습니다. 그러니 왜 내 뒤를 따라다녔는지 말씀해보시죠, 수녀님."

린지는 대꾸 없이 하워드를 바라봤다.

"당신도, 아니 예수회도 사뮈엘 베케트를 찾고 있죠. 그렇죠?"

하워드가 날카롭게 물었다.

"당신은 지금 자신이 뭘 하고 있는지 전혀 모르고 있어요. 사실은 미리 이 사건에서 손을 떼라고 말해줬어야 하는데 이젠 너무 늦어버렸어요. 하지만 지금이라도 손을 떼라고 충고하고 싶어요. 적어도 아직은 목숨을 부지할 가능성이 있어요. 그러니 소포를 돌려주고 볼티모어로 돌아가요."

린지가 식욕이 떨어진 듯 햄버거를 내려놓았다.

"손을 떼고 말고는 내가 결정해요. 질문에 대답이나 하시죠. 아까 그놈들은 누구고 왜 사뮈엘을 쫓는 거죠? 대체 사뮈엘의 정체가 뭡니까?"

린지가 굳은 표정으로 하워드를 바라봤다.

"호기심은 언제나 화를 불러들이죠."

"나는 조금 전 심장을 난도질당할 뻔한 사람이니 알 권리가 있어요. 그리고 나는 지금 부탁을 하는 게 아니라 요구하고 있는 거예요. 유언장이 내 손에 있다는 걸 잊지 말아요."

린지는 난처한 듯 생각에 잠겼다.

"만약 사뮈엘의 비밀을 알게 되면 당신은 돌아올 수 없는 강을 건너게 되는 거예요. 어쩌면 평생을 쫓기며 살아야 할지도 몰라요. 그래도 괜찮겠어요?"

"어차피 나는 칠 년 전에 죽었던 사람이에요. 한 번 더 죽는다고 달라질 건 없어요."

린지는 앞에 놓인 빈 잔을 뚫어지게 응시하다가 결심한

듯 자리에서 일어났다.

"우리 좀 걷죠."

린지가 레스토랑을 나섰다. 하워드도 뒤를 따랐다.

하늘은 구름 한 점 없이 맑게 개어 있었고 날씨도 겨울답지 않게 온화했다. 덕분에 거리는 오랜만에 햇살을 반기러 나온 인파로 붐비고 있었다.

"당신이 어디까지 알고 있는지 모르지만 사뮈엘은 사람이 아니에요."

인파를 헤치고 걸으며 린지가 말했다.

"그게 무슨 말이죠? 사람이 아니면 뭐란 말이오? 외계인이라도 된단 말인가?"

하워드가 어이없다는 듯 물었다. 저 멀리 양키스타디움이 보였다.

"정확한 건 우리도 아직 몰라요. 하지만 분명한 건 사뮈엘이 지난 삼백 년, 아니 그 이상을 살아오면서 우리 인류의 문명을 발전시켰단 사실이에요."

"삼백 년 이상!"

하워드는 믿을 수 없었다. 사뮈엘의 나이는 시간이 갈수록 많아지고 있었다. 게다가 인류의 문명을 발전시켰다니. 린지의 이야기는 계속됐다.

"교황청에서 사뮈엘의 존재를 알게 된 건 지금으로부터 팔십 년 전이에요. 정확히 1934년이었죠. 바티칸에는 세상에 알려지지 않은 거대한 서고 '갈릴리(Galilee)'가 있어요.

총 5,890만 권에 달하는 장서가 보관된 곳이죠. 아리스토텔레스에서부터 나폴레옹의 밀라노 칙령에 이르기까지 없는 것이 없죠. 로마의 침입으로 불타 없어진 고대 알렉산드리아 도서관과 필적할 만한 곳이에요. 그 서고를 관리하는 수도사만 천삼백여 명에 달해요. 그들은 훼손된 고서를 복원하고 해독하는 일을 담당하고 있죠. 그런데 1934년에 아우렐리아노라는 수도사가 18세기 문서가 보관된 서고를 정리하다가 이상한 노트 한 권을 발견하게 돼요. 그것은 아이작 뉴턴이 1703년 영국왕립협회 회장을 맡은 직후, 친구인 천문학자 에드먼드 헨리 피셔에게 자신의 과거를 회고하는 내용의 편지와 함께 동봉된 것이었어요. 신앙심이 깊었던 뉴턴은 케임브리지 트리니티칼리지 재학 시절 수도사처럼 자신의 죄를 일일이 노트에 적어 스스로 회개하는 버릇이 있었는데 바로 그 노트였죠. 그런데 그 안에 놀라운 내용이 적혀 있었어요. 그가 1687년 논문 「프린키피아」(Principia)를 통해 세상을 발칵 뒤집었던 '만유인력의 법칙'이 사실은 자신이 발견한 게 아니라는 내용이었죠. 1665년 유럽을 강타했던 페스트 때문에 재학 중이던 트리니티칼리지가 문을 닫자 뉴턴은 어쩔 수 없이 고향인 영국 동부 링서주로 돌아갔는데 거기서 만난 한 남자로부터 중요한 영감을 받아 발표하게 됐다는 거예요. 당시 그곳 도서관을 전전하며 물체 상호 간에 작용하는 힘에 관해 고민하던 뉴턴은 늘 마지막으로 도서관을 나서곤 했는데 어느 날 문을 닫은지도 모르고 연구하던 그에게 한 사서가 다가왔대요. 그제야 도서관에 자기밖에 없다는 걸 안 뉴턴이 서둘러 나서려는데 책을 정리하던 사서가 놀라운 얘기를 했다는군요.

"왜 사과는 지구를 향해 떨어지는데 달은 지구로 안 떨어질까요. 사과도 달처럼 커지면 지구로 안 떨어질까요?"

처음에는 무심히 넘겼던 뉴턴은 어느 날 사과나무 아래서 사색에 잠겼다가 사과가 떨어지는 걸 보고 그 말이 얼마나 중요한 의미를 내포하고 있는지 깨닫게 돼요. 바로 만유인력인 것이었죠. 뉴턴은 그 길로 도서관으로 달려갔지만 그 사서는 이미 자취를 감춘 후였어요. 그래서 새로운 사서에게 그 사람의 이름을 물었는데 그가 바로 사뮈엘 베케트였어요.

노트를 본 아우렐리아노 신부는 곧바로 교황청에 보고했지만 교황청에서는 그다지 중요하게 생각지 않았죠. 일단 필체는 뉴턴의 것과 일치했지만 내용을 사실로 증명할 아무런 증거도 없었고 워낙 엄청난 내용이라 묻어두기로 한 거예요. 그 후 이 내용은 조용히 사라지는 듯했어요. 그런데 그로부터 칠 년 후 또 다른 과학자로부터 이와 흡사한 정황이 밝혀져요.

바로 맥스웰의 방정식으로 유명한 제임스 클러크 맥스웰이었어요. 독실한 가톨릭 신자였던 그는 스코틀랜드 에든버러에 있는 세인트자일스대성당에서 매주 미사를 봤는데 그곳 신부에게 고해성사했던 내용이 발견된 거예요. 본래 고해성사 내용은 아무에게도 공개해서는 안 되지만 맥스웰을 잘 알던 신부가 자신의 일기장에 남겨놓았던 거죠."

"방정식이 자신의 것이 아니었군요."

하워드가 말을 이었다.

"맞아요. 그 역시 한 청년으로부터 영감을 받아 발표한 것이었는데 그 청년의 이름이 바로 사뮈엘 베케트라는 거예요. 이 사실을 알게 된 교황청은 사뮈엘에게 관심을 가지기 시작해요. 그리고 얼마 후 결정적으로 교황청을 움직인 내용이 발견되죠. 바로 아인슈타인의 유언장이었어요. 무려 이백 년의 간격을 두고 사뮈엘이란 자가 다시 등장한 거예요. 그 사실을 알게 된 교황청은 드디어 이 남자의 존재에 대해 의문을 품게 돼요. 그리고 본격적으로 뒤를 쫓기 시작하죠. 그런데 얼마 전에 또 다른 사실이 밝혀졌어요. 그것은 바로 핵폭탄을 발명해 유명해진 로버트 오펜하이머 박사와 관련되어 있죠."

하워드는 순간 움찔했다. 아인슈타인이 유언장을 남긴 인물이 바로 오펜하이머였기 때문이었다. 아인슈타인은 유언장 끝부분에 '그가 누군지 당신도 알고 있을 거요.'라고 적었다. 사실 하워드는 그 부분을 읽으며 의아했다. 세계적인 과학자이자 연구소의 소장인 오펜하이머가 어떻게 일개 청소부를 알고 있을까. 하지만 이제 그 말뜻을 이해할 수 있었다. 두 사람 모두 오래전부터 사뮈엘을 알고 있었던 것이다.

"맨해튼 프로젝트의 책임자였던 오펜하이머는 핵폭탄 원료인 순도 구십 퍼센트 이상의 우라늄235를 농축할 방법을 찾고 있었어요. 당시 기술로는 어려운 일이었죠. 이걸 안정된 무기로 만들기 위해선 이제껏 없던 새로운 기술이 필요했으니까요. 그런데 핵연료 임시 저장소에서 인부로 근무하던 한 청년으로부터 중요한 아이디어를 얻어 최초의 원자폭탄 '리틀 보이'를 완성했다는 거예요. 미 국무성의 도움을 받아서 당시 로스앨러모스 연구소에 근무했던 인부들의 명단을 조사했는데 낯익은 이름이 있었어요."

린지는 충격적인 내용을 시처럼 차분히 읊고 있었다.

"당신 말을 듣고 있으니 사뮈엘이 의도적으로 핵폭탄을 만들도록 유도한 것 같은 인상인데요?"

"그건 빙산의 일각에 불과해요. 사뮈엘이 만난 위인이 얼마나 더 있는지, 역사에 무슨 짓을 했는지 우리는 아직 알지 못해요."

이야기를 하는 사이 두 사람은 어느새 브루클린 박물관 앞에 도착해 있었다.

"그런데 왜 교황청에서 사뮈엘을 쫓는 거죠? 그가 종교적으로 어떤 연관이 있나요?"

두 사람은 센트럴파크를 지나 하워드의 차가 주차된 177번가로 들어서고 있었다.

"사뮈엘의 존재가 세상에 알려진다고 생각해봐요. '한 인간이 몇백 년을 살아오면서 그림자처럼 인류의 문명을 발전시켰다.' 난리가 날걸요? 광적인 종교 집단에서는 그를 신으로 추대할 거고 종말론이 미디어를 점령할 거예요. 수많은 사이비 종교가 판을 치고 전 세계가 집단 히스테리에 빠질지도 몰라요. 그러기 전에 사뮈엘의 존재를 밝히려는 거예요."

수많은 자동차와 사람이 스쳐지나가고 있었지만 하워드에게는 모든 게 허상처럼 느껴졌다. 빌딩 사이로 쏟아지는 햇살마저도 비현실적으로 일렁이고 있었다. 만약 린지의 말이 사실이라면 사뮈엘은 분명 인간이 아니었다. 그렇다면 대체 무엇이란 말인가. 하워드는 이제 무엇을 믿어야 할지 판단이 서질 않았다.

"그런데 아까 그놈들은 누구죠?"

하워드가 물었다.

"나도 몰라요. 처음 보는 사람들이에요. 한 가지 분명한 사실은 그들이 사뮈엘을 찾기 전에 우리가 먼저 찾아야 한다는 거죠."

린지도 놈들의 등장에 당황한 모양이었다.

"미래가 걸려 있다고 했어요."

하워드가 문득 떠오른 듯 말했다.

"우두머리로 보이는 녀석이 그렇게 말했어요. 사뮈엘한테 자기들의 미래가 달려 있다고."

"미래……."

린지가 하워드의 말을 곱씹듯 중얼댔다. 두 사람은 어느새 177번가에 도착했고, 그곳엔 하워드의 낡은 토러스가 오래된 친구처럼 묵묵히 기다리고 있었다. 호되게 당했던 하워드는 인파 속에 몸을 숨기고 차 주위를 살폈다. 차는 떠날 당시 그대로였고 놈들의 모습은 보이지 않았다. 그제야 안심한 하워드가 차로 다가갔다.

"자. 이제 내 소포를 돌려줘요."

린지가 말했다.

"걱정하지 말아요. 약속은 지킬 테니까."

하워드는 차 문을 열고 유언장을 숨겨둔 천장 틈을 살폈다. 그런데 어쩐 일인지 있어야 할 자리에 유언장이 없었다. 혹시나 바닥을 뒤져보았지만 어디에도 유언장은 보이지 않았다.

"다른 곳에 보관한 거 아니에요?"

린지가 걱정되는 얼굴로 물었다. 하워드는 시트 틈과 뒷좌석까지 샅샅이 찾아보았지만 유언장은 나타나지 않았다.

"제기랄. 놈들이 가져갔나봐요."

하워드가 맥 빠진 목소리로 대답했다.

"어쩌면 다른 사람일지도 모르죠."

그녀는 유언장이 없어졌는데도 담담했다.

"놈들 말고 사뮈엘을 쫓는 자가 또 있나요?"

하워드가 물었다.

"먼저 주변부터 둘러보시죠."

린지가 의미심장한 눈빛을 던지고는 더는 볼일 없다는 듯 돌아섰다.

"그게 무슨 말이죠?"

하워드가 돌아보며 물었지만 린지는 이미 인파 속으로 사라진 후였다.

"주변이라니……."

순간 하워드의 뇌리를 스치는 한 사람이 있었다. 하워드는 주차 미터기에 모자란 돈을 넣고 차를 출발시켰다. 그가 향하는 곳은 브롱크스에 있는 한 이탈리안 레스토랑이었다.

에밀리가 운영하는 레스토랑은 점심시간이 지났지만 손님으로 붐비고 있었다. 보기에도 먹음직스러운 해산물이 쇼윈도 수족관에 전시되어 식욕을 돋우는 레스토랑은 크지는 않았지만 깔끔하게 장식되어 있었고 시중을 드는 웨이터들 인상도 좋았다. 하워드는 차를 주차하고 가게 안으로 향했다. 하워드가 들어서자 정장을 입은 지배인이 반겼다.

"어서 오십시오. 예약하셨나요?"

"사장님을 만나러 왔는데요."

하워드가 식당을 둘러보며 말했다.

"약속은 하셨습니까?"

"아니요. 하지만 제가 왔다고 하면 아실 겁니다. 제 이름은 하워드 레이크입니다."

"잠깐만 기다려주세요. 확인해보겠습니다."

지배인은 양해를 구하고 식당 저편으로 사라졌다. 하워드가 빈 테이블에 앉자 웨이터가 물을 가져다주었다. 그는 물잔을 돌리며 생각을 정리했다. 이제 사건은 전혀 다른 세계에서 전개되고 있었다. 지금껏 여러 사건을 맡으며 많은 위험을 겪어봤지만 이번은 얘기가 달랐다. 주체할 수 없을 만큼 거대해져버린 사건 앞에서 하워드는 신참처럼 혼란스러워하고 있었다. 그를 괴롭히는 건 사뮈엘뿐만이 아니었다. 사건을 조사하면서 하워드는 의뢰인 에밀리가 어쩌면 다른 의도로 접근했을지도 모른다는 의혹을 품게 되었다. 그것은 오랜 경험에서 오는 일종의 직감이었는데 어느 순간부터 배출되지 않고 뱃속에 남은 불순물처럼 하워드의 신경을 계속 건드리고 있었다.

"차라리 위자료를 받으러 다니는 게 속 편하겠군."

그때 지배인이 한 사람을 대동하여 돌아왔다. 하지만 그 사람은 에밀리가 아니라 40대로 보이는 남자였다.

"저를 보자고 하셨다고요."

남자가 다가와 인사를 건넸다.

"저는 사장님을 뵙자고 했는데요."

하워드가 의아한 표정으로 말했다.

"제가 이 레스토랑의 사장입니다. 무슨 일이시죠?"

"에밀리 위버 양이 이곳 사장 아닙니까?"

그러자 남자가 어이없다는 듯 미소를 지었다.

"제가 이 레스토랑을 운영한 지 십일 년 됐지만 제 기억에 그런 여자와 결혼한 적은 없는 것 같은데요."

의뢰인마저도 나를 속이다니, 하워드는 뒤통수를 얻어맞은 기분이었다. 때마침 핸드폰이 울렸다. 하워드는 발신자를 확인했다. 에밀리였다.

"지금 어딨소? 얘기 좀 합시다."

그런데 전화기 저편에서 하워드를 기다리던 사람은 에밀리가 아니었다.

"하워드 씨. 창밖을 보시죠."

처음 듣는 남자 목소리였다. 하워드는 창밖을 바라봤다. 쇼윈도 너머 도로에는 광이 번쩍번쩍 나는 검은색 리무진 한 대가 서 있었고 그 옆에 운전사 복장을 한 건장한 남자가 하워드를 보며 전화하고 있었다.

"당신, 누구요?"

"에밀리 양이 보낸 사람입니다. 나오시죠."

남자는 이 말을 하곤 핸드폰을 접었다. 하워드는 잠시 망설이다가 레스토랑을 나섰다.

"타시죠. 에밀리 양이 계시는 곳까지 모셔다 드리겠습니다."

운전사가 리무진 문을 열어주며 말했다. 하워드는 경계의 눈빛으로 운전사를 바라봤다. 이틀 동안 죽을 고비를 여러 번 넘겼던 그로서는 당연한 반응이었다.

"의심스러우면 에밀리 양에게 전화해보시죠."

운전사가 자신의 핸드폰을 건네주며 말했다. 하워드는 망설이다가 핸드폰을 받았다. 이미 신호가 가고 있었다.

"여보세요."

에밀리였다.

"지금 나랑 장난하자는 거요?"

하워드는 잔뜩 화가 난 목소리로 물었다.

"화나실만해요. 그래서 모든 걸 설명해드리려는 거예요. 걱정하지 마시고 차를 타세요. 제가 있는 곳까지 안전하게 모실 거예요."

하워드는 에밀리가 사라진 핸드폰을 든 채 주저했고 운전사는 여전히 문을 열고 동상처럼 기다리고 있었다. 갈 데까지 가보는 수밖에. 하워드가 올라타자 운전사는 정중히 문을 닫고 차를 출발시켰다.

리무진은 소리도 없이 뉴욕을 빠져나와 한적한 외곽도로로 들어섰다. 화이트스톤다리를 건넌 걸 보면 롱아일랜드로 향하는 모양이었다. 리무진은 강가를 따라 이어진 고급 주택가를 지나 숲으로 우거진 이차선 도로를 달렸다. 가는 내내 하워드는 아무것도 묻지 않았고 운전사도 묵묵히 차를 몰았다. 한적한 숲속 길을 약 십여 분간 달리자 도로가 끝나며 거대한 철문이 나타났다.

철문 위에는 이곳 주인의 이니셜로 보이는 'HU'라는 로

고가 붙어 있었고 한 명의 경비원이 입구를 지키고 있었다. 척 보기에도 대부호가 사는 곳이라는 걸 알 수 있었다. 리무진이 나타나자 경비원은 기다렸다는 듯 철문을 열어주었다. 운전사는 익숙하게 경비원과 눈인사를 주고받으며 안으로 들어섰다. 철문 너머에는 거대한 정원이 펼쳐져 있었다. 정원이라기보다는 오히려 잘 가꾼 숲이라고 말하는 게 어울릴 정도로 수많은 나무와 식물이 저택으로 이어진 길가에 우거져 있었다. 리무진은 정원을 가로질러 저택으로 향했다. 덩굴장미로 우거진 길을 지나자 중앙에 분수가 뿜어져 나오는 잔디 정원이 펼쳐졌다. 그 너머로 중세의 성을 방불케하는 거대한 저택이 나타났다. 리무진은 분수대를 한 바퀴 돌고 저택 입구에 멈추었다.

"정말 대부호의 며느리였나보군."

하워드가 감탄하고 있는 사이 운전사가 문을 열어주었다.

"에밀리 양이 기다리고 계실 겁니다."

하워드가 내리자 운전사는 리무진을 몰고 사라졌다. 입구는 바바리안의 침입에 대비라도 하듯 마호가니 나무로 만든 거대한 문이 버티고 있었고 문 위에 설치된 감시카메라가 하워드를 지켜보고 있었다. 하워드는 카메라를 의식하며 초인종을 찾았다. 문 옆 대리석에 붙어 있는 초인종을 누르려는 순간, 덩치만큼이나 육중한 소리를 내며 문이 열렸다. 그리고 그 너머에 낯익은 여인이 서 있었다. 에밀리였다.

"당신 옷이⋯⋯."

에밀리는 가정부 복장에 앞치마를 두르고 있었다.

"들어오세요. 그분께서 기다리고 계십니다."

에밀리가 정중히 고개를 숙이며 말했다.

"그분이라니 누굴 말하는 거요?"

"만나보시면 압니다. 이쪽이에요."

에밀리가 앞장서서 안내했다. 하워드는 영문도 모른 채 그녀의 뒤를 따라갔다. 저택 안은 밖에서 봤을 때보다 훨씬 웅장했다. 천장에는 화려한 크리스털 샹들리에가 복도를 따라 이어져 있었고 바닥에는 고급 양탄자가 깔려 있었다. 복도 벽에는 교과서에서 봤던 명화들이 걸려 있었고 베르사유궁전에 있을 법한 은촛대가 복도 양편에 놓여 있었다.

복도를 지나자 하키 경기장만큼이나 넓은 거실이 나타났다. 천장은 성당을 연상시킬 정도로 높았고 한쪽 벽면에 설치된 아치형 창문에서는 햇살이 대리석 기둥처럼 새하얗게 쏟아져 들어오고 있었다. 페르시아 왕에게서 직접 구입한 듯한 이국적인 양탄자 위에는 시간을 17세기로 돌려놓은 듯한 고풍스러운 소파가 일광욕이라도 하듯 햇살을 받으며 거만하게 놓여 있었다.

"잠시 기다리시면 그분께서 오실 겁니다."

에밀리가 하워드에게 앉기를 권하며 말했다.

"잠깐만. 당신이 의뢰한 게 아니란 말이오?"

하워드가 물었지만 에밀리는 미소를 지을 뿐이었다. 그녀는 정중히 인사를 하고 거실 저편으로 사라졌다. 그녀가 나가자 거실은 본래 아무도 살지 않았던 곳처럼 적막해졌다. 괘종시계 소리만이 외롭게 들려왔다. 하워드는 거실을 둘러보았다. 창밖에는 골프장을 연상시킬 만큼 넓고 푸른 잔디밭이 펼쳐져 있었다. 장작불을 지핀 벽난로 위에는 사람 키만큼이나 큰 그림이 걸려 있었는데 흰 드레스를 입은 한 여인의 인물화였다. 훌륭한 솜씨의 작가가 오랜 시간 공을 들여 그렸다는 걸 한눈에 알 수 있는 멋진 그림이었다. 그런데 자세히 보니 여인의 표정에서 괴리감이 느껴졌다. 마치 죽은 사람의 얼굴을 바탕으로 그려진 것 같았다. 반대편에는 저택 주인으로 보이는 사람의 사진이 레고 블록처럼 겹겹이 벽을 메우고 있었다. 하워드는 다가가 사진 속 인물을 살폈다. 한 중년 남자가 여러 인물과 찍은 사진이었는데 모두 내로라하는 유명인들이었다. 그중에는 남자와 나란히 골프채를 멘 채 웃는 전직 대통령도 있었고 우승 트로피를 사이에 놓고 샴페인을 서로에게 뿌리는 유명 스포츠 선수와 어느 블록버스터의 세트장에서 어깨동무를 한 영화배우도 있었다. 버킹엄궁전에서는 영국 여왕과 악수하고 있었고 아프가니스탄의 난민수용소에서는 한 손을 잃은 소년을 품에 안고 있었다. 집주인은 저택의 규모만큼이나 대단한 인물인 모양이었다. 아니나 다를까 사진 속 남자 얼굴이 낯익었다. 하워드는 기억을 더듬어보았다. 그가 아는 사람 중 이런 대저택을 소유한 사람은 단 한 명도 없었다. 의뢰인들도 대부분 다음달 집세를 걱정해야 하는 평범한 사람들이었다. 그렇다면 미디어나 신문에서 본 인물이겠지. 하워드는 사진 속 얼굴을 보며 기억의 서류철을 하나씩 넘겼다. 그런데 찾아낸 얼굴의 주인을 알아보고 놀라지 않을 수 없었다.

"그래요. 당신이 가장 혐오하는 사람 중 한 명이지."

뒤에서 목소리가 들려왔다. 하워드는 놀라서 돌아봤다. 거실 저편에 전동 휠체어를 탄 노인이 하워드를 바라보고 있었다. 사진 속 남자였다.

"기다리고 있었소, 하워드 씨. 당신을 오래전부터 만나보고 싶었다오."

그는 바로 미국에서 가장 유명한 목사이자 선교사인 허버트 언더우드 목사였다. 일요일 아침마다 방영하는 TV선교 프로그램 진행자이자 미국 최대 교회인 레이크사이드 교회를 개척하고 부흥시킨 장본인이었다. 전국적으로 이백만이 넘는 신자를 거느리고 있었고 종교 문제가 불거질 때면 언제나 TV프로 섭외 일 순위인 종교인이었다.

"당신이 제게 의뢰를 한 사람입니까?"

하워드가 믿기 어렵다는 표정으로 물었다.

"그렇소. 내가 진짜 의뢰인이요."

언더우드 목사가 전동 휠체어를 움직여 다가왔다.

"그렇다면 에밀리는……."

"그녀는 내 부탁을 받고 나를 대신해서 당신에게 간 거요."

언더우드 목사는 가까이서 보자 TV에서와는 달리 초췌한 모습이었다. 자신의 이니셜이 박힌 보라색 가운을 입고 무릎 담요를 덮고 있었는데 심하게 야위어서 병자처럼 생기 없는 얼굴을 하고 있었다.

"약 드실 시간이에요."

소리도 없이 다시 나타난 에밀리가 언더우드 목사에게 약봉지와 물잔을 건네주었다.

"어차피 도움도 안 되는 걸 매일 먹어야 하다니, 지긋지긋하구먼."

언더우드 목사가 약을 삼키며 푸념했다. 하워드는 이해가 안 된다는 표정으로 에밀리를 바라봤다. 그런 하워드의 시선이 불편한 듯 에밀리는 고개를 돌리고 있었다.

"그럼 당신의 딸 엠마는 어떻게 된 거요? 그 아이가 당한 일도 전부 거짓이란 말이오?"

하워드가 추궁하듯 묻자 에밀리의 얼굴이 굳었다.

"아니, 그건 사실이오. 엠마는 지금도 입을 다문 채요. 아직도 범인을 잡지 못했소."

언더우드 목사가 대신 대답했다. 에밀리는 이 이상 그 일에 관해 말하고 싶지 않은 듯 조용히 잔을 들곤 사라졌다.

"그렇다면 엠마가 말했던 사뮈엘 베케트라는 인물도 사

실인가요?"

"엠마가 누군가의 이름을 말한 건 사실이지만 사뮈엘 베케트는 아니요. 그건 내가 당신을 끌어들이기 위해 첨가한 거지."

언더우드 목사는 한기를 느끼는지 담요를 추슬렀다.

"대체 뭐가 어떻게 된 건지 자세히 설명해보시죠. 더는 당신들 장난에 놀아날 기분이 아닙니다."

하워드의 격앙된 목소리가 넓은 거실에 울려 퍼졌다.

"당신이 당했던 일에 대해서는 진심으로 미안하게 생각하고 있소. 그건 나도 예상치 못했던 일이요."

언더우드 목사는 햇볕이 필요한 식물처럼 창가로 휠체어를 몰았다. 밝은 햇살 아래서 보자 그의 모습이 더욱 늙고 초라해 보였다.

"당신에게 보여주고 싶은 게 있소."

언더우드 목사가 전동 휠체어를 움직여 어디론가 가기 시작했다. 하지만 하워드는 고집 센 염소처럼 움직이지 않았다.

"그걸 보면 모든 의문이 풀릴 거요."

언더우드 목사가 돌아보며 말했다. 하워드는 마지못해 그의 뒤를 따랐다. 두 사람은 거실 복도를 지나갔다. 끝이 없을 것처럼 길게 늘어선 복도는 비밀을 내포한 듯 의미심장한 어둠이 드리워 있었고 복도 양옆에 중세의 여러 갑옷이 비밀을 지키는 전사처럼 일렬로 늘어서 있었다. 그런 기묘하고 비현실적인 공간을 언더우드 목사의 전동 휠체어가 현실적인 기계음을 내며 지나고 있었다. 복도를 지나자 엘리베이터가 나타났다. 저택의 나이에 비해 지나치게 최신형인 엘리베이터는 언더우드 목사가 나타나자 주인을 맞이하듯 스스로 문을 열었다. 엘리베이터에 오른 언더우드 목사는 주머니에서 열쇠 꾸러미를 꺼냈다. 꾸러미에는 저택의 방만큼이나 많은 열쇠가 매달려 있었는데 언더우드 목사는 그중 한 개를 골라 엘리베이터 버튼 상자에 꽂았다. 그러자 상자가 열리며 숨겨져 있던 버튼이 나타났다. 버튼을 누르자 웅—하는 기계음과 함께 엘리베이터가 하강하기 시작했다. 하워드와 언더우드는 말없이 엘리베이터에 몸을 맡겼다.

"난 죽어가고 있소, 하워드 씨."

언더우드 목사가 어색한 침묵을 깼다.

"아마 한 달을 못 넘길 거요. 어쩌면 오늘이 내 마지막 날일지도 모르오."

갑작스러운 말에 하워드는 마땅한 위로의 말이 떠오르지 않았다.

"위로할 필요는 없소. 누구나 겪는 일이니까. 그저 시간이 다 됐다는 뜻이지."

엘리베이터는 상당히 깊숙한 지하까지 내려가고 있었다.

"나는 신을 믿지 않았소. 얼마 전까지만 해도."

"네…? 하지만 당신은 목사잖아요."

하워드가 이해할 수 없다는 듯 물었다.

"그래요. 목사지. 그것도 매일 이백만 명이 넘는 신도들에게 하느님의 뜻을 전하는. 하지만 사실이요. 나는 신을 믿지 않았어요. 단지 신을 팔았을 뿐이지."

언더우드 목사는 회상에 잠긴 듯 벽의 기하학적 무늬를 응시하고 있었다. 그때 엘리베이터가 멈추며 문이 열렸다. 문 앞에는 손을 뻗으면 잡힐 듯한 진한 어둠이 펼쳐져 있었다. 언더우드 목사는 익숙하게 어둠으로 나아갔다. 그가 들어서자 센서가 감지하고 자동으로 조명을 켰다. 그러자 포장을 걷어내듯 콘크리트로 이루어진 삭막하고 긴 복도가 나타났다.

"내가 목사가 된 것은 돈 때문이었소."

언더우드 목사가 복도를 따라 전동 휠체어를 이동시키기 시작했다. 하워드도 그 뒤를 따랐다.

"나는 대공황기에 브루클린 빈민가에서 태어난 고아였소. 어머니는 나를 낳자마자 브루클린에서 제일 큰 전당포 앞에 놓아두곤 사라졌지. 다음날 아침 나를 발견한 전당포 주인은 매정하게도 경찰에 넘겼고 결국 나는 주 정부에서 지원하는 고아원에서 유년기를 보내야만 했소. 얼마나 지옥 같았는지 모를 거요. 대공황기에는 수많은 아이가 부모로부터 버림을 받았기 때문에 고아원마다 아이들로 넘쳐나고 있었소. 침대는커녕 한기가 올라오는 맨바닥에서 담요 두 장으로 겨울을 나야 하는 건 물론이었고 식사라고는 건더기 하나 없는 감자수프와 돌처럼 말라비틀어진 빵 한 조각뿐. 하지만 그것도 감지덕지였소. 거리에는 끼니를 굶어가며 구걸하는 아이들로 가득했으니까. 어린 나이에도 불구하고 나는 살아남는 게 얼마나 힘든지 뼈저리게 느꼈소. 당시 내가 있던 세인트헬레나 고아원은 가톨릭 선교회에서 운영하고 있었는데 매일 하루 여섯 시간씩 성경을 공부해야 했고 주일마다 두 시간이 넘는 긴 미사를 봐야했소이다. 하지만 비참한 현실에 길들여진 아이들에게는 하느님의 말씀보다 배를 채워줄 빵 한 조각이 더 절실했다오. 당신은 내 심정이 어땠는지 잘 알거요, 하워드.”

언더우드는 하워드의 과거를 알고 있는 듯했다. 그의 말대로 하워드의 어린 시절은 가난, 그리고 외로움과의 전쟁이었다. 하워드는 평생 단 한 번도 아버지를 만난 적이 없었다. 어머니는 열아홉의 나이에 하워드를 갖게 되자 아버지로부터 버림받곤 평생을 묵묵히 하워드를 키우며 살았다. 하지만 미혼모 혼자 아이를 키우기에 세상은 녹록치 않았고 덕분에 어머니는 늘 두 개의 일자리를 가져야만 했다. 하워드와 함께할 시간이 없는 건 당연한 일이었다. 늦은 밤에 어머니가 돌아오면 잠에서 깨어난 하워드가 몽유병처럼 아버지에 관해 물었지만 어머니는 슬픈 표정으로 자리를 떴다. 때문에 하워드의 기억 속에 아버지는 슬픔으로 채워진 커다란 공란으로 남아 있었다. 하워드가 가족을 둘도 없이 소중하게 여기게 된 것은 바로 그런 과거 때문이었다.

"하시던 얘기나 계속하시죠."

하워드가 불편한 듯 말했다.

"그렇게 나는 간신히 아홉 살이 되었소. 그러던 어느 날, 나는 수녀님을 따라 필라델피아에 있는 한 성당에 가게 되었지. 부활절에 쓰일 용품을 받기 위해서 말이오. 마차를 타고 종일 달려 도착한 성당에서는 저녁만찬이 열리고 있었소. 사제들이 모여 식사하고 있었지. 그런데 그들의 식탁에는 평생 한 번도 본 적 없는 진수성찬이 있더군. 갓 구운 빵에 레몬이 곁들여진 닭요리, 육수가 흐르는 스테이크까지. 그들은 그 음식들을 당연하다는 듯 먹고 있었소. 나는 지금도 그때의 냄새를 잊을 수가 없어. 신기하게도 한 번도 먹어보지 못한 음식 맛을 냄새만으로도 상상할 수 있었던 거요. 내가 넋을 잃고 음식을 바라보는데 같이 온 수녀님이 나를 끌고 마차로 돌아가는 것이었소. 내가 못내 아쉬워 연신 뒤를 돌아보자, 그때 그 모습을 본 신부님 한 분이 다가와 내게 닭다리 하나를 건네주셨지. 나는 보물이라도 받은 듯 닭다리를 소중하게 들고 마차에 올랐소. 가는 내내 나는 그것을 주머니에 넣고 냄새만 음미했소. 너무나 아까워 먹을 수가 없었던 거요. 그날 밤 아이들이 잠든 사이 나는 닭다리를 들고 화장실로 갔소. 그곳 외에는 몰래 혼자 먹을 수 있는 곳이 없었으니까. 냄새나는 변기에 앉아 나는 태어나 처음으로 닭이라는 것을 먹었소. 천국과도 같은 맛이더군. 주위는 온통 지저분한 배설물로 가득했지만 내게는 달콤한 닭 냄새만이 느껴졌소. 순식간에 해치운 나는 뼈만 남은 닭다리를 들고 생각했소. 이런 음식을 마음껏 먹고 싶다. 그럴 수만 있다면 무슨 일이라도 하겠다. 그리고 나는 결심했소. 돈을 벌어야겠다. 그런데 문제는 방법이었소. 가난하고 어린 고아가 돈을 벌 수 있는 일은 그다지 많지 않았으니까. 당시 내게 방법은 한 가지뿐이었소. 바로 성직자가 되는 것이었소. 대공황기에도 성직자는 철밥통이었소. 그들에게는 언제나 신자와 헌금이 있었지. 오히려 현실이 힘들수록 더욱 많은 사람이 신을 찾아 교회로 왔으니까. 생각이 거기에 미치자 나는 그 길로 고아원을 빠져나와 필라델피아성당으로 향했소.

꼬박 나흘을 걸어야 했지만 힘들지 않았소. 내겐 목표가 있었으니까. 성당에 도착하자마자 나는 내게 닭다리를 줬던 신부님을 찾아갔소. 그리고 그분 앞에 무릎을 꿇고 지금까지 외웠던 성경 구절을 미친 듯이 읊어대기 시작했지. 기억력 하나만큼은 자신 있던 나는 사도신경뿐만 아니라 4대 복음서의 중요 부분을 상당량 암기하고 있었다오. 신부님이 내게 찾아온 이유를 물었지만 나는 개의치 않고 성경 구절을 외웠소. 처음에는 당황해하던 신부님도 어린 내 입에서 유창하게 흘러나오는 성경 구절을 듣더니 점점 진지하게 변해갔소. 이윽고 성경 구절을 모두 외우고 나자 신부님이 물었지. 왜 내게 성경 구절을 들려주냐고. 나는 말했소이다. 신부가 되고 싶다고. 그 말을 들은 신부님은 잠시 나를 바라보다가 본당 주임 신부님께 데리고 가더군. 그리고 다시 성경 구절을 외우게 했지. 성경을 유창하게 외우던 나를 본 주임 신부님은 여러 가지 질문을 하고는 사제단과 상의를 했소. 그리고 다음날 아침, 내 머리맡에 사제복이 있었다오. 드디어 신부의 길을 가게 된 거요."

얘기를 듣는 사이 두 사람은 어느새 복도 끝에 도착해 있었다. 그곳에는 은행 금고를 연상시키는 두꺼운 철문이 기다리고 있었다. 언더우드 목사는 철문에 설치된 숫자판에 비밀번호를 입력하고 지문인식기에 손가락을 갖다 댔다. 그러자 둔탁한 소리를 내며 철문이 열렸다. 철문 너머에는 또 다른 복도가 이어져 있었다.

그곳은 단순한 복도가 아니라 박물관 지하보관소를 연상시키는 여러 개의 방이 양옆에 늘어서 있었다. 방은 모두 튼튼한 철문으로 봉인되어 있었고 안의 내용물이 적힌 리스트가 입구에 붙어 있었다. 언더우드를 따라 걸으며 하워드는 리스트를 살펴보았다. 토리노의 수의(Shroud of Turin), 알레포 사본(Aleppo Codex). 금고마다 보관된 것들은 놀랍게도 예수의 유물이었다. 예수가 십자가에 못 박혀 죽은 후 부활하기 전까지 시신을 감쌌던 것으로 알려진 토리노의 수의는 방사성 탄소 연대측정 결과 1260년에서 1390년 사이에 만들어진 것으로 추측되어 진위여부를 놓고 아직까지도 논란 중인 유물이다. 그리고 시리아의 알레포에서 한 유대인에 의해 발견된 알레포 성서 사본은 925년경 작성된 것으로, 사해 사본이 발견되기 전까지만 해도 가장 오래된 히브리어 타나크 성서 사본이었다. 하워드가 알기로 토리노의 수의는 1983년 사보이아 가문이 기증해 현재는 토리노대성당에 보관되고 있었다. 알레포 사본 역시 이스라엘 박물관이 소유하고 있다고 알려져 있었다. 그런데 그 유물들이 언더우드의 개인금고 리스트에 적혀 있었다. 하워드는 유물에 관해 더 묻고 싶었지만 언더우드는 관심 없다는 듯 자신의 얘기를 계속하고 있었다.

"처음에는 자질구레한 잡일을 해야 했지. 화장실 청소, 식탁 정리, 접시 닦기 같은 것들 말이오. 하지만 나의 영특함을 알아본 신부님은 서서히 중요한 일을 맡기더니 내가 열아홉 살이 되던 해에 워싱턴 D.C.에 있는 미국가톨릭대학에 입학시켜주더군. 그곳에서 나는 장학금을 받으며 기숙사에서 생활했소. 그런데 대학에서 공부하던 나는 가톨릭에 관해 심각한 고민에 빠져 있었지. 우선 가톨릭에서 모든 것은 전통을 따라야 하기 때문에 나의 능력을 발휘할 여지가 없었소. 그리고 가장 중요한 문제는 개인 소유의 재산을 가질 수 없다는 사실이었소. 아까 언급했듯 내 목적은 바로 돈이었으니까. 그래서 졸업을 육 개월 남겨놓고 나는 중대한 결정을 했소. 가톨릭 사제를 포기하고 개신교 목사가 되기로 한 것이오."

두 사람은 8세기 요한복음서 사본실을 지나고 있었다.

"하워드 씨. 세계 최고의 부자가 누군지 아시오?"

언더우드 목사가 뜬금없이 물었다.

"빌 게이츠나 워렌 버핏, 둘 중 한 사람 아닌가요?"

하워드의 대답에 언더우드 목사는 미소를 지었다.

"틀렸소. 그들보다 훨씬 더 많은 재산을 가진 사람이 둘 있소. 물론 사람들은 모르고 있지만. 한 사람은 바티칸의 교황이고 또 다른 하나는 바로 나요. 우리 종교인은 세금을 내지 않기 때문에 얼만큼 재산을 가졌는지 우리 외에는 아무도 모르오. 그리고 그 금액은 당신의 상상을 초월하지."

두 사람은 복도 끝에 다다랐다. 그곳에는 다른 방에 비해 더욱 견고하고 큰 금고가 버티고 있었다.

"목사가 된 나는 코네티컷주의 워터베리에 작은 교회를 세웠소. 그리고 나만의 방식으로 전도하기 시작했지. 그런데 설교하면서 나도 모르던 능력을 발견하게 된 거요. 나에게는 사람들의 마음을 움직이는 특별한 화술이 있었소. 나는 신을 믿지 않았지만 사람들이 신에게서 뭘 원하는지, 교회에서 어떤 이야기를 듣고 싶어 하는지 본능적으로 알 수 있는 능력이 있었소이다.

나는 퀸시 마켓에서 물건을 팔듯 하느님을 팔기 시작했소. 나의 놀라운 언변을 이용해서 말이오. 처음에는 오십여 명이었던 신도가 일 년이 지나자 삼천여 명으로 불어났고 결국 만 명이 넘는 신도가 주일마다 교회를 찾아오기 시작했소. 어마어마한 양의 헌금이 들어왔지. 나는 인근 토지를 매입해 코네티컷주에서 가장 큰 교회를 세웠소. 하지만 거기서 끝나지 않았소. 내 소문은 미국 전역으로 퍼져나갔고 여러 방송에서 선교 프로그램을 맡아달라는 제의가 들어왔지. 미디어 매체는 내게 날개를 달아주더군. 라디오 프로그램으로 시작했던 나의 미디어 선교활동은 TV로 이어졌고 결국 전국을 대상으로 주일마다 설교하게 됐소. 신자들은 눈덩이처럼 불어났고 각 도시에 내 교회가 세워졌소. 나는 어마어마한 재산을 축적했고 그렇게 바라던 진수성찬이 매일 식탁에 올라왔소. 어린 시절 꿈이 드디어 이루어진 거요. 그러던 어느 날이었지."

그때 갑자기 언더우드 목사가 온몸에 경련을 일으키기 시작했다.

"이봐요. 괜찮아요?"

놀란 하워드가 부축하며 물었다. 그는 대답도 못 할 정도로 심하게 고통스러워했다. 입에서는 연신 침이 흘러나왔고 사지가 뒤틀리고 있었다.

"앰뷸런스를 불러야지, 안 되겠어요."

하워드가 그를 데리고 금고를 나가려 하자 언더우드가 옷깃을 붙잡았다.

"괜……찮아……질 거요……. 약을…… 내 주머니에서 약을……."

하워드는 서둘러 언더우드의 가운 주머니에서 약을 찾았다. 진통제가 있었다. 하워드는 약을 꺼내 언더우드의 입에 넣어주었다. 힘들게 약을 삼킨 언더우드는 잠시 후 경련을 멈추며 숨을 몰아쉬었다.

"하루에도 몇 번씩 이런다오. 이젠 익숙해질 때도 됐거늘 이 순간이 오면 차라리 죽여달라고 하고 싶다오. 초면에 못 볼꼴을 보였구려."

안정을 되찾은 언더우드 목사가 입가의 침을 닦으며 말했다.

"저도 가끔 그럴 때가 있습니다. 숨도 못 쉴 정도로 고통스럽지요."

하워드가 안도의 한숨을 내쉬며 말했다.

"하지만 당신은 나처럼 죽어가진 않잖소."

언더우드 목사가 창백한 미소를 지으며 말했다.

"당신에게 보여주고 싶은 게 이 안에 있소."

언더우드는 열쇠 꾸러미에서 특이한 모양의 열쇠 하나를 꺼내 구멍에 밀어넣었다. 철컥. 금고 문이 열리자 커다란 방이 나타났다. 그곳은 실내 농구장을 연상시킬 정도로 커다란 사각형 방이었는데 방 안 전체를 수백 장의 그림이 메우고 있었다. 그림은 모두 예수를 그린 것이었는데 각기 다른 시대, 다른 지역에서 다른 화풍으로 그려져 있었다. 어떤 것은 유화물감을, 어떤 것은 목탄을 사용해 그렸으며 심지어 동양의 수묵화 기법으로 그린 것도 있었다. 그중에는 엘 그레코가 그린 〈소경의 눈을 뜨게 하는 예수〉도 있었으며 얼마 전 소더비경매장에서 어마어마한 금액에 낙찰돼 유명해진, 미켈란젤로가 예수상을 조각하기 직전에 했던 구상 단계의 스케치 작품도 있었다. 거대한 방 벽 세 면이 온통 예수의 초상화로 채워져 있었다. 그런데 정면 벽에는 그림 대신 뭔가를 보호하려는 듯 커튼이 쳐져 있었다.

"그러던 일 년 전이었소. 나는 복부에 심한 통증을 느껴 병원을 찾았소. 그런데 어이없게도 내 병명은 췌장암이었소. 이미 주변 장기로 상당히 전이가 된 상태였지. 정밀검사를 한 의사는 살아날 가능성이 십 퍼센트도 안 된다고 솔직히 말하더군. 그 후 나는 세 번의 수술과 방사선 치료 등 현대 의학으로 받을 수 있는 모든 치료를 받았지만 이미 암 말기였던 내가 살아날 가망성은 희박했지. 최첨단이라 불리던 현대 의학이 해줄 수 있는 건 그저 생명을 연장해줄 뿐이었어. 나는 매일 고통 속에 살아야 했소. 그중에도 나를 제일 괴롭혔던 것은 이제 비로소 내 꿈을 이루었는데 죽어야 한다는 절망감이었지. 고통 속에서 헤매던 나는 어느 날 집을 빠져나와 뉴욕 시내를 걷기 시작했소."

설교를 위해 셀 수도 없이 와본 곳이었지만 하나에서 열까지 이질적으로 변해 있었다. 이유는 하나였다. 불편한 동행이 있기 때문이었다. 그 동행은 바로 사신이었다. 언더우드는 성경을 통해 무수히 죽음을 언급했고 신과 내세의 달인으로 통했다. 하지만 직접 목격하게 된 죽음은 지금까지 상상하던 것과는 차원이 달랐다. 그것은 온몸의 세포를 절망과 공포, 그리고 무기력증으로 몰아가는 치명적인 독을 품고 있었다. 그리고 지독히 개인적이었다. 그것은 죽음을 언도받은 사람과 죽음, 단둘만의 독대였다. 다른 누구도 죽음의 공포를 감히 엿볼 수조차 없었다. 햇살을 만끽하며 활기차게 걷고 있는 뉴요커들이 오늘처럼 증오스러웠던 적도 없었다. 이제 그가 만끽할 수 있는 햇살은 이승에 남아 있지 않는 것처럼 느껴졌다.

"그야말로 개같은 인생이로군. 정상에 서자마자 곧바로 낭떠러지라. 젠장."

언더우드는 사람들과 이리저리 부딪히며 엉망으로 걷고 있었다.

'인생이 뭐지. 클라이맥스도 없이 끝나버리는 영화처럼 허무한 걸 미친 듯이 살아가는 이유가 뭐지.'

죽음은 모든 걸 허무하게 만들었다. 삶에 대한 애착이 강해질수록 허무함은 깊어만 갔다. 그러자 죽음 너머에 있던 존재가 서서히 보이기 시작했다. 신이었다. 지난 오십 년간 매일 신과 함께 아침을 맞고 신의 말을 인용해 주린 배를 채우고 신에 대한 기도로 하루를 마감했던 그였지만 지금처럼 신이 가깝게 느껴진 적이 없었다. 그리고 지금처럼 신이 두려운 적은 없었다. 죽음을 목전에 둔 그에게 신은 더이상 막연한 대상이 아니었다. 그러자 수많은 질문이 쏟아져 내렸다. 신은 과연 실제로 존재하는가. 존재한다면 왜 자신을 만들었으며 그 많은 환경 중에 가장 지독한 시궁창을 선택해서 밀어넣었을까. 그리고 왜 하필이면 꿈의 정점에 이르렀을 때 데려가려는 것일까. 평소 화장실 벽에 쓰인 낙서처럼 진부하게만 여겨지던 질문들이 날카로운 화살처럼 날아와 심장에 박혔다. 그러나 무수히 많은 성경 구절을 읽고 외웠던 그였지만 어느 하나도 답할 수 없었다. 해가 지고 있었다. 오늘따라 저녁노을이 유난히 아름다웠다. 언더우드는 자신이 한 번도 술을 마신 적이 없다는 게 퍼뜩 기억났다.

"어차피 썩어 문드러질 몸뚱이."

그는 가장 가까운 바의 문을 열고 들어섰다. 아직 이른 터라 손님은 거의 없었다. 언더우드는 바로 다가가 주문했다.

"제일 독한 술 한 병 부탁하오."

그러자 바텐더가 술 한 병을 가지고 왔다.

"보드카로 괜찮으시겠습니까?"

언더우드는 대꾸 없이 병뚜껑을 열고 스트레이트 잔 가득 술을 부었다. 술은 맑고 투명했다. 언더우드는 단숨에 잔을 비웠다. 지독히 독한 술이 식도를 타고 넘어가 휘발유를 마신 듯 위가 쓰라렸다. 나쁘지 않았다. 그는 한 잔을 다시 채우곤 모두 비웠다. 두 번째는 훨씬 익숙해진 느낌이었다.

"저, 손님. 아직 이른 시간인데 천천히 드시죠."

바텐더가 걱정스러운 듯 말을 걸어왔다. 언더우드는 묵묵히 술을 따랐다. 그리고 비웠다.

"무슨 안 좋은 일이 있으셨나봅니다."

바텐더가 안줏거리를 가져오며 물었다.

"나, 조만간 죽소이다."

예상외로 진지한 대답에 바텐더는 당황한 모양이었다.

"죽음이 뭐라고 생각하쇼? 언제나 옆에서 호시탐탐 나를 노리는 그림자? 누구나 한 번쯤 만나게 되는 피할 수 없는 인연? 뭐 그런 거쯤으로 생각했소. 그런데 진짜로 만나보니 그런 게 아닙디다. 처음엔 아주 무서워요. 오금이 저릴 정도로. 그러다가 시간이 가면 눈을 감아요. '거짓말이다. 그런 건 없다.' 하며 도망을 가는 거지. 그러다 죽음이 한 발자국 더 다가오면 인정하게 됩니다. '진짜로 있구나.' 그땐 무섭진 않아요. 대신 모든 게 허무해집니다. 그리곤 뒤를 돌아보게 돼요. 내가 지나온 길을. 내가 지금 거기까지 왔어요."

이제 술이 독하지 않았다. 오히려 친구처럼 느껴졌다. 바텐더는 뭐라 할말을 잃고 있었다. 그는 이미 닦은 잔들을 또 닦고 있었다.

"내가 지금까지 뭘 하고 살아왔는지 아쇼?"

"글쎄요."

"신을 팔아서 먹고살았소. 평생을. 그런데 이제야 신이 있는지 궁금해지더군."

언더우드는 또 한 잔을 들이켰다. 어느새 반병이나 비어 있었다. 생애 첫 음주치곤 과음이었다. 대가는 즉시 나타났다. 술기운이 확 올라오며 정신이 몽롱해졌다. 그리고 참을 수 없을 만큼 속이 괴로웠다. 언더우드는 구토하기 위해 화장실로 달려가야만 했다. 변기가 이토록 반가운 적이 없었다. 언더우드는 변기를 붙잡고 지금까지 마신 보드카를 쏟아냈다. 그것은 너무도 괴로운 경험이었다. 토하고 또 토해도 속은 진정되지 않았다. 위 속에 커다란 불덩어리가 들어 있는 기분이었다. 그때였다. 누군가 언더우드의 등을 두드려주는 것이었다.

"손가락을 입에 넣어봐요. 도움이 될 거요."

언더우드는 그가 하라는 대로 손가락을 넣었다. 그러자 불덩어리가 쏟아져 나왔다. 그사이 남자는 부드럽게 등을 두드려주었다. 보드카를 모두 토하자 간신히 진정됐다.

"누군지 몰라도 고맙소."

언더우드는 고개를 돌려 감사의 인사를 전하려 했지만 그는 어느새 화장실 문 쪽에 있었다. 그런데 나서다 말고 남자는 입을 열었다.

"평생 그분을 팔아 배를 채우던 자가 죽음이 목전에 오니 그분을 돌아보는구나."

그 말은 정확히 언더우드의 영혼 정중앙을 관통했다. 그리고 영혼을 옥죄던 가식을 단번에 깨버리곤 어둠 속으로 사라지게 했다. 알코올이 증발하듯 순식간에 술기운이 날아갔다.

"이제라도 늦지 않았으니 진심으로 그분을 찾거라."

이 말을 남기고 누군가는 사라졌다. 바닥에 주저앉아 있던 언더우드는 알 수 없는 의욕이 불타오르는 걸 느낄 수 있었다. 그는 남자를 잡기 위해 화장실을 뛰쳐나갔다. 하지만 남자는 신기루처럼 사라지고 없었다.

"그 일이 있은 후 나는 심각하게 신에 대해 고민하기 시작했소. 그러자 놀라운 일이 벌어지더군. 지금까지 전부 외우고 있었지만 설교를 위한 도구에 불과했던 성경 구절이 이제는 비수처럼 내 마음에 파고든 거요. 나는 매일 밤 성경을 읽으며 눈물을 흘렸소. 그분의 말씀이 내 영혼을 불러일으켰고 그분의 고행이 내 일처럼 생생히 느껴졌지. 설교도 하지 않았소. 이 이상 껍데기만 화려한 말들을 함부로 뱉을 수 없었던 거요. 그런 내 머릿속에 떠나지 않는 한 가지 의문이 남아 있었소. 바로 그 남자. 대체 누구이기에 내 마음을 읽은 것처럼 알고 있었을까. 나는 그를 찾기 시작했소이다. 미국 전역에서 내로라하는 탐정들을 고용해 그를 수소문했소. 그러나 인상착의만 가지고 이 넓은 땅에서 사람을 찾는다는 건 거의 불가능에 가깝더군. 하지만 나는 포기하지 않고 그를 찾았소. 그리고 그와 함께 나는 예수의 행적을 좇기 시작했지. 수많은 고고학자의 연구비를 지원하고 탐사팀을 후원하며 그분의 유물을 찾기 시작했소. 그런데 그 와중에 나는 지금까지 알지 못했던 놀라운 사실을 알게 되었소이다. 예수의 숨겨진 실체와 성경의 어두운 이면을 말이오. 예수는 그 당시 우리가 알고 있는 것처럼 세상을 떠들썩하게 만든 인물이 아니었소. 그는 동시대 역사가들에게 철저히 무시된 이방인에 불과했지. 예수는 당대 어떤 역사 자료에도 언급되지 않았으며 성경 책 외에 처음으로 이름이 거론된 것이 십자가에 못 박힌 지 팔십 년 후인 서기 112년경 로마의 역사가 타키투스에 의해 쓰인 책이었소. 그것도 단 두 줄에 지나지 않았지. 그리고 또 한 가지 놀라운 사실은 서기 180년경에는 지금과는 달리 서른 개가 넘는 복음서가 유통되고 있었다는 것이오. 그런데 더욱 놀라운 건 그 많은 복음서가 단 한 사람의 의지에 의해 4대 복음서로 축약되었다는 사실이오."

"이레나에우스."

그는 서기 178년 프랑스 리옹의 주교이자 최초의 가톨릭 신학자였다.

"당시 기독교인들은 원형경기장에서 사자 밥이 되고 있었소. 검투사를 대신해 시민들을 즐겁게 할 엔터테인먼트를 찾던 로마는 기독교인들을 몰아넣고 잔인하게 심문하는 과정을 보여주기 시작한 거요. 그 과정에서 기독교인들은 목숨을 걸고 신앙을 지켜야 했는데 제각기 다른 복음서를 추종하면서 많은 혼란이 일어났소. 목숨을 걸고 지키던 신앙의 내용이 서로 달랐던 거요. 그것을 지켜보던 성직자 이레나에우스는 복음서의 내용을 통합해야겠다고 생각했지. 그리고 스무 개가 넘는 복음서 중 내용이 유사하고 그의 종교관에 맞는 네 개를 선정했소. 바로 마태, 마가, 누가, 요한의 복음서요. 그런데 1978년에 이집트 고대 유물 탐사자가 세상을 발칵 뒤집을 낡은 문서를 발견하오. 바로 '유다의 복음서'요. 방사성 탄소 연대측정 결과 서기 300년경 쓰인 것으로 밝혀져 진품으로 인정받은 그 복음서에서 유다는 놀랍게도 배신자의 모습이 아니었소. 예수께서 직접 유다에게 배신의 임무를 주었다는 충격적인 내용이 적혀 있었던 거지. 게다가 나를 더욱 혼란스럽게 만든 건 유다의 복음서가 사라지게 된 이유요. 당시 유다의 복음서를 전도에 사용했던 교파는 바로 이레나에우스가 이단으로 규정한 그노시스파였는데 이들이 신봉한 교리는 초기 기독교가 로마의 콘스탄티누스 황제로부터 정통으로 인정받은 후 사백 년에 걸쳐 탄압하여 결국 사장시킨 영지주의(靈智主義, Gnosticism)[1]였소. 기독교 교부(敎父)[2]들은 이후 영지주의 복음서와 문서들을 전부 파기했고 결국 목록의 일부만이 전해져올 뿐 구체적인 내용은 수수께끼로 남게 되지.

영지주의[1] : 종교철학적 운동의 한 조류로, 초자연적인 지식(그노시스)을 획득하는 것으로만 구원을 얻을 수 있다고 말하는 사상.
교부[2] : 2세기 이후부터 기독교 신학의 기초를 쌓은 사람. 교부라는 호칭은 후대에 붙여짐.

그런데 이렇게 사라진 줄만 알았던 영지주의 복음서가 1945년 이집트의 나그함마디(Nag Hammadi)라는 조그만 마을에서 느닷없이 발견됨에 따라 이들이 기독교로부터 배척받았던 이유가 명백히 드러나오. 그들은 신과 인간 사이에 존재하는 영원한 심연을 부정하고 자신을 깨닫는 것이 곧 하느님을 깨닫는 것이며 자아와 하느님의 신성은 동일하다고 믿고 있었소. 또한 그들은 예수를 성령으로 잉태한 하나님의 아들이 아닌 인간으로 분류하고 있더군. 그것은 기독교와 정면으로 상충하는 교리였소. 하지만 그보다 초대 기독교 교부들을 자극했던 직접적인 이유는 바로 그들이 성직자 계급을 부인하고 있었다는 점이오. 한마디로 성직자는 불필요한 존재이며 신도들은 기도를 통해 직접 신과 소통할 수 있다고 설파했던 거요. 그것은 당시 문자를 읽고 쓸 줄 안다는 이유로 신과 신자들의 중간역할을 했던 성직자들에게 심각한 위협이 되어 위기의식을 느낀 성직자들은 서기 180년에 시작된 복음서 선발 과정에서 유다의 복음서를 비롯한 수많은 복음서를 이단으로 결정하고 완전히 제외해버렸지. 다시 말해, 우리가 읽고 있는 성경은 지난 이천 년간 인간의 입맛에 맞추어 인간의 손에 의해 재단된 것이었소. 이러한 사실을 알게 되자 나는 점점 더 예수의 실체에 집착하기 시작했지. 예수의 유물이라고 발견된 것은 어떤 대가를 치르고라도 수집했고 그분의 유적이 묻혔을 가능성이 있는 곳에는 어디든 발굴을 지원했소. 그중에도 내가 가장 많은 투자를 했던 유물은 바로 예수의 초상화였소. 그것은 오래전부터 갖고 있던 개인적인 의문 때문이었는데, 당시 수많은 추종자가 있었으며 인류 역사상 가장 유명하고 영향력 있는 예수의 실제 초상화가 없다는 것이 나로서는 의아했소. 나는 닥치는 대로 예수의 초상이 그려진 유물들을 수집했소. 바로 지금 보고 있는 그림들이오. 이것뿐만 아니라 성의와 가시 면류관을 비롯해 수많은 유물을 사들였소."

"복도 양편 금고를 채우고 있던 것들이 바로 그것들이군요. 그런데 얼핏 본 거지만 토리노의 수의와 알레포 사본도 있는 것 같던데요. 진품인가요?"

하워드가 물었다.

"물론 진품이 아니오. 일종의 대가 같은 거지. 유물은 대부분 음지에서 거래되고 거긴 사기꾼 천지니까. 그러던 올해 4월이었소. 로마 아피아 가도(Via Appia Antica) 지하의 카타콤베[3]를 여행하던 한 관광객이 카타콤베 안에서 길을 잃는 사건이 발생하오. 그의 이름을 밝힐 수는 없지만 역사에 상당한 지식이 있던 사람이었소. 카타콤베는 아직도 발굴이 진행 중인 곳으로 워낙 방대하고 미로 같은 곳이라 일반인들이 가끔 길을 잃는 사건이 발생하기도 하지. 그런데 역사에 관심이 많던 그는 카타콤베에서도 가장 깊숙한

카타콤베[3] : 초기 그리스도교도의 거대한 지하 묘지로, 로마군의 박해를 피해 복잡한 미로와 성당을 마련해 종교의식을 행했다.

지역에서 동굴 벽에 그려진 고대 이교 미술을 살펴보다가 출입금지 구역으로 들어서면서 길을 잃은 것이었소. 당황한 그는 지도를 보며 입구를 찾기 시작했는데 그 와중에 숨겨진 무덤 하나를 발견했지. 그곳은 시신을 쌓아두는 석실이었는데 석회 벽의 일부가 무너지면서 숨겨져 있던 또 다른 무덤이 나타난 것이오. 그런데 그곳은 다른 일반 석실과는 달랐소. 카타콤베는 다섯 개의 구역으로 구분되는데 그가 있던 곳은 일반 신도들이 묻히는 로쿨로(Loculo) 지역이었소. 그곳 무덤들은 직사각형의 구멍을 파서 시신을 안치하는 가장 단순한 형태였는데 그 벽 뒤에 나타난 무덤의 규모는 성인이나 순교자를 안치하는 크립타(Cripta) 지역의 무덤만큼이나 크고, 화려한 벽화로 장식되어 있었지. 그리고 그곳 중앙에 한 사람의 시신이 놓여 있었소. 방을 살피던 남자는 시신의 손에 소중히 들린 파피루스 한 장을 발견하오. 그것은 얼핏 보아도 역사적으로 가치가 있는 유물이라는 걸 알 수 있었지. 그는 파피루스를 조심스럽게 펼쳐보았고, 거기에는 누군가의 초상화가 그려져 있었소. 구조대의 도움으로 사흘 만에 구출된 그는 발견한 파피루스를 아무에게도 들키지 않고 몰래 숨겨 미국으로 가져온 뒤, 고미술 암시장을 통해 비밀리에 처분하려 했소. 암시장 인맥을 통해 그 소식을 입수한 나는 모든 방법을 동원해 파피루스를 사들이려 했소이다. 쉽지 않은 과정이었지만 많은 시간과 돈을 투자해 어렵게 얻을 수 있었소. 그런데 파피루스에 그려진 초상화를 보는 순간 나는 정신을 잃을 뻔했지."

언더우드가 벽에 드리워져 있던 커튼을 젖혔다. 그러자 밀봉된 유리 케이스 안에 보관되어 있던 오래된 파피루스 그림 한 장이 나타났다. 그것은 템페라 물감을 사용해 그려진 것이었는데 풍화 작용으로 모서리가 상당 부분 소실되어 있었고 산화된 종이 표면이 누렇게 바래 있었다. 그런 위태로운 파피루스 위에 한 남자의 초상이 그려져 있었다. 인물의 상반신을 그린 그림에서 남자는 설교를 하는 듯 한 손을 들고 뭔가를 이야기하고 있었다. 검은 곱슬머리를 어깨까지 길게 늘어뜨리고 있었고 덥수룩한 구레나룻과 수염을 기르고 있었다. 인상은 인자했지만 강인했고 백색 상의를 입고 있었다. 그것은 어느 모로 보나 예수의 초상이었다. 그림은 고대에 그려진 것으로 생각되지 않을 만큼 상당히 세밀했다. 머리카락과 수염은 살아 있는 것처럼 하나하나 정성스럽게 채색이 되어 있었고 이목구비의 윤곽이 실제 인물을 관찰하여 그린 것처럼 사실적으로 묘사되어 있었다. 그런데 그림을 살피던 하워드는 그림 속 예수의 초상을 보고 창백하게 굳었다. 그는 믿을 수 없다는 표정으로 주머니에 있던 사뮈엘 베케트의 사진을 꺼내어 사진 속의 사뮈엘과 그림 속 예수의 초상을 비교해보았다.

"있을 수 없는 일이야. 이건 말도 안 돼!"

하워드가 신음하듯 소리쳤다. 그림 속의 인물은 사진 속 사뮈엘 베케트와 빼다박은 듯 똑같은 얼굴을 하고 있었다. 그러자 언더우드가 기다리고 있었다는 듯 말을 이었다.

"나는 이 그림을 케임브리지대학의 올브라이트 박사에게 보내 연대를 측정해달라고 부탁했소. 그런데 보름 후 박사가 보낸 측정 결과를 보고 나는 다시 한번 놀라지 않을 수 없었지. 방사성 탄소 연대측정 결과 기원전 10년에서 서기 30년 사이에 그려진 것이라는 기록이 나온 것이오. 오차범위를 감안하더라도 예수의 생존 시기와 정확히 일치하더군."

하워드는 믿을 수가 없었다.

"그럼 이 그림 속의 인물이, 아니 사뮈엘 베케트가 설마…… 불가능한 얘기에요. 예수는 사흘 만에 죽음에서 부활한 후 승천했다고 성경에 기록되어 있어요."

하워드의 목소리가 심하게 떨리고 있었다.

"그렇지 않소. 성경에도 예수께서는 부활하신 후 곧바로 승천하지 않으시고 사십 일 동안 이 땅에 머물면서 베드로와 막달라 마리아를 비롯한 수많은 제자와 함께 지냈다고 나와 있소. 심지어 몇 년 후 다메섹 도상에서 사울을 만나셨다고 기록되어 있고. 4대 복음서에도 그분이 실제 승천하는 모습을 정확히 묘사한 건 어디에도 없지 않나. 그리고 조금 전 말했을 텐데. 성경은 인간의 손에 의해 이천 년 동안 재단되었다고."

언더우드의 목소리는 확신에 차 있었다.

"그럼 당신은 정말로 사뮈엘이 예수라고 생각하는 겁니까?"

"아직 확실한 건 아무것도 없소. 하지만 한 가지 분명한 건 그의 행적이 예수님이 행했던 행적과 상당 부분 닮았다는 거요. 이 파피루스를 발견한 후 나는 술집에서 만났던 인물을 미친 듯이 쫓았소. 그의 얼굴을 몽타주로 만들어 미국 전역에 뿌리고 다녔지. 그의 행방을 알아내는 사람에게 큰 상금을 주겠다는 조건도 내걸었소. 그러던 어느 날 그가 머물렀던 한 모텔에서 그의 이름 한 줄을 발견할 수 있었소. 바로 사뮈엘 베케트. 그때부터 본격적으로 그의 행적을 추적했소. 그리고 당신이 밝혀낸 것과 같은 내용들을 알게 되었고 말이야. 사뮈엘은 영원히 30대 초반 모습을 유지하며 수많은 사람의 생명을 구하고 인류의 문명을 발전시켰더군. 신을 믿지 않던 내게 신심을 불러일으키고 사람들의 마음을 움직이며 이천 년간 세상을 여행하고 있지."

그는 주머니에서 수표책을 꺼내 들었다. 그리고 한 장을 찢어 하워드에게 건넸다. 이미 그의 서명이 적혀 있는 수표에는 아무런 금액도 적혀 있지 않았다.

"백지 수표요. 당신이 적고 싶은 금액을 적어 넣으시오. 천만 달러건 일억 달러건 상관없소. 뿐만 아니라 당신이 조사하는 동안 내가 할 수 있는 모든 지원을 아끼지 않겠네. 내게는 영향력 있는 친구들이 있소. 영국 수상에서부터 FBI 국장에 이르기까지. 당신이 필요하다면 모든 권력을 이용할 수 있게 해주지. 대신 한 가지 조건이 있소."

죽음을 목전에 둔 언더우드의 눈빛이 이글이글 불타오르고 있었다.

"내게 신을 데려오시오. 그것이 내 제안이오."

너무나 충격적인 제안에 하워드는 아무런 말도 못 한 채 언더우드를 바라보았다.

"돈 따위로 당신을 움직일 수 없다는 걸 잘 알고 있소. 하지만 관심을 가질 수밖에 없다는 것도 알고 있지. 당신은 신에게 묻고 싶은 게 있으니까. 칠 년 전, 아무 죄도 없이 비참하게 죽은 당신 딸 제이미에 관해서. 평생을 선하게 살았지만 고통 속에서 헤매는 아내 헬렌에 관해서 말이야. 내가 그 질문을 할 수 있게 해주겠네. 어떻소, 하워드. 나와 함께 신을 찾아보지 않겠소?"

마지막 사도

THE LAST APOSTLE

아우슈비츠의 일곱 난쟁이

-

기체는 당장이라도 추락할 듯 심하게 떨리고 있었다. 하워드는 비행기를 처음 타는 어린아이처럼 안전벨트를 꼭 쥔 채 가쁜 숨을 몰아쉬었다. 웬만하면 비행기 근처에 얼씬도 안 하던 그였지만 이번만은 어쩔 수 없었다. 하워드를 태우고 대서양을 가로지르던 노스웨스트항공의 보잉 747 여객기는 체코 프라하의 루지네국제공항으로 향하고 있었다. 잠시 후 비행기가 난기류를 모두 통과하자 진동이 멈추며 안전벨트 착용등이 꺼졌다. 하지만 하워드는 안전벨트를 풀지 않은 채 눈을 감고 있었다. 죽음의 문턱에서도 유머를 잃지 않던 하워드였지만 35,000피트 상공을 난다는 건 감당하기 어려운 시련과도 같았다.

"물이라도 드릴까요?"

하워드를 본 승무원이 걱정스러운 듯 물었다.

"도착하려면 얼마나 남았죠?"

하워드가 간신히 물었다.

"아직 네 시간은 더 가야 합니다. 괜찮으시겠어요?"

고개를 끄덕이긴 했지만 얼굴은 창백했다. 승무원이 기운 내라는 듯 미소를 지어 보였다. 하워드는 창으로 고개를 돌렸다. 넓은 하늘을 보면 조금이라도 진정될 것 같았다. 하지만 창밖은 어디가 하늘이고 어디가 바다인지 구별할 수 없을 만큼 시커먼 암흑으로 메워져 있었다.

하워드는 담요를 끌어당기며 어젯밤 언더우드와의 대화를 떠올렸다. 그는 하워드가 지금까지 만난 어떤 사람보다도 간절하게 신을 찾고 있었다. 그의 말에는 죽음의 문턱에 선 자만이 전할 수 있는 절실함이 배어 있었고 그것이 하워드의 마음을 움직였다. 결국 언더우드가 내민 손을 잡긴 했지만 하워드의 심정은 착잡했다. 그가 모든 걸 걸고 찾는 사람은 신의 아들이라 불리는 존재였다. 인류 역사상 가장 유명한 사람이며 그의 신성을 놓고 지난 이천 년간 논쟁이 끊이지 않는 존재였다. 지금까지 단 한 번도 실패한 적이 없는 하워드였지만 이번만은 장담할 수 없었다. 어느 모로 보나 그의 능력 밖의 일이었다. 그럼에도 불구하고 언더우드의 손을 잡은 이유는 단순히 그의 간절함 때문만은 아니었다. 그것은 하워드가 가슴 깊숙이 묻어놓은 질문 때문이었다. 하워드의 인생을 가로막고 있던 근본이었으며 그를 이 지경으로 몰아넣은 치명적인 슬픔의 근원이었다. 그리고 저 멀리 같은 상처를 안고 있는 또 다른 여인의 질문이기도 했다. 만약 그가 언더우드의 예상대로 신의 아들이고 이 질문에 대한 해답을 얻을 수만 있다면 하워드는 새로운 인생을 시작할 수 있을 것 같았다.

"잘 지내고 있을까……."

며칠 전 헬렌과 했던 마지막 통화가 떠올랐다. 전화선을 타고 전해진 그녀의 숨소리에는 아직도 칠 년 전 슬픔이 고스란히 묻어 있었다. 이 고통을 끝낼 수만 있다면, 아니 조금이라도 덜 수 있다면 하워드는 무슨 일이든 할 수 있었다. 이번 일이 그 계기가 될 수 있을지도 몰랐다. 그것이 하워드를 사건에 집착하게 만들고 있었다.

"가는 데까지 가보는 수밖에."

하워드가 수사 수첩을 펼치며 읊조렸다.

그가 프라하행 비행기를 탄 것은 얼마 전 사라진 한 남자를 찾기 위해서였다. 그는 하워드가 개입하기 전에 언더우드의 의뢰로 사뮈엘을 찾던 또 다른 탐정, 데미안 오헤어였다. 하워드도 그를 알고 있었다. 이 년 전, 미궁에 빠져 있던 상원의원 부인 살해범을 잡아 유명해진 탐정이었는데 범인에게 총격을 가해 정당방위 시비로 세상을 떠들썩하게 만들었던 장본인이었다.

또 하나 그를 유명하게 만든 것은 그의 외모였다. 언론에 등장한 그의 모습은 영화 〈카사블랑카〉의 히어로 험프리 보가트 그 자체였던 것이다. 그는 언제나 중절모에 트렌치코트를 입고 있었고 반쯤 피운 럭키스트라이크를 물고 있었다. 기자의 질문에는 낮고 간결하게 대답했으며 귀찮은 듯 미간을 찌푸리며 카메라에서 사라졌다. 그런 그의 모습에서 사람들은 탐정의 전형적인 모습을 보았고, 이는 대중의 환호성으로 이어졌다. 거기에 파렴치범에게 총격을 가한 그의 행동이 악에 대항하는 모습으로 비춰지면서 일약

스타가 되었던 것이다.

하지만 그의 실제 모습은 언론에 비친 것과는 거리가 있었다. 그는 단순히 영화배우를 따라 외모에 신경쓰는 삼류 탐정이 아니었다. 예일대학교 미술사학과를 수석으로 졸업한 인재였으며 세 권의 미학 전문서적을 집필한 작가였다. 한때는 『내셔널 지오그래픽』지의 자문으로 활동했으며 LA의 게티미술관에서 큐레이터로 활동하기도 했던 다재다능한 인물이었다. 그러던 그가 어느 날 돌연 화려한 경력을 모두 접고 탐정이 됐다.

아무도 그가 왜 탐정이 됐는지 알지 못했고 그 역시 한 번도 이유를 말한 적이 없었다. 언더우드가 그를 고용한 것은 그의 박식함 때문이었다. 하워드도 그를 만난 적이 있었다. 그의 세 번째 책 출판기념회에서였는데 그런 자리를 좋아하지 않던 하워드였지만 그의 전작 『미의 기원』에서 그가 보여준 독특한 관점에 호기심을 느껴 기념회를 찾았던 것이다. 그 책은 동서고금의 미술품을 아우르고 있었는데 작품에 표현된 인류 공통의 아름다움을 논리적이고 유머 있게 유추해내고 있었다. 하워드는 그의 문체에서 인간과 역사에 대한 따뜻한 시선을 읽을 수 있었다. 책에서 느낀 그는 인종이나 문화에 대한 일말의 편견도 없는 사람이었다. 그는 마치 어떤 문화에도 속해본 적 없는 사람처럼 공정한 눈으로 모든 문화를 애정 어리게 바라보았다. 하워드는 그 점이 마음에 들었다. 그런데 기념회장에서 만난 그는 책과 달리 냉소적이고 속을 알 수 없는 기인이었다. 그는 파티에는 관심 없다는 듯 구석에 앉아 책을 읽고 있었고 출판사 관계자들이 사람을 소개시켜줄 때면 인사만 하곤 돌아섰다. 파티 음식에는 손도 대지 않았고 한 시간가량이 지나자 소리 없이 파티장에서 사라졌다. 그와 대화를 나누기 위해 책까지 사서 방문했던 하워드는 인사조차 못 한 채 돌아와야 했다. 그런 그가 이 주 전에 중요한 단서를 찾았다는 말만을 남긴 채 프라하에서 사라진 것이다. 그는 언더우드가 고용했던 탐정 중 사뮈엘에게 가장 근접했으며, 그가 프라하로 날아간 것도 하워드가 발견했던 자료 외에 또 다른 단서를 찾기 위해서였다.

"당신의 추측을 증명할 물건을 가진 사람을 찾았어요. 하지만 지금 얘기할 순 없어요. 이 전화도 놈들이 듣고 있을지도 몰라요. 그녀를 찾게 되면 다시 전화하겠소."

이것이 그의 마지막 통화 내용이었다. 언더우드는 그가 두려움에 떨고 있었다고 했다. 그 후 연락을 취하려 했지만 그는 연기처럼 사라져서 나타나지 않았다. 하워드는 그가 마지막으로 전화했던 호텔 주소만을 들고 대서양을 횡단하고 있었다.

"사뮈엘의 이름이 적힌 성배라도 찾은 건가."

하워드가 수첩을 보며 중얼댔다. 창밖으로 구름이 걷히며 대서양 수평선 위로 별들이 모습을 드러냈다. 하지만 동그란 창 너머로 보이는 대서양은 아무런 감동도 주지 못했다. 30,000피트 상공에서 내려다본 바다는 태평양이나 대서양이나 똑같았다. 하워드는 방금 같은 난기류가 없기를 빌며 잠을 청했다.

하워드가 탄 택시는 프라하를 관통하는 블타바강을 따라 달리고 있었다. 루지네국제공항에서 내리자마자 영어를 할 수 있는 택시 기사를 찾아 데미안이 묵었던 호텔 주소를 건네주곤 프라하 시내로 향했다. 프라하 방문은 이번이 처음이었다. 오는 내내 하워드는 일이 아니라 여행으로 방문했으면 얼마나 좋을까, 하고 생각했다. 유럽에서 가장 아름다운 도시라는 이유도 있지만, 헬렌이 가장 오고 싶어 했던 도시였기 때문이었다.
"여기서 내려주세요!"
창밖을 바라보던 하워드가 갑자기 소리쳤다.
"아직 호텔까지는 한참 가야 하는데요."
택시 기사가 의아하다는 듯 말했다.
"여기부턴 걸어가겠습니다. 거스름돈은 가지세요."
하워드는 택시비를 치르고 내렸다. 그가 내린 곳은 블타바강을 가로지른 다리 중 가장 유명한 카를다리 초입이었다. 하워드는 여행용 캐리어를 끌고 걷기 시작했다.
15세기에 지어진 이 매력적인 다리 양편에는 각기 다른 시대에 제작된 서른 개의 동상이 다리를 내려다보고 있었다. 마티아스 브라운(Matyáš Bernard Braun)과 브로코프 부자 등 다양한 조각가가 조각한 동상이 있었다. 동상 아래에는 즉석에서 초상화를 그리거나 프라하의 명물 마리오네트를 파는 상인들이 관광객을 현혹하고 있었고 수많은 인파가 유럽에서 가장 오래된 다리 위를 가득 메우고 있었다. 하늘에는 구름이 잔뜩 껴 있었지만 하워드는 오랜만에 사건으로부터 벗어나 홀가분한 기분으로 인파 속을 걸었다.

그가 이곳에서 내린 것은 한 동상을 보기 위해서였다. 그것은 서른 개의 동상 중 가장 유명한 것이었는데 얀 네포무츠키라는 성인의 동상이었다. 그것은 높이 3미터가량의 청동상으로 한 손에는 예수가 못 박힌 십자가를 들고 머리 위에 다섯 개의 별을 두르고 있었는데 소원을 이루어주는 장소로 알려져 있었다. 그리고 젊은 시절 헬렌과의 추억이 어린 장소였다.

그것은 두 사람의 신혼여행에서 있었던 일이었다. 당시 가난했던 하워드는 입버릇처럼 말했던 신혼여행지인 프라하를 포기하고 마이애미의 모텔에서 신혼 첫날밤을 치르고 있었다. 약속을 못 지켜 못내 미안했던 하워드는 침울한 얼굴로 침대에 걸터앉았다. 그런 하워드에게 헬렌이 다가와 말했다.

"프라하에 가면 카를다리라는 교량이 있어. 거기에 얀 네포무츠키라고 하는 유명한 성인의 동상이 있대. 그런데 그 동상에는 재밌는 일화가 있는 거 알아? 옛날에 바츨라프 4

세라는 왕에게 소피아라는 아름다운 왕비가 있었는데 왕비에게는 애인이 있었대. 왕은 의심이 많고 잔인한 사람이었기 때문에 왕비는 목숨을 걸고 비밀스러운 사랑을 나눠야 했어. 하지만 의심이 많던 왕의 시선을 피하기는 쉽지 않았지. 그러던 어느 날 괴로워하던 왕비가 얀 네포무츠키 신부를 찾아와 고해성사를 했대. 그 사실을 안 왕이 얀 신부를 불러 왕비가 말한 내용을 털어놓으라고 으름장을 놓은 거야. 그렇지만 신부에게는 고해성사 내용을 절대 발설해선 안 된다는 불문율이 있어서 말할 수 없다고 하자 화가 난 왕이 말을 안 하면 죽이겠다고 칼을 들이대며 소리쳤어. 그러자 얀 신부가 말했대. 이 방 안에 있는 딱 하나의 영혼에게 사실을 밝힐 테니 이 이상 자신을 괴롭히지 말라고. 그런데 그 방에는 왕과 얀 신부밖에 없었어. 왕은 그 대상이 자기라고 생각하고 허락했는데 신부가 사실을 털어놓은 건 왕이 아니라 곁에 있던 사냥개였어. 화가 난 왕은 얀 신부의 혀를 자르고 카를다리 아래로 던져 죽여버렸대. 그 후 성인으로 추대된 얀 신부의 동상을 다리에 세워 넋을 기렸는데 그때부터 동상을 만지면서 소원을 빌면 삼 년 안에 소원이 이루어진다는 전설이 생겼다는 거야."

풀이 죽어 있던 하워드가 그제야 고개를 들어 헬렌을 바라봤다.

"그 얘기를 왜 하는 거야?"

그러자 헬렌이 하워드의 머리를 쓰다듬으며 말했다.

"언젠가 당신에게 큰 시련이 닥치면 나는 그곳에 찾아가서 소원을 빌 거야. 하지만 지금 우리는 얀 신부를 찾기에는 너무 행복하지 않아?"

헬렌의 말에 하워드는 아무 말도 할 수 없었다. 그녀의 말대로 두 사람은 아무것도 필요치 않을 만큼 행복했으니까.

십여 년이 지난 지금 하워드는 의도치 않게 수천 킬로를 날아와 그 동상 앞에 서 있었다. 그리고 지금 어느 때보다도 얀 신부의 도움이 필요했다. 하워드는 고개를 들어 동상을 바라봤다. 세월의 흔적으로 빛바랜 얀 신부의 동상은 흐린 날씨 때문인지 슬픈 얼굴을 하고 있었다.

"정말 삼 년 안에 소원을 이루어줄 수 있는 겁니까?"

하워드가 물었지만 얀 신부는 대답이 없었다.

"알다시피 난 신 따위 믿지 않아요. 성인은 더더욱 그렇고요. 그러니 이건 날 위한 게 아니라 헬렌을 위한 거예요. 오해 없기를……."

하워드가 변명하듯 속삭이고는 동상으로 다가갔다. 그리고 사람들의 소원과 함께 닳아 없어진 동상 아래 부조물에 손을 대곤 눈을 감았다.

데미안이 묵었던 호텔은 구시가지 바츨라프광장 뒤편 도로에 있었다. '에스타트 프라하'라는 이름의 호텔은 프라하 시민들도 잘 모르는 곳이었다. 일부러 작고 허름한 호텔을 고른 모양이었다. 그는 매주 이천 달러의 주급과 함께 거의 무제한의 경비를 언더우드로부터 제공 받고 있었다. 마지막 통화 내용으로 미루어볼 때 그는 누군가에게 쫓기고 있었다. 아마도 그들을 피하기 위해 이름 없는 호텔을 선택한 것이리라. 하워드는 할렘에서 만났던 볼러해트를 떠올리며 광장을 지나 호텔이 있는 골목으로 들어섰다.

호텔은 민트색으로 도색한 작고 아담한 육 층짜리 건물이었다. 입구에는 이름 모를 성인상이 조각되어 있었고 그 아래에는 호텔을 개장한 연도가 황동판에 새겨져 있었다. 하지만 연도를 볼 필요도 없이 건물에서 풍겨오는 인상만으로도 상당히 연륜 있는 호텔이란 걸 알 수 있었다. 하워드는 도로까지 이어져 있는 붉은 융단을 밟으며 호텔 안으로 들어갔다.

외관에 비해 현대적인 인테리어로 장식된 호텔 로비에는 벨보이와 카운터 직원 외에 관광객으로 보이는 동양 남자만이 있었다. 하워드는 곧바로 카운터로 향했다. 남색 정장을 잘 차려입은 직원이 하워드를 맞았다.

"어서 오십시오. 프라하에 오신 걸 환영합니다."

능숙한 영어로 직원이 인사를 건넸다. 미국인은 어딜 가든 티가 나는 모양이었다.

"예약은 하셨습니까?"

밤새 비행기를 타고 온 하워드가 예약 따위를 했을 리 없었다.

"아니요. 예약은 안 했습니다."

"어떤 방으로 드릴까요?"

"일반 객실이면 됩니다."

"운이 좋으시군요. 광장이 내려다보이는 좋은 방이 남았습니다. 지금은 비수기라 숙박료도 이십 퍼센트 절약하실 수 있죠."

직원이 기분 좋은 미소를 지으며 말했다.

"뭐 하나 물어봐도 되겠습니까?"

"네. 말씀하십시오."

직원이 모니터를 응시하며 말했다.

"이 주 전, 여기에 데미안 오헤어라는 미국인이 묵었는데 아직 있습니까?"

정황을 볼 때 그가 아직 머물고 있을 가능성은 적었다. 그런데 데미안 오헤어라는 이름을 듣자 직원의 표정이 미세하게 굳는 것을 하워드는 놓치지 않고 포착했다.

"죄송합니다만 그분은 왜 찾으시는지 여쭤봐도 될까요?"

손님의 사생활을 지켜야 하는 직원으로서 당연한 질문이었다. 하지만 직원의 태도에는 석연찮은 부분이 있었다. 그의 입은 미소 짓고 있었지만 눈은 그렇지 못했다.

"데미안은 제 비즈니스 파트너입니다. 그 친구가 여기 머물고 있다고 해서 온 겁니다."

하워드가 준비한 대답을 했다.

"아, 그렇습니까. 잠시만 기다려주십시오."

직원이 숙박객 명단에서 데미안의 이름을 찾기 시작했다.

"여기 있군요. 숙박료를 보름치나 미리 지불하셨네요."

그것은 하워드가 예상했던 대답이 아니었다.

"데미안이 아직 여기 있단 말입니까?"

"네. 303호실입니다."

"직접 볼 수 있을까요?

"물론입니다."

직원이 모니터를 돌려 숙박 현황이 기록된 도표를 보여주었다. 분명 303호실은 데미안의 이름으로 등록되어 있었다. 등록일은 어제 날짜였다. 퍼즐의 앞뒤가 맞지 않고 있었다. 언더우드로부터 정식으로 사건을 의뢰받은 직후 하워드는 곧바로 그의 행방을 수소문했다. 하지만 그의 핸드폰은 꺼져 있었고 그가 묵었던 이 호텔에 투숙 여부를 물었지만 이 주 전 체크아웃했다고 확인해줬다. 그런데 그가 다시 돌아와 같은 호텔에 투숙한 것이다. 데미안은 단서를 찾는 과정에서 누군가에게 쫓기고 있는 듯했다. 그렇다면 그가 일부러 외부와의 연락을 단절할 가능성도 있었다. 만약 그렇다면 일은 의외로 쉽게 풀릴 수도 있었다.

"지금 방에 있는지 확인해주시겠어요?"

하워드가 부탁하자 직원은 열쇠 보관함을 살폈다.

"외출하신 모양이네요."

열쇠는 보관함에 꽂혀 있었다.

"어떻게 할까요? 방을 잡아드릴까요?"

"아니요. 일단 그 친구를 기다리겠습니다."

직원이 알았다는 듯 미소를 지어 보였다. 하워드는 로비에 비치된 소파로 향했다. 건너편 소파에선 동양 남자가 관광코스를 정하지 못하고 지도와 씨름을 하고 있었다. 대체 데미안이 찾았다는 중요한 단서가 뭘까. 어떤 단서였기에 머나먼 체코까지 온 것일까. 그리고 그를 쫓고 있던 사람들은 누구일까. 어쨌든 잠시 후 데미안이 돌아오면 모든 궁금증이 풀릴 것이다. 소파에 기대자 피로가 몰려왔다. 하워드는 카운터에 설치된 시계를 바라봤다. 시계는 오후 한 시를 가리키고 있었다. 그는 지구 반대편에 도착해 있었지만 그의 체내 시계는 아직도 미국 동부 시간에 맞춰져 있었다. 하워드는 쏟아지는 잠을 쫓으며 로비를 둘러봤다. 호텔은 작고 수수했지만 고향집에 와 있는 것처럼 푸근했다. 한쪽 벽에 설치된 벽난로에서는 장작불이 기분 좋게 타고 있었고 이름 모를 화가의 누드 크로키가 벽면을 장식하고 있었다. 테라스에는 정갈한 티 테이블이 준비되어 있었고 정원사가 나무를 손질하고 있었다. 로비를 둘러보던 하워드는 자신을 향한 은밀한 시선을 느꼈다. 바로 카운터의 직원이었다. 그는 연신 하워드를 힐끔거리며 어디론가 전화를 걸고 있었다. 하워드를 향한 시선은 그뿐만이 아니었다. 입구를 지키고 있던 벨보이도 곁눈질로 훔쳐보고 있었다. 그는 눈이 마주치자 재빨리 시선을 돌렸다. 하워드는 본능적으로 뭔가 잘못되고 있다는 걸 느낄 수 있었다. 친절하고 푸근한 호텔의 이면에서 은밀한 함정 냄새가 풍기고 있었다. 경험상 이런 상황에 주저앉아 있는 건 신상에 좋을 게 없었다. 하워드는 재빠르게 가방을 챙겨서 일어났다.

"벌써 가십니까? 곧 오실 텐데."

직원이 앞을 막아서듯 물었다. 그의 말투는 왠지 하워드를 잡아두려는 듯한 뉘앙스를 풍겼다.

"약속이 있어서요. 다음에 오죠."

하워드는 벨보이가 문을 열어주기도 전에 회전문을 지나 호텔을 빠져나갔다. 하지만 막상 호텔을 나서자 어디로 가야 할지 떠오르지 않았다. 하워드는 관광지도 한 장도 갖고 있지 않았다. 그는 일단 인파 속에 묻혀 다음 행보를 결정하기 위해 광장으로 향하기로 했다. 광장으로 발걸음을 옮기려는 순간이었다. 사방에서 경찰 사이렌 소리가 울리더니 점점 가까워지고 있었다. 그리고 잠시 후 하워드 앞을 두 대의 경찰차가 막아섰다. 경찰은 테러범이라도 체포하듯 총을 겨누며 하워드를 포위했다. 갑작스러운 상황에 하워드는 영문도 모르는 채 서 있었다. 그때 느지막이 도착한 시트로엥에서 멋스럽게 턱수염을 기른 한 남자가 내렸다.

"여권 좀 봅시다."

유럽 악센트가 강하게 섞인 영어로 그가 말했다. 하워드는 말없이 여권을 보여주었다. 그는 여권을 이리저리 살피더니 돌려주지 않고 자신의 주머니에 넣었다.

"하워드 씨. 나는 체코 경찰청 소속 야로슬라프 형사요. 같이 좀 가주어야겠소."

그가 경찰 배지를 보여주며 말했다.

"대체 무슨 일이요? 난 이 나라에 온 지 반나절도 안 됐소!"

하워드가 어이없다는 듯 소리쳤다.

"반나절이 됐든 몇 달이 됐든 난 관심 없소. 중요한 건 당신이 데미안 오헤어를 찾았다는 거요."

야로슬라프 형사가 날카롭게 쏘아보며 말했다.

하워드는 한쪽 면에 불투명 유리가 설치된 취조실에서 네 시간째 꼼짝하지 않고 앉아 있었다. 야로슬라프는 신원 조회를 하는 동안 기다리라고 했지만 사실은 그게 아니란 걸 하워드는 잘 알고 있었다. 그것은 일종의 심리적인 고문이었다. 하워드는 이곳에 오기 전에 시계를 압수당했다. 사방이 막힌 곳에서 시간을 빼앗긴 채 방치된 사람은 점점 초조해져 심리적으로 불안한 상태가 된다. 그 상황이 언제 끝날지 모른다면 더욱더 효과적이다. 그런 상태의 용의자 앞에 나타난 경찰은 심리적 우위에서 취조를 시작할 수 있게 되는 것이다. 야로슬라프는 그것을 노렸다. 하지만 하워드는 이미 그의 의중을 파악하고 있었다. 그는 명상하듯 눈을 감은 채 미동도 하지 않았다. 얼마쯤 지났을까. 문이 열리며 야로슬라프가 들어왔다. 그의 손에는 플라스틱 용기에 담긴 음식이 들려 있었다.

"식사를 안 한 것 같아 가져왔소. 굴라시라고, 당신네 비프스튜랑 비슷한 거지. 이 크네들릭 브레드와 함께 먹으면 맛있을 거요."

야로슬라프가 굴라시를 비닐봉지에 든 크네들릭과 함께 탁자 위에 놓았다. 그러나 하워드는 먹을 기분이 아니었다.

"그보다 영장도 없이 외국인을 잡아온 이유부터 설명하시죠."

차분한 목소리였지만 하워드는 화가 나 있었다. 그런 하워드를 야로슬라프는 흥미로운 곤충이라도 관찰하듯 빤히 바라보고 있었다.

"우리 속담에 이런 말이 있소. 법률은 거미줄이다. 하늘소는 찢어버리고 파리는 잡힌다."

"뭘 말하고 싶은 거요?"

"당신이 파리라는 말을 하는 거요."

야로슬라프가 담배에 불을 붙이며 말했다.

"조사해보니 당신, 탐정이더군. 사립탐정. 미국은 참 재밌는 나라요. 경찰도 모자라 탐정까지 설치고 다니니."

"나를 잡은 이유나 설명하시오."

하워드가 야로슬라프를 노려보며 말했다.

"지금 어떤 상황에 처해 있는지 정말 모르고 있는 것 같
군. 눈을 보면 알 수 있지. 이 짓을 이십 년간 하다 보면 일
종의 감이란 게 생기거든. 거짓말탐지기 따윈 필요 없어."

야로슬라프는 구 체코슬로바키아 시절 비밀경찰처럼 자
신의 권위를 중요하게 여기는 것 같았다. 이런 불리한 상
황에서 그런 인간의 권위에 대항한다는 건 현명하지 못한
생각이다. 하워드는 그가 스스로 자초지종을 이야기할 때
까지 인내심을 갖고 기다리기로 했다. 야로슬라프는 담배
한 대를 모두 피우는 동안 말없이 하워드를 쳐다보고 있었
다. 그것도 용의자를 다루는 그만의 방법인 모양이었다.
불편한 침묵 속에서 그의 날카로운 시선을 받아야 한다는
건 상당히 불쾌한 경험이었다. 이윽고 그가 꽁초를 재떨이
에 비벼 끄며 입을 열었다.

"당신은 비위가 강한 편이오?"

하워드는 갑작스러운 질문에 뭐라 대답해야 할지 몰랐
다.

"비위가 강하건 말건 지금부터 내가 보여주는 걸 끝까지
봐야 할 거요. 이게 당신을 영장도 없이 데려온 이유니까."

야로슬라프는 문을 열고 다른 경찰에게 체코어로 뭔가를
지시했다. 그러자 경찰이 증거보관용 비닐에 싸인 캠코더
하나를 가져왔다. 캠코더를 TV에 연결하자 야로슬라프가
재생 버튼을 눌렀다. 하워드는 영문도 모른 채 화면을 지
켜보고 있었다.

처음 얼마간 칙— 하는 소리와 함께 아무것도 뜨지 않았다. 하지만 이윽고 어두운 방이 나타났다. 지하실로 보이는 방은 아무런 장식도 없이 온통 시멘트벽으로 둘러싸여 있었는데 화면 중앙을 중심으로 수십 개의 촛불이 일정한 간격을 두고 빙 둘러 켜져 있었다. 그리고 촛불 가운데에서 누군가가 움직이고 있었다. 그는 정성스럽게 뭔가를 사각형으로 차곡차곡 쌓고 있었는데 자세히 보니 그것은 동물의 뼈였다. 그런데 그가 쌓던 뼈에는 더러 눈에 익은 형태의 무언가도 섞여 있었다. 하워드는 설마 하는 심정으로 남자가 쌓고 있던 뼈를 유심히 살폈다. 놀랍게도 그것은 인간의 뼈였다. 그중에는 여인의 것으로 보이는 골반뼈도 있었고 형태를 모두 갖춘 손가락뼈도 있었다. 기괴한 건 그것뿐만이 아니었다. 남자는 석기시대 원시인이 입었을 법한 가죽옷을 머리에서 발끝까지 두르고 있었는데 일반 동물의 가죽과는 여러모로 달랐다. 재질은 소나 양의 것에 비해 얇고 부드러웠고 색깔도 훨씬 연했다. 그중에 하워드의 시선을 잡은 건 가죽의 형태였다. 능숙한 사냥꾼이 단번에 벗겨낸 것처럼 전체가 이음새 없이 하나로 이루어져 있었는데 인간의 형태를 띠고 있었다. 어깨를 감싸고 있던 부분은 인간의 손 모양을 고스란히 갖고 있었고 머리 부분에는 인간의 안면을 연상시키는 일곱 개의 구멍이 뚫려 있었다. 자세히 보니 가죽에는 열 개의 손톱과 입술, 심지어 젖꼭지까지 고스란히 남아 있었다. 어느 모로 보나 틀림없는 인피였다. 캠코더에 담겨 있던 영상은 호러무비처럼 시작하고 있었다. 인피를 뒤집어쓴 남자가 뼈로 된 사각형의 틀을 모두 맞추자 또 다른 남자가 나타났다. 그 역시 인피를 뒤집어쓰고 있었는데 2미터가량 되는 널빤지를 가져와 사각형의 틀 위에 올려놓았다. 널빤지 중앙에는 붉은 문양이 수놓아져 있었는데 그 문양은 하워드가 익히 알고 있는 것이었다. 그것은 사탄을 상징하는 역오망성이었다. 그들은 제사를 위한 제단을 준비하고 있던 것이었다. 하워드는 침을 삼키며 다음에 벌어질 일을 지켜보고 있었다. 그때 갑자기 화면 밖에서 여자의 울부짖는 소리가 들려왔다. 비명은 점점 가까워지더니 또 다른 두 명의 남자가 실오라기한 올 걸치지 않은 소녀를 끌고 나타났다. 이제 갓 사춘기를 지났을 법한 나이였는데 체코어로 연신 울부짖으며 반항하고 있었다. 하지만 남자들은 아랑곳하지 않고 무덤덤하게 소녀를 제단 위에 눕힌 후 쇠사슬로 사지를 묶었다. 소녀는 빠져나오려고 미친 듯이 발버둥쳤지만 소용없는 짓이었다.

소녀를 제단 위에 고정하자 남자들은 양옆으로 나란히 서서 주문을 외우기 시작했다. 그것이 정확히 어떤 말인지 알아들을 수는 없었으나 고대 밀교에서 사용했던 주술처럼 섬뜩하게 들렸다. 그들의 주문이 울려 퍼지자 아이는 더욱 처절하게 몸부림치기 시작했다. 소녀는 공포에 질려 침을 흘리고 오줌까지 싸고 있었다. 하지만 남자들은 조금도 동요하지 않고 소녀를 지켜보며 주문을 외웠다. 분위기가 점점 고조되자 한 남자가 금으로 된 잔을 들고 소녀에게 다가갔다. 잔에는 걸쭉한 녹색 액체가 담겨 있었고, 남자는 소녀의 입을 벌리고 액체를 쏟아부었다. 소녀는 마시지 않으려고 발버둥쳤지만 남자는 능숙하게 액체를 삼키게 했다. 결국 소녀가 내용물을 모두 삼키자 남자는 자신의 자리로 돌아가 다시 주문을 외우기 시작했다. 그렇게 몇 분이 지나자 몸부림을 치던 소녀의 온몸이 축 늘어지더니 죽은 듯 꼼짝도 하지 않았다. 그러나 소녀는 죽은 것이 아니었다. 소녀는 가끔 경련을 일으키며 숨을 몰아쉬고 있었다. 소녀는 일종의 최면에 빠진 듯했다. 소녀의 눈은 동공이 풀린 채 허공을 응시하고 있었고 몸의 모든 구멍에서 분비물이 흘러나오고 있었다. 그러자 또 다른 남자가 등장했다. 그는 부축을 받으며 등장했는데 제단의 소녀처럼 발가벗은 채 한 손에는 특이한 도구를 들고 있었다. 그런데 그의 얼굴을 알아보고 하워드는 자기 눈을 의심하지 않을 수 없었다. 데미안이었다. 사진에서 본 것보다 심하게 야위었고 덥수룩하게 수염을 기르고 있었지만 분명 데미안이었다. 그런데 그의 행동이 어딘가 이상했다. 그 역시 눈동자가 풀려 있었고 술에 취한 것처럼 흐느적거리고 있었다. 인피를 쓴 남자가 부축하지 않으면 서 있을 수 없을 정도였다. 시간이 갈수록 주문 소리는 점점 더 커지고 있었다. 그와 함께 불길한 흥분이 방안을 가득 메웠다. 데미안도 점차 주문 소리에 동화되고 있었다. 흐느적거리던 그의 몸이 주문에 맞춰 이리저리 흔들리더니 결국 무아지경에 빠진 것처럼 정신없이 몸을 흔들어대는 것이었다. 그것은 마치 신 내린 인디언 주술사의 주술의식과도 흡사했는데 태어날 때부터 본능적으로 알고 있던 것처럼 원초적이고 육감적이었다. 그의 움직임은 시간이 갈수록 거칠고 격렬해졌다. 방안은 기묘한 흥분으로 고조되고 있었다.

그때 남자 중 한 명이 데미안의 귀에 뭔가를 속삭였다. 그러자 데미안이 동작을 멈추고 소녀에게 비틀비틀 다가가더니 손에 들고 있던 도구를 치켜들었다. 그가 들고 있던 것은 일종의 칼이었다. 하지만 일반적인 칼이 아니었다. 흑요석을 갈아 만든 것이었는데 칼날은 예리하게 빛나고 있었고 손잡이에 마야의 태양신을 연상시키는 기괴한 해골이 조각되어 있었다. 칼을 치켜들자 주문 소리가 바뀌기 시작했고, 그것은 이전에 비해 더욱 복잡했고 기괴했다. 주문 소리가 고조되자 소녀와 데미안의 호흡이 가빠졌다. 화면을 바라보고 있던 하워드의 심장박동도 그와 함께 빨라지고 있었다. 그렇게 몇 초가 흐르고 주문 소리가 사라진 순간, 데미안이 괴성을 지르며 소녀의 심장에 칼을 꽂았다. 그리고 미친 듯이 소녀의 가슴을 찢기 시작했다. 사방으로 피가 튀고 살점이 벗겨져 나갔다. 소녀의 몸뿐만 아니라 데미안의 손과 얼굴도 온통 피로 범벅이었다. 흘러내린 피가 소녀를 지탱하던 제단의 뼈를 물들이고 바닥을

적셨다. 차마 눈을 뜨고 볼 수 없을 정도로 처참한 광경이
었다. 피투성이가 된 데미안은 소녀의 가슴을 모두 파헤쳐
심장을 도려내어 번쩍 들어올렸다. 데미안의 손에 들려 있
던 시뻘건 심장은 계속해서 피를 뿜으며 뛰고 있었다.

"그만! 제발 그만해요."

하워드가 더는 참지 못하고 구토하며 소리쳤다.

"괜찮소?"

야로슬라프가 손수건을 건네주며 물었다.

"제발 그 빌어먹을 캠코더 좀 치워요!"

하워드가 숨을 몰아쉬며 소리쳤다. 야로슬라프는 영상
을 정지하고 이야기를 시작했다.

"나흘 전 새벽이었소. 스타레메스토 지역 유대인 묘지 인
근 주택가에서 신고가 들어왔소. 지하실에서 소녀의 시체
가 발견됐다고. 우리는 자다 말고 그곳으로 향했소. 그런
데 보다시피……."

하워드는 아직도 충격에서 벗어나지 못하고 있었다.

"피해자 이름은 루카 크놀로바. 나이는 열일곱. 파르두
비체고등학교에 재학 중이었소. 그런데 재밌는 건 이 소녀
가 익명의 독지가로부터 후원을 받고 있었다는 거요. 루카
는 여덟 살 때 보트 사고로 부모를 잃고 혼자 살아남았는데
자선단체를 통해 소개받은 한 독지가로부터 매달 팔백 달
러를 받아 생활하고 있었소. 하지만 독지가의 정체를 루카
자신은 물론이고 자선단체도 몰랐소. 그가 미국인이라는

것 외에는."

"그게 이 사건과 연관이 있다는 건가요?"

야로슬라프가 기다렸다는 듯이 두 장의 사진을 꺼냈다.

"이건 지난 3월과 5월에 있었던 살인사건 현장 사진이
오. 하나는 남부 체스키크루믈로프에서 벌어졌고 또 하나
는 브르노에서 벌어졌소."

하워드는 사진을 살펴봤다. 두 사진 속 인물 모두 조금
전 화면 속의 루카와 비슷한 또래 소녀를 찍은 것으로 가슴
이 난도질당한 채 숨져 있었다.

"두 소녀 역시 부모를 잃고 익명의 독지가로부터 후원을
받아 생활하던 아이들이오. 둘 다 같은 방법으로 살해당했
소. 심장을 도려냈지. 어떻소, 탐정 양반. 당신 소견으로
이들이 뭘 하는 거 같소?"

하워드는 말없이 사진을 돌려줬다.

"이건 인신공양이오. 놈들은 가난한 동유럽 처녀들을 골
라 의식에 쓰일 어린양을 키우듯 후원한 다음 일정한 나이
가 되면 제물로 사용하고 있소. 이들이 어떤 종교를 신봉
하는지는 모르겠지만 한 가지 분명한 건 적어도 가톨릭이
나 장로교는 아니란 거요. 독지가의 뒤를 캐봤지만 스위스
은행 계좌를 가진 돈 많은 미치광이라는 것밖에는 알아낼
수 없었소. 그런데 나흘 전 이 캠코더를 발견한 거요. 그리
고 거기에는 신원을 알 수 있는 한 남자가 있었소. 바로 당
신 동료인 데미안 오헤어. 이제 내가 왜 당신을 이곳에 데

려왔는지 알겠소?"

하워드는 말없이 머리를 감싸고 있었다. 아직도 속이 울 렁거렸다.

"탐정 양반. 난 미국이란 나라가 정말 싫소. 당신네들 싸 구려 문화도 역겹고 우리 거리를 점령이나 한 양 거들먹거 리고 다니는 꼴도 보기 싫소. 하지만 그런 건 참을 수 있어. 뭐 취향의 차이라고 생각할 수 있지. 그런데 이건 도가 지 나쳤소. 내 나라의 힘없는 아이들을 이런 식으로 살해하는 건 절대 용납할 수 없으니, 난 무슨 일이 있어도 이놈들을 잡아야겠소. 내 손으로 잡아서 교수형 당하는 꼴을 봐야겠 다고. 무슨 말인지 알아듣겠소?"

야로슬라프는 분노에 차 있었다. 하워드는 그의 심정을 충분히 이해할 수 있었다. 그러나 그가 도와줄 수 있는 건 현재로선 아무것도 없었다.

"나는 아무것도 몰라요. 정말이오. 데미안도 일 때문에 만나러 왔을 뿐 개인적으로 인사를 나눈 적도 없소."

하워드가 변명했지만 야로슬라프는 눈 하나 깜빡이지도 않았다. 그는 두 번째 담배를 물고 있었다.

"데미안 오헤어는 이 나라에서 뭔가를 찾고 있었어. 당신 역시 그것 때문에 왔고. 나는 그게 알고 싶은 거야. 자. 탐 정 양반, 말해보시지. 대체 이 나라에서 뭘 찾고 있는 거 요?"

야로슬라프가 정곡을 찔렀다. 하지만 하워드는 사실을

얘기할 수 없었다. 직업윤리에도 위배될뿐더러 얘기한다고 해도 믿지 않을 게 분명했다.

"나는 의뢰인으로부터 부탁을 받고 연락이 두절된 데미안을 찾으러 왔을 뿐이오. 그가 무엇을 찾고 있었는지 관심도 없고 알지도 못해요."

"예상대로군. 좋아, 인정하지. 나름대로 당신도 프로니까."

야로슬라프가 담배를 비벼 끄며 말했다.

"날 내보내주시오. 내가 이 사건과 연관되었다는 증거는 아무것도 없잖소. 이건 국제법 위반이요!"

하워드가 소리쳤다.

"물론 당신이 이 사건과 직접적으로 관련이 없다는 건 알아. 처음 보는 순간 알았지. 하지만 분명한 건 내게 숨기는 게 있다는 거요. 그게 뭐건 간에 당신은 조만간 말하게 될 거요. 내가 장담하지. 나도 당신 못지않은 프로거든. 그리고 한 가지 충고하면 여기가 체코공화국이라는 걸 잊지 말라는 거야. 이곳은 아직도 80년대처럼 살고 있어. 지금도 골목골목 냉전 시대 사고방식이 지배하는 곳이라고. 국제법 따위가 통할 거라고는 꿈도 꾸지 않는 게 좋을 거요."

야로슬라프가 방을 나서며 말했다. 하워드는 자신이 빠져나올 수 없는 덫에 단단히 걸렸다는 걸 인정할 수밖에 없었다. 야로슬라프는 원하는 걸 얻기 전에는 절대 놓아주지 않을 사람이었다. 빠져나가기 위해서는 누군가의 도움이 필요했다. 그리고 그를 도와줄 수 있는 사람은 단 한 사람뿐이었다.

주위는 눅눅한 곰팡이 냄새로 가득했다. 하워드는 주위를 둘러보았다. 그가 있는 곳은 좁고 어두운 계단이었다. 빛바랜 화강암으로 이루어진 계단은 음산한 암흑으로 메워진 지하로 이어져 있었다.

"여기가 어디지?"

그때 계단 아래에서 여자아이의 울음소리가 들려왔다. 하워드는 소리가 들리는 곳으로 내려갔다. 계단은 원형으로 지루하게 이어져 있었다. 주위는 온통 화강암 벽돌로 이루어져 있었고 가끔 쥐들이 발끝을 스쳐 지날 뿐 사방이 고요했다. 계단을 내려갈수록 울음소리는 점점 가까워지고 있었다. 얼마쯤 내려가자 계단이 끝나고 길게 이어진 복도가 나타났다. 복도 양편에는 중세의 지하 감옥을 연상시키는 감방들이 늘어서 있었는데 울음소리는 복도 끝에서 들려오고 있었다. 하워드는 복도를 따라 걷기 시작했다. 이윽고 복도가 끝나며 두툼한 철문이 나타났다. 소리는 철문 너머에서 들려오고 있었다. 철문을 열어보았지만 자물쇠가 채워져 조금도 움직이지 않았다. 주위를 둘러보았다. 철문 바로 옆에 놋쇠로 만들어진 오래된 열쇠 꾸러미가 걸려 있었다. 하워드는 열쇠 꾸러미에서 철문에 맞는 열쇠를 찾았다. 첫 번째 열쇠…… 두 번째 열쇠…… 자물쇠에 맞는 열쇠를 찾는 건 그다지 어렵지 않았다. 하워드는 자물쇠 구멍에 열쇠를 꽂았다. 곧이어 철컥하는 둔탁한 소리를 내며 철문이 열렸다. 울음소리는 계속됐다. 하워드는 철문을 열고 방으로 들어섰다. 방에 들어선 하워드는 움찔 놀랐다. 그곳은 아까 영상에서 보았던 지하실이었다. 온통 시멘트 벽으로 이루어진 방에는 불 꺼진 촛불이 중앙의 인골 제단을 둘러싸고 있었다. 하워드는 제단을 살펴보았지만 피로 물든 역오망성 문양이 있을 뿐이었다. 그런데 조금 전까지만 해도 들려오던 울음소리가 더는 들리지 않았다.

"아무도 없소?"

하워드가 주위를 둘러보며 소리쳤다. 그때 저만치 구석에서 인기척이 느껴졌다.

"거기 누구요?"

하워드는 조심스럽게 다가갔다. 어둠 속에 누군가 쭈그리고 앉아 있었다. 하워드가 다가가자 누군가는 더욱 움츠러 들었다. 하워드는 주머니에서 라이터를 꺼내 비춰보았다. 발가벗은 소녀였다. 소녀는 온몸이 피투성이가 된 채 뭔가를 끌어안고 부들부들 떨고 있었다.

"이제 괜찮아. 나랑 같이 여길 나가자."

하워드가 웃옷을 벗어 소녀의 몸을 덮어주었다. 그러자 소녀가 고개를 돌려 하워드를 바라봤다. 그런데 소녀의 얼굴을 알아본 하워드는 소스라치게 놀랐다. 소녀는 바로 조금 전 영상에서 처참하게 살해당했던 루카였다.

"네가 어떻게…… 넌 조금 전……."

그때 루카가 소중히 안고 있던 뭔가를 하워드에게 내밀었다.

"이게 뭐지?"

하워드는 무심코 받아들었다. 그것은 주먹만 한 물체였는데 끈적하고 물컹했다. 하워드는 라이터로 물체를 비춰 보았다. 그것은 아직도 뛰고 있는 누군가의 심장이었다. 하워드는 너무 놀라 심장을 놓치고 말았다. 그러자 루카가 주워 소중히 가슴에 품었다.

"그건 네 심장이니?"

하워드가 물었다. 그러자 눈물을 흘리던 루카의 표정이 차갑게 굳었다.

"이건 내 심장이 아니에요. 이건 당신 거예요."

"내 거라니 그게 무슨 말이야?"

하워드가 묻자 루카가 그의 가슴을 응시했다. 하워드도 자기 가슴을 바라봤다. 그런데 가슴을 본 하워드는 경악할 수밖에 없었다. 그의 가슴은 온통 피로 범벅이 되어 있었고 갈기갈기 찢긴 채 심장이 사라져 있었다.

"으악!!!"

단발의 비명을 지르며 하워드가 깨어났다. 온몸이 땀으로 흠뻑 젖어 있었다. 하워드는 서둘러 자기 심장을 확인했다. 다행히 그의 심장은 제자리에서 열심히 뛰고 있었다.

"젠장. 꿈이었군."

하워드가 땀을 닦으며 중얼댔다. 그가 잠든 곳은 프라하 경찰서 유치장이었다. 하워드는 이곳에 오기 전 야로슬라프와 다섯 시간에 걸쳐 입씨름해야 했다. 그는 베테랑 형사답게 집요하게 추궁했다. 그는 인내심을 갖고 자신만의 방법을 총동원해 원하는 정보를 얻으려 했지만 소용없었다. 자정을 넘기자 야로슬라프는 프라하에 온 걸 환영한다는 차가운 인사말을 남기곤 하워드를 유치장에 가두었다. 유치장은 더러운 변기와 삐걱대는 고물 침대가 있을 뿐, 미국이나 체코나 똑같았다. 하워드는 침대에서 일어나 쇠창살 너머로 하늘을 바라봤다. 하늘은 눈이 부실 정도로 파랗게 빛나고 있었다. 시간을 확인하고 싶었지만 그의 시계는 야로슬라프에게 있었다. 하워드는 구린내가 풀풀 나는 침대에서 내려와 벽에 기대앉았다. 그렇게 오고 싶었던 도시였건만 프라하의 첫날은 두 번 다시 떠올리고 싶지 않은 비참한 기억뿐이었다. 가장 이해하기 힘든 부분은 데미안이었다. 그가 아는 데미안은 비록 사람을 멀리하고 괴팍하긴 했지만 문화를 존중하고 인간에 대한 애정을 가진 지식인이었다. 그런데 어제 영상에 나타난 그는 피에 굶주린 야만인의 모습을 하고 있었다. 하지만 하워드는 그것이 데미안의 본모습이 아니라고 확신했다. 그는 인피를 뒤집어

쓴 남자들에게 조종당하고 있었다. 그의 행동을 보면 알수 있었다. 그는 영상 속 소녀에게 먹였던 녹색 액체를 마시고 환각 상태에서 일을 벌인 게 틀림없었다. 하워드는그 액체가 무엇인지 어렴풋이 짐작하고 있었다. 그것은 고대 남미에서 번성했던 한 문명이 인신공양을 할 때 사용했던 것과 흡사한 액체로 뇌에 치명적인 손상을 입힐 만큼 강한 독성을 지니고 있고, 일단 체내에 흡수되면 온몸에 감각이 없어지고 자신을 조종하는 사람의 목소리대로 움직이게 되는 고대의 환각제였다.

"사탄을 추종하고 고대의 환각제를 사용하는 종교단체……."

하워드는 제사를 주도했던 인피를 쓴 남자들이 누군지알 수 있었다. 하워드의 과거와 밀접하게 연관된 단체였다. 그들은 사탄을 추종하는 밀교단체였다. 제단에 새겨있던 붉은 역오망성은 그들의 심벌이었고 인신공양 문제로 세상을 떠들썩하게 만든 경험이 있었다. 하워드는 소문으로만 들었던 그들의 인신공양 장면을 실제로 목격해버렸다. 그들이 동유럽 처녀들을 선택한 것은 아마도 미국보다 자신들의 정체를 숨기고 제물을 구하기에 적합했기 때문일 것이다. 그런데 그들은 왜 데미안을 그들의 일원으로만들려고 했을까. 그리고 왜 인신공양 장면을 현장에 남겨놓은 것일까. 마치 데미안이 자신들의 일원이 되었다는 걸누군가에게 보여주기 위해서 일부러 남긴 듯한 인상이었다. 이 모든 수수께끼를 풀려면 유치장을 빠져나가는 게 우선이었다. 그러기 위해서는 언더우드와 연락이 닿아야만 했다. 그가 유일하게 하워드를 도울 수 있는 사람이었다. 하워드는 쇠창살로 다가갔다.

"이봐, 아무도 없어? 세상에 이런 법이 어딨어. 여기가 소련의 크렘린도 아니고. 사람을 이런 식으로 가둬도 되는 거냐 말이야! 내 말 안 들려?"

하워드는 일부러 소란을 피우고 있었다.

"야로슬로픈지 고르바초프인지 당장 오라고 그래! 내가 할 말이 있다고!"

하워드가 철창을 두드리며 소리쳤다. 그러자 정복을 입은 경찰이 하워드에게 다가왔다.

"그렇지. 이제야 말귀를 알아듣는군. 야로슬라프를 만나고 싶소. 그에게 전해요. 협조를 원하면 전화 한 통화 걸게 해달라고. 내 말 듣고 있는 거요?"

못 알아들었는지 경찰은 무표정하게 하워드를 바라보고 있었다.

"야로슬라프한테 가서 전화 한 통화만……."

하워드는 서투른 독일어를 시도했다. 그런데 경찰이 유치장 문을 여는 것이었다.

"뭐야? 정말 알아들은 거야?"

경찰은 하워드를 무뚝뚝하게 끌어내더니 어디론가 끌고 가기 시작했다.

"이봐. 어딜 가는 거야?"

경찰은 대꾸 없이 하워드를 끌고 복도를 지나고 있었다. 복도가 끝나자 또 다른 철창이 나타났다. 경찰은 철창을 열고 하워드를 밖으로 밀어냈다.

"당신네들 정말 이런 식으로 할 거야? 이건 엄연한 인권 유린이야. 대사관에 얘기해서 가만두지 않겠어! 알아들어?"

하워드가 철창 밖으로 쫓겨나면서 소리쳤다. 그런데 경찰은 하워드의 수갑을 풀더니 돌아가는 것이었다. 의아한 하워드가 멍하니 서 있는데 뒤에서 익숙한 여인의 목소리가 들렸다.

"오랜만이네요. 하워드 씨."

돌아보자 새하얀 수녀복을 차려입은 린지가 서 있었다.

"린지, 당신이 여긴 어떻게……."

"신이 당신을 좋아하나보군."

그녀 옆에 못마땅한 얼굴로 서 있던 야로슬라프가 하워드의 가방을 던져주며 말했다.

"나가도 좋소. 하지만 명심하시오. 당신을 계속 주시할 거라는 걸."

야로슬라프는 이 말을 남기고 사라졌다. 하워드는 어떻게 된 영문인지 감을 못 잡고 있었다.

"이걸로 두 번 빚진 거예요."

"그럼 당신이?"

하워드가 믿을 수 없다는 듯 바라봤다. 그러자 린지가 새하얀 미소로 대답을 대신했다.

비록 원하던 대로 유치장을 나서긴 했지만 하워드는 개운치 않았다. 그는 린지에게 고맙다는 인사도 하지 않고 프라하 경찰서를 나서고 있었다.

"대체 뭐가 불만이죠? 나는 곤경에 빠진 당신을 구해줬다고요! 그것도 두 번씩이나."

린지가 뒤따라오며 소리쳤다. 하지만 하워드는 고집 센 노새처럼 입을 굳게 다물고 있었다.

"정말 이상한 사람이군요. 살다 살다 당신처럼 예의 없는 사람은 처음이에요."

린지가 투덜댔다. 순간 하워드가 돌아서며 린지를 노려봤다.

"대체 여긴 어떻게 알고 온 거요? 왜 내 뒤를 따라다니는 거죠? 원하는 게 뭐요?"

하워드가 쏘아붙이듯 물었다.

"그게 문제로군요. 당신을 따라다닌 게. 하지만 미안해서 어쩌죠? 당신을 따라다닌 게 아니라 가는 길이 같았을 뿐인데."

"변명이 궁색하군요, 린지 수녀님. 그런 말에 넘어갈 거 같았으면 이 짓은 예전에 그만뒀어요. 설마 내가 좋아서 따라다닌 건 아닐 테고. 이번엔 제대로 둘러대봐요."

"당신, 정말 구제 불능이군요."

린지가 더는 대꾸하기도 싫다는 듯 자신의 차로 향했다.

"정말 말 안 할 거요? 대체 닷새 전 뉴욕에서 만났던 당신이 왜 체코에 있냔 말이오? 설마 이것도 우연이라고 말하려는 건 아니겠지."

하워드가 따라가며 물었지만 린지는 자신이 타고 온 구형 미니에 올라 시동을 걸고 있었다. 그녀는 출발하려다 말고 차창을 내렸다.

"하워드 레이크 씨. 나는 당신한테 아무것도 원하는 게 없어요. 다만 당신을 도와줬을 뿐이지. 그리고 그게 내가 저지른 유일한 잘못이에요."

이 말을 남기고 린지는 차를 출발시켰다. 하워드는 그제야 자신이 얼마나 무례했는지 깨달았다. 비록 그녀의 갑작스러운 등장이 석연찮은 구석이 있었지만 그녀의 말은 옳았다. 그녀가 잘못한 거라곤 하워드를 곤경에서 구해준 것뿐이었다. 그런데 스토커라도 되는 양 함부로 대하다니.

"잠깐 기다려요, 린지. 부탁이오! 멈춰요!"

하워드가 린지의 차를 뒤쫓으며 소리쳤다. 하지만 린지는 경찰서 정문을 지나 도로로 들어서고 있었다. 뒤쫓던 하워드는 허탈한 심정으로 멀어지는 그녀의 미니를 바라볼 수밖에 없었다. 바보가 된 기분이었다. 언제부턴가 하워드는 타인의 호의를 있는 그대로 받아들이지 못하고 있었다. 선의로 다가오는 사람들을 의심의 눈초리로 바라보

고 있었다. 아마도 직업 때문이겠지. 탐정이라는 직업은
끊임없이 사람을 의심해야 하는 일이었다.

"한심한 놈."

하워드가 자신을 탓하며 돌아서려 했다. 그때 저만치 달
려가던 린지의 미니가 멈춰 섰다. 그녀는 길가에 차를 대
고 시동을 켠 채로 있었다. 하워드는 가방을 둘러매고 달
려갔다. 린지는 굳은 표정으로 정면을 응시하고 있었다.

"미안해요. 내가 바보 같았소. 어제오늘 너무 갑작스러
운 일이 벌어지는 바람에 정신이 나갔던 모양이오."

하워드가 손을 내밀며 사과를 청했다. 하지만 린지는 성
이 덜 풀렸는지 거들떠보지도 않았다.

"타세요. 가는 곳까지 태워드릴 테니."

"그 말은 사과를 받아드린다는 뜻이오?"

그러자 린지가 보일 듯 말 듯 고개를 끄덕였다. 하워드가
오르자 구형 미니가 요란한 엔진음을 내며 출발했다.

"이제 어디로 갈 거죠?"

"나도 몰라요. 데미안을 찾아야 한다는 것 말고는 결정된
게 없소."

구형 미니는 프라하 구시가지로 들어서고 있었다. 이차
선도로 양옆으로 안데르센의 동화에 나올 법한 건물들이
가지런히 늘어서 있었다.

"얼마 전 저와 함께 사뮈엘을 쫓던 이나시오 신부님이 실
종되셨어요. 이곳 프라하에서요. 그런데 그분이 마지막으

로 남긴 메시지에서 데미안 오헤어를 언급하셨어요."

침묵을 깨고 린지가 입을 열었다.

"뭐라고 했는데요?"

"데미안과 정보를 교환하기 위해 만나기로 했는데 약속 장소에 안 나왔다고 했어요. 아마도 위험에 처한 것 같다고 하더군요. 그 후로 연락이 두절됐어요. 전 신부님을 찾아 이틀 전 이곳에 왔는데 당신 소식을 듣게 됐고요."

"그런데 어떻게 야로슬라프를 설득한 거죠? 러시아 탱크가 따로 없던데."

"체코는 동유럽 국가 중 가톨릭 신도가 가장 많은 나라예요. 야로슬라프 형사도 그 중 한 명이고요. 제가 바티칸 교황청을 대신해서 당신의 신원을 보증한다는 각서를 썼거든요."

"그랬군요. 난 그런 것도 모르고."

두 사람을 태운 미니는 번화한 네루도바거리를 지나고 있었다. 그림 같은 건물들 사이로 장난감 같은 붉은 트램이 지나다니고 있었다.

"당신도 그 비디오를 봤소?"

"보진 못했지만 얘기는 들었어요. 끔찍하더군요. 혹시 짐작 가는 단체 없어요?"

사거리에서 신호를 기다리며 린지가 물었다.

"멘데스의 염소."

그 말에 린지가 고개를 돌렸다.

"사탄을 신봉한다는 단체를 말하는 건가요?"

"맞아요. 삼 년 전에도 의식 때 인간을 제물로 바쳤다는 제보가 들어와 FBI의 조사를 받았죠. 비록 증거불충분으로 풀려났지만."

"대체 어떤 인간들이기에 사람을 제물로 바치는 거죠?"

린지가 물었다. 하워드는 악몽과 함께 묻어놓은 무덤 속 기억을 꺼내듯 미간을 찌푸렸다.

"그들은 사탄을 신봉하는 단체 중에도 가장 광신적인 집단이에요. 그들의 기원은 알레이스터 크로울리라는 사람으로부터 시작해요. 본명은 에드워드 알렉산더 크로울리. 당신도 들어본 적이 있을 거요."

"혹시 록 가수들이 추종한다는 그 인물 아닌가요?"

"맞아요. 매릴린 맨슨, 심지어 비틀스의 명반 〈서전트 페퍼스 론리 하트 클럽 밴드〉 앨범 재킷에도 등장하죠. 그는 1875년 영국 워릭셔에서 태어났어요. 어려서 아버지를 잃고 엄격한 기독교 근본주의자 어머니 슬하에서 성장했죠. 어린 시절 그는 어머니의 교육 방침에 따라 기독교 기숙학교로 보내졌는데 중세 수도원을 방불케 할 정도로 지독한 곳이었어요. 재학 중 알레이스터는 동급생에게 맥주를 마셨다는 허위 고발을 당해 지독한 심문을 당하게 돼요. 몇 주에 걸친 체벌 때문에 영양실조와 신장병까지 얻게 된 크로울리는 그때부터 기독교에 대해 근본적인 회의를 갖게 되죠.

그러던 어느 날 그는 존 밀턴의 『실낙원』을 알게 되었는데 내용 중 타락천사 루시퍼와 신의 도전을 다룬 부분에서 루시퍼의 행각에 큰 감명을 받아 사탄과 마법에 깊이 빠져들기 시작해요. 알레이스터란 이름도 그때 개명한 거예요. 알레이스터는 그리스어로 '복수의 신'을 의미하죠.

사탄과 중세 마법에 흠뻑 빠졌던 크로울리는 흑마법을 체계적으로 배우기 위해 황금 여명회라는 비밀단체에 가입해요. 이 단체는 프리메이슨의 지회 같은 성격을 띠고 있었는데 지도층에 『드라큘라』의 저자 브램 스토커나 윌리엄 버틀러 예이츠 같은 유명 작가가 포진하고 있었어요. 이곳에서 그는 능력을 인정받아 요직을 맡게 되죠.

그 후 1903년에 그는 로즈 켈리라는 여인과 결혼하게 되는데 그녀와 함께 갔던 이집트 신혼여행에서 그의 인생을 바꾸는 특별한 계기를 맞게 돼요. 신전에 들어선 그에게 이집트 전쟁의 신 호루스로부터 계시를 받았다는 거예요. 그는 호루스로부터 '신들의 에퀴녹스(춘분)가 도래했다.'라는 천상의 선언을 들었다고 하는데 그것은 이후 그를 추종한 여러 단체의 중요한 모토가 돼요.

그 내용을 대략 말하면 이천 년 단위로 세상을 관장하는 신의 순번이 바뀌는데 이집트 신화에 의거 기원전 2000년부터 예수 탄생까지는 자애의 신 이시스가, 예수 탄생 이후부터는 죽음의 신 오시리스가 그리고 1900년대 당시는 호루스가 관장한다는 거예요. 이집트 신화에 따르면 이시스는 오시리스의 아내이며 호루스는 그들의 자식이에요. 이시스가 지배하던 기원전 2000년은 모계사회였어요. 어머니처럼 여겨지던 대자연의 권능이 모든 것을 지배했고 인류는 본능에 따라 자유롭게 성생활을 영위했죠. 그 후 오시리스가 지배하던 시대에는 죽음, 즉 시체를 숭배하게 되었어요. 바로 예수예요. 그때부터 부계사회가 확립되었고 자손 번식 외의 섹스는 죄악시되었어요. 그리고 1900년대에 들어서면서 호루스의 시대가 도래하는데 크로울리는 이 시기를 왕좌에 앉은 어린아이의 시대라고 했어요. 그는 이 시대를 가장 자세히 기록해놓았는데 현대역사를 예언한 듯한 기묘한 구절들이 등장해요. 그의 말에 따르면 이 시대에는 원죄의 개념이 사라지고 무책임함이 사회 곳곳에 퍼지게 되며 생식본능은 이상하게 변형되어 양성과 중성이 만연하게 된대요. 문명의 진보를 도덕성이 따라가지 못해 천진무구한 어린아이가 왕좌에 앉아 세상을 지배하는 독재자의 시대가 될 것이며 그가 벌인 전쟁으로 세상이 황폐하게 될 거라고 예언했어요."

"마치 2차 세계대전과 히틀러의 등장을 예견한 것처럼 들리네요."

린지가 속도를 늦추며 말했다.

"흥미로운 건 크로울리가 1925년에 속칭 'O.T.O'라고 불리는 독일의 비밀마법조직, 동방성당기사단과도 접촉하는데 그 단체에 아돌프 히틀러가 회원이었다는 거예요. 그들은 상당한 친분이 있었다고 전해져요."

"영국의 흑마법사와 독일이 배출한 세기의 독재자라. 멋진 콤비네이션이군요."

린지의 말에 하워드는 쓴웃음을 지었다.

"크로울리는 모세가 십계명을 받았던 것처럼 호루스의 율법이 적힌 새로운 성서를 받았다고 하는데 바로『리베르 레기스』(Liber legis)라는 거예요. 속칭『지옥의 서』라고도 하는 이 책에서 이후 사탄의 계명이 되는 유명한 말을 남기죠. '당신이 하고 싶은 걸 행하라. 그것이 법이다.' 이 유명한 율법서를 바탕으로 그는 이탈리아 체팔루 지방에 텔레마사원(Abbey of Thelema)을 세워 자신의 율법을 본격적으로 전파하기 시작해요. 이곳에서 그는 면도칼로 자해하는 수련을 시키고 백팔십여 건의 인신공양제사를 벌이는 등 엽기적인 의식 행위를 벌였다고 전해져요. 그런데 재밌는 건 그가 율법서『리베르 레기스』를 출판할 때마다 세계적으로 큰 혼란이 왔다는 거예요. 그는『리베르 레기스』가 지닌 마법적인 효력 때문에 기존 질서가 와해될 것이며 그때마다 행성 전체가 반드시 피로 정화될 거라고 예언했어요. 그런데 그의 예언이 묘하게 적중한 거예요. 그는『리베르 레기스』를 총 네 번 출판했는데 1912년 초판을 발행한 지구 개월 후 1차 세계대전의 서막인 발칸전쟁이 발발해요. 여기서 구 개월은 수태된 태아가 자궁에서 성장해 세상에 나오는 시간과 일치해요.

두 번째 출판은 1913년에 이루어졌는데 출판한 지 정확히 구 개월 후 1차 세계대전이 터지죠. 그리고 세 번째 출판한 1930년에는 출간 구 개월 후 일본이 만주사변을 일으켜요. 1938년 12월 22일 마지막으로 출판했을 때도 구 개월 후 2차 세계대전이 발발했죠."

"저로서는 우연이라고밖에 생각되지 않네요. 그런데 크로울리가 멘데스의 염소와는 어떤 연관이 있는 거죠?"

두 사람을 태운 미니는 마땅한 장소를 정하지 못하고 프라하 시내를 돌고 있었다.

"크로울리가 텔레마사원을 건립할 당시 그의 사상에 경도된 한 남자가 미국으로부터 도착해요. 그의 이름은 조나단 헉슬리. 당시 하버드 의과대학에 재학 중이던 헉슬리는 크로울리의 『리베르 레기스』를 읽고 감명받아 학업을 중도 포기하고 그의 신도가 돼요. 본래 독실한 루터교 신자였던 그는 기독교도들의 이중적인 모습에 환멸을 느껴 사탄주의와 마법에 빠지기 시작했는데 그가 초기 탐닉했던 건 에노키안 마법이었어요. 에노키안 마법은 르네상스 시대 영국 엘리자베스 1세의 수석 점성술사였던 존 디에 의해 고안된 마법으로 크로울리도 황금 여명회 시절 이 마법에 흠뻑 빠져 있었다고 전해져요. 헉슬리의 영특함을 알아본 크로울리는 그를 제사장으로 발탁하여 의식집전 등 중책을 맡기죠. 그런데 헉슬리는 권력욕이 강한 사람이었어요. 그는 타고난 카리스마와 뛰어난 언변으로 점차 영향력을 확

대해가요. 심지어 자신만의 『리베르 레기스』를 집필하기도 하죠. 그에게 위협을 느끼던 크로울리는 그를 이단으로 몰아 쫓아내게 되는데 이에 불만을 가진 헉슬리는 그를 추종하는 신자들을 데리고 미국으로 돌아와요. 그리고 자신만의 단체를 창시해요.

이 단체의 이름은 타블라 생타(Tabla sangta). 신성한 테이블을 의미하죠. 그런데 이 단체는 창단된 지 단 육 개월 만에 해체되는데, 그 이유는 고대마법을 연구하던 헉슬리가 우연히 읽게 된 존 로이드 스티븐슨의 저서에 영감을 받아 단체를 버리고 온두라스로 잠적해버렸기 때문이었어요. 존 로이드 스티븐슨은 미국의 탐험가로 마야 문명을 최초로 발견한 사람이었는데 헉슬리는 스티븐슨이 직접 그린 마야신전 입구에 장식된 '시발바'라고 하는 괴물 형상을 보는 순간 '케찰코아틀'의 계시를 받았다고 해요. 케찰코아틀은 마야 문명에 등장하는 주신(主神)으로 알려져 있어요. 전설에 따르면 미개하던 마야인들 앞에 나타난 케찰코아틀이 도시를 만들고 법률을 정하고 역법을 가르쳤다고 해요. 한마디로 그들의 문명을 일으킨 신이죠."

"마치 마야판 사뮈엘 베케트 같군요."

구형 미니는 블타바 강변을 시원스럽게 달리고 있었다.

"헉슬리는 사 년 동안 온두라스와 과테말라의 마야 유적지를 여행하며 그들의 종교의식에 심취하게 돼요. 그는 이전부터 사탄의 기원에 대해 심도 있는 연구를 했는데 그에

따르면 사탄은 현존하는 어떤 신보다도 오래전부터 인간의 신으로 숭상을 받았을 뿐 아니라 모든 고대 문명에 사탄을 숭배한 기록이 존재한다고 주장했어요. 그중에도 그를 가장 강하게 매혹한 건 바로 마야의 신 케찰코아틀이었어요. 케찰코아틀은 마야어로 '깃털 달린 뱀'을 의미하는데 뱀은 알다시피 성경에서 이브를 유혹해 선악과를 먹게 만드는 사탄으로 그려져요. 또한 뱀은 여러 문명에서 악령과 교통하는 동물로 알려져 있죠. 그리스의 신 제우스, 아폴론, 디오니소스 등도 뱀의 신으로 알려져 있기도 하고요. 그중에 헉슬리가 마야의 신 케찰코아틀에 주목한 것은 그의 모습 때문이었어요. 멕시코의 전승 신화를 편찬한 책에 따르면 케찰코아틀은 체격이 좋고 이마가 넓으며 덥수룩한 턱수염을 기르고 있었는데 원주민들과는 달리 푸른 눈과 하얀 피부를 갖고 있었대요."

"완전히 백인의 모습이군요."

"그래요. 그 때문에 오백 년 전에 아메리카 대륙에 상륙해 그곳을 정복한 에스파냐의 코르테스를 돌아온 케찰코아틀이라고 여겨서 원주민들이 환대했다는 설도 있어요. 백인우월주의자였던 헉슬리에게 마야의 신 케찰코아틀은 자기를 위한 신, 그 자체였던 거죠. 그리고 더욱 그를 매료시킨 것은 케찰코아틀을 위한 마야의 제사의식이었어요. 가뭄이나 자연 재해가 닥칠 때면 마야인들은 신의 분노를 잠재우기 위해 인간을 제물로 바쳤는데 어떤 때는 단 사흘

동안 수만 명을 제물로 바치기도 했어요. 그때부터 그는 인간의 피만이 사탄을 움직일 수 있다고 확신을 가지게 되었고 마야의 종교의식에 심취해 미국으로 돌아와요. 그렇게 전 세계의 모든 사탄 추종자를 규합해 전 인류적인 사탄 추종단체를 설립하겠다는 원대한 포부를 가지고 창시한 단체가 바로 '멘데스의 염소'예요."

"대체 이런 내용을 어떻게 알고 있는 거죠?"

린지의 질문에 하워드의 표정이 어두워졌다.

"칠 년 전 내 딸을 살해한 범인이 멘데스의 염소 일원이었어요."

"그랬군요. 미안해요."

"지독한 악연이죠."

하워드가 두 번 다시 꾸고 싶지 않은 악몽을 재차 꾸고 있는 듯한 표정으로 말했다.

"그런데 데미안 오헤어도 그들의 일원인가요?"

"그건 아닐 거예요. 데미안은 보고서에서 멘데스의 염소를 언급한 적이 없어요. 그리고 내가 알기로 그는 무신론자예요."

꼼꼼한 성격이었던 데미안은 매주 언더우드에게 조사 내역을 일일이 작성해 보고했고 하워드는 체코로 출발하기 전 그의 보고서를 모두 읽었다.

"그런데 왜 그런 짓을 한 거죠?"

"아마도 풀케(Pulque)를 마셨을 거요."

"풀케?"

"고대 마야인들이 인간제물에게 사용했던 환각제예요. 용설란 수액에 코카 잎과 눈측백속에 속하는 환각성 식물을 섞어 만든 건데 다량 복용할 경우 뇌에 손상이 올 정도로 심한 환각 상태에 빠진다고 해요."

"그 말은 일부러 환각 상태에 빠뜨려 살해하게 했다는 거잖아요. 뭣 때문에 그런 짓을 한 거죠?"

린지는 용납이 안 된다는 듯한 표정이었다.

"데미안이 가진 뭔가가 필요하기 때문이겠죠. 데미안에게서 그걸 빼앗으려 했지만 뜻대로 안 되자 환각 상태에 빠뜨려 의식을 집전시킴으로써 일원으로 만들어버린 거예요. 그럼 빼도 박도 못하게 되니까요. 그걸 미끼로 원하는 걸 얻으려 했을 거예요."

"대체 그게 뭘까요?"

"아마도 데미안이 찾고 있던 거겠죠."

린지가 놀란 얼굴로 하워드를 바라봤다.

"멘데스의 염소도 사뮈엘의 존재를 쫓고 있다는 건가요?"

"그럴 수도 있어요. 어쩌면 그들 눈에 사뮈엘은 그들이 추종하는 사탄의 모습으로 비칠지도 몰라요. 문명을 전파했던 케찰코아틀과 흡사한 부분이 있으니까요."

"그 말은 왠지 불경하게 들리는군요."

린지가 불쾌하단 듯이 말했다.

"불경하다고요? 마치 사뮈엘이 신성한 존재라도 되는 것처럼 말하는군요."

하워드가 날카롭게 묻자 린지가 머뭇거렸다.

"당신들 예수회는 사뮈엘을 누구라고 생각하는 거죠? 혹시 그를 예수라고 생각하는 거요?"

하워드가 예리하게 린지의 속을 떠보았다. 린지는 잠시 침묵을 지키다가 입을 열었다.

"하워드 씨. 저는 하느님께 인생을 맡긴 수녀예요. 당신이 성경을 어떻게 생각하는지 모르지만 내게는 목숨보다 더 중요한 말씀이라고요. 성경에는 분명 예수께서 십자가에 못 박혀 돌아가신 지 사흘 후 부활하신 다음, 하늘에 올라 전지전능하신 성부 오른편에 앉으셨다고 되어 있어요. 내가 얘기할 수 있는 건 거기까지예요."

린지가 로터리로 접어들며 대답했다. 그녀는 자신의 입장을 이해해달라는 듯 미묘한 표정을 짓고 있었다.

"당신들이 어떤 의도로 사뮈엘을 찾는진 모르겠지만 나로서는 신뢰가 가지 않는군요."

하워드가 냉소적으로 말했다.

"당신이 신을 믿지 않는다는 건 잘 알고 있어요. 종교에 대해서도 부정적이라는 것도요. 당신과 나는 강 건너에서 마주보는 셈이죠. 하지만 분명한 건 우리는 세상의 보편적인 질서를 지키기 위해서 그를 찾고 있다는 거예요. 우리는 신의 뜻을 알기 위해서 그를 찾고 있어요. 그리고 그건 결국 사람들을 위하는 거고요. 멘데스의 염소처럼 인간을 한낱 도구로 보는 짓 따위는 하지 않아요."

"보편적인 질서라. 미안한 얘기지만 그런 말을 할 입장은 아닌 것 같은데요. 당신들도 신을 핑계 삼아 수많은 사람을 죽였어요. 중세에는 이단과 마녀사냥이라는 명목하에 수백만 명의 사람들을 불에 태워 죽였어요. 그것도 당시에는 보편적인 질서를 지키기 위한 목적이었죠. 게다가 구약 성서에도 당신들의 신이 직접 사람을 제물로 바치라는 구절이 나오는 걸로 아는데요."

하워드가 차갑게 몰아붙였다. 그러자 린지가 급정거하더니 하워드를 응시했다. 뒤쫓던 차들이 연신 경적을 울려댔지만 린지는 개의치 않았다.

"많은 사람이 중세 마녀사냥을 빗대어 가톨릭을 비난하지만 그건 당시 상황을 몰라서 하는 소리예요. 물론 그것이 잘못된 관습이었다는 건 나도 인정해요. 하지만 그건 시대상을 이해하지 않고 표면만을 보고 말하는 어리석은 짓이라고요. 당시 로마가 붕괴하고 여러 민족이 패권을 다투던 상황에 기아와 전염병 등이 유럽대륙을 덮치면서 극도로 혼란스러웠어요. 지금처럼 의학과 과학이 발전되지 못한 상황에서 들이닥친 흑사병은 악마를 연상시킬 정도로 두려운 존재였고 그 때문에 마녀와 이단이 등장한 거예요. 물론 마녀사냥과 이단이 교황청과 군주 간의 권력 다툼의 도구로 사용됐던 걸 부인하진 않겠어요. 그건 잘못된 일이고 반성해야 할 일이에요. 하지만 그건 어리석은 인간의 잘못이지 하느님 탓으로 돌려선 안 돼요. 그리고 구약성서의 인신공양 얘긴 못 들은 걸로 하겠어요. 창세기의 아브라함이 하느님의 시험을 받는 장면과 사사(士師)⁴ 입다가 서원의 맹세를 지키기 위해 딸을 공양하는 장면을 말하는 모양인데 그건 성경을 제대로 이해하지 못한 무지의 소치라고밖에는 생각되지 않는군요."

린지의 목소리가 격앙되었다.

"당신 말대로 우리는 강 건너편에서 마주보고 있군요."

하워드는 더 묻지 않고 정면을 응시했다. 한때 신을 믿었던 그가 린지의 입장을 이해할 수 없는 것은 아니었다. 하지만 칠 년 전 사건을 계기로 이미 강 건너편에 도착해버린 하워드를 돌려놓을 수는 없었다. 작은 구형 미니 안에는 건널 수 없을 만큼 깊은 강이 흐르고 있었고 그 강을 사이에 두고 두 사람이 앉아 있었다. 차는 다시 프라하 시내를 달렸다. 하워드는 막연한 신학 문제를 떠나 지금까지의 상황을 정리해보았다.

사건은 다시 복잡하게 얽혀들고 있었다. 하워드의 예상이 맞다면 멘데스의 염소도 사뮈엘을 찾고 있었다. 얼마 전 하워드를 습격했던 볼러해트도 이들의 일원일 소지가

사사(士師)⁴ : 구약성서에 등장하는 단어로, 하나님에 의해 세워진 이스라엘의 백성을 다스리던 군사·정치 지도자.

다분했다. 그들의 목적이 무엇인지 알 수는 없었지만 수단과 방법을 가리지 않을 만큼 절실한 건 분명했다. 그들과 앞으로도 조우할 거라는 건 불을 보듯 뻔했다. 그보다 더 중요한 문제는 데미안의 행방이었다. 지금으로선 그의 행방을 알 수 있는 단서가 전무한 상태였다.

하워드는 한숨을 내쉬었다. 그의 머릿속에는 어제 보았던 영상 속에서 처절하게 몸부림치던 소녀의 모습이 아른거렸다. 대체 그들이 믿는 사탄이란 존재가 얼마나 위대하기에 죄 없는 소녀까지 제물로 바쳐야 하는 것일까. 인류의 문명이 비약적으로 발전했다지만 하워드의 눈에는 기원전 마야인과 다를 바 없어 보였다. 그리고 불행히도 죄 없는 사람들의 죽음이 그림자처럼 하워드를 따라다니고 있었다. 이윽고 구형 미니가 어느 허름한 호텔 앞에 멈췄다.

"여긴 어디죠?"

"내가 머무는 호텔이에요. 어디로 가야 할지 몰라서 일단 왔어요."

"당신은 수녀원에 묵고 있지 않소?"

"수녀라고 맨날 수녀원에서 자라는 법은 없어요. 호텔비 정도 낼 돈은 나도 있다고요."

린지가 고지식한 꽁생원을 나무라듯 쏘아붙였다. 마땅히 잘 곳을 정하지 못했던 하워드는 일단 이곳에 숙소를 마련해야겠다고 생각했다.

"빌어먹을."

하워드가 차에서 내리다 말고 중얼댔다.

"무슨 일이에요?"

"내 시계요. 야로슬라프에게 돌려받는다는 걸 깜빡했어요."

"내 생각에는 다시 돌려받긴 힘들 것 같은데요."

"돌려받아야만 해요. 그건 내 아내 헬렌이 결혼식 때 선물한 거라고요. 젠장, 어쩌지. 난 시계 없인 일을 못 하는데."

하워드가 낭패라는 듯 고개를 저었다.

"제 시계라도 빌려드릴까요?"

린지가 낡은 시계를 보여주며 말했다. 그런데 린지의 손목에 하워드의 시선을 끄는 게 있었다.

"잠깐. 손목 좀 보여줘요."

린지가 의아한 표정으로 손목을 내밀었다. 그녀의 손목에는 장미 문양 중앙에 십자가가 자리잡은 형태의 인장이 찍혀 있었는데 낯익은 문양이었다.

"이거 어떤 도장이죠?"

"이건 스트라호프 도서관을 출입하기 위한 도장이에요. 스트라호프 도서관은 중세 때부터 출입하는 수도사에게 허가증 대신 이 도장을 찍어줘요. 실종된 신부님이 마지막으로 찾았던 곳이어서 어제 갔었어요."

순간 하워드는 야로슬라프가 보여준 영상에서 데미안의 손목에 찍혀 있던 붉은 인장을 기억해냈다. 그것은 분명 같은 인장이었다. 게다가 스트라호프 도서관은 중세의 고서들을 다량 소장한 유럽의 도서관 중 하나였다. 데미안이 자료조사차 찾았을 가능성은 충분했다. 하워드는 서둘러 가방을 챙겨 차에서 내렸다.

"무슨 일이에요? 말을 해봐요."

"가봐야 할 곳이 생겼어요. 오늘 일은 고마웠어요. 언제 기회가 되면 갚도록 할게요."

하워드가 택시를 잡으며 말했다.

"이봐요, 고집불통 하워드 씨. 우린 서로 협조해야 해요. 당신은 데미안을 찾아야 하고 나 역시 이나시오 신부를 찾아야 한다고요. 단서가 있으면 꿍생원처럼 굴지 말고 얘기를 해봐요."

"당신도 마음을 안 여는데 왜 내가 말해야 하죠?"

"당신은 정말 구제불능이군요. 좋아요. 약속해요. 나도 앞으로 단서가 나타나면 숨기지 않고 말하겠어요. 그리고 지금 향하는 곳이 스트라호프 도서관이라면 내 도움 없이는 들어갈 수 없을걸요. 당신이 원하는 정보가 있는 곳은 외부인의 출입을 철저하게 통제하는 수도사들만의 영역이에요."

린지가 여유 만만하게 인장이 찍힌 손목을 들어 보였다. 하워드는 잠시 망설이다가 택시에서 내렸다. 파트너라면 질색이었지만 이번만은 어쩔 수 없었다.

스트라호프 도서관은 프라하에서도 가장 높은 지역인 말라스트라나 지구 언덕에 자리잡은 스트라호프 수도원 내에 있었다. 아름다운 붉은색 지붕과 새하얀 기둥이 인상적인 수도원은 여러 시대를 거치면서 재건축되어 바로크와 로마네스크, 고딕 양식까지 다양하게 접목된 아름다운 건축양식으로 이루어져 있었다. 이곳에는 총 십사만 권에 달하는 귀중한 장서가 보관되어 있었다. 그중 이만 오천 권은 중세 시대 수도사들이 작성한 필사본이고 인쇄술이 발명될 당시에 간행된 회귀본도 오천 권이나 소장하고 있었다. 현재는 도서관뿐만 아니라 박물관과 미술관으로도 이용되고 있어 수많은 관광객이 입구부터 가득 메우고 있었다. 린지는 관광객들을 지나 수도원 뒤쪽 주차장에 차를 세웠다.

"폐쇄된 곳이라더니 이 사람들은 다 뭐요?"

하워드가 사진을 찍는 관광객들을 가리키며 물었다.

"관광객은 나처럼 이곳 시설을 이용할 수 없어요."

린지가 차에서 내리며 말했다. 수도원 내에 들어서자 그녀는 수녀복을 단정히 하고 다소곳이 예의를 갖추었다. 그러자 전혀 다른 사람처럼 보였다.

"정말 수녀였군요."

하워드가 장난스럽게 말했다.

"그건 무슨 뜻이죠?"

"수녀복이 잘 어울린다는 얘기요."

하워드가 둘러댔다.

"이곳은 거룩한 곳이에요. 쓸데없는 농담은 삼가세요."

린지가 정색하며 수도원으로 향했다.

하워드도 그 뒤를 따랐다. 수도원은 성당 건물 외에 박물관과 도서관으로 이용되는 주 건물, 그리고 수도원 건물로 구성되어 있었다. 린지는 성당을 지나 도서관 건물로 향했다. 양쪽으로 거대한 청동 돔이 있는 입구로 들어서자 로마네스크 양식의 사각 연못이 나타났다. 푸른 잔디가 깔린 연못을 중심으로 사각으로 둘러싼 건물에는 아치형 창문이 설치된 기다란 복도가 있었고 일정한 간격으로 문들이 늘어서 있었다. 그곳은 박물관과 갤러리로 사용되는 건물이었는데 인적이 드물었다. 복도 중간중간 성모상과 아기 예수 등을 그려 넣은 프레스코화와 조각상들이 운치 있게 놓여 있었다. 린지는 묵묵히 복도를 지나 도서관으로 연결된 문으로 들어섰다. 문을 나서자 작은 뜰이 나타났다. 뜰 너머에는 도서관 건물이 서 있었다. 도서관 역시 흰색 건물로 명성에 비해 웅장하진 않았지만 어딘가 친숙한 느낌이었다.

도서관 입구는 유명한 건축가이자 조각가 이그나츠 프란츠가 조각한 아름다운 파사드로 장식되어 있었다. 린지는 베일로 얼굴을 가리고 도서관 안으로 들어섰다. 도서관 내부에 들어선 하워드는 왜 이곳이 유럽 최고의 도서관이라 불리는지 알 수 있었다. 도서관은 홀을 중심으로 두 개의

방으로 나뉘어 있었는데 만 팔천여 권의 종교 관련 서적이
보관된 신학의 방과 사만 이천 권의 철학 서적이 있는 철학
의 방으로 구성되어 있었다. 호두나무를 일일이 조각해 만
든 장식장과 그것을 가득 메우고 있던, 식물과 조개껍데기
를 직접 붙여 장식한 장서들도 훌륭했지만 하워드를 감탄
하게 만든 건 천상의 도서관을 연상케 하는 천장의 프레스
코화였다. 하워드는 그림에 심취하여 눈을 떼지 못하고 있
었다.

"지금 우린 관광을 하러 온 게 아니에요."

린지가 하워드의 팔을 잡아당기며 말했다. 그제야 정신
을 차린 하워드가 린지 뒤를 따랐다. 린지는 홀과 연결된
복도를 따라 도서관 깊숙한 곳으로 발걸음을 옮기고 있었
다. 복도를 따라 보석으로 장식된 성서, 모차르트가 직접
연주한 오르간 등이 전시되어 있었지만 그녀는 눈길도 주
지 않고 걸었다. 복도가 끝나는 지점에는 철창이 앞을 가
로막고 있었다. 지하로 이어진 계단이 철창 너머로 있었는
데 입구에 신부복을 가지런히 차려입은 중년의 신부가 지
키고 있었다. 문지기 신부가 린지를 알아보고 다가왔다.

"또 오셨군요, 린지 자매님."

문지기 신부가 능숙한 영어로 인사말을 건넸다.

"잘 계셨나요, 신부님. 찾아볼 게 있어서요."

린지가 팔목의 인장을 보여주며 대답했다.

"구도의 길은 멀고도 험하죠. 그런데 이분은 누구십니

까?"

신부가 하워드를 보며 물었다.

"저를 도와주시는 예수회 소속 가브리엘 신부님이십니다. 미국 지부에서 어제 도착하셨어요."

린지가 미소를 지으며 하워드를 소개했다. 졸지에 신부가 된 하워드가 멍하니 바라보고 있자 린지가 눈치껏 행동하라는 듯 옆구리를 찔렀다.

"아, 안녕하십니까. 가브리엘입니다. 도서관이 정말 훌륭하군요."

얼떨결에 하워드가 인사를 했다.

"이곳을 훌륭하게 만드는 건 천장 프레스코화가 아닙니다. 이 안에 보관된 장서들이죠. 프란시스 추기경께서는 건강하시죠? 작년에 미국을 방문했을 때 정말 많은 도움을 주셨어요. 감사한 분입니다."

"그럼요. 요즘도 아침마다 4킬로미터씩 조깅을 하시는걸요. 철인이 따로 없죠."

하워드가 너스레를 떨었다. 그런데 하워드의 말에 문지기 신부의 표정이 굳었다.

"프란시스 추기경님은 관절염 때문에 잘 걷지도 못하시는데요."

순간 하워드는 자신이 너무 앞질러 갔다는 걸 깨달았다.

"라파엘 추기경님을 프란시스 추기경님으로 착각하신 모양이네요. 가브리엘 신부님은 지난달까지만 해도 브라질 선교회에 몸담고 계셨거든요. 그렇죠? 신부님."

린지가 서둘러 진화했다.

"아, 프란시스 추기경님. 이제 기억이 나는군요. 죄송합니다. 제가 기억력이 워낙 안 좋아서요."

하워드가 어색하게 맞장구를 쳤다.

"그렇군요. 그럼 보여주시죠."

문지기 신부가 손을 내밀면서 말했다. 그러자 린지가 품에서 가죽으로 된 두루마리 하나를 꺼내서 건넸다.

"신부님께선 급하게 오시느라 추천서를 준비하지 못하셨어요. 대신 제 것을 드리겠습니다."

문지기 신부는 린지의 두루마리를 살펴보았다. 두루마리는 금실로 엮은 고급스러운 끈으로 묶여 있었는데 끝에 교황청 엠블럼이 새겨진 금장식이 달려 있었다. 두루마리를 펼치자 배경으로 교황청 엠블럼을 수놓은 한 장의 종이가 있었다. 종이는 추천글로 보이는 누군가의 편지였는데 마지막에 친필 사인이 있었다.

"원래 추천서 없이는 출입이 안 됩니다만 교황께서 직접 임명하신 분이니 상부에 연락해보겠습니다. 잠시만 기다려 주십시오."

편지를 꼼꼼히 살펴본 문지기 신부가 두루마리를 돌려주며 말했다. 그는 자리로 돌아가 어딘가로 전화를 걸었다.

"교황?"

하워드가 두루마리를 가리키며 물었다. 교황이 직접 임

명할 정도면 린지의 임무를 상당히 중요하게 여긴다는 뜻
이었다. 그만큼 사뮈엘은 대단한 존재였다.

"당신이 상관할 문제가 아니에요. 그보다 이제부턴 제가
알아서 할 테니 입 다물고 계세요."

린지가 두루마리를 소중하게 집어넣으며 말했다. 하워
드가 알았다는 듯 지퍼로 입을 채우는 시늉을 했다. 문지
기 신부가 통화를 마치고 돌아왔다.

"상부에서 허락을 했습니다. 어서 오십시오. 스트라호프
도서관에 오신 걸 환영합니다."

문지기가 철창문을 열며 말했다. 두 사람도 인사를 하며
철창 안으로 들어섰다. 그러자 문지기 신부가 황동으로 된
커다란 도장을 가져와 하워드의 오른팔목에 인장을 찍어
주었다. 린지의 것과 같은 것이었다.

"내려가시면 담당 신부가 주의사항을 일러주실 겁니다.
신의 가호가 두 분과 함께하시길."

문지기 신부가 성호를 그으며 말했다. 하워드도 얼떨결
에 성호를 긋고 말았다.

"성호를 긋는 모습이 잘 어울리네요. 가브리엘 신부님."

린지가 장난스럽게 말했다.

"이곳은 거룩한 곳입니다. 쓸데없는 농담은 삼가세요."

하워드가 린지의 말을 인용하며 맞받아쳤다. 두 사람은
지하로 이어지는 나선형 계단으로 들어섰다. 지금까지와
는 달리 아무런 장식도 없는 화강암 계단에 들어선 하워드

는 잠시 머뭇거렸다.

"왜 그러세요?"

계단을 내려가던 린지가 돌아보며 물었다.

"아니에요."

하워드가 뭔가를 말하려다 도로 삼켰다. 원형으로 이루어진 화강암 계단과 어둠으로 가득 찬 침묵. 그곳은 아까 꿈에서 보았던 계단과 똑같은 모습을 하고 있었다. 그것이 하워드를 불안하게 했다. 다른 점은 어둠 저편에서 소녀의 울음소리 대신 사람들의 인기척이 들려오고 있다는 것이었다. 불길한 기시감이었다. 하지만 머뭇거릴 시간이 없었다. 하워드는 린지를 따라 계단을 내려갔다. 한참을 내려가자 계단이 끝나고 빛이 새어 나오는 입구가 나타났다. 입구를 지나자 이제까지와는 전혀 다른 공간이 나타났다. 그곳은 하나의 거대한 방이었는데 삼 층 높이의 천장 돔까지 수많은 장서로 채워진 책장이 방을 가득 메우고 있었다. 책장 사이 공간은 스탠드가 켜진 개인용 책상이 빼곡히 들어차 있었는데 수많은 신부와 수녀가 앉아 고서를 연구하고 있었다. 어디에도 장식은 없었고 오직 책과 책장, 그리고 책을 비추는 조명뿐이었다. 스탠드를 촛불로 교체한다면 중세의 수도원을 그대로 재현한 광경이었다.

"이곳이 스트라호프 도서관의 심장이에요. 지상의 도서관을 채우고 있던 책들은 모두 장식일 뿐, 진짜 책들은 이곳에 보관되어 있어요."

린지가 발소리를 조심하며 연구에 여념이 없는 수도사들 사이를 가로질렀다. 하워드는 뒤따르며 수도사들이 읽고 있는 책들을 살펴보았다. 대부분 오래된 양피지 책들로 라틴어나 히브리어로 적힌 중세의 성서들이었다.

'대체 이런 곳에서 데미안은 뭘 찾던 거지?'

수도사 사이를 지나며 하워드가 생각했다. 린지는 맞은편 구석의 대출대로 향했다. 대출대에는 후드가 달린 로브를 입은 백발의 수도사가 앉아 있었다. 그는 동그란 돋보기안경을 끼고 양피지로 된 중세 성경을 일일이 필사하고 있었는데 그가 들고 있던 만년필이 아니었으면 중세의 수도사로 착각할 뻔했다.

"안녕하세요. 그레고리 신부님. 그사이 많이 옮기셨네요."

린지가 인사하자 백발 수도사가 돋보기 너머로 빠끔히 쳐다봤다. 얼핏 보기에도 여든은 족히 넘어 보이는 얼굴이었다.

"자네 아직도 안 돌아갔나? 책을 좋아하지도 않는 사람이 여긴 왜 뻔질나게 드나들어."

가래 끓는 목소리로 백발 수도사가 말했다. 강한 스코틀랜드 억양을 구사하고 있었다.

"신부님 뵙고 싶어서 왔죠."

린지가 미소를 지으며 대답했다.

"꼬부랑 할아범이 어디가 좋아서. 어서 파계하고 결혼이

나 해. 여긴 자네 같은 미인이 올 곳이 아니야."

백발 수도사가 장난스럽게 받아쳤다. 그는 안경을 고쳐 쓰더니 다시 중세 성경의 필사를 이어갔다.

"또 그러신다. 저도 어엿한 수도사라고요. 장난이라도 그런 말 하시면 싫어요."

린지가 애교 섞인 목소리로 말했다.

"이번엔 또 뭘 찾으려고 왔어. 그리고 저 친구는 누구야? 신랑이야?"

신랑이라는 말에 린지의 볼이 붉어졌다.

"무슨 말씀이세요. 이분은 저랑 같이 미국에서 온 가브리엘 신부님이세요. 저를 도와주시러 오신 거라고요."

린지가 허둥지둥 둘러댔다.

"저 친구가 신부면 난 존 웨인이다."

어림없다는 듯 백발 수도사가 받아쳤다. 두 사람은 정체가 들통난 은행털이범처럼 어쩔 줄 몰라 하고 있었다.

"그래, 뭘 찾으러 온 거야?"

"사람을 찾고 있어요. 데미안 오헤어라는 사람인데 한 달 전쯤에 방문했을 거예요."

"데미안 오헤어? 그 친구도 신부를 가장한 신랑이야?"

"그런 게 아니라니까요, 신부님."

"기다려봐."

백발 수도사가 방문자 명단을 뒤지기 시작했다.

"데미안 오헤어라……."

백발 수도사는 명단을 일일이 짚어갔다.

"그런 사람 없어."

이윽고 명단을 모두 훑어본 백발 수도사가 말했다.

"확실합니까?"

하워드가 처음으로 입을 열었다. 그러자 백발 수도사가 못마땅한 표정으로 노려봤다.

"내가 없다면 없는 거야."

"다시 한번 확인해주시겠……."

"신부님이 없다면 없는 거예요."

린지가 중간에 말을 가로챘다.

"그레고리 신부님이 연로하시긴 해도 기억력 하나는 끝내주시는 분이에요. 데미안이 여기 온 건 확실해요?"

린지가 낮은 목소리로 물었다.

"이 짓만 칠 년째요. 확실해요."

"그럼 잘 생각해봐요. 혹시 그 사람, 가명 같은 거 없어요? 세례명 같은 거 말이에요."

하워드가 알기로 데미안은 어떤 종교에도 귀의하지 않은 무신론자였다. 세례명 같은 게 있을 리 없었다. 갑자기 다리가 끊어진 장면을 목도한 느낌이었다. 그렇다고 유일한 단서를 무기력하게 버릴 수는 없는 노릇이었다. 하워드는 모든 기억을 동원해 데미안의 또 다른 이름을 유추했다. 그때 어렴풋한 기억의 단편 하나가 서광처럼 다가왔다. 그것은 데미안의 세 번째 책이었다. 그는 어떤 이유에선지

세 번째 미학 서적의 저자명에 본명이 아닌 '프랑수아 부셰'라는 필명을 사용했던 것이다. 가능성이 있었다.

"혹시 프랑수아 부셰라는 이름이 있는지 확인해주시겠습니까?"

하워드가 대출대에 바짝 다가서며 물었다.

"프랑수아 부셰. 벌거벗은 여자를 좋아하던 18세기 프랑스 화가로구먼."

방명록을 살피며 백발 수도사가 중얼댔다. 하워드는 그제야 프랑수아 부셰의 정체를 기억해냈다. 그는 18세기 로코코 시대를 풍미했던 화가로 루이 15세의 궁정화가였다. 그리스 신화에 심취하여 루이 15세의 애첩들을 모델로 여신들의 에로틱한 모습들을 화폭에 담아 당대에 상당한 인기를 누렸던 화가였다.

"여기 있구먼. 프랑수아 부셰."

놀랍게도 추측은 적중했다.

"11월 4일부터 열흘간 방문했군."

"혹시 그 사람이 어떤 책을 열람했는지 알 수 있을까요?"

"열흘 내내 D-117-397만 읽었군."

책의 일련번호를 말하는 모양이었다.

"그 책을 좀 볼 수 있을까요?"

하워드가 다급하게 물었다.

"기다려."

백발 수도사가 방명록을 덮더니 옆에 있던 젊은 수도사

에게 열람번호를 알려주었다. 그러자 젊은 수도사가 열람표를 들고 대출대 뒤에 늘어선 책의 숲으로 사라졌다. 하워드와 린지는 초조하게 젊은 수도사가 나타나길 기다렸다. 이윽고 젊은 수도사가 한 권의 두툼한 양피지 장서를 들고 돌아왔다. 하워드가 서둘러 책을 넘겨받으려 하자 백발 수도사가 버럭 호통을 쳤다.

"어디다 더러운 손을 들이밀어? 이런 무식한 놈 같으니!"

하워드는 그제야 자신이 실수했다는 걸 알았다. 이곳의 장서 모두 역사적인 유물이기에 절대 맨손으로 만져선 안 되는 것들이었다.

"죄송합니다. 저도 모르게 그만……."

"저런 녀석은 신랑감으론 빵점이야. 다른 놈을 만나."

백발 수도사가 면장갑 두 켤레를 주며 말했다.

"절대 지문을 묻혀선 안 돼. 침이 튀어도 안 되고 책을 구겨서도 안 돼. 만약 이물질이 발견될 땐 두 번 다시 이곳을 출입할 수 없을 테니 그런 줄 알아."

백발 수도사가 엄하게 주의사항을 일러줬다.

"잘 알겠습니다. 조심하도록 하겠습니다."

하워드가 장갑을 끼며 말했다. 그제야 백발 수도사가 장서를 건네줬다. 그사이 린지는 대출란에 서명했다. 두 사람은 비어 있는 책상을 찾아 자리를 잡았다. 밝은 스탠드 불빛 아래서 보니 그것은 정체를 알 수 없는 필사본이었다. 송아지 가죽으로 된 겉표지 중앙에는 나귀를 탄 성모가 아기 예수를 안고 있는 채색화가 그려져 있었고 장미 문양의 경첩이 귀퉁이에 고급스럽게 장식되어 있었다. 그리고 테두리를 따라 화려한 금박의 무어식 별 문양이 수놓아져 있었다. 전체적인 양식을 볼 때 15세기 스페인에서 집필된 책이었다. 하지만 어디에도 제목이나 저자의 이름은 적혀 있지 않았다. 하워드는 조심스럽게 책을 펼쳤다. 첫 장을 펼치자 중세 스페인어로 기록된 서문이 나타났다. 서문은 총 세 페이지에 걸쳐 쓰여 있었는데 마지막 장 아래에 저자로 보이는 사람의 친필 서명이 적혀 있었다.

"크리스토퍼 콜럼버스."

"신대륙을 발견한 콜럼버스 말인가요?"

하워드가 고개를 끄덕였다. 콜럼버스가 직접 작성한 책이었다. 수천 킬로를 날아와 어렵게 찾은 책은 범상치 않은 인물의 서명과 함께 시작되고 있었다. 서문의 제목은 '주 예수 그리스도의 이름으로'였다. 콜럼버스가 독실한 가톨릭 신자였다는 건 익히 알려진 사실이었다.

신앙심이 가장 깊은 그리스도교도이시며 존귀하고 영명하며 강력한 통치자로서 에스파냐와 해당 제도를 다스리시는 여왕폐하 및 국왕이시여.

서문은 당시 스페인의 통치자였던 이사벨 1세와 페르난도 2세에게 경의를 표하며 시작하고 있었다. 하워드는 세

페이지에 걸친 서문을 차분히 읽어나갔다. 비록 중간중간 고어들이 섞여 있었지만 내용을 파악하는 데는 문제가 없었다. 그런데 서문을 모두 읽은 하워드는 놀라지 않을 수 없었다.

"이런 세상에! 이게 어떻게 여기 있는 거지?"

"대체 뭔데 그래요?"

린지가 물었다.

"이건 1492년 신대륙으로 출항했던 첫 번째 『항해일지』예요."

"그게 뭐가 이상하다는 거죠? 이건 책으로 출판되어 서점에서도 구할 수 있는 거잖아요."

린지가 이해할 수 없다는 듯 물었다.

"그래요. 당신 말이 맞아요. 그런데 놀라운 건 이게 필사본이 아니라 원본이라는 겁니다. 콜럼버스는 첫 번째 항해를 마치고 돌아오자 아메리카 대륙을 발견하기까지 걸린 200일의 여정을 기록한 『항해일지』 원본을 이사벨 1세와 페르난도 2세에게 바쳤어요. 왕은 원본을 스페인 왕실 서고에 보관했고요. 그런데 어느 날 사라졌고 그 이유를 아무도 모르고 있어요. 현재 세상에 알려진 항해록은 콜럼버스가 따로 마련해두었던 필사본을 수도사 바르톨로메 데 라스카사스가 요약 정리한 거예요."

하워드가 콜럼버스의 자필 사인을 가리키며 말했다.

"그럼 지금 우린 오백 년 전에 사라졌던 콜럼버스의 일기장을 들고 있는 셈이군요. 그런데 이게 여기 있다는 걸 데 미안은 어떻게 알았을까요?"

"더 중요한 건 왜 이 책을 선택했느냐는 거죠."

"설마 콜럼버스도 사뮈엘을……."

확신할 수는 없지만 그럴 가능성은 충분했다. 사뮈엘은 아이작 뉴턴을 비롯해 아인슈타인, 오펜하이머 등 인류 문명을 발전시키는 데 획기적인 기여를 한 위인들을 만나 영감을 주었다. 신대륙을 발견한 콜럼버스가 명단에 들어 있는 건 전혀 이상한 일이 아니었다. 하워드는 조심스럽게 책장을 넘기며 본격적으로 책을 읽어나갔다.

1492년 8월 3일 금요일 오전 8시

살테스섬의 강어귀를 가로질러 항해를 시작했다. 바다에서 불어오는, 풍향이 자주 바뀌는 강한 바람을 타고 해 질 녘까지 남쪽 16레구아(legua)[5]를 항해한 후 카나리아제도 쪽으로 항로를 잡고서 남서쪽으로 항해했다. 신께서 우리의 앞길을 열어주시듯 구름 한 점 없이 맑은 하늘과 잔잔한 파도가 지평선 너머로 펼쳐져 있었다.

일지 초반은 여정의 시작이기에 간단한 메모 형식으로 기록되어 있었다. 8월의 무덥고 지루한 대서양을 횡단하고

레구아[5] : 당시 도량형이 통일되지 않은 시기에 콜럼버스는 이탈리아 마일(미야)을 적용했는데 4미야는 1레구아에 해당한다.

있었지만 특이한 내용은 발견되지 않았다. 세 척의 탐험선 중 하나인 핀타호의 키가 부서져 수리 차 정박해야 했다거나 지루한 항해 때문에 생긴 선원들의 향수병 등 일상적인 내용이 대부분이었다. 하워드의 관심을 끈 것은 콜럼버스의 신앙심이었다. 그가 독실한 가톨릭 신자였다는 얘기는 익히 들었지만 일지에 적힌 그의 신앙심은 생각 이상으로 깊었다. 그는 장마다 예수에 대한 믿음을 표현하고 있었다. 특히 항해 목적이 단순한 인도 원정이 아니라 그곳에 있는 원주민들을 가톨릭으로 개종시키겠다는 의지의 발현임을 꾸준히 피력하고 있었다. 그는 선상에서도 주일이면 어김없이 미사를 드렸고 난관이 닥칠 때마다 선원들을 모아 기도문을 외웠다. 그렇게 8월이 지나고 9월이 왔다. 산타마리아호는 대서양을 건너 바하마연방으로 들어서고 있었다. 하워드는 매 장을 꼼꼼히 살폈지만 주목할 만한 내용은 없었다. 그러던 9월 16일, 세상에 알려진 항해록과는 다른 부분이 나타났다.

1492년 9월 16일 일요일
서쪽으로 항해를 계속해 41레구아 정도를 나아갔지만 38레구아로 기록했다. 다소 구름이 끼고 이슬비가 내렸다. 오늘은 적당히 불어오는 산들바람과 상쾌한 아침 공기 덕분에 즐거웠다. 나이팅게일의 노랫소리만 있으면 더할 나위 없을 것 같았다. 마치 안달루시아의 4월 날씨 같았다. 짙푸른 해

초 부유물이 보이기 시작했다. 뽑힌 지 얼마 되지 않은 것 같다. 항해가 길어지고 고국에서 멀어져감에 따라 선원들은 자신을 이 항해에 끌어들인 나와 끝 모를 여정에 대해 불평하기 시작했다. 또한 그들은 여기저기 떠다니는 해초 부유물을 보더니 혹시 암초가 있는 건 아닌지 걱정했다. 걱정이 커질수록 나에 대한 불평도 더욱 노골적으로 드러냈다. 이대로 암초에 부딪혀 난파되거나 그들이 원하는 인도를 못 찾게 된다면 반란으로 이어질지도 모른다. 하지만 나는 어떤 희생을 치르더라도 이 항해에서 찾아야 할 것이 있다. 그리고 그 사실을 아는 사람은 나 외에는 아무도 없다.

이 항해를 계획하기 이 년 전 일이었다. 당시 나는 피에트로 베스콘테의 세계지도와 마르코 폴로의 『동방견문록』을 부적처럼 항상 몸에 지니고 다녔다. 그 이유는 언제부턴가 내 몸 안에 싹트기 시작한 간절한 바람 때문이었다. 그것은 바로 인류가 탄생하고 하느님과 인간이 다정하게 지내던 인류 최초이자 종국의 땅, 에덴동산에 대한 갈망이었다. 나는 아주 어렸을 때부터 그곳을 내 눈으로 확인하고 싶었다. 그곳에 내 두 발을 딛고 싶었다. 피에트로 베스콘테의 지도에는 분명히 동쪽에 에덴동산이 있다고 기록되어 있었다. 나는 그곳이 마르코 폴로가 견문록에서 언급한 지팡구(Zipangu)라고 확신하고 있다. 만약 내가 에덴동산을 찾게 된다면 현재 세상에 만연한 우상숭배와 이교도들은 이 땅에서 자취를 감추게 될 것이다. 그것이 내 일생의 소망이다. 하지만 에덴동산을 찾겠다고 내게 선뜻 항해에 쓰일 선박과 경비를 지원해준 사람은 한 명도 없었다.

그러던 이 년 전 봄, 나는 아침마다 버릇처럼 배회하던 팔로스 항구를 걷고 있었다. 그날도 많은 배가 향신료를 비롯한 수많은 물건을 분주히 실어 날랐고, 그중에는 장거리 항해에 적합한 카라크선도 있었다. 나는 구경이라도 할 심산으로 영국 국적의 카라크선 근처를 서성이고 있었다. 그때 배에서 내린 선원 한 명이 커다란 상자를 지고 내 옆을 지나갔다. 그는 얼핏 보기에도 선원을 하기에는 허약한 체격이었다. 아니나 다를까 그는 얼마 못 가 상자 무게를 견디지 못하고 넘어지고 말았다. 나는 그를 간신히 부축해 상자를 내려놓고 보니 상자 안은 값비싼 후추로 가득차 있었다. 내가 있었기에 망정이지 그는 하마터면 목숨을 잃을 뻔했다. 그는 고맙다며 내게 사례를 하고 싶다고 했다. 나는 사양하려 했지만 그는 한사코 은혜를 갚겠다며 해가 지면 인근 선술집으로 오라고 했다. 마지못해 나는 해 질 녘에 그가 말한 선술집으로 향했다. 그는 이미 도착해 있었다. 그런데 그가 사례로 준 건 놀랍게도 한 장의 지도였다. 그것은 이제껏 내가 봤던 어떤 지도와도 다르게 독특한 작도법으로 작성된 것이었는데 달걀을 쪼개놓은 것처럼 지구가 양편으로 갈라져 있었다. 한쪽에는 우리가 사는 지중해와 유럽이 그려져 있었고 다른 한편에는 인도로 보이는 나라가 그려져 있었다. 가장 인상적이었던 건 지도를 분할하고 있던 정체 모를 선들이었다. 지도 중앙을 중심으로 수십 개의 선이 방사형으로 퍼져나갔고 그 선들을 다시 일정한 간격의 선들이 직각으로 분할하고 있었다. 이게 대체 무슨 지도냐고 묻자 그는 대답 대신 이렇게 말했다.

"지구가 둥글다고 믿나요?"

나는 그 말에 적지 않게 당황했다. 사실 나는 지구가 둥글다는 가설을 어느 정도 신빙성이 있다고 생각하고 있었다. 내가 고개를 끄덕이자 그가 말했다.

"그렇다면 신념대로 밀고 나가시오. 분명히 당신이 찾는 걸 찾게 될 테니. 이 지도가 당신에게 도움이 될 거요."

내가 뭘 찾는지 아느냐고 물었다. 그러자 그가 말했다.

"당신의 영혼이 추구하는 곳, 그리고 모든 사람이 간절히 가길 바라는 곳."

그의 말에는 묘한 설득력이 있었다. 일종의 확신 같은 것이 느껴졌다. 하지만 확신만 지니고 될 일이 아니란 걸 나는 잘 알고 있었다. 당시 나는 항해에 필요한 배와 경비를 후원해줄 사람이 필요했다. 나는 푸념처럼 그곳을 찾는 건 기적에 가까운 일이라고 말했다.

"달걀을 세워본 적 있소?"

내가 어이가 없어서 웃자 그는 주방에서 달걀 하나를 가져왔다. 그리고 탁자를 치우더니 달걀을 세우기 시작했다. 나는 농담할 기분이 아니라고 했지만 그는 멈추지 않았다. 그리고 잠시 후 놀라운 일이 벌어졌다. 달걀이 탁자 위에 조금도 흔들리지 않고 꼿꼿이 서는 것이었다. 내 눈을 믿을 수가 없어서 이리저리 살폈지만 속임수 따윈 없었다.

"기적을 믿지 않는 자가 어찌 신을 믿는다고 말할 수 있으리오."

이 말을 남기고 그는 사라졌다. 이름을 묻고 싶었지만 그는 어느새 자리를 뜨고 없었다. 하지만 그와의 만남은 내게 설명할 수 없는 신념을 심어주었고 그 후 이사벨 여왕폐하로부터 세 척의 배와 경비를 하사받을 수 있었다. 나는 출항 직전에 그 선원을 찾으려고 팔로스 항구를 샅샅이 뒤졌지만 그는 보이지 않았다. 아무도 그를 알지 못했고 기억하는 사람도 없었다.

나는 지금 그가 준 기묘한 지도 한 장을 들고 대서양을 건너고 있다. 그의 정체를 알 수 없었지만 신이 내게 준 사명을 일깨워준 것만은 확실하다. 그리고 이 지도에 그려진 땅에 도착할 수 있으리란 확신이 있다. 왜냐면 나의 원정은 신의 이름을 거룩하게 할 위대한 여정이기 때문이다.

예상대로였다. 지금으로부터 오백 년 전 콜럼버스 앞에 사뮈엘이 나타났었다. 지도를 건네준 선원의 이름을 알 수는 없었지만 하워드는 그가 사뮈엘이라고 확신했다.

"그럼 콜럼버스가 항해를 떠난 이유가 에덴동산을 찾기 위해서란 말이에요?"

하워드로부터 내용을 전해 들은 린지가 믿을 수 없다는

듯 말했다. 워낙 크게 소리친 덕분에 도서관 안에 있던 사람 모두가 쳐다봤다. 특히 대출대의 백발 수도사가 날카롭게 째려보았다.

"제발 목소리 좀 낮춰요. 이러다 쫓겨나겠어요."

하워드가 린지의 입을 막으며 말했다.

"콜럼버스가 항해를 한 건 황금을 찾기 위해 인도로 출발한 거 아니었나요? 대서양을 선택한 건 오스만튀르크족이 콘스탄티노플을 점령한 이후 지중해를 통한 항로가 막혔기 때문이고요."

"그게 일반적으로 알려진 얘기죠. 하지만 콜럼버스가 에덴동산을 찾기 위해 항해에 나섰다는 가설도 없었던 건 아니에요. 항해를 계획하기 전 콜럼버스는 수많은 지도를 수집했는데 상당 부분이 에덴동산과 관련된 것들이었어요. 피에트로 베스콘테의 지도도 그중 하나예요. 1321년에 작성된 베스콘테의 지도는 성서를 바탕으로 그려진 T-O형 지도였어요. 예루살렘이 세계의 중심에 위치하고 유럽과 아시아, 아프리카 등이 실제 지형과는 전혀 다른 모습으로 그려져 있죠. 아시아 북단에는 파라다이스로 표기된 작은 섬이 있는데 콜럼버스는 그 섬을 에덴동산이라고 생각한 것 같아요. 콜럼버스가 젊은 시절에 에덴동산을 찾기 위해 이라크 북부를 여행했다는 얘기도 있고요."

"그건 그렇다 쳐도 에덴동산을 찾기 위해 대서양을 건넌다는 건 난센스 아닌가요? 에덴동산은 유프라테스강과 티

그리스강이 흐르는 메소포타미아 평야에 있었다고 알고 있는데요."

린지는 혼란스러워서인지 여전히 목소리가 컸다.

"물론 대부분의 학자가 그렇게 추정하고 있어요. 심지어 인공위성까지 동원해서 메소포타미아 평원에서 사라진 비손강과 기혼강의 흔적을 찾고 있죠. 하지만 누구도 에덴동산의 위치를 자신 있게 말할 수 있는 사람은 없어요. 비손강을 이집트의 나일강이라고 주장하는 사람도 있죠. 혹자는 에덴이 극동에 있다고 주장하는 사람도 있어요. 그런데 콜럼버스가 에덴동산이 아시아에 있다고 생각하게 된 것은 당시에 널리 퍼져 있던 엘도라도 신화 때문이었을 가능성이 커요. 십자군 원정을 통해 동방의 문물이 전해지고 인도가 발견되면서 유럽인들에게 신천지 아시아는 파라다이스로 보였어요. 마르코 폴로의 『동방견문록』이 출판된 지 백 년 뒤인 15세기에 사람들의 관심을 끌게 된 것도 그 이유 때문이었고요. 콜럼버스가 에덴동산이라고 생각한 지팡구도 일본을 가리키는 거예요."

"저로선 상상이 안 가네요. 아시아에 있는 에덴동산이라니."

린지가 혼란스러워하는 것도 이상한 일은 아니었다. 하지만 하워드의 호기심을 자극한 건 에덴동산이 아니었다. 바로 사뮈엘이 건네준 지도였다. 15세기는 지동설조차 확립되지 못한 시절이었다. 그런데 콜럼버스가 묘사한 지도

위의 선은 위도와 경도를 묘사하고 있는 듯했다. 위도와 경도가 사용된 건 18세기, 1735년에 영국의 시계수리공 존 해리슨이 크로노미터를 발명한 후부터다. 만약 사뮈엘이 건네준 지도에 위도와 경도가 그려졌다면 그것은 2세기를 뛰어넘는 혁명적인 물건인 셈이다. 뿐만 아니라 그것이 사실이라면 콜럼버스가 우연히 아메리카 대륙을 발견했다는 정설은 전면 부정될 수밖에 없었다. 경도와 위도에 대해 알고 있지 못했다 하더라도 항해의 전문가였던 그가 선의 용도를 알아내는 데는 많은 시간이 필요치 않았을 것이다. 그렇다면 그는 대양에서 정확한 위치를 파악할 수 있었다는 이야기가 된다.

"인간 타임머신이 여기 있었군."

하워드는 서둘러 다음 일지를 확인하려 했다. 완전히 새롭게 구성된 콜럼버스의 다음 이야기가 궁금해서 참을 수가 없었다. 그런데 페이지를 넘기던 하워드는 멈칫했다. 일지 오른쪽 귀퉁이에 붉은 점 하나가 눈에 띄었다. 보일 듯 말듯 찍힌 그 점은 한눈에 유성 잉크인 걸 알 수 있었다. 15세기에 붉은색 유성 펜이 있을 리 만무했다. 데미안이었다. 그도 9월 16일자 일지에 관심이 있는 게 틀림없었다. 그렇다면 이후에도 중요한 페이지에 표시를 남겼을 가능성은 충분했다. 하워드는 빠르게 페이지를 넘기며 데미안의 다음 표시를 찾았다.

10월 12일, 드디어 산살바도르섬을 발견한 콜럼버스 일행은 본격적인 신세계 탐험을 시작하고 있었다. 탐험 중 그는 해도를 작성하기 위해 수심을 측정하기도 하고 독특한 조류나 어류를 채집해 기록하기도 했다. 탐험 도중 만난 인디오들에 대해서도 자세히 적고 있었는데 그들의 문화와 생활방식을 세밀하게 묘사하고 있었다. 특히 그들이 갖고 있던 금 장신구와 금광에 상당한 관심을 표하고 있었다. 페르난디나섬을 지나 쿠바에 도착한 콜럼버스 일행은 산타마리아호가 좌초되며 서른아홉 명의 선원을 에스파뇰라섬에 남겨둔 채 귀국길에 오르고 있었다. 그런데 이 부분에서 필사본과 다른 내용이 나타났다. 남은 두 척의 선박 중 핀타호를 먼저 귀국시키고 니냐호에 승선한 콜럼버스는 어쩐 일인지 대서양으로 향하지 않고 서쪽으로 뱃머리를 돌렸다. 서쪽으로 이틀가량을 더 항해하더니 필사본 일지에는 기록되어 있지 않은 미지의 땅에 도달하고 있었다. 그리고 거기에 데미안이 남겨놓은 또 다른 표시가 나타났다.

1493년 1월 11일 금요일

한밤중에 육지에서 불어오는 바람을 타고 리오그란데를 떠났다. 우리가 향한 곳은 내륙이었고 지도에 표시된 한 지점을 찾고 있었다. 하지만 초반부터 우리의 행보는 난관에 봉착했다. 처음 우리 앞길을 막아선 것은 깎아지르는 듯한 낭떠러지였다. 요새처럼 둘러싼 절벽은 희망봉보다도 높았

다. 절벽을 넘던 도중 선원 한 명이 낙상하여 목숨을 잃었
다. 우리는 그의 시신도 찾지 못한 채 탐험을 계속했다. 절
벽을 넘자 수풀이 우거진 평지가 나타났다. 그곳을 지나 7레
구아가량 내륙으로 들어가자 이번에는 울창한 원시림이 우
리 앞길을 가로막았다. 본 적도 없는 무시무시한 원시림이
었다. 하늘이 안 보일 정도로 빽빽하게 들어선 나무들 사이
로 이름 모를 식물들이 거머리처럼 우리 발목을 잡았다. 우
리는 끝이 없을 것처럼 이어진 원시림을 방향도 잃은 채 나
아갔다. 그렇게 사흘 동안을 헤매던 중 갑자기 안개가 걷히
듯 원시림이 끝나며 거대한 신천지가 펼쳐졌다. 탄성이 절
로 나왔다. 그곳은 이제껏 가본 어떤 곳보다도 아름다웠다.
안젤리코의 그림처럼 형형색색의 꽃과 이름 모를 화려한 새
들이 노닐고 있었고 수정처럼 맑은 폭포수가 강을 이루며
초록 평원을 가로질렀다. 장관을 보는 순간 내 입에서 무의
식적으로 성경의 창세기 구절이 떠올랐다.

　나는 한눈에 그곳이 내가 찾던 곳인 걸 알 수 있었다. 그곳
은 주께서 말씀하신 모습 그대로였다.

　'카보데앙헬'이라고 이름 붙인 평원 주위를 탐스러운 과일
이 열린 과실수가 둘러싸고 있었고 남동쪽으로 3레구아 떨
어진 지점에는 '몬테데플라타'라고 이름 붙인 산이 있었다.
산은 약간 볼록하면서도 높았는데 중턱에서 폭포수가 흘러
내려 카보데앙헬 평원을 가로지르며 네 갈래의 줄기로 나뉘
었다. 네 개로 나뉜 강은 평원을 돌아 흐르며 사방으로 뻗어

나가 내륙으로 이어졌다. 그리고 그 너머로 원시림과 절벽이 둘러쌌다.

모든 것이 내가 상상했던 그대로였다. 나는 터질 듯이 요동치는 심장을 부둥켜안고 신천지로 향했다. 이제 잠시 후면 내 평생의 소망이었던 인류의 탄생지이자 주의 땅인 에덴에 도착하게 될 것이다.

콜럼버스는 정체를 알 수 없는 남미의 어느 곳에서 에덴동산을 찾았다고 확신했다. 그것은 그만의 착각일 수도 있었다. 그런데 내용 중에 하워드의 시선을 잡은 문구가 있었다. 바로 지도에 표시된 한 지점을 찾고 있다는 문장이었는데 누군가 미리 그곳 위치를 표시해둔 것 같은 표현이었다. 그가 도착한 곳은 유럽인이 처음으로 발을 내디딘 곳이었다. 그런데 어떻게 그곳 위치를 표시해둘 수 있단 말인가. 답은 하나뿐이었다. 사뮈엘이 표시한 것이리라. 그것 외에는 달리 설명할 방법이 없었다. 그는 어떤 의도에서인지 콜럼버스가 자신이 표시한 곳을 발견하길 바라고 있었다. 알 수 없는 흥분이 하워드와 린지를 감싸고 있었다. 하워드는 서둘러 다음 페이지를 펼쳤다. 이제 콜럼버스가 발견한 에덴동산이 모습을 드러낼 찰나였다. 그런데 당황스럽게도 일지는 1월 19일로 이어져 있었다.

"어떻게 된 거죠? 왜 갑자기 날짜가 건너뛰었죠?"

하워드는 일지의 이음새를 살펴봤다. 일지 중 다섯 장이 사라져 있었다.

"누군가 찢어갔어요."

"데미안일까요?"

하워드는 찢긴 부분을 살펴보았다. 양피지로 되어 있는 책장이 날카로운 칼로 도려낸 듯 잘려 있었는데 단면이 누렇게 부식되어 있었다.

"아니요. 아주 오래전에 소실되었어요. 어쩌면 이 책이 쓰였을 당시일 수도 있고요."

"그 말은 콜럼버스가 스스로 찢었다는 얘긴가요?"

"그건 몰라요. 그가 직접 찢었을 수도 있고 다른 누군가 찢어갔을 수도 있죠. 하지만 찢긴 상태를 봤을 때 적어도 현대는 아니에요."

하워드는 이후 일지를 훑어보았다. 하지만 19일부터는 귀국길에 오른 여정을 기록한 평이한 내용뿐이었다. 그리고 더는 데미안의 표시도 나타나지 않았다. 하워드는 『항해일지』를 덮고 눈을 감았다. 여러 가지 생각이 교차했다.

"도대체 사뮈엘의 목적이 뭘까요? 왜 역사에 발자취를 남긴 위인들 앞에 나타나 그들을 도와주는 거죠?"

린지가 상기된 얼굴로 물었다. 하지만 하워드는 아무 대답도 할 수 없었다. 그 역시 목적을 알고 싶었지만 상상조차 할 수 없었다. 사뮈엘이 또 어떤 위인을 만나 인류 문명의 새로운 장을 열었을지 알 수 없는 일이었다. 하지만 한 가지 분명한 건 그가 어떤 의도를 가지고 인류의 문명을 발전시키고 있다는 것이었다.

"실종된 신부님은 이곳에 뭣 때문에 왔었죠?"

하워드가 일지 내용을 수첩에 옮겨 적으며 물었다.

"정확한 건 저도 몰라요. 확인된 건 이나시오 신부님도 데미안이 왔었던 11월 4일부터 열흘 간 이곳을 방문했다는 것뿐이에요."

린지도 내용을 옮겨 적고 있었다.

"두 사람이 함께 왔다는 거요?"

"두 사람은 이전부터 연락을 주고받았던 것 같아요. 저와 당신처럼요."

두 사람은 거의 동시에 일지를 옮겨 적고 대출대에 반납했다. 대출대에는 백발 수도사를 대신해 젊은 수도사가 자리하고 있었다. 그는 일일이 책 상태를 확인하고는 이상이 없자 두 사람을 보내주었다.

도서관에는 어느새 어둠이 내려앉았다. 관광객들이 모두 떠난 홀에는 두 사람의 발소리만 울려 퍼지고 있었다.

"이제 어쩔 거죠?"

메아리처럼 돌아오는 자신의 발소리를 들으며 린지가 물었다.

"데미안을 찾아야죠."

두 사람은 철학의 방과 신학의 방을 지나 도서관을 나섰다. 어둠이 내린 수도원은 고즈넉했다. 그들은 말없이 구형 미니에 올랐다.

"데미안이 남긴 말은 없었나요?"

시동을 걸며 린지가 물었다.

"추측을 증명할 사람을 찾았다고 했어요."

"누군지 밝히지 않고요?"

하워드가 고개를 끄덕였다. 린지가 차를 출발시켰다.

"그녀라고 했어요."

"적어도 찾아야 할 사람이 반으로 줄긴 했군요."

구형 미니의 엔진 소리가 정적을 깨며 수도원 정문을 향했다. 페트르진타워가 보이는 오솔길로 들어서자 프라하 시내 전경이 눈앞에 펼쳐졌다. 불빛으로 가득찬 프라하 시내는 한 장의 그림엽서처럼 아름다웠다.

"그런데 왜 프랑수아 부셰라는 이름을 사용했을까. 그의 취향과는 거리가 먼 화가였는데."

하워드가 그림엽서를 바라보며 중얼댔다.

"멘데스의 염소를 속이기 위해서?"

린지가 기어를 바꾸며 말했다.

"아니에요. 그들은 도서관에 들어올 수 없었을 거예요."

"그도 그렇군요."

하워드는 스쳐지나는 풍경을 바라보며 생각에 잠겼다.

"잠깐!"

갑자기 뭔가 떠오른 듯 하워드가 소리쳤다. 린지가 반사적으로 차를 멈췄다.

"프라하에서 제일 큰 서점이 어디죠? 지금 당장 서점으로 가야 해요."

"서점은 왜요?"

린지가 다시 차를 출발시키며 물었다.

"우리 탐정들한텐 불문율이 있어요. 위험한 조사를 맡게 되면 만약을 대비해 안전가옥을 만들어놔요. 그런데 내 기억엔 데미안이 프랑수아 부셰라는 필명으로 낸 책 서문에 보면 그가 집필한 장소가 여기 프라하라고 쓰여 있어요."

"내 생각에 데미안은 멘데스의 염소한테 잡혀 있을 거 같은데요."

"지푸라기라도 잡아보는 수밖에요."

린지는 더는 묻지 않고 프라하 시내로 차를 몰았다.

데미안의 책을 찾는 데는 상당한 노력이 필요했다. 워낙 오래전에 출판된 책이기도 했지만 미학 관련 전문서적이 었기 때문에 소장하고 있는 서점이 거의 없었다. 하워드는 서점 다섯 곳을 돌아다닌 끝에 그 책을 간신히 찾을 수 있 었다. 책을 발견하자 하워드는 계산도 하지 않고 서둘러 서문을 살펴보았다.

나는 한때 나 자신을 문화의 가치를 알아볼 수 있는 일종 의 척도라고 생각해왔다. 예술품이란 진정한 가치를 알아볼 수 있는 사람 없이는 존재할 수 없다고 생각했다. 그런데 한 작가의 삶과 그의 작품을 본 순간, 예술품이란 그 가치를 인정받지 못하더라도 스스로 가치를 발휘한다는 걸 깨닫게 되었다. 내가 이 책을 그의 이름으로 내려는 것도 그 이유 때문이다. 그는 진정한 예술인의 삶을 살았으며 온몸으로 삶과 부딪히며 붓을 잡았다. 나는 지금 이 책을 그가 최고의 걸작을 생산하던 아틀리에에서 집필하고 있다. 이곳은 체코가 배출한 최고의 건축가이자 조각가 마티아스 브라운이 직접 설계한 건물이다. 창밖으로 블타바강이 보인다. 달빛 아래 흐르는 강을 보니 스메타나의 교향곡 <나의 조국>이 들려오는 듯하다. 이 책을 프랑수아 부셰를 비롯해 역사와 함께 호흡한 위대한 작가들에게 바친다.

"마티아스 브라운이 설계한 건물이 유일한 단서로군요. 그 사람이 설계한 건물이 한두 개가 아닐 텐데."

린지가 답답한 듯 말했다.

"원래 이 일이 짚더미에서 바늘 찾기죠."

하워드가 책값을 계산하며 말했다. 그때였다.

"마티아스 브라운이 설계한 건물은 프라하에 하나뿐이에요."

계산대에 있던 종업원이 두 사람의 대화를 듣고 말을 걸어왔다.

"그게 어디죠?"

하워드가 다급하게 물었다.

"스타레메스토가(街) 18번지예요. 유대인 묘지 근처죠.

건물 입구에 자세한 설명이 적혀 있을 거예요."

종업원이 잔돈을 거슬러 주며 말했다.

"스타레메스토가라면?"

하워드와 린지가 동시에 서로를 보며 말했다. 그곳은 데미안이 살인을 저지른 장소였다.

자정이 가까워지자 도시는 모두 떠나버린 것처럼 텅 비어 있었다. 차도 거의 보이지 않았고 거리를 지나는 사람도 없었다. 관광객으로 붐비던 한낮과는 사뭇 다른 풍경이었다. 스타레메스토가로 들어선 하워드와 린지는 껄끄러운 상대와 마주쳐야 했다. 폴리스 라인이 드리워진 루카의 살해 현장을 지나쳐야 했던 것이다. 하워드를 체포했던 두 명의 경찰이 지키고 있었는데 다행히 하워드를 못 알아보는 것 같았다. 하워드는 살인범이라도 된 듯 고개를 숙인 채 그 앞을 지나야 했다.

데미안이 머물렀던 프랑수아 부셰의 아틀리에는 살해 현장에서 한 블록 떨어진 곳에 위치해 있었다. 아무런 채색도 되지 않은 고딕 양식 대리석 건물에는 예수의 열두 제자를 상징하는 마티아스 브라운의 조각이 장식되어 있었는데, 주변 건물과 확연히 구별될 만큼 수려했다. 서점 종업원의 말대로 입구에는 건물의 역사가 적힌 청동 안내판이 붙어 있었다.

"정말 여기에 데미안이 있을까요?"

린지가 건물을 올려다보며 물었다.

"짚더미 속으로 들어가보는 수밖에요."

건물은 아파트로 사용되고 있었는데 입주자들만이 출입할 수 있도록 잠겨 있었다. 하워드는 자물쇠를 살펴보았다. 건물만큼이나 오래된 구식 자물쇠였다. 하워드는 주위를 둘러보고 주머니에서 스위스 아미 나이프를 꺼냈다.

"지금 뭘 하려는 거죠?"

린지가 당황해서 물었다.

"바늘을 찾고 있잖아요."

하워드가 나이프를 자물쇠 구멍에 밀어넣으며 말했다.

"이건 신사적인 행동이 아니에요."

린지가 말리려 했지만 하워드가 이미 자물쇠를 딴 후였다.

"들어올 거요, 말 거요?"

하워드가 건물 안으로 들어서며 말했다.

"당신하고 같이 다니다가는 나까지 천당에 못 가겠군요."

린지가 마지못해 입구로 들어서며 투덜댔다. 건물 안은 사람이 살고 있지 않은 것처럼 고요했다.

"이제 어쩔 거죠? 가가호호 노크하며 이름을 부를래요?"

"강이 보인다고 했어요."

하워드가 계단을 오르며 말했다. 칠 층짜리 건물이었다. 층을 오를 때마다 하워드는 창밖 풍경을 확인했다. 결국 꼭대기 층에 이르러서야 블타바강이 모습을 드러냈다. 꼭

대기 층에 도착한 그들은 고민할 필요가 없었다. 칠 층에는 집이 하나뿐이었다. 하워드는 문에 귀를 대고 인기척을 살폈다. 비어 있는지 아무 소리도 들리지 않았다. 하워드는 조심스럽게 문을 두드렸지만 아무런 반응이 없었다.

"이번엔 주거침입이라도 할 셈인가요?"

린지는 여전히 못마땅한 얼굴을 하고 있었다. 하지만 이런 일에 불법적인 방법은 필수불가결한 요소였다. 그는 조심스럽게 문고리를 돌렸다. 끼이익― 둔탁한 소리를 내며 문이 열렸다.

"나는 가겠어요. 더는 이런 불미스러운 일에 끼어들고 싶지 않아요."

린지가 계단을 내려가며 말했다. 하워드는 개의치 않고 집안으로 들어섰다. 비스듬한 천장으로 난 창문을 통해 달빛이 스며들고 있었고 창밖으로 블타바강의 전경이 내려다보였다. 서문에 묘사한 모습 그대로였다. 그런데 감상에 잠길 여유도 없이 하워드는 코를 틀어막아야만 했다. 집안은 온통 역겨운 인분 냄새로 가득차 있었다. 하워드는 손수건으로 코를 가린 채 조심스럽게 집안을 살폈다.

집안은 아무도 살지 않는 것처럼 텅 비어 있었다. 낡은 식탁과 의자, 그리고 몇 개의 선반이 전부였다. 찬장은 비어 있었고 탁자 위에는 먼지가 가득했다. 집안을 둘러보던 하워드는 침실로 갈수록 인분 냄새가 심해지는 걸 알 수 있었다. 누군가가 있을 거라는 낌새가 있었다. 하워드는 침실로 향했다. 덩그러니 매트리스만 깔려 있는 침대 위에 누군가 있었다. 그는 알몸으로 침대 구석에 쭈그린 채 오들오들 떨고 있었다.

"이런 세상에. 데미안……."

놀랍게도 하워드의 예상은 적중했다. 데미안은 '멘데스의 염소'의 손아귀를 탈출해 이곳에 숨어 있었다. 그는 무인도에서 간신히 살아남은 생존자처럼 처참하리만치 말라 있었고 머리와 수염이 얼굴을 온통 뒤덮고 있었다. 인분과 검게 굳어버린 피로 온몸이 범벅이었고 여기저기 상처투성이였다. 하워드는 데미안에게 달려갔다. 그런데 하워드를 발견한 데미안이 비명을 지르며 달아났다. 그는 제정신이 아니었다.

"오, 하느님."

비명을 듣고 달려온 린지가 성호를 그으며 말했다.

"두려워하지 말아요. 나는 언더우드가 보낸 사람이이에요. 대체 어떻게 된 겁니까?"

하워드가 야생동물을 생포하듯 조심스럽게 다가가며 말했다. 하지만 데미안은 공포에 절은 눈빛으로 하워드를 경계했다.

"적그리스도야…… 적그리스도가 오고 있어……."

데미안은 손톱을 물어뜯고 있었다.

"괜찮아요. 이제 나랑 여길 나갑시다."

하워드가 코트를 벗어 데미안의 알몸을 감싸려 했다. 그 순간 데미안이 괴성을 지르며 하워드에게 달려들었다.

"적그리스도가 오고 있다고!"

갑작스러운 데미안의 행동에 하워드는 넘어지고 말았다. 데미안은 하워드를 밀치고 문을 향해 달려갔다. 그때 린지가 데미안의 발을 걸어 넘어뜨렸다. 그녀는 능숙하게 데미안의 팔을 붙잡아 꼼짝하지 못하게 만들었다.

"제발 그만해요, 데미안. 당신을 도와주려는 거예요!"

하워드가 데미안의 귀에 대고 소리쳤다. 이윽고 기진맥진한 데미안이 의식을 잃고 잠잠해졌다.

"지금 데미안은 뇌가 심하게 손상된 상태일 수도 있어요. 빨리 병원으로 옮기지 않으면 큰일이 나겠군요."

"하지만 이대로 병원에 가면 야로슬라프에게 발각되고 말걸요."

그녀의 말도 일리가 있었다. 하지만 그렇다고 이대로 둘 수도 없는 노릇이었다.

"일단 수녀원으로 옮겨요. 이곳 수녀원에 아는 수녀님이 계세요. 그분이라면 방법이 있을지 몰라요."

"그럽시다."

두 사람은 데미안을 부축해서 서둘러 방을 빠져나왔다. 그런데 데미안은 의식을 잃은 상태에서도 뭔가를 계속 중얼대고 있었다.

"예수께서 그곳에 이르사 우러러 보시고 이르시되, '삭개오야 속히 내려오라. 내가 오늘 네 집에 유하여야 하겠다

하시니…….'"

　의식을 잃은 상태에서도 그는 같은 말을 되풀이하고 있었다. 그 목소리에는 무의식을 넘어선 간절함이 배어 있었다. 하워드와 린지는 날듯이 계단을 내려와 차로 향했다. 두 사람은 뒷좌석에 데미안을 눕혔다.

　"삭개오가 서서 주께 여쭈되, 주여 보시옵소서. 제 소유의 절반을 가난한 자들에게 주겠사오며 만일 뉘 것을 토색한 일이 있으면 네 배로 갚겠나이다……."

　그는 차에 오르면서도 계속 중얼대고 있었다. 성경 구절 중 일부였다.

　"대체 저게 무슨 구절이죠?"

　하워드가 차에 오르며 물었다.

　"누가복음 19장이에요. 여리고의 세리장이었던 난쟁이 삭개오가 예수님을 만나는 구절이죠."

　린지가 시동을 걸며 대답했다.

　"그런데 왜 저 구절을 계속 읊는 거지?"

　"죄책감 때문이겠죠. 꼭 잡아요. 좀 달릴 테니까."

　린지가 서둘러 차를 출발시켰다. 구형 미니가 요란한 타이어 마찰음을 내며 최고 속력을 향해 돌진하려던 순간이었다. 대로로 이어진 도로 입구에 경광등을 켠 경찰차가 막아섰다. 야로슬라프였다.

　"젠장. 틀림없이 미행은 없었는데."

　"지금 와서 후회해봐야 무슨 소용이에요!"

린지가 후진 기어를 넣으며 소리쳤다. 투항할 뜻이 없었다. 그녀는 빠르게 후진하더니 반대편 골목으로 빠져나가려 했다. 그러나 그곳 역시 경찰차가 봉쇄하고 있었다. 꼼짝없이 잡힌 것이다.

"데미안 오헤어. 차에서 내려 순순히 투항해라. 린지 수녀와 하워드 씨도 손을 들고 차에서 내리시오."

야로슬라프가 메가폰에 대고 소리쳤다.

"독 안에 든 쥐로군요."

"외통수라고도 하죠."

"이제 어쩌죠?"

"하라는 대로 하는 수밖에요."

하워드가 손을 들고 차에서 내리며 말했다. 린지도 차에서 내렸다. 그러자 야로슬라프가 다가왔다. 그는 만면에 미소를 짓고 있었다.

"당신이 찾아낼 줄 알고 있었소, 하워드 씨. 이번에는 좀 더 오랫동안 얘기를 나눠야 할 거 같군."

"우릴 어떻게 찾아낸 거죠? 미행은 없었는데."

하워드가 묻자 야로슬라프가 하워드의 재킷 안주머니에서 뭔가를 꺼냈다. 그것은 손톱만 한 크기의 위성추적장치였다.

"내가 말하지 않았나. 나도 자네 못지않은 프로라고."

야로슬라프가 뒷좌석의 데미안에게 다가가며 말했다. 그는 데미안을 확인하더니 총을 겨누며 조심스럽게 문을 열었다. 그 순간이었다. 의식이 돌아온 데미안이 야로슬라프를 발견하고는 괴성을 지르며 뛰쳐나갔다. 덕분에 야로슬라프는 바닥에 쓰러지며 총을 놓치고 말았다. 그 사이 데미안은 알몸으로 대로를 향해 달리고 있었다.

"적그리스도야. 적그리스도가 오고 있어!"

그의 처절한 목소리가 대로에 울려 퍼졌다.

"데미안, 멈춰요!"

하워드가 뒤를 쫓으며 소리쳤다. 그때 정신을 차린 야로슬라프가 데미안을 향해 총을 겨눴다.

"데미안 오헤어! 멈추지 않으면 발포하겠다."

야로슬라프가 노리쇠를 장전하며 소리쳤다. 하지만 데미안은 괴성을 지르며 미친 듯이 달리고 있었다. 야로슬라프가 방아쇠를 당기려던 순간이었다.

"안 돼!"

그때 린지가 몸으로 총구 앞을 가로막았다.

"비켜요, 린지 수녀!"

야로슬라프가 린지를 밀치며 다시 총을 겨눴다. 그런데 그때 대로로 뛰어든 데미안을 향해 한 대의 거대한 트럭이 달려들었다.

"조심해!"

하워드가 소리쳤지만 이미 늦었다. 트럭의 거대한 헤드라이트가 죽음의 그림자처럼 데미안을 덮치는 마지막 순간 데미안은 정신이 돌아온 것처럼 슬픈 눈으로 하워드를 바라보았다. 그리고 하워드를 향해 말했다.

"삭개오가 서서 주께 여쭈되, 주여 보시옵소서. 제 소유의 절반을 가난한 자들에게 주겠사오며 만일 뉘 것을 토색한 일이 있으면 네 배로 갚겠나이다……."

그의 눈에서는 눈물이 흘러내리고 있었다. 그리고 그 순간 트럭의 바퀴가 그를 덮쳤다.

프라하에서 맞는 세 번째 밤이 다가오고 있었다. 붉은 노을이 구름을 캔버스 삼아 멋진 풍경을 연출하고 있었다. 그러나 하워드가 기대했던 밤과는 거리가 있었다. 하워드는 프라하의 경찰서를 나선 지 하루 만에 다시 돌아와 있었다.

"데미안은 스스로 죽음을 선택한 거야."

사각형의 벽을 타고 하워드의 암울한 목소리가 울렸다. 그는 몇 시간째 꼼짝도 하지 않고 침대에 앉아 있었다. 그가 발을 내딛는 순간 운명처럼 따라다니는 불길한 기운이 또 다른 누군가를 희생시킬 것만 같은 기분이 들었다. 제프리 소장, 데미안, 그리고 제이미. 벌써 세 사람이 처참하게 목숨을 잃었다. 물론 그들의 죽음이 하워드 잘못은 아니었다. 그러나 하워드는 모든 것이 자신으로부터 비롯된 것 같았다. 죄책감이 족쇄처럼 하워드의 발목을 움켜쥔 채 공허의 바다로 가라앉고 있었다. 데미안의 마지막 모습이 잔상처럼 뇌리에 남아 있었다. 그는 스스로 선택한 것처럼 제자리에서 가만히 죽음을 맞이했다. 그리고 그는 하워드에게 회개라도 하듯 성경 구절을 외우고 있었다.

"삭개오……."

데미안이 외운 성경 구절에 등장하는 인물이었다. 그는 여리고 지역에서 세금을 걷는 미천한 신분의 사람이었다. 왜소한 체격을 가진 난쟁이로 큰돈을 벌었지만 동족의 멸시를 받는 유대인이었다. 그러던 어느 날 예수가 여리고를 방문한다는 말을 듣고 그를 보기 위해 지나는 길로 향했다. 그러나 난쟁이였던 그는 군중 속에 파묻혀 볼 수가 없었다. 궁리 끝에 삭개오는 길가에 있던 뽕나무 위로 올라갔다. 그런 삭개오를 본 예수가 그의 이름을 부르며 그의 집에 묵겠다고 하였다. 삭개오는 기쁘게 예수를 영접했고 예수의 말에 감동해 철저하게 회개하였다. 그는 예수에게 축적한 재산의 절반을 돌려주겠다고, 억울하게 빼앗은 것이 있으면 네 배로 갚겠다고 약속했다. 그것이 누가복음 19장의 내용이었다.

그런데 왜 그 많은 구절 중 19장을 선택한 것일까. 하워드는 데미안이 무의식중에 단서를 남기려 했다는 느낌을 지울 수가 없었다. 그는 마지막 통화에서 언더우드의 추측을 증명할 여인을 찾았다고 했다. 그는 여인과 접촉하려했을 것이다. 그러나 그 순간 멘데스의 염소에게 납치되었고 환각 상태에서 살인을 저지르게 됐다. 그 후 약 기운이 떨어지자 일시적으로 정신을 차린 그는 단서를 성경 구절

속에 숨겨 후임자에게 남기려 했다. 하워드가 추측할 수 있는 건 거기까지였다.

'린지는 어떻게 됐을까?'

데미안이 죽자 야로슬라프는 린지와 하워드를 경찰서로 연행한 후 따로 심문하기 시작했다. 두 사람의 답변을 비교할 심산이었던 것이다. 하지만 하워드는 입을 굳게 다물었다. 야로슬라프는 고함을 질러대며 윽박질렀지만 하워드는 꿈쩍도 하지 않았다. 결국 그는 범인은닉죄를 적용해 감옥에 넣겠다고 엄포를 놓고는 다시 이곳에 집어넣었다. 그가 허풍을 떠는 게 아니란 걸 하워드는 잘 알고 있었다. 그렇다고 의뢰인의 비밀을 지켜야 할 탐정으로서 사건 내용을 발설할 수도 없는 노릇이었다. 지금으로선 언더우드를 믿고 기다리는 수밖에 없었다. 그리고 소식은 의외로 일찍 도착했다.

"하워드 씨."

유치장 철창 너머에서 반가운 미국식 악센트가 들려왔다. 검은 정장을 차려입은 한 남자가 경찰과 함께 서 있었다.

"저는 미 대사관에 근무하는 법무관 밥 피어스입니다. 당신이 억류되어 있다는 얘길 듣고 왔습니다."

대사관 직원이 사무적인 말투로 자초지종을 얘기했다.

"법적인 절차는 모두 끝났으니 나가시면 됩니다."

"언더우드가 연락했나요?"

하워드가 물었지만 대사관 직원은 대답하지 않았다. 하워드도 더 묻지 않고 유치장을 나섰다. 직원은 몇 장의 서류에 서명을 받았다. 서류에 관해 자세히 설명을 해줬지만 하워드는 관심 없었다.

"여길 나가면 최대한 빨리 체코 땅을 떠나길 권유합니다. 당신은 이곳에서 환영받지 못하고 있어요."

대사관 직원이 하워드의 소지품을 건네주며 말했다.

"나도 이제 프라하라면 지긋지긋해요."

하워드는 눈살을 찌푸렸다.

"아 참. 야로슬라프 형사가 이걸 전해주라고 하더군요."

대사관 직원이 뭔가를 건네줬다. 하워드의 시계였다.

"수리해야겠더라고요. 그럼 행운을 빕니다."

직원은 간단한 인사말을 남기고 사라졌다. 그의 말대로 시계는 멈춰 있었다.

"되는 일이 없군."

하워드가 고장난 시계를 차며 중얼댔다. 그때 핸드폰이 울렸다. 미국으로부터 로밍이 된 번호였다.

"언더우드 씨."

하워드가 전화를 받으며 말했다.

"잘 있었나, 하워드. 고생이 많더군."

언더우드가 생기 없는 목소리로 물었다.

"고생이 문제가 아니에요. 데미안이 죽었소."

하워드가 무겁게 대꾸했다.

"데미안 일은 나도 안타깝게 생각하네. 이런 일이 생기기 전에 돌아오라고 했어야 하는데, 다 내 잘못이야."

"……."

"……."

어색한 침묵이 이어졌다.

"어떻게 할 생각인가?"

하워드는 미간을 주물렀다.

"데미안이 발견한 단서 중 하나를 찾았어요. 오백 년 전 크리스토퍼 콜럼버스도 사뮈엘을 만났어요. 아메리카 대륙을 발견한 건 사뮈엘이 준 지도 덕분이었고요."

"그랬군."

언더우드는 새로운 단서를 듣고도 기뻐하는 눈치가 아니었다.

"그래서 어쩔 셈인가? 새로 등장한 녀석들은 위험한 놈들이야. 자네 안전도 장담할 순 없어."

"얘기했을 텐데요. 난 이미 칠 년 전에 죽은 목숨이라고. 그리고 놈들과는 개인적으로 치러야 할 것이 남아 있어요. 이번에 그 셈도 함께 치를 생각이에요."

하워드는 번잡한 경찰서 복도를 지나갔다.

"자네가 계속하겠다니 나로서는 기쁘군. 하지만 내 장례식 이전에 자네 장례식을 치르긴 싫으니 조심하게."

언더우드가 조금은 밝은 목소리로 당부했다.

"노력해보죠."

"그럼 수고하게. 필요한 게 있으면 언제든 연락하고."

하워드는 핸드폰을 접고 경찰서를 나섰다. 이제 노을은 보랏빛 어둠으로 변해가고 있었다. 프라하의 밤은 음산하고 추웠다. 하워드는 경찰서에서 어둠을 맞고 싶지 않았다. 그가 막 택시를 잡으려고 팔을 뻗자, 낯익은 구형 미니가 멈춰 섰다.

"생각보다 빨리 나왔군요. 언더우드 목사 발이 꽤 넓은 모양이네요."

린지가 반갑게 미소를 짓고 있었다. 그녀는 어느새 산뜻한 평상복으로 갈아입은 채였다.

"교황청이 언더우드보다는 훨씬 더 넓은 거 같은데요."

"타세요. 갈 곳이 있어요."

"어딜 간다는 거요?"

하워드가 차에 오르며 물었다. 그러자 린지가 메모지 한 장을 건네줬다.

2XX STEPANSKA 18 PRAHA 1

처음 보는 주소였다.

"이게 무슨 주소요?"

"어젯밤 블타바강 하구에서 이나시오 신부님의 시체가 발견됐어요. 부검을 해봐야 알겠지만 살해된 게 분명해요."

하워드는 한숨을 쉬었다. 무고한 사람이 또 한 명 죽은 것이다.

"그런데 죽기 전에 신부님이 제게 메일을 보내셨어요. 메일에는 이 주소가 적혀 있었고요."

"다른 내용은 없었나요?"

린지는 고개를 저었다.

"이나시오 신부님은 지난 몇 년간 사뮈엘과 접촉한 역사적 인물들을 추적하고 있었어요. 로버트 오펜하이머 박사가 사뮈엘과 만난 사실을 알아낸 것도 신부님이죠. 그런데 로스앨러모스에서 사뮈엘의 행적을 조사하던 중 당시 맨해튼 프로젝트를 총괄하고 있던 레슬리 그로브스 장군이 잭슨빌의 제7수송사단에 보낸 문서 한 장을 발견하게 돼요. 문서에는 당시 독일이 비밀리에 개발하고 있던 핵폭탄의 수준을 파악하기 위해 영국으로 파견하는 세 명의 직원을 안전하게 이송해달라는 내용이 적혀 있었는데 직원 중에 사뮈엘이 포함되어 있었어요. 이 사실을 알게 된 신부님은 곧바로 영국으로 가셨죠. 그런데 영국에서 사뮈엘의 행적을 추적하던 신부님은 한 가지 이상한 점을 발견해요. 미국에서 출발한 직원들은 영국의 페어포드 공군기지에 도착한 후 곧바로 연합군 정보부로 향하게 되어 있었어요. 그런데 도착한 세 명의 직원 중 정보부에 도착신고를 한 사람은 두 명뿐이었던 거죠."

"사뮈엘이 사라졌군요."

"맞아요. 이 사건으로 당시 연합군 사령부는 발칵 뒤집혔고 극비리에 정보부 내에서 사뮈엘을 찾는 수색부대까지 만들었지만 결국 찾질 못했죠. 이 내용은 트루먼 대통령에게까지 보고됐어요. 어쨌건 신부님은 유럽에 남아 사라진 사뮈엘의 행방을 추적하고 계셨어요. 그런데 어젯밤 제 핸드폰으로 메시지가 온 거예요."

린지가 침울한 목소리로 대답했다. 사뮈엘은 인류 역사상 최악의 전쟁이었던 제2차 세계대전에서도 대륙을 횡단하며 종횡무진 활약하고 있었다.

"그런데 왜 내가 나올 때까지 기다렸죠? 혼자 갈 수도 있었잖아요."

하워드가 주소를 돌려주며 물었다.

"약속했잖아요. 단서가 있으면 공유하겠다고."

하워드가 미소를 지었다.

"내가 수녀라는 걸 잊지 않았으면 좋겠군요."

린지가 신경질적으로 차를 출발시키는 바람에 하워드는 시트 헤드레스트에 머리를 부딪쳤다.

건물은 고급 레스토랑과 유명 브랜드 상점이 집중된 번화가에 자리했다. 하워드와 린지는 주소를 확인하고 건물을 살폈다. 일 층은 체코 전통 음식을 파는 레스토랑으로, 전통 음악 공연이 한창 진행되면서 관광객들로 붐비고 있었다.

"이 층이에요."

린지가 건물 입구로 들어서며 말했다. 하워드도 뒤를 따랐다. 이 층에는 여러 개의 사무실이 복도를 따라 일렬로 늘어서 있었다. 두 사람은 사무실 번호를 확인하며 복도를 지났다. 205호, 204호…… 그리고 201호. 문에는 체코어 아래 영어로 쓰인 간판이 붙어 있었다.

THE AUSCHWITZ VICTIM ORGANIZATION

간판을 본 두 사람은 고개를 갸웃했다.

"아우슈비츠 희생자 모임? 신부님이 왜 이곳 주소를 보냈을까요?"

"확인하는 수밖에요."

하워드가 문을 열고 들어갔다. 그러자 또 다른 세 개의 방과 연결된 짧은 복도가 나타났다. 복도에는 안내 데스크로 보이는 책상이 있었지만 사람은 없었다. 하워드와 린지는 방을 살폈다. 첫 번째 방은 서류 업무를 처리하는 사무실이었는데 역시 비어 있었다. 두 번째 사무실도 마찬가지였다. 그런데 세 번째 방에서 인기척이 느껴졌다. 그것도 한두 명이 아니었다. 십여 명의 사람이 낮은 목소리로 성경 구절을 읽고 있었다. 린지는 기도가 끝날 때까지 기다리길 바랐지만 하워드를 말릴 수는 없었다. 똑똑똑.

노크를 하자 성경 읽던 소리가 멈췄다. 잠시 후 문이 열리며 은발의 노인이 나타났다. 범상치 않은 외모의 노인이 었다. 그는 왼쪽 눈에 가죽 안대를 썼고 양쪽 다리 모두 의족을 했다. 노인이 보낸 세월의 거센 풍파를 한눈에 알아볼 수 있었다. 하지만 눈매만은 봄날 들판을 거닐 듯 부드러웠다.

"무슨 일로 오셨죠?"

눈매만큼이나 친절한 목소리였다.

"방해해서 죄송합니다. 저희는……."

하워드가 마땅한 직업을 떠올리지 못하고 머뭇거렸다.

"바티칸에서 온 성직자입니다. 저는 테레사 수녀고 이분은 가브리엘 신부님이십니다."

린지가 대신 소개했다. 그녀는 하워드를 신부로 만드는 게 재밌는지 연신 미소를 짓고 있었다.

"안녕하십니까. 저는 아우슈비츠 희생자 유족회 대표를 맡고 있는 즈데넥입니다."

노인이 반갑게 악수를 청했다.

"아, 안녕하세요."

하워드가 린지를 노려보며 악수에 응했다.

"뭘 도와드릴까요, 신부님."

"저희는 이나시오라는 신부님을 찾고 있습니다. 그분이 이곳 주소를 남기셨더라고요. 혹시 이곳을 찾아온 적 있나요?"

노인은 곰곰이 기억을 더듬더니 고개를 저었다.

"그럼 혹시 데미안 오헤어란 사람은 기억하십니까?"

노인은 다시 한번 고개를 저었다.

"도움이 못 돼서 미안합니다."

하워드가 난감하다는 듯이 린지를 바라봤다. 린지도 마땅한 질문이 떠오르지 않는 모양이었다.

"더 물어보실 게 없으면 이만 들어가볼게요. 기도 중이었거든요."

노인은 정중하게 인사를 하고 방으로 돌아가려 했다.

"혹시 여기 삭개오라는 분 있나요?"

하워드가 지푸라기라도 잡는 심정으로 물었다. 그러자 노인이 멈칫했다.

"죄송합니다. 이만 돌아가주십시오."

노인은 달아나듯 문을 닫으려 했지만 이대로 놓칠 하워드가 아니었다.

"그럼 사뮈엘 베케트라는 분은요?"

노인의 표정이 굳었다. 사뮈엘이라는 이름이 노인 안에 있는 뭔가를 건드린 모양이었다. 그는 경계의 눈빛으로 하워드를 바라봤다.

"그분을 왜 찾으시는지 여쭤봐도 될까요?"

"저희는 신의 이름을 거룩하게 하기 위해 교황청을 대신해서 그분을 만나려는 겁니다."

린지가 대신 대답했다.

"신의 이름을 어떻게 거룩하게 하실 생각이시죠?"

노인은 여전히 경계를 풀지 않고 있었다.

"말씀 속에 진실이 있으니 그분의 말씀을 따르면 됩니다."

린지의 목소리가 사뭇 진지했다.

"어떤 말씀을 남기셨나요?"

"어느 날 우린 벙어리가 되고 어느 날 우린 장님이 된다. 어느 날 우린 귀머거리가 되고 어느 날 우린 태어나고 죽는다. 여자는 무덤 위에 걸터앉아 아기를 낳고 남자는 꿈속에서처럼 곡괭이로 천년보물을 숨긴다."

이번엔 하워드가 대답했다. 뉴욕의 아파트에 사뮈엘이 남긴 메모였다. 그 대답이 결정적으로 노인을 움직였다. 노인은 마음속 계산기를 두드리듯 심사숙고하더니 이윽고 입을 열었다.

"전화번호를 남기시면 연락드리겠습니다."

"사뮈엘 베케트를 아십니까?"

"오늘은 돌아가십시오. 연락드리겠습니다."

노인은 방으로 돌아가려 했다.

"그렇다면 삭개오라는 분을 알고 계시군요. 그런데 혹시 그분이 난쟁이인가요?"

하워드가 문고리를 잡으며 물었다.

"우리는 난쟁이라는 말을 쓰지 않아요. 다만 다른 사람에 비해 체구가 작으시긴 합니다."

이 말을 남기고 노인은 방으로 사라졌다. 방에서는 다시 성경 읽는 소리가 들려왔다.

"그라비츠 가족."

하워드가 무의식적으로 중얼댔다.

"누구요?"

"언젠가 들은 적이 있어요. 2차 세계대전 당시 아우슈비츠 수용소에서 기적적으로 구성원 전체가 살아남은 가족이 있다고. 그들은 유럽 전역을 여행하며 공연하던 유명한 서커스 단원이었죠. 그런데 그들을 유명하게 만들었던 또 다른 이유가 있었어요. 일곱 명 가족 모두가 난쟁이였거든요. 전쟁이 끝나자 그들은 다시 세계를 돌아다니며 공연을 했는데 굉장한 인기를 얻어요. 덕분에 엄청난 돈을 벌었죠. 그들은 그 돈으로 아우슈비츠에서 희생된 사람들을 추모하는 단체를 만들고 후원했어요. 그 외에도 전쟁고아들을 도와주기도 하고 장학재단을 만드는 등 수많은 선행을 베풀었지만 절대 사람들 앞에 나서지 않았죠. 그런 그들을 사람들은 이렇게 불렀어요. '아우슈비츠의 일곱 난쟁이.'"

이제 사뮈엘은 오백 년 전 콜럼버스와 함께 신대륙 항해를 마치고 제2차 세계대전의 포화 속으로 향하고 있었다. 그리고 전쟁 속에서 그가 선택한 장소는 인류 최악의 대학살 현장인 아우슈비츠 수용소였다.

창

–

핸드폰이 울리고 있었다. 아우슈비츠 유족회 사무실을 떠난 지 채 삼십 분도 안 된 시점이었다. 발신자를 확인했지만 처음 보는 번호였다. 하워드는 직감적으로 발신자가 유족회 대표인 즈데넥인 걸 알 수 있었다.

"여보세요."

하워드가 핸드폰을 열며 말했다.

"안녕하십니까. 조금 전 만났던 즈데넥입니다, 신부님."

예상대로였다. 그의 목소리는 차분했지만 급하게 건 인상을 숨길 수 없었다.

"그분께서 신부님 얘기를 듣더니 뵙고 싶다고 하시더군요."

삭개오는 왠지 누군가를 기다리고 있는 듯한 인상이었다.

"저 역시 빨리 뵙고 싶군요. 지금 어디에 계십니까?"

"그분은 독일의 브레멘에서 조금 떨어진 슈핀겐이라는 작은 마을에 살고 계십니다. 하우프트 13번지입니다."

"거기서 누굴 찾으면 되죠?"

하워드가 주소를 적으며 물었다.

"헬가 그라비츠란 분을 찾으시면 됩니다."

"헬가 그라비츠……."

예상대로 삭개오는 그라비츠 가족 중 한 명이었다. 그리고 데미안의 말대로 여성이었다.

"도와주셔서 감사합니다."

"그런데……."

그는 뭔가 얘기하기 힘든 내용인 듯 잠시 머뭇거렸다.

"아닙니다. 제가 쓸데없는 참견을 하려고 했군요. 신경 쓰지 마십시오."

"즈데넥 씨. 어려워하실 필요 없습니다. 할 말이 있으시면 편하게 하십시오."

그러자 노인이 힘들게 입을 열었다.

"신부님, 죽음의 신을 보신 적 있나요?"

"아직 보진 못했습니다."

"저는 본 적 있습니다. 그런데 제가 본 죽음의 신은 뿔이 달린 지옥의 사자가 아니었습니다. 사람이었습니다. 저승의 지옥도 저희가 있던 곳보다 지독하진 않을 겁니다. 그곳에서 벌어졌던 일을 상상조차 할 수 없어요. 가족과 친구들이 도살장 돼지처럼 팔다리가 잘려 나가고 실험실에서 죽어갔답니다. 제 왼쪽 눈이 염산이 든 비커 속에서 녹는 걸 오른쪽 눈으로 지켜봐야 했습니다. 제 두 다리를 냉동시켜 자르는 걸 비명조차 지르지 못하고 봐야 했습니다. 가끔은 그런 짓을 저지른 자들이 차라리 인간의 탈을 쓴 악마이길 바랐습니다. 하지만 그들은 저와 같은 피가 흐르는 사람이었어요. 더욱 괴로운 건 그 고통을 평생 안고 살아 가야 한다는 겁니다. 한순간도 벗어날 수가 없어요."

노인은 잠시 말을 멈췄다. 수화기 저편에서 고통스러운 기억과 싸우고 있는 노인의 신음이 작게 들려왔다. 노인의 가슴에는 육신의 상처보다도 훨씬 깊은 흉터가 새겨 있었 다. 그리고 그 흉터는 흙으로 돌아가기 전까지 절대 지워 질 수 없을 것이다. 하워드는 그가 진정하기를 조용히 기 다렸다. 이윽고 그가 전화기로 돌아왔다.

"신부님, 그분은 지난 십 년간 사람을 만나지 않으셨어 요. 혼자서 조용히 죽을 날만을 기다리고 계시죠. 인간에 대한 희망을 품고 묻히길 바라세요. 제가 드리고 싶은 말 은 그분께서 더는 사람 때문에 상처받아선 안 된다는 겁니 다. 무슨 말인지 아시겠죠?"

노인은 진심으로 부탁하고 있었다.

"알겠습니다. 절대 그런 일 없도록 하겠습니다."

하워드는 다짐하면서도 마음속 한구석에 가시가 박혀 있 는 것처럼 불편했다. 그는 탐정이었고 단서를 얻기 위해 거짓말을 해야 할지도 몰랐다. 노인은 그 말을 끝으로 전 화를 끊었다.

"뭐래요?"

린지가 물었다.

"삭개오가 우리를 보자고 하는군요."

"잘됐네요. 그런데 표정이 왜 그래요?"

린지가 굳은 표정으로 핸드폰을 접는 하워드를 보며 물었다.

"세상에는 우리가 상상도 할 수 없는 상처를 안고 사는 사람들이 있는 거 같아요."

린지는 공감하는지 더 묻지 않았다. 차 안에는 숙연한 분위기가 감돌고 있었다. 심연에 있던 본질적인 질문이 떠오르고 있었다. 대체 뭘 위해 인간은 서로를 증오하고 살육하는가. 그로 인해 그들은 과연 무엇을 얻었는가. 답은 없었다. 인간의 뼈와 살로 바벨탑을 쌓으려 했지만 피로 물든 살육의 강만을 역사에 남겨놓은 채 흔적도 없이 사라졌다. 그리고 피의 강에는 무고한 영혼들이 고통 속에서 허우적대며 신에게 그 이유를 묻고 있었다.

하워드는 성경을 읽고 있던 아우슈비츠 유족회 사람들을 떠올렸다. 인간에게서 위안을 얻지 못한 그들이 과연 신으로부터는 위로받았을까. 알 수 없는 일이었다. 하워드의 마음속에 사뮈엘을 만나 물어야 할 또 다른 질문이 각인되었다. 두 사람을 태운 구형 미니는 뒷좌석에 답을 얻지 못해 괴로워하는 죽음들을 가득 실은 채 국경으로 향했다.

일곱 시간 넘게 달려서 도착한 헬가 그라비츠의 집은 슈핀겐 외곽 포도밭 한가운데 있었다. 벽돌로 지은 단층집은 담쟁이넝쿨이 온통 벽을 감쌌고 뒤뜰에는 토마토와 양배추 등을 키우는 작은 텃밭이 있었다. 굴뚝에서는 연기가 뭉게뭉게 피어올랐고 입구에는 수탉 모양의 풍경이 바람에 흔들렸다. 겸손하고 운치 있는 전원주택이었다. 그들이 도착한 시각은 이른 아침이었다. 자욱한 새벽안개가 집 뒤로 펼쳐진 포도나무밭을 감싸고 있었다. 주위를 둘러보았지만 다른 인가는 보이지 않았다. 헬가는 노년을 한적한 시골에서 보내고 있었다. 하워드와 린지는 나지막한 울타리에 붙어 있던 붉은색 우편함의 주소를 확인했다.

"좋은 곳이군요. 저희 부모님도 농사를 지으셨죠. 저도 언젠가는 고향에 돌아가서 포도나무를 키우고 싶어요. 이런 집에 살면서요."

린지가 기지개를 켜며 말했다.

"고향이 어딘데요?"

"콜로라도 포트모건이에요. 고등학생 때까지 거기 살았죠."

"전혀 상상이 안 가네요."

하워드가 의외라는 듯 말했다.

"무슨 뜻이에요?"

린지가 기분 나쁜 듯 물었다.

"아무 뜻도 없어요."

하워드는 입구로 향하고 있었다.

"하워드. 가끔 당신은 지나치게 선입견을 품고 사람을 본다는 생각이 들어요. 사람들은 당신 생각처럼 단순하지 않다고요."

린지가 못마땅한 얼굴로 대꾸했다.

"직업병이에요. 그리고 사람은 당신 생각만큼 복잡하지 않아요."

하워드가 초인종을 누르며 대답했다.

"너무 일찍 온 게 아닐까요? 아직 주무시고 계시면 어쩌죠?"

하워드는 대꾸 없이 굴뚝을 가리켰다. 굴뚝에서는 연기가 피어오르고 있었다.

"관찰력이 좋아서 좋으시겠어요."

린지가 뾰루퉁하게 말했다. 하워드가 다시 초인종을 누르려는 순간 문이 열리며 앞치마를 한 50대 후반의 여인이 나타났다. 옆집 아주머니처럼 수수한 인상의 여인은 두 사람을 보더니 활짝 미소를 지었다.

"쿠텐 모르겐, 프로이라인……."

"가브리엘 신부님과 테레사 수녀님이시죠. 기다리고 있었습니다."

하워드가 어수룩한 독일어로 인사를 하려 하자 여인이 능숙한 영어로 맞이했다.

"헬가 씨?"

생각보다 젊은 모습에 하워드가 물었다.

"저는 안젤라예요. 헬가는 저희 어머니시구요. 어서 들어오세요."

여인은 반갑게 두 사람을 집안으로 안내했다. 실내는 추수감시절에 고향 부모님 댁을 찾아온 것처럼 아늑했다. 주방에서는 구식 스토브 위에 채소수프가 구수하게 끓고 있었고 거실 소파에는 뜨다 만 크리스마스 스웨터가 실뭉치와 함께 놓여 있었다. 거실 양탄자 위에는 늙은 레트리버가 두 사람을 힐끗 보더니 관심 없다는 듯 다시 잠을 청했고 낡은 TV에선 아나운서가 낯선 독일어로 아침 뉴스를 진행하고 있었다. 오랜만에 일상으로 돌아온 기분이었다.

"아직 식사 전이시죠? 앉으세요. 곧 준비해드릴게요."

여인은 두 사람을 식탁으로 안내했다. 식탁에는 세 사람분의 식사가 차려져 있었다. 하워드와 린지는 얼떨결에 식탁에 앉았다.

"저희는 헬가 씨를 만나려고⋯⋯."

"어머니가 밤새도록 잠도 안 주무시고 기다리셨어요. 잠깐 산책하러 나가셨으니까 곧 돌아오실 거예요."

그녀는 냄비에서 수프를 덜어서 식탁에 놓아주었다.

"양배추수프 좋아하세요? 어머니는 언제나 아침에 이 수프를 드시거든요. 입에 맞을지 모르겠네."

오랜만에 손님이 찾아왔는지 그녀는 즐거워 보였다.

"무지하게 좋아해요. 와, 냄새 끝내주네요."

린지는 사양할 생각이 없었다.

"여기 소시지랑 베이컨도 있으니까 마음껏 드세요. 전 출근해야 해서 실례할게요."

여인은 핸드백을 챙겼다.

"저기요. 그냥 가버리시면 저흰……."

하워드가 당황해서 물었다.

"걱정하지 마세요. 곧 오실 거예요."

그녀는 푸근한 미소를 남기고 사라졌다. 이제 주인도 없는 집에 두 사람만 덩그러니 남게 되었다. 린지는 잠시 집 안을 둘러보더니 넉살 좋게 수프를 먹기 시작했다.

"음, 이거 맛있는데요."

그녀는 소시지와 베이컨을 가득 담아 게걸스럽게 먹고 있었다. 그녀의 식욕은 언제 봐도 대단했다.

"맛있게 먹어주는 것도 일종의 예의라고요. 하워드, 당신도 먹어봐요. 이 소시지, 정말 기가 막히네요. 역시 소시지의 나라답군요."

하워드가 못 말리겠다는 듯 고개를 저었다. 린지가 두 그릇째 수프를 비우고 있을 때 문이 열리며 지팡이를 짚은 노인이 나타났다. 헬가였다. 그녀는 눈처럼 새하얀 백발에 온통 주름살투성이였지만 다섯 살 난 어린아이처럼 키가 작았다. 아침 시장을 다녀왔는지 한 손에 갓 구운 빵과 채소 등이 담긴 장바구니를 들고 있었다. 그녀는 힘들게 문을 닫고 거실로 들어섰다. 하워드가 달려가 그녀의 장바구니를 들어주었다. 그러자 헬가가 고개를 들어 바라보았다. 가까이서 보니 그녀는 더욱 노쇠해 보였다.

"당신이 가브리엘 신부님이시구먼."

어린아이처럼 해맑은 목소리였다.

"죄송합니다. 주인도 없는 집에서 멋대로……."

린지도 서둘러 입에 묻은 수프를 닦아내고 있었다.

"우리 딸내미한테 얘기해뒀다네. 어떻게, 식사는 맛이 있었나?"

"정말 맛있었어요. 특히 양배추수프가 일품이던데요."

린지가 넉살 좋게 말했다.

"잘 됐구먼."

헬가는 노쇠한 몸을 이끌고 거실 소파로 향했다. 하워드는 그녀의 독특한 외모에 조금은 당황하고 있었다. 그녀는 어린아이 같은 체구와 목소리를 가졌지만 행동과 눈매는 아흔이 넘은 노인이었다. 하워드는 장바구니를 부엌에 놓고 헬가를 따라 거실로 향했다. 그녀는 지친 몸을 소파에 묻었다. 평범한 소파였지만 그녀가 앉자 거인의 소파처럼 크게 느껴졌다.

"차 한 잔만 가져다주겠나? 부엌에 가면 있을 걸세."

"알겠습니다."

하워드는 부엌으로 가려다가 멈칫했다. 어느새 린지가 눈치 빠르게 차를 내오고 있었다. 그녀는 이 집 분위기가 상당히 맘에 드는 모양이었다. 마치 자기 집에 온 듯 편안한 모습이었다. 차를 따라주자 헬가는 찻잔의 온기를 가슴 깊이 들이마셨다. 차를 마시는 모습만 봐도 힘들게 살아온 과거가 느껴졌다. 하워드와 린지는 그녀가 차를 다 마시기를 조용히 기다렸다.

"그런데 자네 정말 신부인가?"

헬가가 물었다. 하워드는 단번에 정수를 찔린 듯 머뭇거렸다.

"네. 저와 함께 교황청에서 근무하는······."

린지가 대답하려 했지만 하워드가 가로막았다. 하워드는 직감적으로 헬가에게 거짓을 말해서는 안 된다는 걸 알 수 있었다. 어린아이처럼 선한 눈매를 하고 있었지만 매의 눈처럼 진실을 직시하고 있었다. 게다가 그보다 더 중요한 것은 즈데넥과의 약속이었다. 그는 진심으로 하워드에게 부탁하고 있었다. 그리고 하워드는 약속을 지키고 싶었다.

"헬가, 사실 저는 신부가 아닙니다. 저는 어떤 분의 의뢰를 받아 사람을 찾고 있는 탐정입니다. 제 이름은 하워드 레이크입니다. 속여서 죄송합니다."

그러자 헬가의 얼굴에 소녀 같은 미소가 떴다.

"그래야지. 사실은 신부라고 해서 당황했어. 나를 찾아올 사람은 신을 믿지 않는 사람이어야 했거든."

두 사람은 놀라지 않을 수 없었다.

"누가 오기를 기다리고 계셨습니까?"

"무려 육십칠 년이나 기다렸지. 대체 어떤 모습일까 궁금했는데 내가 생각했던 대로군. 선한 눈을 가졌어."

헬가는 하워드가 마음에 드는지 살며시 그의 손을 잡았다. 그녀의 고사리처럼 작은 손에서 온기가 느껴졌다. 하지만 하워드는 그녀의 말에 당황하지 않을 수 없었다.

"헬가, 사뮈엘 베케트를 만나셨습니까?"

하워드가 단도직입적으로 물었다.

"그걸 묻기 전에 내 질문에 대답해보게. 그분이 자네에게 정확히 어떤 말을 남기셨나?"

"어느 날 우린 벙어리가 되고 어느 날 우린 장님이 된다. 어느 날 우린 귀머거리가 되고 어느 날 우린 태어나고 죽는다. 여자는 무덤 위에 걸터앉아 아기를 낳고 남자는 꿈속에서처럼 곡괭이로 천년보물을 숨긴다."

하워드가 대답했다.

"자네가 맞군."

헬가는 흡족한 미소를 지었다. 그녀가 미소를 지을 때마다 마음이 조금씩 따뜻해지는 것 같았다.

"헬가, 사뮈엘 베케트를 만나셨습니까?"

하워드가 다시 물었다.

"그 당시 이름은 사뮈엘 샤피로셨지. 전쟁이 끝나고 보니 사뮈엘 베케트로 바꾸셨더군."

"사뮈엘을 두 번이나 만나셨단 말입니까?"

"우리는 한 달 넘게 같은 곳에서 지냈다네."

"그가 뭐라고 했나요?"

"언젠가 자신을 찾는 사람들이 나를 찾아올 거라고 하셨어. 하지만 그중에 진정으로 자신을 찾는 사람은 한 사람뿐이라고 하셨지. 그는 신을 믿지 않고 영혼에 깊은 상처를 지닌 사람이라고 하셨어. 그만이 자신의 말을 가지고 있을 거라고 하셨네. 바로 지금 자네가 했던 말일세."

하워드는 머릿속이 아득해지는 걸 느꼈다. 그녀의 말대로라면 사뮈엘은 하워드가 자신을 찾을 걸 알고 모든 걸 준비했다는 얘기가 된다. 게다가 하워드가 태어나기 이십칠 년 전에 말이다. 하워드의 뇌리에 신의 예정설이 스쳐 지나갔다. 그 뒤를 운명론이 따랐다. 그동안 하워드는 운명은 개척하는 것이며 예정설은 성직자들이 교묘하게 꿰맞춘 신학적 퍼즐이라고 굳게 믿고 있었다. 하지만 그녀는 하워드가 태어나기 이전부터 사뮈엘을 찾게 될 운명이었다고 말하고 있다.

'대체 왜 나를 선택한 것일까.'

하워드의 입에서 무의식적으로 신음이 새 나왔다.

"혹시 만돌린을 좋아하나?"

그녀가 문득 떠오른 듯 물었다.

"직접 들어보진 못했습니다."

"기다려보게."

헬가는 힘들게 몸을 일으켜 장식장에 소중하게 보관되어 있던 오래된 만돌린을 가지고 돌아왔다.

"오랜만이라 잘 켤 수 있을지 모르겠군."

그녀는 오랫동안 악기를 잡지 않은 모양이었다. 하지만 음의 높낮이를 조율하더니 이내 능숙하게 만돌린을 연주하기 시작했다. 얇은 실크 블라우스 너머로 보이는 그녀의 오른팔은 기형적으로 뒤틀려 있었다. 하지만 그녀는 불편한 팔로도 훌륭한 연주를 들려주었다.

"일곱 개의 언덕 위에서 일곱 명의 난쟁이를 보았네. 공주는 그들과 달빛 아래서 춤을 추었네. 이제 곧 잠이 들 운명이었지만 공주는 알지 못했네……."

만돌린의 구슬픈 선율에 맞춰 헬가는 노래를 불렀다. 떠돌이 집시들이 부르는 보헤미아 민요처럼 흥겨웠지만 삶의 고뇌가 담겨 있는 듯 심금을 울렸다. 하워드와 린지는 조용히 그녀의 노래를 감상했다. 이윽고 노래가 끝나자 헬가는 무대에 선 듯 멋지게 인사했다.

"브라보. 노래 제목이 뭐예요? 진짜 멋져요."

린지는 서커스 공연을 처음 본 어린아이처럼 손뼉을 쳤다.

"〈백설 공주와 일곱 난쟁이〉라는 곡이야. 요제프 멩겔레가 제일 좋아했던 노래지."

헬가가 자식을 어루만지듯 만돌린을 쓰다듬으며 말했다. 연주가 끝났지만 하워드는 헬가의 오른팔에서 눈을 뗄 수 없었다.

"흉하지?"

하워드의 시선을 느낀 그녀가 말했다.

"요제프 멩겔레의 솜씨군요."

"일종의 징표지. 살아남았다는……."

"만져봐도 될까요?"

"얼마든지."

헬가가 소매를 걷으며 말했다. 하워드는 조심스럽게 그녀의 팔을 만졌다. 팔은 손목 바로 윗부분에서 뼈가 엇물려 있었다. 문외한이 보기에도 부러진 뼈를 제대로 접합하지 않아 생긴 후유증이었다.

"부러지질 않아 네 번이나 내리쳤지. 물론 마취도 안 하고. 난쟁이 뼈의 재생력을 확인하고 싶다나."

그녀는 대수롭지 않다는 듯 말했다. 하지만 그녀의 얼굴에는 육십칠 년 전 실험실 풍경이 생생하게 그려지고 있었다.

요제프 멩겔레는 죽음의 천사라고 불리며 아우슈비츠에서 인간 생체 실험을 지휘했던 악명 높은 의사였다. 그는 마취 없이 늑골을 적출하는 외과실험을 하고 쌍둥이를 하나의 몸으로 꿰매는 시술을 하는 등 차마 인간으로서 할 수 없는 만행을 저지른 냉혈한이었다. 그는 전쟁이 불리하게 전개되자 실험 자료를 모두 불태우고 사라졌는데 전쟁 후에 CIA와 이스라엘의 모사드 등 정보기관이 수십 년간 추적했지만 끝내 찾지 못했던 인물이었다.

"그를 원망하진 않네. 요제프가 없었으면 살아남지도 못했을 테니까."

헬가는 진심으로 그를 용서한 듯 보였다.

"그런데…… 자네는 왜 신을 믿지 않지?"

"존재하지 않는데 믿고 자시고 할 게 있나요."

"이 세상에 신이 없다는 걸 굳게 믿고 말할 수 있는 사람은 없네."

"하지만 신이 있다는 걸 굳게 믿고 말할 수 있는 사람도 없죠."

하워드가 받아치듯 말했다. 그러자 그녀의 얼굴에 인자한 미소가 떴다.

"하워드. 나는 확신이 있네."

하워드는 더이상 반박하지 않았다. 그것은 그녀의 믿음이었다. 하워드에게 그녀의 믿음을 부정할 권리 따윈 없었다.

"사뮈엘에 대해 얘기하죠, 헬가."

하워드는 이런 대화를 좋아하지 않았다. 헬가는 피곤한지 소파에 몸을 기댔다. 역사의 풍파를 온몸으로 겪어야 했던 그녀의 작은 몸이 더욱 왜소하게 느껴졌다.

"내가 자네를 기다린 이유는 자네에게 사과하기 위해서야."

"사과라뇨?"

지난 시간을 돌이켜 보듯 허공을 응시하고 있던 그녀의 눈망울이 흔들리고 있었다.

"나를 용서하게. 나는 그분과 자네에게 죄를 지었어. 내 목숨을 건지기 위해 그분과의 약속을 깼지."

반세기 동안 쌓여 있던 한이 넘치며 수정 같은 눈물이 그녀의 뺨을 타고 흘러내리고 있었다.

"진정하시고 무슨 일인지 자초지종을 말씀해보세요."

린지가 손수건을 건네주었다. 그러자 헬가가 눈물을 훔치며 이야기를 시작했다.

"내가 그분을 만난 건 아우슈비츠 수용소로 향하던 열차 안에서였네. 1944년이었지. 유난히 무더운 여름이었어. 당시 나치는 동부 전선에서의 스탈린그라드 전투에서 패한 후 소련의 붉은 군대를 상대로 고전을 면치 못하고 있었고 서부 전선에서는 노르망디에 상륙한 연합군과 힘겨운 전투를 벌이고 있었지. 독일이 점령한 유럽 지역에서는 독이 오를 대로 오른 나치 친위대가 유태인의 씨를 말리고 있었어. 그 와중에 우리 남매는 유태인 신분을 숨기고 고향인 루마니아 브라쇼브에서 근근이 연명하고 있었지. 브라쇼브는 전략적 요충지가 아니었기 때문에 연합군의 폭격으로부터 어느 정도 자유로운 곳이었어. 비록 나치 점령하에 있긴 했지만 대부분 보급부대였기 때문에 독일군도 다른 지역에 비해 너그러운 편이었지. 우리 남매는 독일군 장교들이 드나드는 술집에서 릴리펏 악단이라는 이름으로 연주하며 생계를 꾸려나가고 있었어."

"『걸리버 여행기』에 나오는 소인국 이름이군요."

하워드가 말했다.

"우리 맏언니인 올가가 지은 이름이었지. 우리 남매는 모두 나처럼 난쟁이였어. 어머니는 그런 우리가 살 수 있는 길이 있어야 한다며 음악을 교육하셨지. 덕분에 우리는 전쟁 중에도 살아갈 수 있었어. 비록 가난하고 힘들었지만 그럭저럭 살 만했지. 하지만 언제나 운이 따라줄 수는 없었어. 어느 날 우리가 연주를 하고 있었던 때에 친위대가 들이닥쳤는데 우리를 못마땅하게 여기던 술집 종업원이 우리가 유태인인 걸 일러바친 거야. 친위대는 그 길로 우리를 유태인 수용소행 기차에 태웠고, 그때부터 지옥 같은 시간이 시작됐어. 우리는 짐짝처럼 수송칸에 실려 죽음의 수용소로 보내졌지. 당시 수용소는 독일과 폴란드 등지에 산재되어 있었는데 최악의 장소는 단연 폴란드에 있는 아우슈비츠였어. 그곳에 가면 살아서 걸어 나올 수 없다는 걸 잘 알고 있었기에 기차에 탄 우리는 폴란드행이 아니길 빌 뿐이었어. 다행히도 기차는 아우슈비츠가 있는 동쪽으로 향하지 않았어. 북서쪽으로 향하고 있었지. 그곳에는 부헨발트라는 수용소가 있었는데 중노동을 시키긴 했지만 가스실은 없었어. 일말의 희망을 품을 수 있었지. 기차는 쉴 새 없이 역을 지나며 체포된 유태인들을 싣고 있었어. 시간이 갈수록 수송칸은 사람들로 가득찼지. 나중에는 앉을 자리조차 없었어. 게다가 여름이었기 때문에 수송칸은 오븐 속처럼 무더웠어. 우리는 역에 정차할 때마다 물을 달라고 아우성쳤지만 독일군은 거들떠보지도 않았지. 그렇게 사흘을 비좁은 열차 안에서 지냈어."

노란 액체가 환기구 틈으로 스며든 햇살에 출렁이고 있었다. 헬가는 한참을 망설이다 코를 틀어막고 액체를 삼켰다. 그것은 그녀의 소변이었다. 그것을 마지못해 삼키며 헬가는 짐승을 실은 열차도 이보다는 나을 거라고 생각했다. 사실이었다. 공기는 온통 오물과 분비물 냄새로 가득했고 바닥은 곰팡이와 배설물 범벅이었다. 하지만 그보다 더욱 사람들을 미치게 만드는 건 혀가 타들어갈 정도로 심한 갈증이었다. 그것은 지독한 고문이었다. 사흘이나 물을 마시지 못한 사람들은 궁여지책으로 자신의 소변을 마실 수밖에 없었고 헬가 역시 마찬가지였다. 구역질이 나던 소변 냄새도 어느새 익숙해져 있었다. 그마저도 땀으로 수분이 증발되어 소변의 양도 점점 줄어들고 있었다. 밀폐된 칸에서 유일하게 빛이 스며드는 곳은 천장에 설치된 환기구뿐이었다. 사람들은 이제 소리칠 기운조차 남아 있지 않았다. 대부분 탈진해서 의식을 잃거나 어서 이 순간이 지나가게 해달라고 기도하고 있었다. 하지만 헬가는 이것이 그들이 겪게 될 고통의 일부분에 불과하다는 걸 잘 알고 있었다. 소문을 통해 수용소 생활이 어떤지 익히 들어왔던 것이다. 헬가는 고통을 잊기 위해 머릿속으로 만돌린을 연주했다. 하지만 그것마저도 여의찮았다. 주변은 온통 사람들의 신음으로 가득했다. 온몸이 저렸다. 성냥갑 속 성냥들처럼 빼곡히 앉아 움직이지 못한 지가 사흘이 넘었다. 그나마 보통 사람 몸집의 절반인 덕에 가끔 다리를 펼 수 있어서 다행이었다. 주변을 둘러봤지만 어디에도 희망은 보이지 않았다. 이들을 기다리고 있는 건 죽음뿐이었다.

마지막으로 형제들을 보고 싶었지만 열차에 오르기 전에 뿔뿔이 흩어지고 말았다. 헬가는 무릎을 부둥켜안고 흐느꼈다. 그런데 눈물을 닦던 그녀를 바라보는 시선이 있었다.

그는 열차 구석 오물통 옆에 앉아 있었는데 덥수룩한 머리에 수염을 기르고 한여름인데도 두꺼운 점퍼를 걸치고 있었다. 게다가 걸인인지 신발도 신지 않고 있었다. 하지만 먼지로 뒤덮인 누더기 속에서도 그의 파란 눈은 촛불처럼 빛나고 있었다. 그는 최악의 상황 속에서도 여유로운 미소를 짓고 있었다. 그것은 마치 한겨울 산속에서 길을 잃고 헤매다가 찾은 수선화처럼 헬가의 메마른 가슴을 녹여주었다. 남자는 뭔가 할 말이 있는 듯 자리에서 일어나 사람들을 헤치고 헬가에게 다가왔다. 그리고 짐을 덜어주려는 듯 살며시 어깨를 잡고는 대뜸 천장의 환기구를 뜯어내는 것이었다. 지친 사람들은 무기력하게 그를 바라볼 뿐이었다.

"다들 조금만 버텨요! 이제 곧 비가 올 거요!"

남자가 소리쳤다. 하지만 문틈으로 보이는 하늘은 구름 한 점 없었다. 사람들 모두 그가 갈증 때문에 정신이 나갔다고 생각했다. 그런데 십 분쯤 지나자 마술 같은 일이 벌어졌다. 그가 불러모으기라도 한 듯 맑은 하늘에 먹구름이 끼더니 소나기가 내리기 시작하는 것이었다. 환기구를 통해 생명수가 폭포수처럼 쏟아져 내렸다. 갈증에 지친 사람들은 미친 듯이 환기구로 몰려들었다. 열차 안은 순식간에 아수라장으로 변했다. 이성을 잃은 사람들은 서로를 밀치며 흘러내리는 빗물을 마시기 위해 안간힘을 썼다. 하지만 남자는 그 틈에 있지 않았다. 그는 조용히 반대편 환기구로 다가가 그마저 뜯어냈다. 그러자 또 하나의 식수대가 생겼다. 사람들은 본능적으로 물을 향해 움직였다. 다행히 소나기는 충분한 양을 쏟아부었고 사람들 모두 갈증을 풀수 있었다. 헬가도 그들 사이에서 목을 축였다. 물이 그렇게 달콤했던 건 난생처음이었다. 사람들 얼굴에 화색이 돌기 시작했다. 그와 함께 작지만 소중한 희망이 생겨났다. 빗물로 머리를 적시던 헬가는 남자를 바라봤다. 그는 여전히 오물통 옆에 앉아 흐뭇하게 사람들을 바라보고 있었다. 헬가는 손바닥에 물을 모아 그에게 다가갔다. 남자는 고마워하며 물을 마셨다. 헬가가 더 받아오려 하자 남자는 됐다는 듯 그녀의 손을 잡았다.

"어떻게 비가 올 줄 알았죠?"

헬가가 물었지만 남자는 미소를 지을 뿐이었다. 헬가는 그 남자가 낯설게 느껴지지 않았다.

"우리 만난 적 있나요?"

그러자 남자가 말했다.

"이중에 살아남을 사람은 당신뿐이에요."

갑작스러운 말에 헬가는 너무나도 놀라 할 말을 잃었다. 그는 다시 말했다.

"악기를 소중히 다루도록 해요. 그게 당신을 살릴 테니."

헬가는 기가 막혔다. 남자는 섬뜩한 예언을 아무렇지도 않게 하고 있었다. 그리고 그의 말에선 묘한 확신이 느껴졌다.

"어떻게……."

열차가 속도를 늦추었다. 종착역에 도착한 것이었다. 사람들이 한꺼번에 문가로 몰려들었다. 그들은 도착한 곳이 어딘지 알아야만 했다. 거기에 목숨이 달려 있었기 때문이었다. 헬가도 문으로 다가갔다. 좁은 틈으로 역 이름을 찾았지만 보이지 않았다.

이윽고 열차가 멈추더니 주변으로 무장한 독일군들이 몰려들었다. 잠시 후 요란한 호각 소리와 함께 일제히 열차 문이 열렸다. 며칠 동안 어둠 속에 갇혀 있던 사람들은 신선한 공기를 쐬기 위해 물밀듯이 몰려나갔다. 헬가도 마찬가지였다. 오랜만에 시원한 공기를 마시자 살 것 같았다. 하지만 기쁨도 잠시, 정신이 든 헬가의 눈은 역사 입구에 걸려 있던 간판을 보고 말았다.

AUSCHWITZ

아우슈비츠, 그것이 그들이 도착한 역의 이름이었다.

헬가는 잠시 말을 멈추고 목을 축였다. 이야기가 진행될

수록 그녀는 조금씩 과거의 기억과 동화되고 있었다.

"역에서 약 한 시간가량 걸어가자 수용소가 나타났지. 붉은 벽돌로 지어진 건물이 늘어서 있던 입구에는 '일하면 자유로워진다.'라는 문구가 커다랗게 붙어 있었어. 드디어 죽음의 수용소에 도착한 거야. 입구에 도착하자 독일군은 우리를 일렬로 세우고 분류를 시작했어. 나는 익히 들어왔던 터라 그 순간이 중요하다는 걸 잘 알고 있었어. 분류를 담당한 장교의 손가락 방향에 따라 삶과 죽음이 결정되는 거야. 왼쪽에는 목숨을 부지할 수 있는 강제노역장이 기다리고 있었고 오른쪽에는 죽음의 가스실이 있었지. 남자들은 조금이라도 젊게 보이려고 수염을 뽑았고 여자들은 매무새를 고쳤지만 나에게는 희망이 없었어. 나 같은 난쟁이가 무슨 쓸모가 있겠어. 거의 자포자기 상태로 판결을 기다렸지.

드디어 순서가 왔어. 재판관은 볼 것도 없다는 듯 오른쪽을 가리켰어. 이제 죽은 목숨이었지. 독일군은 짐을 빼앗아 쓸 만한 물건을 고르고 있었어. 그때였어. 그분이 했던 말이 떠오르는 거야. 나는 만돌린을 빼앗으려는 독일군에게 매달려 사정했어. 마지막으로 한번만 연주하게 해달라고. 그러자 장교가 어이없다는 듯이 웃더니 한번 해보라는 거야. 나는 만돌린을 꺼내 보헤미아 민요 <푸른 목장>을 연주하기 시작했지. 갑자기 음악이 들리자 수용소 전체가 고요해졌어. 감시용 서치라이트 불빛이 무대 조명을 대신

하고 있는 상황에서 나는 죽을힘을 다해 연주했지. 이윽고 연주가 끝나고 나는 반응을 기다렸어. 다행히 내 연주가 맘에 들었는지 장교가 군가를 연주할 수 있냐고 물었는데, 나는 클럽에서 수도 없이 연주했던 터라 웬만한 독일 군가는 모두 알고 있었지.

나는 그중에 〈팔쉬름예거의 노래〉를 골랐어. 가장 유명한 군가였거든. 아니나 다를까 연주가 시작되자 그곳에 있던 독일군 전체가 따라 부르더라고. 그러자 여기저기서 또 다른 악기들이 화음을 맞추며 다가오지 뭐야. 흩어져 있던 남매들이 내 연주 소리를 듣고 찾아온 거야. 결국 우리 일곱 남매 모두 모여 연주했지. 수용소는 온통 독일 국가로 떠나갈 듯했어. 이윽고 연주가 끝나자 사방에서 '하일 히틀러' 소리가 터져 나왔어. 장교는 이곳에 오기 전에 뭘 했냐고 묻더군. 나는 릴리펏 악단으로 활동했다고 대답했지. 그러자 장교가 너희들이 난쟁이 악단으로 유명한 릴리펏이냐고 되물었어. 그는 우리를 알고 있었던 거야. 그렇다고 하자 그는 기다리라고 하더니 어디론가 전화를 걸었지. 그리고 잠시 후 우리 가방을 돌려주며 왼쪽으로 가라는 거야. 그렇게 우리는 첫 번째 고비를 넘길 수 있었지."

헬가는 다시 한번 숨을 돌렸다. 그녀는 이야기하는 것조차 힘들어 보였다. 하워드는 그녀의 이야기를 수첩에 정리하며 당시 상황을 떠올렸다. 사뮈엘은 그곳에서도 미래를 내다보며 사람들을 살리고 있었다. 그런데 한 가지 의문이

들었다. 이나시오 신부에 의하면 제2차 세계대전 당시 사뮈엘은 미국의 극비 계획인 맨해튼 프로젝트가 진행됐던 텍사스주에서 영국으로 이송되기 전 사라졌다. 그런데 헬가의 말대로라면 그때 사뮈엘은 독일이 점령한 중부 유럽에 있었다는 얘기가 된다. 게다가 그는 사뮈엘 샤피로라는 이름으로 개명했다. 샤피로는 유태인이 사용하는 성이었다. 전쟁이 막바지로 치달던 시점에 가장 안전하던 미국 본토를 떠나 유태인 성으로 개명하고 독일군 점령지를 찾아갈 정신 나간 사람은 없다. 대체 뭣 때문에 죽음의 수용소로 향한 것일까. 알 수 없는 일이었다. 헬가의 이야기는 계속됐다.

"그곳 생활은 그야말로 생지옥이었어. 특히나 우리 같은 난쟁이들한테는 가혹했지. 우리는 새벽 네 시에 기상해서 식사 시간을 제외한 모든 시간을 중노동에 시달렸어. 엎친 데 덮친 격으로 우리 남매는 노동이 끝나면 장교식당으로 불려가 저녁 내내 연주해야 했지. 우리는 제대로 된 식사도 없이 하루 네 시간 수면만으로 버텨야 했어. 이대로 가다간 가스실에서 죽는 게 아니라 노역장에서 개처럼 죽게될 판이었지. 그런데 그때 기적 같은 일이 일어났어. 장교식당에서 공연을 마치고 돌아가던 어느 날 독일군 한 명이 우리를 고위간부들이 거주하는 관사로 데려가는 거야. 포도주 저장실까지 있던 관사에는 금발의 장교가 우리를 기다리고 있었지. 바로 죽음의 천사, 요제프 멩겔레였어. 그는 수용소의 모든 생체 실험을 총괄하고 있던 군의관이었는데 장교식당을 지나다가 우리가 연주하는 모습을 본 거야. 그는 우리를 보자마자 뮤지컬을 공연해본 적 있냐고 물었어. 우리가 경험이 있다고 하자 대뜸 〈백설 공주와 난쟁이〉를 공연하라고 했지. 우리는 당황했어. 악보도 대본도 없는 상황에서 뮤지컬을 즉흥적으로 공연하는 건 불가능에 가까운 일이었어. 그러나 선택의 여지가 없었지. 나는 삼십 분만 여유를 달라고 하고는 기억을 더듬어 대본과 악보를 만들었어. 그리고 되는대로 연주를 시작했지. 리허설 없이 하는 공연이 잘 될 턱이 없었지만 다른 방법이 없었어. 우리는 박자도 틀려가며 간신히 생애 최악의 공연을 끝냈어. 그리고는 최종 판결을 앞둔 사형수처럼 고개를 숙이고 있었지. 그런데 의외로 멩겔레는 우리 공연을 무척 맘에 들어했어. 그는 신이 나서 자기가 백설 공주 역을 하겠다며 다시 한번 공연하자고 하더라고. 그렇게 그날 밤 그가 술에 취해 잠들 때까지 네 번을 공연했어. 우리는 기진맥진한 몸을 이끌고 막사로 돌아왔지. 그런데 다음날 우리에게 변화가 생겼어. 우리 숙소가 병원 옆 막사로 옮겨지더니 나오는 음식도 달라진 거야. 하루 세끼 부드러운 빵과 우유가 나왔고 쿠션이 있는 침대에서 잠을 잤지. 게다가 강제노역을 할 필요가 없었어. 모두 멩겔레 덕분이었지. 그는 비록 다른 동족들에게는 잔혹한 실험을 일삼았지만 우리에게만큼은 친절했어. 우리는 매일 밤 그의 관사로 가서 그를 위해 공연했지. 그는 특히 〈백설 공주와 일곱 난쟁이〉를 좋아했는데 자신이 백설 공주 역을 하는 걸 무척이나 즐겼어. 가끔 포도주를 마실 수도 있었지."

"수용소에선 상상도 할 수 없는 호사였군요."

하워드가 말했다.

"그렇다고 할 수 있지. 덕분에 우리는 조금이나마 살아남을 수 있으리라는 희망을 품게 되었어. 나는 그 와중에도 한 사람을 찾고 있었어. 그분이었지. 수용소에 있는 내내 그분이 머릿속에서 떠나질 않았어. 열차에서 그분이 했던 말은 버팀목처럼 삶을 지탱해주고 있었지. 나는 친해진 독일군에게 가끔 그분 소식을 물었어. 독일군 사이에서 그분은 '누더기 성자'로 통하고 있었는데 요주의 인물로 지목된 듯했어. 들리는 얘기로 그분은 강제노역 중에도 언제나 미소를 짓고 있었고 지쳐서 쓰러진 사람을 언제나 도와주고 있었어. 아픈 사람을 위해 자신의 배식을 아낌없이 나누고 희망이라곤 없던 수용소에 용기를 불어넣고 있었던 거야. 마치 지옥에 파견된 천사 같았지. 그런 그분을 독일군은 눈엣가시처럼 생각했어. 그래서 힘든 일이 있으면 그분을 시켰고 조금이라도 잘못하면 가차없이 매질을 가했어. 한번은 새로 부임한 소장 관사를 짓던 중 무거운 서까래를 옮기다 말고 그분을 부르는 거야. 그리곤 서까래를 혼자 옮기라고 명령했어. 그분은 아무 말 없이 서까래를 옮기기 시작했지. 하지만 장정 넷으로도 간신히 드는 서까래를 혼

자 옮기는 건 애초부터 불가능했어. 서까래를 기둥 위로
옮기던 그분은 무게를 지탱하지 못하고 깔리고 말았지. 그
사고로 갈비뼈가 네 개나 부러졌어. 독일군은 괴로워하는
그분을 보며 고소하다는 듯 비웃었지. 더욱 기가 막힌 건
상처를 제대로 치료도 해주지 않고 계속 노역을 시켰다는
거야. 나는 틈만 나면 그분에 관해 알아봤지만 들려오는
얘기는 비참한 소식뿐이었지. 독일군의 행패에 지칠 대로
지친 그분은 온몸이 상처투성이로 변했고 늑골의 상처가
덧나면서 목숨이 위태로운 상황이었어. 그러던 어느 날 나
는 가스실 명단에 그분 이름이 올라 있는 걸 발견했어. 멩
겔레에게 그분을 살려달라고 사정했지만 소용없었어. 내
목숨이나 잘 간수하라고 했지. 그날은 결국 다가왔고 멩겔
레에게 마지막으로 한 번만 만나게 해달라고 부탁하자 술
에 취해 있던 멩겔레는 내 부탁을 들어주었고, 나는 몰래
챙겨둔 빵과 우유를 들고 그분이 있던 막사로 갔어."

　　손을 대면 그대로 얼어붙을 것만 같은 푸른 달이 수용소
를 내려보고 있었다. 헬가는 품 안 가득 넣어온 빵과 우유
가 보이지 않도록 옷을 여몄다. 수용소 전체가 고된 일과
에 녹초가 되어 깊은 잠에 빠져 있었다. 독일군 간수들 외
에 유일하게 깨어 있는 사람은 헬가뿐이었다. 그녀가 찾은
곳은 17번 막사, 사람들 사이에서 '장례식장'이라고 불리던
곳이었다. 수감자 중 병에 걸린 사람들을 모아놓은 곳이지

만, 제대로 된 치료를 받을 수 있는 건 아니었다. 단순히 노역으로부터 제외된다는 것밖에는 없었다. 게다가 이곳으로 들어오면 가스실 대기 일 순위가 된다. 따라서 사람들은 아무리 아파도 이곳에 들어오지 않으려 했다. 헬가가 만나고자 하는 사람은 이곳으로 순순히 걸어 들어간 유일한 수감자였다.

휘영청 뜬 달을 보며 헬가는 한숨을 내쉬었다. 그때 독일군 간수가 누군가를 데려왔다. 사뮈엘이었다. 그는 제대로 걷지도 못하고 있었다. 헬가가 달려가 그를 부축했다. 가까이서 보자 그의 몰골은 처참했다. 그는 알아볼 수 없을 정도로 수척해져 있었다. 몸에는 뼈밖에 남아 있지 않았고 거즈로 대충 덧대어놓은 상처에서는 고름이 흘러나왔다. 결막염에 걸린 한쪽 눈은 백내장으로 발전해 있었고 영양실조로 이도 대부분 빠져버렸다. 하지만 그런 와중에도 특유의 미소를 잃지 않았다.

"오랜만이군요. 연주는 잘 들었어요. 훌륭하더군요."

사막처럼 갈라진 입술 사이로 가녀린 목소리가 흘러나왔다. 헬가는 참으려 했지만 흘러내리는 눈물을 멈출 수 없었다.

"울지 말아요. 난 괜찮으니까. 이렇게 날 보려고 찾아오는 사람도 있잖아요."

오히려 그가 헬가를 위로했다.

"먹을 걸 좀 가져왔어요. 드세요."

빵과 우유를 꺼내며 헬가가 말했다.

"고마워요. 보기만 해도 군침이 도네요."

헬가가 먹기 좋게 뜯어 주었다. 하지만 그는 제대로 삼키지도 못했다. 그 모습을 보자 감정이 북받쳤다. 헬가는 그를 부둥켜안고 서럽게 울었다. 그것은 단지 그가 가엾기 때문만은 아니었다. 이곳에 갇혀 있는 모든 사람과 자신을 향한 눈물이었다. 자신들을 나락으로 몰아넣은 세상을 향한 눈물이었다. 그는 묵묵히 헬가의 눈물을 받아주었다. 그리고 잠시 후 그녀의 눈물이 잦아들자 낮은 목소리로 말했다.

"지금부터 내가 하는 말을 잘 들어요, 헬가."

눈물을 닦아주며 말했다.

"마지막으로 당신한테 부탁할 것이 있어요."

"말씀해보세요. 제가 할 수 있는 일이면 뭐든 할게요."

헬가가 독일군 간수의 눈치를 보며 말했다. 간수는 저만치 거리를 두고 둘을 감시하고 있었다.

"이제 곧 전쟁이 끝나고 당신은 이곳을 나가게 될 거예요. 그리고 시간이 흘러 이곳을 잊을 때쯤 당신한테 사람들이 찾아올 거고요. 그들은 나를 찾고 있을 거예요. 하지만 그들 중 진심으로 나를 찾는 건 한 사람뿐입니다. 그는 신을 믿지 않고 깊은 상처를 가슴에 품고 사는 사람이에요. 그만이 내가 전한 말을 갖고 있을 거예요. 그에게 전할 말이 있어요. 꼭 그에게만 전해야 해요."

헬가가 고개를 끄덕이자 그가 가까이 오라고 손짓했다.
헬가는 귀를 그에게 가져갔다.

"뭐라고 했나요?"

하워드가 물었다.

"그분이 하신 말은 뭔가가 묻혀 있는 장소에 관한 거였어."

"뭐가…… 뭐가 묻혀 있다고 했나요?"

하워드가 초조하게 물었다. 그녀는 잠시 망설이다가 입을 열었다.

"성스러운 피가 묻은 창이라고 말씀하셨어."

"롱기누스의 창[6]!"

하워드가 탄식하듯 소리쳤다.

"그게 어디 묻혀 있다고 했나요?"

하워드가 다그치듯 물었다. 그러자 헬가의 표정이 어둡게 변했다.

"미안하지만 지금 그곳에 창은 묻혀 있지 않아."

그녀는 고개를 들지 못했다.

"그게 무슨 말이죠? 벌써 찾아봤나요?"

"그런 게 아니야."

롱기누스의 창[6] : 예수의 유물 중 성배와 더불어 가장 유명한 것으로, 골고다를 지키던 로마 병사 가이우스 카시우스 롱기누스가 십자가에 못 박힌 예수의 생사를 확인하기 위해 그의 옆구리를 찔렀던 창이라고 전해진다. (로마 병사의 실제 이름은 성경에 기재되어 있지 않다.)

"어떻게 된 건가요? 어서 말해주세요!"

흥분한 하워드가 소리쳤다.

"하워드, 제발 진정해요. 힘들어하시잖아요."

옆에 있던 린지가 하워드를 진정시켰다. 헬가는 호흡이 곤란한지 숨을 몰아쉬고 있었다.

"헬가, 천천히 숨을 쉬어보세요."

물을 가져다주자 헬가가 떨리는 손으로 받아들었다. 그녀가 진정하는 데는 상당한 시간이 걸렸다. 그녀는 이미 아흔을 넘긴 노인이었다. 하워드는 자신의 경솔함을 자책하며 그녀가 진정하길 기다렸다. 이윽고 호흡이 가라앉자 헬가가 조심스럽게 입을 열었다.

"'시간이 정지된 골고다에 머물고 있는 요셉의 자손 비르투스 아레나(Virtus Arena)를 찾아라. 그가 파괴자들의 눈을 피해 가장 겸손한 곳에 그것을 숨기고 있느니라.' 이게 그분이 하셨던 말씀이네."

헬가의 말을 듣는 순간 하워드는 온몸에 소름이 돋았다. 운명의 창, 또는 성스러운 창으로 불리는 롱기누스의 창은 소유하게 되면 절대 권력을 얻게 된다는 전설 때문에 오늘날까지 수많은 권력자가 쟁탈전을 벌인 유물이었다. 때문에 창에는 세상을 지배했던 여러 제왕의 기구한 인생이 얽혀 있었다.

역사상 창을 처음 손에 넣은 사람은 밀라노 칙령으로 기독교를 최초로 공인한 로마 황제 콘스탄티누스 대제였다.

일설에 의하면 기독교 신자였던 어머니 헬레나가 성지를 순례하며 얻게 된 롱기누스의 창을 콘스탄티누스 대제에게 넘겨주자 분열되어 있던 로마제국을 재통일하고 황제에 등극했다고 한다. 그 후 창을 소유한 왕 중에 대표적 인물은 카를 마르텔이라고 알려져 있다. 카를 마르텔이 창을 얻은 뒤, 그의 아들 페팽 3세가 카롤루스 왕조의 시대를 열었고 카를 마르텔은 실질적으로 프랑크 왕국을 주물렀다.

이 두 가지의 이야기가 전해지며 롱기누스의 창에 대한 전설이 시작된다. 카를 마르텔은 손자인 카롤루스 대제에게 창을 넘겨주었는데 그는 카롤루스 왕조의 최전성기를 구가하는 대제가 된다. 평생을 전쟁터에서 누비며 프랑크의 영토를 두 배로 늘려놓았다. 그런데 전쟁에서 돌아오던 카롤루스 대제는 시냇가에서 창을 떨어뜨린 직후, 매복해 있던 적에게 습격당해 그만 목숨을 잃고 말았다고 한다.

창은 그 후 여러 제왕의 손을 거친다. 서기 900년 초 롱기누스의 창은 독일 작센 왕가의 하인리히 1세를 거쳐 아들 오토 대제로 넘어가며 신성로마제국을 창시하고 레히펠트 전투에서 몽골족에 대승을 거두게 한다. 그 후 12세기 초 이탈리아를 정복한 프레더릭 바르바로사에게 전해진 창은 천 년에 걸쳐 총 마흔다섯 명의 제왕들의 손을 거치며 역사 속으로 종적을 감추고 만다. 그 사이 나폴레옹을 비롯해 수많은 권력자가 그 창을 찾으려 했지만 결국 손에 넣는 데 실패한다. 그러던 20세기 초, 운명의 창은 오스트리아 빈의 합스부르크 왕가 보물창고에서 모습을 드러 낸다.

그리고 여기서 인류 최악의 독재자를 만나게 되는데 바로 아돌프 히틀러였다. 신지학(神智學)에 심취해 있던 히틀러는 창의 전설을 들은 후 행방을 찾기 시작하는데 1939년 오스트리아를 무력으로 합병하고는 빈박물관에 있던 창을 손에 넣게 된다. 그 후 제2차 세계대전을 일으킨 히틀러는 폴란드 침공을 필두로 모든 전투에서 승리를 거머쥔다. 하지만 1945년 뉘른베르크를 점령한 미군 제7사단의 윌리엄 혼 중위가 세인트캐서린성당 지하에서 창을 찾아내 미합중국 이름으로 접수한 지 정확히 한 시간 삼십 분 후 자신의 벙커에서 연인이었던 에바 브라운과 함께 자살한다. 전쟁이 종결되자 창은 본래 있었던 오스트리아 합스부르크 왕립박물관에 반환되었다. 하지만 이 창은 방사성 탄소 연대측정 결과 서기 7세기 것으로 판명되어 진품 논란에 휩싸여 있다. 현재 롱기누스의 창이라고 추정되는 또 다른 창이 로마 교황청 성 베드로바실리카성당의 한 기둥 속에 보관되어 있다고 알려지고 있지만 어느 것이 진품인지는 아무도 알지 못했다. 그런데 사뮈엘이 세상에 알려지지 않은 또 다른 롱기누스의 창이 있는 위치를 헬가에게 알려준 것이다.

"그런데 왜 창이 그곳에 없다고 말씀하시는 거죠?"

하워드가 물었다.

"왜냐면 내가 이 사실을 말한 게 자네가 처음이 아니기 때문이야."

"저 말고 누구한테 말했나요?"

하워드가 물었다.

"내 얘기를 끝까지 들어보게."

헬가는 난처한 듯 고개를 숙이며 말을 이었다.

"그 말을 마지막으로 그분과 헤어져야 했어. 마음이 아팠지만 나로서는 도와줄 방법이 없었어. 내가 할 수 있는 건 꼭 전하겠다는 약속뿐이었지. 그리고 다음날이 됐어. 가스실은 오전과 오후 두 차례 운영되는데 그분은 오전에 가스실로 향하게 되어 있었고, 나는 참담한 심정으로 가스실 건물을 바라보던 중이었어. 이윽고 사람들이 죽음의 방으로 들어가는 게 보이더라고. 그분을 찾았지만 워낙 많은 사람이 있었고 아비규환이었기 때문에 그분의 마지막 모습을 볼 순 없었어. 그리고 잠시 후 사람들이 가스실 안으로 모습을 감췄지. 모든 게 끝났더군. 나는 체념하고 돌아서려 했어. 그런데 잠시 후 이상한 일이 벌어졌어. 갑자기 가스실 주변에 있던 병사들이 분주하게 움직이는 거야. 외곽 경비가 군견을 데리고 주변을 수색하고 사람들을 불러 모으더니 인원 점검을 하더라고. 마치 누군가 탈출한 것 같았어. 독일군은 그날 오후 내내 인원을 점검했어. 하지만 원하던 걸 얻지 못했는지 당황하는 듯했지. 그 후 며칠간 강제노역도 중지되고 우리는 막사에서 한 발자국도 나서

지 못했어. 그런데 들리는 소문에 의하면 가스실에 들어갔던 사람 중 살아나온 사람이 있다는 거야. 시체를 확인하는 과정에서 인원이 부족했다는 거지. 나는 직감적으로 그분일지도 모른다고 생각했어. 그렇지만 그건 불가능한 일이었어. 이제껏 염소가스를 마시고 살아남은 사람은 한 사람도 없었거든. 그로부터 가스실은 몇 주간 폐쇄되었고, 그 덕분에 가스실행이 결정 난 사람들은 일말의 희망을 품게 되었지. 그런데 그 일이 있은 지 일주일 후 수용소에 묘한 일이 벌어졌어. 갑자기 기갑사단이 주변에 배치되고 기존의 병사 외에 중무장한 군인들이 수용소를 둘러싸기 시작하더라고. 막사는 모두 문을 걸어 잠갔고 심지어 배식도 중지됐어. 이제 곧 몰살이라도 시키려는 듯 무거운 분위기가 수용소를 감쌌지. 태풍의 눈에 들은 것처럼 암울한 정적이 맴돌았어. 우리는 무슨 일이 벌어질지 상상도 할 수 없었어. 막사에 갇힌 채 두려움에 떨고 있었지. 그렇게 며칠이 지났어."

막사 문이 열리며 무장한 군인이 몰려 들어왔다. 그들은 불을 켜더니 총을 들이대며 수감자들을 무자비하게 깨웠다.

"기상! 다들 일어나! 일어나란 소리 안 들리나!"

수감자들은 반사적으로 일어나 일렬로 줄을 섰다. 헬가도 그들 사이에 서 있었다.

막사가 정리되자 느지막이 한 사람이 들어왔다. 그는 수용소 소장을 대동하고 있었는데 파티에 참석하는 사람처럼 고급 양복에 보타이를 매고 있었다. 그는 거만하게 뒷짐을 지고 수감자들을 하나씩 훑어나갔다. 소장은 뒤따르며 연신 수용소 관리현황이나 수감자 상태 등을 설명했다. 상당한 고위 관리라는 걸 한눈에 알 수 있었다. 수감자들을 살피던 남자는 문득 헬가 앞에 멈춰 섰다. 커다란 몸집의 남자에 비해 헬가는 다섯 살 먹은 어린아이처럼 작아 보였다.

"얘가 장관님이 찾으시는 아이입니다."

소장이 말했다. 남자는 불결한 벌레라도 발견한 듯 헬가를 내려다보았다. 남자의 매서운 눈매에 헬가는 바들바들 떨고 있었다. 남자는 헬가를 찾기 위해 온 모양이었다. 구름에 가렸던 달빛이 모습을 드러내며 남자의 얼굴을 들췄다. 기름지고 통통한 얼굴, 부드럽지만 사악한 눈매, 탐욕스러운 입술. 헬가는 그제야 남자를 알아봤다. 그는 히틀러의 비서이자 나치 당수부장인 마르틴 보어만이었다. 수용소에 오기 전에 신문에서 그의 사진을 수도 없이 보았다. 모든 신문의 일 면은 언제나 히틀러 기사로 채워져 있었는데 그의 한 발 뒤에는 어김없이 보어만이 자리하고 있었다. 그런데 그가 헬가를 찾아 이곳까지 온 것이다.

"네가 헬가 그라비츠?"

보어만이 물었지만 헬가는 멍하니 바라보고만 있었다.

너무 긴장한 나머지 아무 소리도 들리지 않았기 때문이었다. 그때 옆에 서 있던 동료가 헬가의 옆구리를 쿡 찔렀다.

"헬가 그라비츠. 수감번호 삼천팔백이십일 번!"

그제야 정신이 든 헬가가 경직된 목소리로 소리쳤다. 보어만은 어이없다는 듯 피식 웃고는 간수에게 눈짓했다. 그러자 간수가 헬가의 손과 발에 수갑을 채우고 복면으로 눈을 가렸다.

"따라와라."

어둠 너머에서 보어만이 말했다. 헬가는 간수가 이끄는 대로 움직이기 시작했다. 걸을 때마다 수갑이 절그렁거리는 소리를 냈다. 헬가는 워낙 작은데다 무거운 수갑까지 차고 있었기 때문에 따라가기 위해선 거의 뛰다시피 해야 했다. 막사를 나선 이들은 유태인 막사촌을 지나 감시초소로 들어섰다. 그곳에는 두 갈래 길이 있었고 오른편에는 가스실, 왼편에는 장교 숙소와 소장 관사가 있었다. 헬가는 이들이 자신을 가스실로 데려가기 위해 끌고 온 게 아니란 걸 알 수 있었다. 하찮은 난쟁이 한 명을 죽이기 위해 나치의 당수부장이 외진 폴란드 수용소까지 오진 않았을 테니까 말이다. 예상대로 보어만은 소장의 관사가 있는 왼쪽으로 향했다. 마지막 철조망을 지나자 사방에서 탱크 소리가 들려왔다. 눈을 가려서 정확한 숫자는 알 수 없었지만 적어도 일 개 대대는 족히 넘는 것 같았다. 뿐만 아니라 공중에선 메서슈미트 전투기들의 굉음이 여기저기서 들려왔다. 분위기만으로도 상당한 병력이 수용소 주위에 포진하고 있다는 걸 알 수 있었다. 가는 길 주변에도 수를 헤아릴 수 없이 많은 병력이 주위를 경계하고 있었다. 아마도 보어만을 호위하기 위해 파견된 병력 같았다. 헬가는 그가 자신에게 원하는 게 무엇인지 감도 잡을 수 없었다. 그래서 더욱 두려웠다. 보어만은 장교 숙소를 지나 언덕을 올랐다. 언덕 위 관사에서는 흥겨운 음악 소리가 흘러나오고 있었다. 보어만의 방문을 축하하기 위한 파티가 열린 모양이었다. 그런데 관사에 도착하자 보어만은 뒤따르던 소장과 간수들을 물리고 헬가와 단둘이 안으로 들어갔다. 문을 닫자 보어만이 입을 열었다.

"지금부터 내가 하는 말을 잘 새겨들어라, 유태인 꼬맹이. 곧 네가 만나게 될 분은 너 같은 것이 절대 만날 수 없는 분이다. 너는 그분을 봐서도 안 되고 말을 걸어서도 안 된다. 그분을 만났다는 걸 누구에게 발설해서도 안 된다. 즉, 지금부터 있을 일은 네 인생에 없는 일이다. 그저 그분 질문에 성심성의껏 대답만 하면 된다. 내 말을 어길 시에는 네 가족뿐만 아니라 네 친구까지 모두 죽게 된다는 걸 명심해라."

"명심하겠습니다."

헬가가 사시나무 떨듯이 떨며 대답했다. 이야기를 마치자 보어만은 헬가를 데리고 이 층으로 올라갔다. 그리고 방 한가운데 놓인 의자에 앉혔다. 방안에는 또 다른 인기척이 있었다.

"각하, 말씀하신 아이를 데리고 왔습니다."

보어만이 누군가에게 말했다.

'각하라니……'

보어만이 각하라고 부를 사람은 전 세계에 단 한 명뿐이었다. 헬가는 머릿속이 아득해지는 걸 느꼈다.

"눈가리개를 벗겨라."

방 저편에서 누군가가 말했다. 간결하고 단호한 목소리였다. 그리고 익숙한 목소리였다. 그것은 라디오를 통해 수도 없이 들었던 목소리였다. 헬가는 너무 긴장한 나머지 오줌을 쌀 뻔했다. 누군가가 다가와 복면을 벗겨줬다. 하지만 헬가는 눈을 감은 채 꼼짝도 하지 않았다. 눈을 뜨는 순간 지옥의 사자가 서 있을 것만 같았다.

"너는 장님이냐? 왜 눈을 감고 있지?"

헬가는 겁에 질려 방긋하지도 못했다. 그러자 익숙한 목소리가 말을 이었다.

"난쟁이이기는 하지만 장님은 아닙니다."

요제프 멩겔레였다.

"그런데 왜 저러고 있는 거지?"

"각하가 무서워서 겁에 질린 모양입니다."

그러자 누군가가 큰 소리로 웃었다.

"이봐. 난쟁이. 나는 난쟁이 요리는 좋아하지 않는다. 눈을 떠라."

하지만 헬가는 눈을 뜰 수 없었다. 그러자 익숙한 목소리가 이번엔 명령을 했다.

"헬가, 눈을 뜨라고 말씀하시지 않나!"

헬가는 그제야 슬그머니 눈을 떴다. 그런데 누군가와 눈이 마주치는 순간 헬가는 도로 눈을 감을 수밖에 없었다. 그는 바로 아돌프 히틀러였다. 그 옆에는 요제프 멩겔레가 뒷짐을 지고 서 있었다.

"유태인들은 어쩔 수 없군. 좋다. 눈을 감은 채로 내 얘기를 들어라. 지금부터 내 질문에 정직하게 대답해야 한다. 그 대답에 따라 네 운명이 결정된다. 이곳에서 살아남을 수도 있고 지금 이 자리에서 파리처럼 죽을 수도 있다. 알아들었나?"

"네. 알겠습니다, 각하."

헬가가 큰소리로 대답했다.

"오래전부터 한 사람을 찾고 있다. 그는 몸에 다섯 개의 상처가 있고 불사신처럼 죽음에서 살아난 사람이다. 그는 지난 이천 년을 죽지 않고 살았으며 미래를 볼 수 있지. 신발을 신지 않으며 여러 개의 이름을 갖고 있다. 최근 그의 이름은 사뮈엘 샤피로다. 그를 만난 적이 있나?"

그 말을 듣는 순간 헬가는 당황하지 않을 수 없었다. 히틀러는 오래전부터 사뮈엘에 대해 알고 있는 듯했다. 그리고 그를 찾기 위해 수많은 군대를 끌고 이곳까지 온 것이었다. 헬가는 사뮈엘의 정체가 궁금했다. 평범한 사람이 아니라는 건 알았지만 히틀러까지 찾아올 줄이야.

"각하께서 사뮈엘 샤피로를 만난 적이 있냐고 물으시잖나, 헬가!"

요제프 멩겔레가 소리쳤다.

"네, 만난 적이 있습니다."

헬가가 얼떨결에 대답했다.

"그래. 어땠나? 어떤 사람이었지?"

호기심이 가득한 목소리였다.

"친절한 사람이었습니다. 편안하고 친절한 사람…….."

헬가의 목소리가 떨리고 있었다. 그것은 히틀러 때문만은 아니었다. 그에게 사뮈엘을 이야기하는 것 자체가 죄스러운 기분이 들어서였다. 둘은 왠지 세상의 양 끝에 서 있는 사람들 같았다.

"자세히 말해봐라. 예를 들어 물 위를 걸었다거나 우물을 와인으로 만들었다거나 뭐 그런 거 말이다."

헬가는 어떻게 대답해야 할지 몰랐다. 분명 사뮈엘에게는 특별한 능력이 있었다. 그는 예언자처럼 미래를 내다보고 지옥 같은 곳에서 사람들에게 희망을 주었다. 하지만 선뜻 대답할 수가 없었다. 사뮈엘과의 약속 때문이었다. 그는 자신의 유언을 선택된 사람 외의 사람에게는 절대 발설해선 안 된다고 신신당부했던 것이다. 최악의 상황이었다. 그녀에게 질문을 한 사람은 다름 아닌 독일의 총통 아돌프 히틀러였다. 게다가 히틀러는 이미 헬가가 사뮈엘을 만났다는 사실을 알고 있었다.

"그게…… 그다지 특별한 거라곤……."

헬가는 살며시 눈을 떠서 히틀러의 표정을 살폈다. 히틀러는 대답이 맘에 안 드는지 미간을 찌푸렸다. 단지 인상을 찌푸렸을 뿐인데도 위협적이었다. 그는 지루하다는 듯 자리에서 일어나더니 창가로 갔다. 창문 너머로는 수용소가 내려다 보였다. 그런데 수용소 한가운데 여섯 명의 수감자가 일렬로 서 있었다. 모두 어린아이처럼 작은 체구를 하고 있었다. 헬가의 남매들이었다. 그들은 손과 발이 묶인 채 공포에 떨고 있었다.

"유태인들은 말로 해선 들어먹질 않는단 말이야."

히틀러가 말하자 멩겔레가 기다렸다는 듯 스코프가 달린 카라비너 98 소총을 건네줬다.

"총을 잡아보는 게 얼마 만인지 모르겠군."

그는 스코프로 남매들의 위치를 확인하여 조준했다.

"잠깐만요, 각하!"

헬가가 소리쳤지만 이미 방아쇠를 당긴 후였다. 탕. 수용소 전체에 총성이 메아리쳤다. 헬가는 자리에서 벌떡 일어나 남매들을 살폈다. 다행히 히틀러의 사격 솜씨는 형편없었다.

"말해봐. 특별한 능력이 있었나?"

히틀러가 다시 총알을 장전하며 물었다. 헬가는 지금껏 겪었던 일들을 모두 말했다. 열차에서 비를 예언했던 일,

악기가 그녀를 살릴 거라고 했던 일, 그리고 그녀만은 살아서 이곳을 빠져나갈 거라고 했던 일 등. 하지만 마지막으로 만났을 때 했던 유언만은 말할 수 없었다. 그제야 히틀러 얼굴에 미소가 떴다.

"그랬군. 듣자 하니 사뮈엘이 가스실에 들어가기 전날 너와 몰래 만났다고 하던데 무슨 얘기를 했지?"

드디어 올 것이 오고 말았다.

"마지막으로 제대로 된 식사를 건네주고 싶었을 뿐입니다. 그게 전부예요. 그나마도 먹지 못했습니다. 워낙 쇠약했고 이도 거의 다 빠졌더라고요."

헬가가 애절하게 말했다. 이쯤에서 넘어가주길 바랐다. 하지만 상대는 세계를 호령하는 거물이었다. 그는 헬가를 한동안 바라보다가 다시 창가로 갔다. 그러고 나서 남매들을 향해 총을 쏘기 시작했다.

"정말이에요! 그게 전부였다고요. 제발 믿어주세요!"

헬가가 울부짖었지만 소용없었다. 그는 탄창이 빌 때까지 마구 총질해댔다. 그 와중에 남매 중 한 명이 맥없이 바닥에 쓰러졌다. 첫째 언니 올가였다. 그 작은 몸에서 붉은 선혈이 분수처럼 뿜어져 나왔다.

"성스러운 피가 묻은 창에 관해 말했어요."

헬가가 피를 토하듯 말했다. 순간 히틀러가 사격을 멈췄다.

"계속해봐."

헬가는 사뮈엘이 했던 유언을 빠짐없이 얘기했다. 이윽고 이야기가 끝나자 히틀러는 골동품을 감별하듯 헬가의 눈동자를 바라봤다. 잠시 후 그는 탄창을 갈아 끼우더니 다시 남매들을 향해 총을 겨누었다.

"이번엔 진짜예요. 하늘에 맹세할 수 있어요."

탕. 어둠을 가르며 총알이 날아갔다.

"차라리 날 쏴요. 나를……."

헬가가 울면서 소리쳤다. 히틀러는 사격을 멈추고 돌아섰다.

"날 쏘세요. 제발……. 추호도 거짓이 아니에요."

헬가는 기진맥진해 있었다.

"만약 네 말이 거짓이면 너와 네 가족은 지금껏 맛보지 못한 고통을 느끼며 서서히 죽게 될 것이다."

이 말을 남기고 히틀러는 사라졌다. 그가 떠난 방에는 자책에 빠진 작은 여인의 흐느낌만이 울려 퍼지고 있었다.

"막사에 오자마자 나는 남매들에게 달려갔어. 맏언니 올가는 배에 총을 맞아 죽어갔고 막내 아담과 셋째 샬롯은 팔과 어깨에 총상을 입었지. 멩겔레가 남매들을 병동으로 옮겼어. 아마도 히틀러의 지시가 있었던 것 같아. 사실 여부가 확인될 때까지 살려두라고 했던 모양이야. 그 후 몇 주간 우리는 공포에 떨며 하루하루를 보내야 했어. 비록 진실을 얘기했다 해도 그곳에 성스러운 창이 없다면 아무 소용없었지. 그런데 열흘이 지나고 한 달이 지났지만 히틀러는 다시 나타나지 않았어. 그곳에서 성스러운 창을 찾은 거겠지. 남매들은 안심했지만 나는 그렇지 못했어. 그분과의 약속을 어겼기 때문이야. 그분은 내 목숨을 살려주었는데 나는 목숨을 부지하기 위해 그분과의 약속을 어겼던 거잖아. 그 후 소련군이 진군해오자 독일군은 수용소를 폐쇄하고 후퇴했어. 멩겔레는 떠나기 직전에도 우리를 상대로 생체 실험을 했지만 목숨을 빼앗진 않았어. 그렇게 전쟁이 끝나고 우리는 살아남았지."

헬가의 긴 이야기가 끝나고 있었다. 이제야 그녀의 얼굴에 새겨진 깊은 주름살을 이해할 수 있었다.

"미안하네. 약속을 지키지 못해서."

그녀의 눈가에 다시 눈물이 맺혔다.

"당신 잘못이 아니에요. 저라도 그랬을 겁니다."

하워드가 헬가의 손을 잡으며 위로했다.

"이제라도 나쁜 기억은 잊고 편하게 사세요. 당신은 그럴 자격이 있어요."

그제야 헬가의 얼굴에 미소가 떴다. 그녀는 이 말을 듣기 위해 지금까지 살아온 것처럼 보였다.

"이해해줘서 고맙네."

헬가는 이 순간이 날아가버리는 게 두려운 듯 한동안 하워드의 손을 잡고 있었다. 슈핀겐의 작은 집에 포근한 정적이 흘렀다.

"그 후 사뮈엘을 다시 만난 적은 없었나요?"

린지가 정적을 깨며 물었다.

"스치듯 만난 적이 있었어. 전쟁이 끝난 지 십 년쯤 지난 후였는데 우리가 런던의 올드빅극장에서 공연하고 있을 때였지. 한창 공연하던 중 객석에서 익숙한 미소를 발견했어. 나는 연주를 하다 말고 객석을 쳐다봤지. 객석 한쪽 구석에 그분이 계셨어. 틀림없는 그분이었어. 수용소에서 지었던 미소를 짓고 우리를 보고 있었지. 나는 공연이 끝나자마자 객석으로 달려갔지만 그분은 보이지 않았고, 그게 그분과의 마지막이었네."

이야기를 마친 헬가는 과거로의 긴 여정에 지친 듯 소파에 기댄 채 눈을 감았다.

"오랫동안 담아뒀던 얘기를 하고 나니 속이 후련하군."

긴장이 풀리자 잠이 몰려오는 모양이었다. 그녀의 목소리가 점점 작아지고 있었다.

"미안하지만 잠깐 눈을 좀 붙여야겠어. 괜찮지?"

헬가는 서서히 잠 속으로 빠져들고 있었다.

"저, 헬가. 아직 물어볼⋯⋯."

린지가 그녀를 깨우려 했다.

"자게 둬요. 오랜만의 숙면일 테니."

하워드가 말렸다. 헬가는 두 사람을 기다리느라 지난밤을 꼬박 새웠다고 했다. 어쩌면 육십칠 년간 밤을 지새웠을지도 모를 일이다. 그런 그녀의 잠을 방해하는 건 잔인한 짓이었다. 아기처럼 잠든 그녀는 시간을 거슬러 올라가 태아가 된 듯 순수해 보였다. 저 작은 몸으로 어떻게 그 많은 역경을 이겨냈을까. 신기할 따름이었다. 린지가 담요를 가져다 덮어주었다. 두 사람은 인사말을 적은 메모를 남겨놓고 조용히 집을 빠져나왔다. 문을 나서자 포도밭을 감싸던 안개는 온데간데없이 사라지고 중천에 뜬 해가 세상을 비추고 있었다.

"롱기누스의 창은 이제 자취를 감춰버린 건가요?"

린지는 실망감을 감추지 못했다. 그러나 하워드는 대답이 없었다. 그는 두 가지 의문 때문에 생각에 잠겨 있었다. 첫 번째는 히틀러가 가로챈 롱기누스의 창이었다. 제2차 세계대전이 끝나자 미군은 히틀러로부터 되찾은 롱기누스의 창을 오스트리아 합스부르크 왕립박물관에 돌려줬다. 그러나 헬가의 말이 사실이라면 그것은 가짜였을 것이다. 방사성 탄소 연대측정 결과도 그것을 뒷받침하고 있었다. 그녀의 주장대로 히틀러가 진짜 롱기누스의 창을 찾았다면 아직 그에게 있을 것이다. 또 그 창의 존재를 아는 사람은 히틀러와 측근들뿐이었다. 어쩌면 히틀러 혼자일 수도 있다. 몇 명의 경비병만을 대동한 채 비밀리에 찾아냈을 수도 있었다. 그의 성격상 가능한 추론이었다. 문제는 그것을 숨겨놓은 장소였다. 두 번째 의문은 사뮈엘이 롱기누스의 창의 위치를 아우슈비츠에서 말한 까닭이었다. 왜 그가 하고많은 장소를 제쳐두고 아우슈비츠를 선택했을까?

현재 하워드에게는 장소와 관련된 아무런 정보도 없지만, 지금까지 사뮈엘을 분석해보면 그는 미래를 예측하며 예정된 계획대로 인류의 문명을 발전시키고 있었다. 그것은 성경의 예정설처럼 치밀하고 정교했다. 때문에 하워드는 자신이 지나온 단서 중에 중요한 실마리가 있을 것 같은 느낌을 지울 수 없었다. 어째서 가장 중요한 징표인 롱기누스의 창의 위치를 역사상 가장 불안정한 장소에서 허술하게 발설한 것일까. 이야기가 거기서 끝날 리가 없었다. 뭔가가 더 있었다. 그리고 그 무언가는 하워드가 지나온 길에 숨어 있을 가능성이 매우 컸다.

하워드는 지금까지 사뮈엘이 남긴 단서들을 하나씩 짚어나갔다. 아인슈타인의 유언장, 아이작 뉴턴의 만유인력, 오펜하이머의 원자폭탄, 그리고 콜럼버스의 『항해일지』. 어느 것도 아니었다. 그중에 창의 위치를 암시한 단서는 어디에도 없었다. 그렇다면 또 다른 무엇이었다. 하워드는 처음으로 사뮈엘을 찾았을 때를 떠올렸다. 사뮈엘은 하워드에게 직접 글을 남겼고 그것은 헬가의 마음을 여는 열쇠였다. 그리고 그것은 극중 두 남자의 단순한 대화가 아닌 비밀을 내포한 은유적 표현이었다.

"뭘 그렇게 고민하는 거예요? 하워드."

린지가 물었다. 그러자 하워드가 연극을 하듯 독백을 시작했다.

"내가 히틀러라면…… 이제 죽음이 눈앞까지 다가왔다

면…… 소련군이 베를린 밖 2킬로미터 지점까지 왔어. 하지만 그놈들 손에 죽고 싶지는 않아……. 사랑하는 에바와 결혼한다……. 결혼식이 끝나면 우리는 준비한 청산가리를 먹고 자살할 것이다……. 하지만 나는 청산가리가 든 약조차 믿을 수가 없다……. 그래서 가장 확실한 총으로 죽기로 한다……. 마지막 순간…… 내 옆에는 나와 함께 생을 마감할 여인이 있다……. 그러나 내 마음은 채워지지 않는다……. 이제 총알을 장전한다……. 나는 절실하게 뭘 바랄까……. 마지막 순간 뭘 떠올릴까. 이루지 못한 제국?"

"나라면 신을 떠올리겠어요."

하워드의 독백을 지켜보던 린지가 단호하게 말했다. 일리 있는 추리였다. 히틀러 역시 죽음을 앞둔 순간에는 지극히 인간적일 수밖에 없었을 것이다. 대부분 사람은 죽음을 앞에 두고 회개한다. 평생을 무신론자로 산 사람마저도 마지막 순간에는 종교에 귀의하기도 한다. 심지어 히틀러는 신지학에 깊이 빠져 있던 종교광이었다. 전쟁 말기에 그는 성배를 비롯한 예수의 유물에 광적으로 집착했다. 비록 기독교를 유대인의 종교라며 증오했지만 마지막 순간에 신을 떠올린다는 추론은 충분히 타당성이 있었다. 그리고 그 순간 그가 가지고 있던 것 중 가장 신에게 근접한 것은 바로 롱기누스의 창이었다.

"히틀러가 자살한 장소가 어딘지 알아요?"

"베를린까지 가려면 기름부터 넣어야 해요. 기름값 정도는 내서야죠. 지금까지 공짜로 태워줬는데."

린지가 차에 오르며 말했다.

"그런데 벙커가 아직도 남아 있을까요?"

"전쟁 직후 세 번이나 폭파하려 했지만 실패했어요. 그래
서 결국 콘크리트로 입구를 봉쇄하고 흙으로 덮었죠."

하워드는 안전벨트를 매고 있었다.

"잘됐네요. 도굴 걱정은 덜었으니."

린지가 차를 출발시켰다. 베를린은 브레멘에서 동쪽으
로 200킬로미터 거리였다. 두 시간이면 충분히 도착할 수
있었다. 구형 미니는 아우토반을 향해 빠르게 달려갔다.

"설마 추측만으로 가는 건 아니죠?"

린지는 하워드가 막연한 직관만으로 움직이는 사람이 아
니라는 걸 잘 알고 있었다.

"사뮈엘은 내가 처음 찾아갔을 때 이미 창이 묻힌 장소를
알려줬어요."

"그게 무슨 말이에요?"

"어느 날 우린 벙어리가 되고 어느 날 우린 장님이 된다.
어느 날 우린 귀머거리가 되고 어느 날 우린 태어나고 죽는
다. 여자는 무덤 위에 걸터앉아 아기를 낳고 남자는 꿈속
에서처럼 곡괭이로 천년보물을 숨긴다."

"전부터 묻고 싶었는데 그게 무슨 말이에요?"

"사뮈엘이 내게 남긴 글귀예요. 그와 동명이인이자 아일
랜드 극작가인 사뮈엘 베케트의 작품『고도를 기다리며』에

나오는 대사죠. 극중에서 오지 않을 고도를 기다리며 주인 공 블라디미르와 에스트라공이 자신들의 모습을 표현한 거예요. 나는 사뮈엘을 쫓는 내내 왜 이 글을 남겼는지 궁금했어요. 그런데 오늘 그 이유를 알았어요. 헝가리에 이런 속담이 있어요. '귀머거리와 결혼을 하면 일 년을 편하게 살고 벙어리와는 삼 년을, 소경과는 십 년을 편하게 산다.' 그리고 아일랜드인은 결혼을 이렇게 얘기해요. '어느 날 우린 벙어리가 되고 장님이 되고 귀머거리가 되어서 인생을 마감한다. 그것이 결혼이다.'"

"한마디로 결혼을 말한 거로군요."

"1945년 4월 30일, 히틀러는 자살하기 직전에 자신이 사랑했던 여인 에바 브라운과 결혼했어요. 측근이었던 마르틴 보어만과 요제프 괴벨스가 유일한 결혼 입회인이었죠. 소련군이 2킬로미터 전방까지 쳐들어온 상황에서 그들은 최후의 만찬을 즐겨요. 그리고 히틀러는 두 통의 유언장을 작성하죠. 하나는 국민과 군대에 보내는 정치적인 유언장이었고 다른 하나는 개인적인 유언장이었어요. 그런데 개인적인 유언장에 이런 글귀가 있어요. '투쟁하는 동안 나는 결혼 생활을 책임질 수 없다고 믿었지만 생의 마지막을 앞둔 지금 나는 한 여인과 결혼하기로 결심했다. 그녀는 오랫동안 참된 우정을 지켜왔고 나와 운명을 같이하기 위해 포위된 이 도시로 찾아왔다. 그녀는 소원대로 내 아내로서 나와 함께 죽음을 맞이할 것이다. 우리의 결혼 지참금은 천년보물이며 죽음은 영원한 사랑의 서약이다.'"

"롱기누스의 창을 에바 브라운에게 줬군요!"

린지의 뺨이 붉게 상기되어 있었다.

"그래요. 무덤에 걸터앉아 아기를 낳는 여자는 바로 에바 브라운을 가리키는 거고 꿈속에서처럼 곡괭이로 천년보물을 숨기는 남자는 바로 아돌프 히틀러였어요. 사뮈엘은 헬가가 히틀러에게 창이 묻힌 장소를 발설할 걸 알고 있었던 거예요. 히틀러가 진짜 창을 연합군에게 빼앗기지 않고 숨겨놓을 거라고 예상했고요. 덕분에 창은 누구에게도 들키지 않고 지금까지 안전하게 보관될 수 있었죠. 바로 히틀러의 결혼식장이자 무덤에서요."

두 사람을 태운 미니는 이제 속도 무제한인 아우토반에 들어섰다.

"당신, 참 신기한 사람이에요. 대체 그런 걸 어떻게 다 기억하죠?"

"역사는 내가 평생을 바치려고 했던 학문이에요. 그리고 히틀러와 제3제국은 내 졸업논문 주제였고요."

총알처럼 달리는 차들 사이에서 속력을 내던 차내에는 묘한 긴장이 감돌고 있었다. 이제 얼마 후면 모습을 드러내게 될, 역사 이면에서 이천 년간 몸을 숨기고 있던 예수의 성물 때문이었다.

〈2권에서 계속됩니다.〉